Tracie Peterson

Wohin mein Herz mich führt

TRACIE PETERSON

Wohin mein Herz mich führt

SCM Hänssler

SCM
Stiftung Christliche Medien

Bestell-Nr. 395.099
ISBN 978-3-7751-5099-6

Originally published in English under the title: Where my Heart belongs

Originally published in English by Bethany, a division of Baker Publishing Group, Grand Rapids, Michigan, 49516, U.S.A.

Internet: www.scm-haenssler.de
E-Mail: info@scm-haenssler.de
Übersetzung: Doris C. Leisering
Umschlaggestaltung: oha werbeagentur gmbh, Grabs, Schweiz;
www.oha-werbeagentur.ch
Titelbild: istockphoto.de, shutterstock.de
Satz: Satz & Medien Wieser, Stolberg
Druck und Bindung: CPI – Ebner & Spiegel, Ulm
Printed in Germany

In Erinnerung an Landon Ruth Meece
1994–2007.
Welch kostbare Freude hast du denen gebracht,
die dich kannten.

Und für Karen, Ed und Edison Meece.
Möge Jesus eure verwundeten Herzen heilen
und euch nahe bei sich halten.

1

Kathy Halbert öffnete die Tür und stand Auge in Auge einem Geist aus der Vergangenheit gegenüber. In einem Ton, der irgendwo zwischen Erschrecken und Entsetzen schwankte, flüsterte sie den Namen ihres Albtraums.

»Sunshine.«

Eine warme Junibrise blies durch das blondierte Haar der jüngeren Frau und wirbelte die oberen Strähnen auf, sodass ein dunklerer Ansatz zum Vorschein kam. Ihr Gesicht war von Sorge gezeichnet und doch schön. Die zwölf Jahre, seit Kathy ihre Schwester – ihre einzige Schwester – zuletzt gesehen hatte, hatten Sunshine zu einer Frau verändert, die kaum noch der Achtzehnjährigen ähnelte, die ihre Familie zurückgelassen hatte.

»Hallo Schwesterchen. Ich schätze, du bist überrascht, mich zu sehen, hm?« Sie lächelte und entblößte perfekte weiße Zähne – vielleicht ein wenig zu weiß.

Kathy erstarrte. *Wie kann sie es wagen, mich Schwesterchen zu nennen? Wie kann sie es wagen, hier nach zwölf Jahren aufzutauchen, in denen wir nicht wussten, ob sie tot oder lebendig ist?*

»Was willst du?« Kathy konnte sich nicht einmal dazu durchringen, höfliche Gleichgültigkeit vorzutäuschen.

Sunshine wirkte ernsthaft verwirrt von Kathys Haltung. »Was meinst du damit? Ich bin zurückgekommen … ich bin nach Hause gekommen.«

Kathy schüttelte den Kopf. »Wenn du nach all diesen Jahren wieder hier bist, muss es einen wichtigeren Grund als nur das geben. Wenn du Geld willst, vergiss es. Davon gibt es hier nichts für dich. Du hast dein Erbe schon erhalten – zweimal, wenn ich mich recht erinnere.«

Sunshines Verwirrung schien größer zu werden. »Wo sind Mom und Dad?« Sie bemühte sich, hinter die Tür mit dem Fliegengitter zu schauen, hinein in das Haus, in dem sie beide ihre Kindheit verbracht hatten.

Kathy stemmte die Hände in die Hüften und straffte die Schultern. »Ich habe gefragt, was du willst. Ich glaube, meine Frage verdient zuerst eine Antwort.«

Sunshine verschränkte verteidigend die Arme. Kathy bemerkte, dass sie modisch in cremefarbene Leinenhosen und einen beige- und cremefarbenen, kurzärmligen Pullover gekleidet war. Kleine Goldringe zierten jedes Ohr und ein goldenes Kreuz hing an einer zarten Kette an Sunshines Hals.

Was für eine Heuchelei! Seit wann macht sie sich etwas aus Gott?

»Kathy, ich hatte nicht unbedingt erwartet, dass du glücklich darüber bist, dass ich nach Hause gekommen bin, aber ich hatte mir gedacht, dass du wenigstens höflich sein würdest.«

»Ich *bin* höflich. Du kannst nicht deinen Kopf durchsetzen wollen, deiner Familie den Rücken kehren und dann erwarten, dass dein Handeln keine Nachwirkungen hat.«

»Es gab genügend Nachwirkungen, glaub mir«, flüsterte Sunshine.

Kathy spürte, wie sie sich innerlich noch mehr verhärtete. Jeder traurige und schmerzliche Augenblick aus den vergangenen zwölf Jahren konnte einer einzigen Ursache zugeschrieben werden, und diese Ursache war ihre jüngere Schwester. Kathy wollte nicht gefühllos sein; die ganze Familie hatte von dem Tag geträumt, wenn Sunshine vielleicht auf die Familienfarm in Kansas zurückkehrte. Kathy hatte lange Tiraden von Dingen geprobt, die sie sagen wollte, doch jetzt entfloh ihr jeder vorher formulierte Gedanke.

»Ich hatte nicht erwartet, dich hier zu finden«, sagte Sunshine schließlich und schob ihre Handtasche von einer Schulter auf die andere.

»Ich will wissen, warum du hier bist.« Kathy zwang ihre Gedanken, bei der Sache zu bleiben. Die Erinnerungen strömten von allen Seiten her auf sie ein, wie bei einem Damm, der mehrere Lecks hat. Gefühle, Gedanken – selbst Gerüche und Bilder – rannen herein und begannen, sich in Kathys Gehirn zu sammeln.

»Tja, das ist irgendwie eine lange Geschichte«, erklärte Sunshine endlich. »Ich schätze, unterm Strich könnte man sagen, dass ich mein Leben vollkommen geändert habe. Ich möchte mit den Menschen in meinem Leben alles in Ordnung bringen. Also habe ich mir gedacht, ich beginne am Anfang.«

»Du kannst die Vergangenheit nicht in Ordnung bringen«, sagte

Kathy und schüttelte den Kopf. »Du hast ja keine Ahnung, was du da verlangst.«

Kathys Erinnerung packte sie wie ein rasender Löwe, der gleich seine Beute verschlingen würde. Die zwölf Jahre verblassten, und stattdessen kam ein lebendiges Bild von dem Augenblick, mit dem das Elend des ganzen Hauses Halbert begonnen hatte.

»Ich habe meinen Namen geändert«, erklärte die achtzehnjährige Amy Halbert recht theatralisch. Sie trug sehr kurze, abgeschnittene Hosen und ein bauchfreies Top – zwei Kleidungsstücke, die ihre Mutter den Töchtern ausdrücklich zu tragen verboten hatte.

Kathy schaute in sprachloser Überraschung vom Frühstückstisch auf. »Du hast *was* getan?«, fragte sie schließlich. Nur Augenblicke zuvor hatte die ganze Aufmerksamkeit Kathys eigener wunderbarer Nachricht gegolten. Kyle Dexter hatte sie gebeten, ihn zu heiraten, und sie hatte es ihren Eltern beim Frühstück mitgeteilt.

Amy hatte eine Art an sich, vor Sarkasmus zu triefen, ohne auch nur ein Wort zu sagen. Dieser Ausdruck lag jetzt auf ihrem Gesicht und Kathy verabscheute ihn. Wenn Amy so aussah, gab es keine vernünftige Diskussion mit ihr und man konnte sie nicht dazu bringen, sich irgendetwas anzuhören, was man zu sagen hatte.

»Amy, setz dich doch und erzähl uns, wovon du redest«, sagte ihr Vater mit einem Lächeln. »Deine Mom hat mächtig gute Waffeln gebacken.«

»Ich esse keine Waffeln«, sagte Amy mit Betonung auf dem offenbar verhassten Nahrungsmittel.

Kathy verstand weder den harten Ton noch die Lüge. Wenn es um Waffeln ging, konnte Amy sie alle unter den Tisch essen.

Mutter drehte sich überrascht um. Sie hatte gerade eine frische Waffel auf einen grünen Glasteller gelegt und schien nicht recht zu wissen, was sie als Nächstes tun sollte.

»Wovon redest du, mein Sonnenschein?«, fragte Vater und nannte sie bei ihrem Spitznamen. »Natürlich isst du Waffeln.«

»Nicht mehr«, erklärte Amy. »Ich bin eine neue Frau und ich fange ein neues Leben an.«

»Was meinst du damit?«, wollte Mutter wissen.

»Ich meine, dass ich meinen Namen amtlich geändert habe und ich möchte mein Erbe, damit ich aus dieser dämlichen Bauernstadt verschwinden kann. Ich bin zur Bank gegangen, doch sie wollten mich nicht an das Treuhandkonto lassen. Sie sagten, bis ich einundzwanzig bin, muss ich deine Erlaubnis haben, um das Geld abzuheben. Also möchte ich, dass du mir einen Scheck ausstellst, damit ich an mein Geld komme.«

Mutter ließ beinahe den Teller fallen, als sie ihn zurück auf die Arbeitsplatte stellen wollte. »Ich glaube, das verstehe ich nicht.«

Kathy erkannte Angst in der Stimme ihrer Mutter. Sie schaute auf, um den Gesichtsausdruck ihrer Mutter zu erfassen.

»Ich mit Sicherheit auch nicht«, stimmte ihr Vater zu. »Was meinst du damit, dass du deinen Namen geändert hast?«

Amy lehnte sich zurück an die Lehne des Stuhls, der am Halbert-Tisch immer ihrer gewesen war. »Ich habe Geld gespart und habe meinen Namen ändern lassen.«

»In was?«, wollte Kathy wissen. Die ganze Sache klang wie ein riesiger Witz.

»Tja, irgendwie hat mir Dad geholfen, das zu entscheiden«, sagte Amy und ein Teil des Sarkasmus verschwand aus ihrer Stimme. »Ich habe meinen Namen in Sunshine geändert.«

»Sunshine?!« Vater starrte seine jüngere Tochter ungläubig an.

»Gefällt er dir nicht? Das ist ein toller Name – gar nicht wie das alte, langweilige ›Amy‹. Genau genommen hat keiner sonst so einen Namen. Ich bin eine individuelle Person und ich brauchte einen individuellen Namen.«

»Du klingst wie ein Hippie«, sagte Kathy und stellte ihr Glas Orangensaft ab. Amy schaute sie finster an und hätte ihr wahrscheinlich die Zunge herausgestreckt, doch Kathy nahm an, dass das jetzt unter ihrer Würde war, wo sie doch eine »neue Frau« war.

»Wie hast du das angestellt?«, fragte Vater. Er schien die Tatsache noch immer nicht zu akzeptieren.

»Ich bin zu einem Anwalt in Hays gegangen und habe den Namen ändern lassen. Ich musste meine Geburtsurkunde und einen Nachweis mitbringen, wer ich bin. Dann habe ich mit einem Richter gesprochen, doch das war keine große Sache.«

Kathy sah ihrem Vater an, dass er aufgebracht war. Er hatte so eine eigene Art, die Augen zusammenzuziehen und die Zähne aufeinanderzubeißen, wenn jemand ihn verärgerte oder wütend machte. »Wann bist du nach Hays gefahren? Du hast uns gar nichts davon erzählt.«

»Ich bin achtzehn. Ich bin erwachsen. Ich muss euch nicht alles sagen, was ich mache.«

»Du wohnst aber unter meinem Dach.«

»Genau darum geht es«, protestierte Sunshine. »Ich möchte nicht unter deinem Dach leben. Kathy mag damit zufrieden sein, ins College zu gehen und trotzdem zu Hause zu wohnen, aber ich will das nicht. Ich will mein eigenes Ding machen und leben, wie *ich* leben will.«

Mutter kam zum Tisch und setzte sich, als wäre der Schock zu groß. Kathy streckte den Arm aus und tätschelte sanft ihre Hand. Die Freude über ihre eigene Verlobung war in der Folge von Amys … *Sunshines* Mitteilung rasch vergessen.

»Ich möchte außerdem Slocum verlassen. Ich möchte Kansas verlassen. Ich hasse es hier, und das schon immer«, verkündete Amy. »Ich möchte das Geld aus dem Treuhandfonds, den Oma und Opa mir hinterlassen haben.«

»Du weißt, dass du das nicht bekommst, bis du einundzwanzig bist oder bis ich denke, dass du bereit dafür bist«, sagte Vater und legte die Gabel weg. Offenbar hielt er die Angelegenheit für wichtig genug, um seine Mahlzeit zu unterbrechen und sich auf die Situation zu konzentrieren.

»Ich bin jetzt bereit dafür«, sagte Amy in ihrer beharrlichen Art und Weise. »Ich habe vor zu gehen, mit dem Geld oder ohne es, doch es ist meines und ich glaube, ich verdiene es, es jetzt zu bekommen. Das wird mein Leben sehr viel leichter und sicherer machen.«

»Dieses Geld sollte dich durchs College bringen oder dir helfen, ein eigenes Haus zu finanzieren«, erwiderte ihr Vater.

»Oder auch dazu beitragen, eine Hochzeit zu finanzieren, oder etwas Ähnliches«, warf ihre Mutter ein.

Amy verdrehte die Augen. »Das ist mir alles egal. Ich werde nicht aufs College gehen und ich werde kein Haus kaufen. Ich muss nicht einmal jemanden heiraten – wenigstens nicht mehr. Ich habe letzte Woche mit Todd Schluss gemacht. Er war so eine Zeitverschwendung. Er will einfach hierbleiben und Bauer sein, so wie sein Vater.«

Bei diesem Kommentar konnte Kathy nicht mehr schweigen. »Todds Familie hat schon seit fünf Generationen ihre Farm hier in Kansas. Du kannst ihm doch nicht vorwerfen, dass er eine Familientradition fortführen will.«

»Mir ist egal, was er will. Es passt nicht zu dem, was ich will, also habe ich mit ihm Schluss gemacht.« Sie wandte sich ihrem Vater zu. »Ich meine es ernst. Ich gehe, selbst wenn du mir das Geld nicht gibst. Aber wahrscheinlich werde ich dann eben arbeiten müssen, um dahin zu kommen, wo immer ich hin möchte, und ich werde auf der Straße schlafen müssen. Wenn es das ist, was du willst, dann werde ich wohl damit klarkommen müssen.« Amy war schon immer die Königin der Manipulation gewesen, hatte immer genau gewusst, an welchen Fäden sie ziehen musste, um ihren Willen zu bekommen.

Kathys Blick war starr auf ihre Schwester gerichtet, doch sie hörte, wie ihre Mutter zu weinen begann, und war der Ansicht, dass die ganze Angelegenheit schon lange genug gedauert hatte. »Du bist ein verzogenes Gör. Wie kannst du einfach hier hereinkommen und sie so bedrohen?« Kathy hatte sich die gesamten zwanzig Jahre ihres Lebens darum bemüht, ihre Eltern zufriedenzustellen, während Amy immer ihre Anerkennung zu haben schien und nichts tat, um sie sich zu verdienen.

Amy schob ihr langes, braunes Haar über eine Schulter. »Ich habe die Highschool mit einer Eins minus abgeschlossen. Ich bin jedes Mal in die Kirche gegangen, wenn die Türen offen waren. Ich habe Klavier spielen gelernt, bis ich gut genug war, um jeden anderen Pianisten im Bundesstaat unter den Tisch zu spielen. Ich habe sogar in Myras Café gearbeitet, um finanzielle Verantwortung zu lernen, wie Dad es genannt hat. Ich habe alles getan, was von mir verlangt wurde. Ich will meine Freiheit. Ich habe meine Zeit abgeleistet.«

Mutter schluchzte in die Hände. »O Amy.«

»Mein Name ist Sunshine«, beharrte Amy.

»Wohin möchtest du gehen?«, fragte Vater.

Kathy konnte kaum glauben, dass er Amys Plan ernst nahm. Sie schob ihren Stuhl zurück und sprang auf, bevor ihre Schwester auch nur ein Wort sagen konnte. »Warum musst du alles ruinieren? Das sollte mein Tag sein. Ich habe mich erst gestern Abend mit Kyle verlobt. Ich war glücklich, bis du hier hereinkommen und alles ruinieren musstest.«

»Tja, das ist dein Problem. Wenn du nicht trotzdem glücklich bist, verlobt zu sein, dann rate ich dir, die Verlobung zu lösen.«

Kathy hätte ihrer Schwester am liebsten etwas an den Kopf geworfen, doch weil ihre Mutter immer noch weinte, besann sie sich eines Besseren.

»Kathy, setz dich wieder hin und iss dein Frühstück auf. Amy, setz dich und rede vernünftig mit mir, wenn du erwartest, dass ich auch nur im Entferntesten darüber nachdenke.« Vater duldete keinen Unsinn. Vaters Geduld war erschöpft. »Amy, setz dich.«

»Ich heiße Sunshine!«

Die Erinnerung daran, wie Amy sie an jenem Morgen angeschrien hatte, riss Kathy aus ihren Gedanken an die Vergangenheit. Sie starrte ihre Schwester an und bemerkte, dass diese mit ihr redete. »Was? Was sagst du?«, fragte Kathy und fühlte sich noch mehr durcheinander.

»Ich habe dich gefragt, wo Mom und Dad sind. Ich möchte sie sehen. Ich möchte mit ihnen sprechen – sie um Vergebung bitten.«

Kathy versuchte, ihre Wut zu beherrschen. Jener Tag vor so langer Zeit hatte in einer schrecklichen Szene geendet. Sunshine hatte auf ihrer Position beharrt, bis ihr Vater endlich zugestimmt hatte, ihr das Geld zu geben. Sicher hatte er gehofft, dass sie sich austoben und dann wieder nach Hause kommen und sesshaft werden würde. Niemand hatte erwartet, dass es bis dahin zwölf Jahre dauern sollte.

»Das kannst du nicht machen«, sagte Kathy und zwang sich zu einer ruhigen Stimmlage. »Du hast kein Recht, uns das Ganze noch einmal durchmachen zu lassen.«

Jetzt sah Sunshine wieder fassungslos aus. »Ich weiß nicht, was du glaubst, weshalb ich hier bin, aber ich versichere dir, dass ich nur Frieden machen will. Wirst du mich jetzt hereinlassen?«

»Nein«, sagte Kathy sachlich. »Werde ich nicht. Du weißt nichts über uns. Keiner von uns war dir wichtig genug, um uns anzurufen oder zu schreiben, um uns wissen zu lassen, dass du am Leben und gesund bist. Weißt du, welche Qualen Mom und Dad deinetwegen durchgemacht haben? Hast du eine Ahnung, wie besorgt sie waren? Kannst du dir auch nur im Entferntesten vorstellen, was sie das gekostet hat – und mich?«

»Ich glaube, inzwischen tue ich das. Damals nicht. Ich habe nicht gedacht, dass irgendjemand mich wirklich vermissen würde – oder dass es jemanden kümmert«, sagte Sunshine und klang ziemlich traurig.

Ihr Ton ließ Kathy die Beherrschung verlieren. »Du hast ja keine Ahnung! Deine kleine Eskapade hat mir alles geraubt, auf das ich je gehofft hatte – alles, wovon ich für mein Leben geträumt hatte. Du hast den Frieden aus diesem Haus weggenommen. Du hast die Freude weggenommen. Mom hat nie wieder gelacht – bis zu ihrem Todestag nicht!«

Alle Farbe schwand aus Sunshines Gesicht. »Mom ist tot? Nein!« Sie drückte ihre Handtasche an die Brust.

Kathy verschränkte die Arme. »Was kümmert's dich?«

Tränen rollten über das Gesicht ihrer Schwester. Kathy versuchte, von diesem Anblick nicht berührt zu sein. Sunshine hatte sie alle mehr verletzt, als irgendjemand sich vorstellen konnte. Es war offensichtlich, dass die Nachricht Sunshine tief getroffen hatte, doch was war mit dem Schmerz, den sie ihnen zugefügt hatte?

Sunshine biss sich auf die Unterlippe, während ihr Gesicht rot anlief. Offenbar versuchte sie nicht zu weinen, doch es war eine verlorene Schlacht. »Das wusste ich nicht. Das wusste ich nicht.«

Kathy holte tief Luft und ihr wurde klar, dass sie diesen Zorn nicht durchhalten konnte. Sie fühlte sich gespalten: Ein Teil von ihr hasste ihre Schwester, während die andere Hälfte so glücklich war, sie lebendig und gesund vor sich zu sehen. Sunshine sah ausgesprochen elend aus. Verschwunden war jeder Anschein von Stärke und Raffinesse. Ihre Schwester war offensichtlich verletzt – und bedauerte die Wahrheit, die sie in diesem Augenblick traf. Mit einem Seufzen schüttelte Kathy den Kopf. »Du hättest es gewusst, wenn du hier gewesen wärst.«

»Was ist passiert?« Sunshines stockender Atem blieb ihr im Hals stecken. »Wann?«

»Amy?«

Kathy drehte sich um und sah ihren Vater, der kaum drei Meter hinter ihr stand. Er hielt sich am Treppengeländer fest, geschwächt vom Krebs, der seinen Körper zerstörte.

»Bist du es wirklich?«, fragte er.

»Ich bin's wirklich!« Sunshine wischte ihre Tränen weg und schob sich an Kathy vorbei. »Dad, ich bin zurückgekommen.« Sie fing wieder zu weinen an. »Ach Dad, ich bin zurückgekommen, um dich um Vergebung zu bitten.«

Sie fiel ihm in die Arme und umarmte ihn fest. Ihr Vater ließ das Treppengeländer los und hielt seine Tochter fest. Tränen stiegen ihm in den Augen auf, als er den Blick nach oben richtete und immer wieder ein Wort murmelte. »Danke. Danke. Danke.«

Kathy war augenblicklich überführt von der intensiven Liebe, die sich auf seinem Gesicht zeigte. Es war ihm egal, dass zwölf Jahre sie trennten. Es war ihm egal, dass seine jüngere Tochter, die er lange als tot aufgegeben hatte, ihren Eltern und deren Gefühlen keine Beachtung geschenkt hatte. Wahrscheinlich erinnerte er sich nicht einmal daran, dass sie ihm Geld gestohlen hatte.

Die Verlorene war gefunden worden. Die Tote war ins Leben zurückgekehrt.

Die verlorene Sunshine war zu Hause.

2

Gary Halbert war nur noch ein Schatten des Mannes, der er einst gewesen war. Er war auf einer Farm in Kansas geboren und aufgewachsen und hatte nie etwas anderes gewollt, als das Land zu bebauen. Er liebte es, Bauer zu sein, und trotz des Auf und Ab am Markt, trotz Wetterproblemen und Ungeziefer, war Bauer zu sein alles, was er kannte und alles, was er kennen wollte. Natürlich hatte sich all das geändert, als er krank geworden war.

Kathy hasste es, wie der Krebs ihm sein Leben geraubt hatte. Die Ärzte sagten, dass es jetzt Stadium vier war – der Krebs hatte sich von der Blase auf die Leber, Lunge und Knochen ausgebreitet. Sie konnten nichts tun, außer die Schmerzen zu beobachten und mit einer ständigen Zufuhr von Schmerzmitteln in Schach zu halten. Sie hatten ihr gesagt, dass es nur noch Wochen dauern würde, bis er unterlag, und das war vor fünf Wochen gewesen.

Vater hatte die Nachricht recht gefasst hingenommen. Er hatte mit Kathy über alle letzten Vorbereitungen gesprochen, als ginge es um nicht mehr, als einen neuen Zaun aufzustellen. Er hatte ihr gesagt, welche Art von Beerdigung er sich wünschte und wie sie den Verkauf der Farm und seines persönlichen Besitzes handhaben sollte. Er hatte Freunde angerufen und ihnen das Vorkaufsrecht für Vieh und landwirtschaftliche Geräte eingeräumt und schien sich gut auf die Tatsache einzustellen, dass sein Leben auf das Ende zuging. Dennoch fragte sich Kathy, ob er noch wegen etwas Bestimmtem aushielt. Jetzt, als sie ihn mit Sunshine sah, glaubte sie zu wissen, worauf er gewartet hatte.

Nachdem er sein Kind mehrere Minuten lang umarmt hatte, schob sich Vater mit tränenüberströmtem Gesicht von Sunshine weg, um sie anzusehen. »Du bist richtig erwachsen geworden, Sunshine.«

»Ich muss dir so viel erzählen – so viel sagen. Es tut mir so leid, Dad. Es tut mir alles leid, was ich dir angetan habe.«

»Psst. Das ist jetzt nicht wichtig.«

Nicht wichtig? Kathys Gedanken rasten. *Wie kann er sagen, dass es nicht wichtig ist? Wie kann er sich benehmen, als wäre nichts wichtiger als der Umstand, dass sie zurück in unser Leben getanzt ist? Wenn er es wagt, ihr zu sagen, dass das alles keine Rolle mehr spielt, dann schreie ich los, das schwöre ich.*

Seine Beine versagten und er griff nach dem Treppengeländer. Kathy nahm das als ihr Stichwort, das Wiedersehen zu unterbrechen. »Dad, du musst wieder ins Bett.« Sie ergriff seinen Arm.

»Lass mich helfen«, flüsterte Sunshine.

Kathy warf ihr einen Blick zu, der ihr hoffentlich klarmachte, dass ihre Hilfe nicht gebraucht wurde. Offenbar funktionierte es, denn Sunshine trat einen Schritt zurück.

»Hol doch deine Sachen«, schlug Vater vor. »Kathy kann dir zeigen, wie du das Sofa umklappen kannst. Ich fürchte, so wie die Dinge liegen, steht dein altes Zimmer voller Kisten.«

»Das ist kein Problem, Dad. Ich muss auch gar nicht hier übernachten, wenn das unangenehm für euch ist.«

Kathy versuchte, ihren Vater von Sunshine wegzuführen, doch er blieb stehen. »Das ist auch dein Zuhause. Du bist hier immer willkommen.«

Kathy begegnete Sunshines Blick und bemerkte, dass ihre Schwester auf irgendeine Art von Antwort wartete. Kathy schloss ihre Hand fester um den Hosenbund ihres Vaters, um ihm Halt zu geben. »Ich helfe dir, wenn ich Dad versorgt habe.« Sie versuchte, um ihres Vaters willen höflich zu klingen.

Als ihr Vater krank geworden war, hatte Kathy das, was einmal das große Familienzimmer gewesen war, in ein Schlafzimmer umfunktioniert. Vater schaffte es nicht mehr die Treppe hinauf, und das Familienzimmer war die perfekte Lösung. Genau genommen erwies es sich als weit bessere Wahl, als Kathy sich je hätte vorstellen können, denn das große Panoramafenster und die Glasschiebetür gingen hinaus zu den weiten Weizenfeldern, die ihr Vater einst bestellt hatte. Es schien ihn zufriedenzustellen, wenigstens diese kleine Verbindung zu dem Leben zu haben, das er einst gekannt hatte.

Tony Anderson, der schon lange mit Kathys bester Freundin Sylvia verheiratet war, hatte die Bestellung der Felder übernommen und kam oft vorbei, um Kathys Vater alle Einzelheiten zu erzählen. Das machte ihm auch große Freude. Besonders jetzt, da er wusste, dass seine Tage gezählt waren und dass die Farm bald verkauft werden würde.

»Du darfst dich nicht zu sehr anstrengen«, sagte Kathy zu ihm, während sie ihm half, die Beine über die Bettkante zu heben.

»Sie ist wieder zu Hause«, sagte er und schüttelte den Kopf. »Sie ist wirklich zurückgekommen.«

»Ja, sie ist zurückgekommen, schon gut.«

»Du klingst nicht glücklich. Was ist los?«

Sie half ihm, im Bett eine bequeme Lage zu finden. »Ich schätze, ich bin überrascht, dass sie nach zwölf Jahren ohne ein einziges Wort zu irgendeinem von uns zurückgekommen ist. Dazu braucht man schon Nerven.«

»Sei nicht böse, Kathleen. Das ist etwas Gutes – eine Gebetserhörung von Gott.«

»Ich weiß, dass du das so empfindest, aber ich nicht.« Kathy machte es ihm bequem, indem sie ihm Kissen unter verschiedene Körperstellen schob. Es gab etwa ein Dutzend Kissen in mehreren Größen, und normalerweise benutzte sie alle. »Ich kann nicht einfach so tun, als sei nichts geschehen«, sagte sie, als sie die Decke hochzog. »Ich kann nicht so tun, als wären keine zwölf Jahre ohne eine Nachricht von ihr vergangen.«

»Ich liebe sie, Kathy. Ich liebe sie genauso, wie ich dich liebe.« Er sah sie mit einem so bittenden Blick an, dass Kathy sich augenblicklich wegen ihres Ausbruchs schämte.

»Natürlich. Es tut mir leid.« Sie bot ihm Wasser an, aber er lehnte ab. »Hast du Hunger?« Sie kannte die Antwort, noch bevor ihr Vater den Mund öffnete.

»Noch nicht. Vielleicht später.«

Doch Kathy wusste, dass es bis »später« sehr lange dauern würde. Ihr Vater aß in letzter Zeit äußerst wenig. Der Arzt hatte sie bereits darüber aufgeklärt, dass das jetzt so weitergehen würde, bis er gar nichts mehr aß und trank. Wenn das geschah, würde es wahrscheinlich kaum mehr als eine Woche dauern, bis er starb.

Vater griff nach ihrer Hand. »Kathy, ich weiß, dass du wütend bist, aber ich bitte dich, lass deine Wut los. Heute wurden meine Gebete erhört. Amy wiederzusehen war das Einzige, was ich noch wollte, bevor ich sterbe. Das Einzige, worum ich gebetet habe.«

Kathy fühlte sich schrecklich selbstsüchtig. Ihr eigener Unmut und Schmerz wegen Sunshines Rückkehr waren nichts im Vergleich zu dem Frieden, den er verspürte, das wusste sie. Ihr Vater würde endlich das Gefühl haben, dass er sterben konnte. Doch vielleicht war sie deshalb nur noch ungehaltener, dass Sunshine wieder aufgetaucht war. Offen gesagt wusste Kathy nicht, ob sie bereit war, sich von Vater und allem, was sie auf der Farm gekannt hatte, zu verabschieden.

Kathy holte tief Luft und blickte in das Gesicht ihres Vaters. »Ich weiß. Ich weiß nicht, warum mich das so aufregt. Ich schätze, ich denke einfach nur immer, dass sie mich alles gekostet hat – dass sie mit ihren selbstsüchtigen Entscheidungen mein ganzes Leben verändert hat.«

»Setz dich mal einen Augenblick zu mir.« Vater zog sanft an ihrer Hand.

Kathy folgte, doch sie war nicht mit dem Herzen dabei. Sie wusste, dass er ihr sagen würde, dass Sunshine zu vergeben die christliche Entscheidung war. Dass sie wirklich gesegnet waren, jetzt, da sie wussten, dass es Sunshine gut ging.

»Ich möchte, dass du weißt, wie dankbar ich für dein Opfer für Mom und mich bin«, begann er. »Ich habe immer bereut, dass du keine Gelegenheit hattest, das College zu beenden. Und ich habe auch bereut, dass du und Kyle die Situation nicht bewältigt und geheiratet habt.«

»Ich konnte mich nicht zerteilen«, sagte sie zu ihrem Vater. »Ich konnte mich nicht um Mom kümmern, so wie sie es brauchte, und außerdem Kyle eine Ehefrau sein. Das habe ich begriffen, als er fortging.«

»Aber er ist zurückgekommen und hat sich entschuldigt. Du hast ihm gegenüber dein Herz verhärtet.«

»Niemals«, sagte Kathy traurig. »Ich habe mein Herz vor ihm versteckt. Ich habe es nie verhärtet – nicht so, wie du meinst. Ich wusste, dass ich nie die Ehefrau sein konnte, die ich sein sollte. Er musste reisen, um seine Karriereziele zu erreichen. Ich konnte Mom und dich nicht von Fremden versorgen lassen. Selbst wenn wir geheiratet hätten und ich hiergeblieben wäre, was für eine Ehe wäre das gewesen? Was, wenn wir Kinder gehabt hätten? Sie hätten gelitten, denn ich hätte ihnen nie die Aufmerksamkeit schenken können, die sie gebraucht hätten. Sie hätten ein Zuhause ohne Vater gehabt – jedenfalls wäre er nicht sehr oft da gewesen.«

»Ich weiß, dass du das oft gesagt hast. Ich bin nicht überzeugt, dass es so hätte kommen müssen, aber ich glaube, ich verstehe deine Entscheidung. Ich möchte nur, dass du weißt, dass ich dankbar für das bin, was du für uns getan hast. Dass dein Opfer nicht unbemerkt geblieben ist.«

»Darum ging es doch nie. Ich habe euch beide geliebt – ich liebe euch immer noch.« Kathy warf einen Blick auf die halb geöffnete Tür. »Deswegen bin ich geblieben. Sie ist gegangen, weil sie keinen von uns so sehr liebte wie sich selbst.«

»Das ist wahr«, stimmte ihr Vater zu. »Aber jetzt ist sie wieder da. Ich möchte, dass du ihr vergibst, Kathy. Ich möchte, dass ihr beiden die Vergangenheit hinter euch lasst und neu anfangt.«

»Du weißt nicht, was du da von mir verlangst.«

Er lächelte kaum merklich. »Ich glaube schon. Aber ich weiß, dass du im Moment verletzt bist. Deswegen kannst du nicht klar denken. Wenn ich durch den Krebs große Schmerzen habe, kann ich auch nicht klar denken.« Er lachte leise in sich hinein. »Und meine Gedanken gehen auch durcheinander, wenn ich Schmerzmittel nehme. Ich schätze, meine Tage als Denker sind vorbei.«

»Dad … ich habe Angst. Angst, dass sie nur nach Hause gekommen ist, um Ärger zu machen. Angst, welche Erwartungen sie an uns hat.«

Er schüttelte den Kopf. »Es spielt keine Rolle, welche Erwartungen sie hat. Erwartungen sind etwas Gefährliches, wenn es um die Reaktionen und Handlungen von anderen Menschen geht. Ich glaube aber, dass sich deine Schwester wirklich geändert hat. Du musst das respektieren und ihr eine Chance geben.«

»Eine Chance wozu? Wieder ihren Namen zu ändern und wieder zwölf Jahre wegzulaufen?« Kathy wusste, dass ihr Vater ihre Wut und Frustration nicht verdiente, doch sie konnte ihre Gefühle irgendwie nicht zügeln. »Ich sehe keinen Grund, ihr zu vertrauen.«

»Ich habe dich nicht gebeten, ihr zu vertrauen. Ich habe dich gebeten, ihr zu vergeben.«

»Also kann sie einfach wieder hier hereintanzen, als wäre nichts gewesen, und wir sollen dann damit zufrieden sein – so tun, als wäre es nie passiert, so tun, als wäre ihre Entscheidung völlig akzeptabel gewesen?«

»Nein«, sagte ihr Vater und schüttelte den Kopf. Seine Stimme wurde immer schwächer. »Sie weiß, dass ihre Entscheidung nicht akzeptabel war. Sie hätte mich nicht um Vergebung gebeten, wenn sie etwas anderes denken würde. Sie weiß, dass wir nicht vergessen oder so tun können, als wäre sie nicht für zwölf Jahre weggegangen. Sie weiß, dass sie uns verletzt hat, und sie wird es auch weiterhin wissen – so lange, wie wir sie daran erinnern.« Er schaute Kathy an und hielt ihren Blick fest. »Willst du das – dafür sorgen, dass sie ebenso verletzt wird wie wir?«

»Sie hat sich dafür entschieden, die Menschen zu verletzen, die sie am meisten geliebt haben. Sie hat sich entschieden wegzulaufen und nie irgendjemandem zu sagen, wo sie war oder ob es ihr gut ging. Jetzt möchtest du ihre Rückkehr feiern. Du willst so tun, als ob sie nichts Schlimmeres getan hat, als eine schlechte Berufswahl zu treffen.«

»Nein … ich möchte mich daran erinnern, dass meine Entscheidungen in Gottes Augen manchmal ebenso schlecht waren. Ich möchte mich daran erinnern, dass ich den Menschen, die mich lieben, auch nicht immer Freude gemacht habe, und deswegen haben Menschen gelitten.«

»Du hast niemals so schlechte Entscheidungen getroffen«, protestierte Kathy.

»Das stimmt nicht. Was ist damit, dass ich nicht zum Arzt gehen wollte, als die ersten Symptome kamen? Dass ich die Farm nicht eher zum Verkauf angeboten habe?«

Kathy fühlte sich, als hätte ihr jemand in die Magengrube geschlagen. »Das ist … anders.«

»Wirklich? Ich glaube nicht. Du hast wegen meiner schlechten Entscheidungen gelitten.« Er unterbrach sich und schaute hinaus auf die Felder. »Sie ist mein Kind, Kathy. Ich kann mich nicht von ihr abwenden, selbst wenn sie sich von mir abwenden würde.«

Kathy wusste, dass er recht hatte. Jeder traf schlechte Entscheidungen. Sie selbst hatte genügend davon getroffen. Sie holte tief Luft und tätschelte ihrem Vater die Hand. »Ich werde um deinetwillen versuchen, freundlich zu ihr zu sein, aber ich werde nicht lügen. Wenn sie mich fragt, wie ich mich fühle, kann ich nicht lügen.«

»Das erwarte ich auch nicht, Kathy.« Er klang so traurig, als wüsste er, dass es in ihrem Herzen ein nicht zu füllendes Loch gab, das Sunshine gerissen hatte. »Ich hoffe allerdings, dass du die Wahrheit mit Liebe sagst, wie es in der Bibel steht. Wenn du auf sie losgehst, nur damit sie sich schlecht fühlt, wie soll dadurch irgendetwas besser werden, was sie vor all den Jahren getan hat?«

Kathy dachte daran, wie ihre Mutter gelitten hatte, die vielen Stunden, die diese um ihr jüngeres Kind geweint und getrauert hatte. Die Fragen und Ängste und ihre eigene Fantasie, die mit ihr durchging – mit all dem umzugehen war viel schwerer gewesen, als wenn ihre Mutter gewusst hätte, wo Amy war und was sie machte.

»Wenigstens wird meine Wut – mein Wunsch, Amy in ihre Schranken zu verweisen – niemanden umbringen. Sie hat Mom so sicher umgebracht, als hätte sie ihr eine Waffe an die Schläfe gehalten. Mom hätte nie einen Herzinfarkt bekommen und wäre anschließend niemals so geschwächt gewesen, wenn Sunshine nicht einfach so herzlos verschwunden wäre.«

Kathy stand auf und ging neben dem Bett hin und her. »Ich bin um deinetwillen froh, dass Sunshine sich entschlossen hat, nach Hause zu kommen, aber ich – ich hasse es. Es eröffnet eine ganze Reihe neuer Probleme, die bewältigt werden müssen. Ehrlich gesagt, weiß ich nicht, ob ich die Kraft habe, mich noch einmal ihren Eskapaden zu stellen.«

Sunshine stand im Flur und hörte sich den Wortschwall ihrer Schwester an. Sie hatte keineswegs erwartet, nach zwölfjähriger Abwesenheit mit offenen Armen empfangen zu werden, doch sie hatte auch keinen offenen Hass erwartet. Kathy hasste sie – das war klar. Sie hasste sie so sehr, dass sie Sunshine für den Tod ihrer Mutter verantwortlich machte.

Tränen strömten über Sunshines Gesicht. Warum hatte sie die Entscheidungen getroffen, die sie getroffen hatte? Warum hatte sie so viele schlimme Dinge getan?

Wenn ich nur nach Hause gekommen wäre, nachdem mir das Geld ausgegangen ist. Wenn ich nur erkannt hätte, welchen Schmerz ich durch meinen Egoismus verursacht habe.

Doch Sunshine hatte gelernt, dass man das Leben nicht auf »was wäre wenn« aufbauen konnte. Nichts konnte die Vergangenheit ändern. Was getan war, war getan, und es gab keinen Weg zurück – egal wie tief die Reue war.

Sie hörte, wie Kathy etwas davon sagte, um ihres Vaters willen Frieden zu halten, und erschauderte. Etwas war mit Vater ganz und gar nicht in Ordnung. Er war nur noch Haut und Knochen und er hatte etwas davon gesagt, dass er nicht gleich bei den ersten Symptomen zum Arzt gegangen war. Sunshine wollte wissen, was geschehen war und wie die Prognose aussah, aber sie hatte Angst zu fragen. Zum einen wusste sie nicht, ob sie mit der Antwort umgehen konnte. Und zum anderen wusste sie nicht, ob sie sich mit Kathys Feindseligkeit auseinandersetzen wollte.

Sunshine entfernte sich vom Familienzimmer und ging in die Küche. Zu ihrer Überraschung sah sie noch immer gleich aus. Das alte Farmhaus war nicht mehr renoviert oder ausgebaut worden, seit sie gegangen war. Sie berührte die gesprenkelte Arbeitsplatte und dachte an all die Male, die sie sie hatte abwischen müssen. Wie sie die Hausarbeiten gehasst hatte. Große weiße Schränke luden sie ein, sie zu erkunden. Sunshine erinnerte sich, wie sie und Kathy sie als Überraschung für Mutter weiß angestrichen hatten. Vater war der Ansicht gewesen, dies wäre der perfekte Weg, die Küche ein bisschen aufzuhellen, und Mutter war begeistert gewesen.

Sunshine entdeckte eine überraschende Erinnerung an ihre Kindheit in dem Pressglas aus der Zeit der Weltwirtschaftskrise, das immer noch einige der Regale säumte. Ihre Mutter hatte das Geschirr von ihrer Urgroßmutter geerbt und es immer sehr gern benutzt. Sunshine erinnerte sich, dass sie einmal gefragt hatte, ob es gefährlich sei, das Geschirr für den Alltag zu benutzen, doch ihre Mutter hatte darüber gelacht. Sie hatte zu Sunshine gesagt, dass es nur Gegenstände seien und dass Gegenstände nichts wert wären, wenn man sie nicht benutzen könnte.

Sunshine ging von den Schränken weg zur Hintertür. Im Türrahmen waren noch die Kerben, wo Vater sie und Kathy immer gemessen hatte. Sunshine berührte liebevoll das eingeritzte Holz. Es war ein Teil ihrer Geschichte, der tatsächlich brauchbar schien. Hier war der Beweis, dass sie einmal als Kind in diesem Haus existiert hatte. Hier war der Beweis, dass sie einmal dazugehört hatte.

Hinter der Tür gab es eine kleine geschlossene Veranda hinter dem Haus. Sie war in dem Jahr verkleidet worden, als Sunshine zwölf geworden war. Sie und einige ihrer Freundinnen hatten auf der Stelle eine Schlummerparty dort veranstaltet, doch sie hatte nur bis etwa Mitternacht gedauert, bis alle Mädchen ins Haus gegangen waren, nachdem die Geräusche der Nacht ihnen Angst gemacht hatten. Sunshine konnte nicht anders, als bei dieser Erinnerung zu lächeln. Das Leben war damals so einfach gewesen. Sie hatte geglaubt, man hätte sie mit Regeln und Verboten unterdrückt, aber wenn sie nur erkannt hätte, wie geschützt und geliebt sie war, wäre vielleicht alles anders gekommen.

Da war es wieder. Wenn nur. Ach, wie sie die Entscheidungen bereute, die sie getroffen hatte. Kathy glaubte zweifellos, ihre Schwester hätte ein zauberhaftes Leben in Wohlstand und Glück geführt, doch da konnte Sunshine ihr die Illusionen nehmen. Sie hatte Zeiten mit beidem gehabt, doch an dem Leben, das sie sich nach ihrem Auszug von zu Hause aufgebaut hatte, war nichts Zauberhaftes oder allzu Gutes gewesen.

Sunshine öffnete die Tür mit dem Fliegengitter zur Veranda und schaute über den Garten. Alles war genauso, wie sie es in Erinnerung hatte: die Wäscheleine ihrer Mutter, der Hühnerstall und der Hühnerhof, die Scheune und der Sturmschutzraum. Wie sie diesen Raum als Kind gehasst hatte. Die meisten ihrer Freunde hatten Keller unter den Häusern, aber nicht die Halberts. Dieses Haus war kurz vor dem Ersten Weltkrieg gebaut worden, und offensichtlich waren Keller in den Farmhäusern von Kansas nicht allzu sehr in Mode gewesen. Nichts war so Furcht einflößend, wie die scheinbare Sicherheit des Hauses zu verlassen und sich in den Sturm hinauszuwagen, um in den Schutzraum zu gelangen.

Sie erinnerte sich, dass sie als kleines Mädchen vor Angst geweint hatte. Die Stürme hatten sie erschreckt, doch der Schutzraum war ebenso furchterregend. Er war nicht mehr als ein Loch, das in den Boden gegraben und mit einem Gerüst aus Wellblech und Holz verstärkt war, und er war muffig und dunkel, mit einem Fußboden aus festgetretener Erde. Insekten – besonders Spinnen – hatten sich wohl am liebsten unter den groben Holzbänken eingenistet, wo die Familie das Unwetter aussaß. Sunshine hatte sich immer darum gesorgt, was wohl unter der Bank hervorkriechen könnte, und gebettelt, bei ihrem Vater auf dem Schoß sitzen zu dürfen. Im Lauf der Jahre hatte ihr Vater den Schutzraum ausgebaut, doch es war nie ein Ort, an dem Sunshine lange bleiben mochte. Selbst jetzt jagte ihr der Anblick der Tür, die aus dem Erdhügel hervorragte, einen Schauder über den Rücken.

Sie wandte sich wieder zum Haus um und ging zum Küchentisch. Vor zwölf Jahren war dies der Schauplatz ihres Abgangs gewesen. Sie erinnerte sich an ihre Arroganz … ihre mangelnde Liebe … ihren bitteren Hass.

Meine Träume schienen damals so wichtig. Ich dachte, ich wüsste es am besten – ich dachte, ich wüsste alles. Aber ich habe so vielen Menschen mit meiner Selbstsucht wehgetan.

Sunshine seufzte und rieb mit der Hand über das glatte, aber stumpfe Holz. Sie lehnte sich zurück und schaute sich im Raum um. Kathy hatte nur wenig daran verändert. Natürlich wusste Sunshine nicht, wann ihre Mutter gestorben war, aber sie war froh, dass Kathy alles mehr oder weniger so gelassen hatte, wie es gewesen war. In diesem Raum war die Handschrift ihrer Mutter noch deutlich zu spüren, in den Möbeln, die sie gewählt, in den Farben, mit denen sie die Wände gestrichen hatte.

Mom, wenn ich nur gewusst hätte … Sie verdrängte diesen Gedanken. *Ich kann das nicht. Lana hat gesagt, dass es zu nichts führt. Ich kann meine Handlungen in der Vergangenheit nicht mehr gutmachen oder die Entscheidungen ändern, die ich getroffen habe. Ich kann nur an der Gegenwart arbeiten.*

Kathy stand vor dem Zimmer ihres Vaters in der Stille. Sie wusste, dass sie ihre Schwester suchen und die Schlafcouch fertig machen sollte, aber in ihrem Herzen kämpfte sie. Sie kämpfte damit, dass sie um ihres Vaters willen freundlich sein musste, und damit, dass sie ihr Herz schützen musste – um ihretwillen.

Ihr Brustkorb schmerzte noch immer von dem Gefühl, ihre Schwester dort stehen zu sehen, als sie die Tür geöffnet hatte. Im ersten Jahr, nachdem Sunshine gegangen war, hatte Kathy voll und ganz erwartet, dass sie die Tür öffnen und so etwas passieren würde. Dann war ein weiteres Jahr vergangen und dann drei und fünf und zehn. Kathy hatte aufgehört zu glauben, dass Sunshine je zurückkehren würde, als das zehnte Jahr vergangen war. Das war das Jahr, als sie angefangen hatte, Sunshines Zimmer als Abstellraum zu benutzen.

Es hatte ganz unschuldig angefangen. Ihr Vater hatte Kathy gebeten, einige alte Fotos auf dem Dachboden zu suchen, und die Sommerhitze hatte es unmöglich gemacht, in dem beengten, drückend heißen Raum zu arbeiten. Ihr Vater hatte vorgeschlagen, alles vom Dachboden herunterzuholen und es in Sunshines Zimmer zu stellen, damit es für Kathy an dem kühleren Platz leichter war, alles zu sichten. Die Kisten voller Erinnerungen und alten Stücken aus der Vergangenheit nahmen immer noch allen Raum im Zimmer ihrer Schwester ein. Kathy hatte sich darum kümmern wollen – besonders, weil die Farm verkauft werden sollte. Natürlich gab es bisher noch keinen Käufer. Zumindest keinen, der die Farm als Gesamtpaket kaufen wollte. Kathy schob ihre Bedenken beiseite. Sie konnte sich keine Sorgen um den Verkauf der Farm machen und sich gleichzeitig mit Sunshine befassen.

»Ich schätze, jetzt werde ich mich um ihr Zimmer kümmern müssen«, murmelte sie. Immerhin brauchte Sunshine, wenn sie sehr lange bleiben wollte, ein ordentliches Bett und etwas Privatsphäre.

Kathy stieß sich von der Wand ab und beschloss, dass es an der Zeit war, sich mit der vorliegenden Situation zu befassen. Sie ging hinauf zum Wäscheschrank und zog frisches Bettzeug hervor. Einem nachträglichen Einfall folgend griff Kathy auch nach einem Ventilator, da sie sich daran erinnerte, dass Amy … Sunshine … gern einen Ventilator laufen ließ, während sie schlief. Das Haus war nie mit einer Klimaanlage ausgestattet worden und die Nächte waren in den langen, schwülen Sommern sehr warm.

Sie dachte daran, dass sie sich ihrer Schwester stellen musste, und für einen Moment stieg Panik in ihr auf. Eine Art Krieg tobte in ihr, mit einer verbitterten, wütenden Frau, die viel älter schien, als sie wirklich war, auf der einen Seite, und einem ängstlichen – nein, zu Tode geängstigten – Mädchen, das gezwungen gewesen war, zu früh zu viel Verantwortung zu übernehmen, auf der anderen. Keine von beiden spendete Kathy besonders viel Hoffnung oder Trost.

Ihre Arme begannen zu schmerzen, weil sie die ganzen Sachen immer noch festhielt. Es hatte keinen Zweck, das Unvermeidliche hinauszuschieben.

3

»Sunshine?« Kathy spähte zur Küchentür herein.

»Nenn mich Sunny. Das machen heute alle.«

»Überrascht mich nicht«, murmelte Kathy. »Ich habe das Sofa für dich fertig gemacht.«

»Kannst du dich bitte einen Augenblick zu mir setzen, Kathy?«

Kathy schaute ihre Schwester an und dachte daran, die Bitte abzulehnen, aber weil sie wusste, wie viel es ihrem Vater bedeutete, nickte sie. »Ich denke schon.« Sie setzte sich Sunny gegenüber an den Tisch und begegnete dem Blick ihrer Schwester. Alles wirkte ganz unschuldig, doch etwas in Kathy schrie nach Schutz. *Pass auf dein Herz auf. Pass auf dein Herz auf.* Die Worte pulsierten durch ihren Kopf.

Sunny faltete die Hände und lehnte sich auf dem Holzstuhl zurück. »Schau, ich weiß, das ist dir nicht angenehm, aber ich glaube, wir sollten miteinander reden. Ich meine, ich möchte wirklich mit dir reden. Ich möchte, dass du mich verstehst.«

Kathy fielen eine Menge schnippische Dinge ein, die sie sagen wollte, aber sie hielt ihre Zunge im Zaum. Immer wieder dachte sie daran, dass sie beten sollte – um Seelenfrieden beten und Gott bitten, ihr Liebe zu ihrer Schwester zu schenken. Doch diese Gebete blieben unausgesprochen.

»Also, was hast du auf dem Herzen?«

Sunny schüttelte den Kopf. »Ich habe alles auf dem Herzen. Zwölf Jahre Leben hier auf der Farm. Sorgen um Dad. Das verzweifelte Bedürfnis, die Wahrheit über Mom zu erfahren. Ich muss es wissen, Kathy. Ich flehe dich an, es mir zu sagen, damit ich nicht Dad danach fragen muss. Offensichtlich geht es ihm ja nicht gut.«

»Er hat Krebs«, sagte Kathy ohne Vorwarnung. »Ich möchte nicht, dass du ihn mit einem Haufen Fragen aufregst. Er verdient es, seine letzten Tage in Frieden zu verbringen.«

Sunny beugte sich vor. Sie war überraschend ruhig. »Wie lange hat er noch?«

Kathy zuckte die Schultern. »Tage … vielleicht Wochen. Der Arzt hat mir gesagt, es dauert nicht mehr lange. Er isst und trinkt jeden Tag weniger, und sobald er gar nichts mehr zu sich nimmt, ist es nur noch eine Frage der Zeit.«

»Sollte er nicht im Krankenhaus sein?«

»Er wollte zu Hause sterben. Die Mitarbeiter vom Hospiz kommen regelmäßig und schauen nach ihm. Er hat sie alle mit seiner Kraft und seinem Durchhaltevermögen überrascht. Der Arzt hat gesagt, jemand Schwächeres hätte es nie so lange geschafft.«

»Dad war schon immer ein Kraftwerk«, sagte Sunny und starrte auf ihre Hände. »Was für eine Art Krebs ist es?«

»Angefangen hat es mit Blasenkrebs. Dad hat zu lange gewartet, bevor er Hilfe gesucht hat. Er hatte schon eine ganze Weile Blut im Urin und hat mir einfach nicht davon erzählt. Er dachte, es sei eine Infektion, und hat versucht, sich selbst mit viel Wasser und Cranberrysaft zu behandeln.«

»Mutters Mittel gegen Blasenentzündungen.«

»Genau. Er bekam dann andere Probleme und hat es mir schließlich gesagt. Das war vor etwa sieben Jahren. Der Arzt sagte, er hätte einen Tumor in der Blase. Sie haben ein MRT gemacht und keine anderen Herde gesehen, also haben sie ihn bestrahlt. Ein Jahr später bescheinigte der Arzt ihm, dass er geheilt sei, aber der Krebs kam zurück. Genau genommen haben wir die Krankheit in den letzten Jahren immer wieder mal zurückgedrängt. Eine Weile dachten wir, dass er sich erholt, und dann ging es einfach bergab. Ende April haben sie noch ein MRT gemacht und festgestellt, dass der Krebs auf Leber, Lunge und Knochen übergegriffen hat. Da wussten wir, dass es nur noch eine Frage der Zeit ist.«

»Es tut mir leid, Kathy.«

»Was?« Kathy schaute ihre Schwester verwirrt an.

»Alles. Ich weiß, das klingt dürftig, aber es tut mir wirklich leid. Ich hoffe, dass du mir mit der Zeit glauben wirst.«

Kathy wandte den Blick ab und sagte nichts. Sie wollte einfach aufstehen und weggehen – vergessen, dass Sunny je wieder in ihr Leben zurückgekehrt war.

»Bitte sag mir, was mit Mom passiert ist.«

Kathys Blick schoss zurück zu Sunny. »Warum? Welchen Sinn hätte das?«

»Ich muss es wissen. Ich muss wissen, was geschehen ist. Ich brauche das.«

»Ich hätte auch eine Menge Dinge gebraucht, die ich nie bekommen habe.« Kathy ballte ihre Hände zu Fäusten, ließ dann wieder locker. »Mom hat Dinge gebraucht, die sie nie bekommen hat. Warum solltest du die Einzige sein, die bekommt, was sie braucht?«

»Ich weiß, dass du mich hasst. Ich weiß, du wünschst dir, ich wäre nie zurückgekommen. Ich weiß nicht, was ich dir sagen soll«, gestand Sunny. »Ich würde gern wissen, was in meiner Abwesenheit geschehen ist.«

»Wozu?« Kathy weigerte sich, die Augen abzuwenden, auch wenn sie sehen konnte, dass ihr forschender Blick Sunny unbehaglich war.

»Ich habe mich geändert, Kathy. Ich weiß, dass ich etwas Falsches getan habe. Ich weiß, dass ich dich und Mom und Dad verletzt habe. Ich hätte schon längst zurückkommen oder euch wenigstens wissen lassen sollen, dass ich am Leben bin. Ich weiß, ich verdiene keine Antworten, aber ich flehe dich an, mir zu sagen, was geschehen ist, nachdem ich gegangen bin. Was ist mit unserer Mutter passiert?«

Kathy ließ ihre Erinnerungen über die Jahre zurückgleiten. »Meinetwegen. Aber erwarte nicht, dass ich irgendetwas beschönige.«

Kathy stand vor dem Zimmer ihrer Schwester und hörte ihre Mutter weinen. Seit Amy gegangen war, hatte sie beinahe jeden Tag ununterbrochen geweint. Das war vor drei Wochen gewesen.

»Mom?« Kathy klopfte an die Tür. In einer Hand balancierte sie ein Tablett, während sie mit der anderen die Tür öffnete.

»Was?« Mutter schniefte gegen die Tränen an. »Hast du etwas gehört?«

»Nein«, erwiderte Kathy rasch. »Dad möchte, dass ich dir das Mittagessen bringe. Du musst essen. Es ist schon zu lange her, seit du etwas

Richtiges zu dir genommen hast. Möchtest du hier essen oder in deinem Zimmer?«

»Ich habe keinen Hunger.« Ihre Mutter stand aus dem Schaukelstuhl auf und ging zum Fenster.

»Ich weiß, aber du wirst noch krank, wenn du nichts isst.«

»Was meinst du, sollten wir zur Polizei gehen, um nach ihr suchen zu lassen?« Mutter drehte sich um und ein Blick der Hoffnung flackerte auf ihrem Gesicht auf.

»Mom«, begann Kathy, als sie das Tablett auf das Bett stellte, »Amy –«

»Sie möchte Sunshine genannt werden«, unterbrach Mutter.

Kathy schnaufte gereizt. »Sunshine ist achtzehn. Sie ist erwachsen. Sie ist aus eigenem, freiem Willen gegangen. Die Polizei hat Dad schon gesagt, dass wir nichts tun können.«

»Ich wünschte nur, ich wüsste, ob es ihr gut geht.« Mutter drehte sich wieder zum Fenster um. »Wenn sie doch wenigstens anrufen würde.«

Kathy warf einen Blick auf ihre Mutter, erstaunt über die körperlichen Veränderungen an ihr. Die einst lebhafte Frau schien völlig verändert zu sein: Sie war sichtlich gealtert; ihr Gesicht war fahl und ihre Augen ohne Glanz – beinahe leblos. Und sie hatte abgenommen. Marg Halbert war nie dick gewesen, keinesfalls, aber in den letzten Wochen hatte sie kaum etwas gegessen. Kathy schätzte, dass sie mindestens zehn Kilo abgenommen hatte, und das konnte in so kurzer Zeit nicht gesund sein.

»Mom, bitte versuch, etwas zu essen. Ich habe dir ein Sandwich mit Thunfischsalat gemacht. Ich weiß, wie gern du das isst.«

Ihre Mutter schaute sie an, als ob ihre Worte keinen Sinn ergäben. »Glaubst du, dass sie nach Hause kommen wird – sobald das Geld weg ist?«

»Wahrscheinlich. Sie hat keine richtige Berufserfahrung. Sie kann kellnern, aber damit wird sie nicht genug Geld verdienen, um ein angenehmes Leben führen zu können. Nicht, soweit ich Amy kenne.«

»Sunshine«, wiederholte ihre Mutter.

»Sunshine«, gab Kathy nach. »Jetzt setz dich bitte hin und iss etwas.«

Mutter schüttelte den Kopf. Sie ging wieder zum Schaukelstuhl, dann legte sie eine Hand auf die Brust. »O«, keuchte sie. Ihr Gesicht verzog sich und sie griff nach der Stuhllehne.

»Was fehlt dir?«, fragte Kathy und kam an ihre Seite.

»Meine Brust. Es tut so weh. O, Kathy, hol Vater. Ich glaube ... ich glaube, irgendetwas stimmt nicht. Ich fühle mich so schwach.«

Kathy half ihrer Mutter zum Bett hinüber. »Warte hier. Ich schau mal, ob ich ihn finden kann.« Sie wusste, dass er noch vor wenigen Minuten in der Küche gewesen war. Es war um die Mittagszeit und er war vom Feld hereingekommen, um zu essen.

»Dad! Dad, komm schnell!«

Keine Antwort. Kathy verspürte eine überwältigende Angst. Wenn er wieder aufs Feld gegangen war, war es unmöglich zu sagen, wo er gerade steckte.

»Dad!« Kathy stürmte durchs Haus und zur Hintertür hinaus. »Dad, wo bist du?«

»Ich bin hier, Kathy. Was ist los?«, fragte Dad und tauchte aus der Scheune auf.

»Es geht um Mom. Irgendetwas stimmt nicht mit ihr.«

Einen Monat später saß Kathy bei ihren Eltern, während der Arzt Marg Halberts gesundheitlichen Zustand erklärte. Kathy musste sich auf die Unterlippe beißen, um nicht loszuweinen.

»Mrs. Halbert, der Herzinfarkt hat siebzig Prozent Ihres Herzens geschädigt. Sie hatten wahrscheinlich schon immer ein schwaches Herz, seit Sie in der Kindheit rheumatisches Fieber hatten. Aber Sie sind noch jung und ansonsten gesund, also werde ich eine Herztransplantation vorschlagen.«

»Aber warum? Wenn der Infarkt ausgestanden ist und ich auf dem Weg der Besserung bin ...« Mutter schien der Vorschlag des Arztes ziemlich zu verblüffen.

»Mrs. Halbert, dieser Schaden kann nicht ausheilen. Ihr Herz arbeitet mit kaum dreißig Prozent Leistung«, erklärte er. »Genau genommen würde ich sagen, es ist sogar noch weniger. Ihr körperlicher Zustand wird anfangen sich zu verschlechtern, und ohne Transplantation sind sie in ein paar Jahren tot.«

Kathys Eltern schnappten gleichzeitig nach Luft. Kathy selbst war zu schockiert, um auch nur ein Wort zu sagen, aber ihrem Vater machte das keine Mühe. »Was meinen Sie? Wollen Sie damit sagen, dass das meine Frau umbringen wird?«

Der Arzt nickte. »Es tut mir leid. Ohne Transplantation kann sie nicht darauf hoffen, noch lange zu leben. Sie müssen das verstehen. Im Körper hängt alles vom Herzen ab – Sauerstoff, Nährstoffe, Wärmehaushalt. Das Herz Ihrer Frau kann nicht mehr mit der gleichen Geschwindigkeit oder Kraft pumpen wie zuvor. Es wird sich Flüssigkeit ansammeln und das Herz und die Lunge ›ertränken‹. Wir können ihr Medikamente geben, damit das Wasser besser ausgeschieden wird, aber am Ende wird die mangelnde Funktionsfähigkeit des Herzens zum Tod führen.«

Endlich fand Kathy ihre Stimme wieder. »Wie lange wird es dauern, bis man ihr ein Herz transplantieren kann?«

Der Arzt wirkte erleichtert, dass wenigstens einer von ihnen bereit war, die Sache voranzutreiben. »Wir müssen ihren Namen auf eine Liste setzen. Sie wird die höchste Dringlichkeitsstufe bekommen, weil der Schaden so schwerwiegend ist. Dann warten wir auf einen Spender.«

»Jemand anderes wird zuerst sterben müssen – nicht wahr?«, fragte ihre Mutter flüsternd.

»Das ist richtig. Wir können nicht nur einen Teil des Herzens nehmen – man braucht das ganze Organ«, erwiderte er. »Wir müssen Formulare ausfüllen und ich habe hier eine Liste von Medikamenten. Die sollten Sie ab sofort einnehmen.« Er nahm ein Blatt Papier zur Hand. »Es ist außerdem wichtig, dass Sie sich an eine strenge natriumarme Diät halten. Meine Sprechstundenhilfe wird mit Ihnen alle Einzelheiten durchgehen.«

»Was wird sie noch brauchen?«, fragte Vater. Kathy konnte sehen, dass ihn das alles sehr mitgenommen hatte.

»Sie braucht sehr viel Ruhe.« Der Arzt schaute Mutter an und Kathy konnte sehen, dass er wusste, dass es schwierig werden würde, sie zu überzeugen. »Sie können Ihren üblichen Aufgaben nicht mehr nachkommen. Sie werden es Ihrer Tochter überlassen müssen, den Haushalt zu führen.« Er wandte sich an Kathy. »Sie wohnen doch noch zu Hause, oder?«

Sie nickte. »Ich werde ihr auf jede erdenkliche Art und Weise helfen.« Im Unterbewusstsein dämmerte Kathy, dass schon der erste August war. Sie sollte in zwei Wochen zurück ans College. Die Erkenntnis dessen, was gerade geschah, traf sie genau in diesem Augenblick. *Ich kann auf keinen Fall zurück ans College. Ich kann sie tagsüber nicht allein lassen und Dad kann nicht bei ihr bleiben. Er muss arbeiten.*

»Sie werden Ihrer Tochter erlauben müssen, Ihnen zu helfen«, sagte der Arzt und wandte sich wieder Marg zu. »Ich möchte, dass Sie sich ausruhen und nur aufstehen, um zur Toilette zu gehen oder sich zu waschen. Genauer gesagt wäre es sogar besser, wenn Ihre Tochter auch dann bei Ihnen wäre. Vielleicht wäre ein Liegesessel gut für Sie.«

»Aber ich fühle mich schon viel besser«, begann Mutter. »Ich bin noch ein bisschen schwach, aber längst nicht mehr so wie am Anfang.«

»Ich freue mich, dass Sie sich besser fühlen«, entgegnete der Arzt. »Ich freue mich, dass Sie sich stärker fühlen. Aber ehrlich gesagt, Mrs. Halbert, *geht* es Ihnen nicht besser. Ihr Zustand ist im Augenblick nur stabil. Sie müssen meinen Anweisungen folgen, oder Sie schaffen es nicht einmal mehr, bis Sie ein neues Herz bekommen.«

Kathy hasste ihn für seine harte Erinnerung an den Tod. Sie wollte etwas sagen, doch er wusste offenbar, was sie dachte. »Schauen Sie«, begann er, »ich weiß, dass ich sarkastisch und gefühllos klinge. Glauben Sie mir, das ist nicht meine Absicht. Aber Sie müssen das wirklich ernst nehmen. Sehr viele Patienten wollen nicht auf die ärztlichen Anweisungen hören. Sie bekommen einen weiteren Infarkt und können sich nicht mehr erholen. Ich möchte nicht, dass Sie Ihre Gesundheit ruinieren, bevor Sie eine Gelegenheit für eine Transplantation bekommen. Verstehen Sie, Mrs. Halbert?«

Mutter nickte. »Ich möchte meiner Familie nur nicht diese Art Last aufbürden.«

»Unsinn, Mom. Ich kann den Collegeabschluss verschieben, aber du kannst es nicht verschieben, auf deine Gesundheit achtzugeben.« Kathy wusste in jenem Augenblick, dass die Entscheidung gefallen war. Sie würde nicht wieder ans College gehen. Genau genommen musste sie auch irgendwie den Mut finden, Kyle zu sagen, dass sie ihn nicht heiraten konnte. Wenigstens noch nicht.

Zwei Tage später stand Kathy auf der Terrasse und überbrachte Kyle die Nachricht. »Ich kann dich nicht heiraten.« Sie reichte ihm den Verlobungsring. »Mutter braucht mich. Ich muss mich um den Haushalt kümmern, während wir auf ein Herz warten. Und selbst dann wird sie lange brauchen, bis sie sich von der Transplantation erholt hat.«

Kathy weinte nicht. Die Wahrheit war: Sie konnte nicht mehr weinen. Sie hatte so viele Nächte in Tränen aufgelöst in ihr Kopfkissen geschluchzt, damit niemand sie hören konnte.

»Aber Kathy, ich liebe dich. Du liebst mich. Es spielt keine Rolle. Wir können das schaffen«, sagte Kyle und streckte die Hand nach ihr aus.

Kathy wich ihm aus. Wenn er sie berührte, wusste sie wirklich nicht, was sie tun würde. »Ich kann Mom nicht das geben, was sie braucht, wenn ich mich nicht ganz auf sie konzentriere und auf das, was ich tun muss. Sie wird mich vierundzwanzig Stunden am Tag brauchen – es gibt keinen anderen, der das machen kann. Dad muss arbeiten und sich dann ausruhen. Er wird die Farm nicht halten und die Rechnungen nicht bezahlen können, wenn er nicht wie gewohnt weiterarbeiten kann.«

»Also stellst du deine Eltern über mich?«

Kathy runzelte die Stirn. »Wie selbstsüchtig, so etwas zu sagen.«

»Ich? Du bist diejenige, die selbstsüchtig klingt.« Kyle schaute sie an, als hätte sie ihm gerade ein Messer in den Bauch gerammt. »Du lässt mir gar keine Mitsprachemöglichkeit.«

»Mir hat auch keiner eine Mitsprachemöglichkeit gelassen.«

»Das ist nicht wahr«, sagte er und seine Stimme hob sich. »Du hast all diese Entscheidungen getroffen und nicht ein einziges Mal daran gedacht, mich zu fragen, wie es mir bei all dem geht – was ich brauche.«

»Du bist nicht krank. Du siehst deine Mutter nicht sterben, falls sie kein neues Herz bekommt.«

»Ich sehe meine Träume für die Zukunft sterben. Ich sehe, wie du unserer Liebe den Rücken zukehrst.«

»Das ist nicht fair. So fühle ich gar nicht.«

Kyle stürmte von der Veranda. »Ich bin mir gar nicht so sicher, ob du überhaupt etwas fühlst. Ich dachte, dass Menschen, die sich lieben, einander helfen sollten, ihre Probleme zu tragen.«

Kathy spürte, wie ihre Gedanken durcheinanderwirbelten. Alles, was sie gedacht und geplant hatte, war so schön geordnet gewesen, als es nur in ihrem Kopf war. Sie hatte nicht erwartet, dass Kyle so reagierte, doch jetzt benahm er sich, als hätte sie ihm gerade gesagt, dass es jemand anderen in ihrem Leben gab. Dieser Gedanke traf sie schwer. Wahrscheinlich gab es tatsächlich jemand anderen.

»Na schön. Wenn du es so willst – wenn dir unsere Liebe nicht mehr bedeutet hat, dann vergiss es.« Kyle stürmte davon zu seinem Auto. Ohne ein weiteres Wort ließ er es an und fuhr mit Vollgas davon.

Kathy rannte von der Veranda und umrundete das Haus. Sie vergaß alles andere und rannte ungestüm in die abgeernteten Felder, wo zuvor Vaters bester Weizen gewachsen war. Sie stolperte über den stoppeligen Boden und rannte immer weiter, bis sie Seitenstechen hatte und sie kaum noch Luft holen konnte. Als sie endlich stehen blieb, hob sie ihr tränenüberströmtes Gesicht zum Himmel.

»Warum, Gott? Warum geschieht das? Warum müssen wir dieses Elend erleiden?« Sie fühlte sich allein … verlassen. In diesem Moment hatte ihr Herz angefangen, sich zu verhärten.

Kathy öffnete die Augen und stellte fest, dass sie in der Sicherheit des Farmhauses saß und Sunshine an ihren Lippen hing. Mehrere Minuten lang konnte Kathy nichts weiter sagen. Der Schmerz dieser Erinnerungen hatte all ihre Energie aufgezehrt.

»Was ist danach geschehen?«, fragte Sunshine. »Was ist aus Mom und der Herztransplantation geworden?«

»Es gab keine Operation. Moms Zustand verschlechterte sich viel schneller, als der Arzt erwartet hatte, und als endlich ein Herz zur Verfügung stand, war es zu spät. Alle anderen Organe hatten schon angefangen zu versagen und sie war viel zu geschwächt. Das Herz hat jemand anderes bekommen. Jemand, der gesünder war.«

»Es tut mir so leid, Kathy«, sagte Sunshine zögernd.

Kathy schaute ihre Schwester an, als hätte diese den Verstand verloren. »Es tut dir leid? Das sollte es, aber es ändert nichts. Dass es dir leidtut, bringt unsere Mutter nicht ins Leben zurück. Sie ist wegen deines Egoismus gestorben. Der Schmerz, dich zu verlieren, war zu groß, als dass sie ihn hätte ertragen können.«

Kathy konnte die Wut nicht ignorieren, die jedem ihrer Worte anhaftete. Sie ging zur Tür. »Ich hoffe, du warst glücklich mit den Entscheidungen, die du getroffen hast, Sunshine«, sagte sie und konnte kaum verhindern, dass Sarkasmus ihre Stimme erfüllte, »denn wir anderen waren es nie.«

4

Sunny wollte gerade in die Küche gehen, als das Telefon klingelte und Kathy abnahm.

»Immer noch nichts?«, hörte sie ihre Schwester sagen. Dann, »Ja, ich weiß, es ist eine Menge Geld. Ja, ich verstehe die Situation, aber ganz sicher verstehen Sie auch meine Umstände.«

Neugierig geworden von diesen Bemerkungen, hörte Sunny weiter zu. Sie wusste, dass sie das wahrscheinlich nicht tun sollte, aber sie fürchtete, dass Kathy nicht freiwillig mit weiteren Informationen herausrücken würde.

»Das ist wirklich die einzige Hoffnung, die ich noch habe. Ich habe meine ganzen Ersparnisse aufgebraucht.«

Wovon in aller Welt redete sie? Sunny hörte die Verzweiflung in Kathys Stimme. Etwas stimmte nicht.

»Nun gut. Also, dann rufen Sie mich an, wenn Sie Neuigkeiten haben.«

Kathy legte auf und Sunny hörte, wie sie tief aufseufzte. Statt sie auf diese Situation anzusprechen, beschloss Sunny, ihren Vater zu besuchen. Sie trat zurück in den Flur und zuckte zusammen, als Kathy ihren Namen sagte.

»Kannst du ein paar Minuten bei Dad bleiben? Ich muss kurz weg.«

Sunny lächelte. »Natürlich. Ich möchte mich nützlich machen.«

»Er sollte nicht allein sein«, betonte Kathy. »Wenn du das nicht kannst, sag es gleich.«

»Ich mach das schon. Keine Sorge.« Sunny wusste, dass ihr Ruf hinüber war, was Kathy betraf, doch jetzt hatte sie die Gelegenheit, sich zu beweisen. »Bleib ruhig so lange wie nötig.«

Kathy sagte nichts weiter. Sie streifte ihre Schwester in dem schmalen Flur und verschwand zur Vordertür hinaus. »Ich sollte nicht länger als eine Stunde weg sein.«

Es gab keine weitere Erklärung. Kein Kommentar über den Anruf. Sunny sah ihre Schwester gehen und spürte das Gewicht dieses Augenblicks. Irgendetwas stimmte nicht.

Kathy klopfte an Sylvias Hintertür und wartete. Nach allem, was zu Hause passiert war, sehnte sich Kathy nach einer Zufluchtsstätte – wenigstens ein bisschen Anschein von Normalität. In diesem vertrauten Kansas-Farmhaus würde sie genau das finden. Kathy hatte bei Sylvia Hilfe und Ermutigung gesucht, so lange sie zurückdenken konnte.

»Kathy, das ist ja eine Überraschung!«, sagte Sylvia und schob Strähnen von blondem Haar zurück. »Ich koche gerade grüne Bohnen ein. Komm rein.«

»Ich wusste, dass du wahrscheinlich zu tun hast, aber es ist etwas passiert und ich muss mit jemandem reden.«

Sylvia runzelte die Stirn. »Ist dein Vater gestorben?«

»Nein, aber es wird nicht mehr lange dauern. Er isst so wenig, dass ich weiß, dass er nicht mehr lange durchhält.« Kathy folgte Sylvia in die große Küche. »Der Grund, warum ich komme, war ein Schock, also mach dich auf was gefasst.«

Sylvia schüttelte den Kopf. »Mir gefällt nicht, wie das klingt.«

»Mir auch nicht. Amy ... ich meine, Sunshine ... ist heimgekommen.«

»Deine Schwester?«

Kathy nickte. »Keine andere.«

»Sie lebt!« Sylvia schüttelte weiter den Kopf. »Sie lebt tatsächlich.«

Kathy konnte nicht einmal für diese Tatsache Begeisterung aufbringen. »Ja. Sie ist lebendig und bei bester Gesundheit. Lebendig und voller Fragen.«

»Meine Güte, das ist über ... elf ... zwölf Jahre her. Wo war sie die ganze Zeit? Wie geht es ihr?« Sylvia wirkte eher erfreut. »Das ist eine Gebetserhörung. Dein Vater muss so glücklich sein!«

Kathy verspürte auf der Stelle ein Gefühl der Frustration. Wenn ihre beste Freundin auf der ganzen Welt nicht den Schmerz verstehen konnte, den dieses Wiedersehen verursacht hatte, konnte es keiner. »Dad ist glücklich, aber ich nicht.«

Sylvia deutete auf den Tisch. »Setz dich. Ich hole den Kaffee. Die Bohnen können warten.« Sylvia wurde aktiv. Sie bewegte sich tatkräftig durch die Küche, drehte zuerst die Temperatur am Herd herunter und nahm dann zwei Tassen aus dem Schrank.

Kathy setzte sich an den rechteckigen Tisch. Zwanzig saubere Litergläser standen aufgereiht da und warteten darauf, die Bohnen aufzunehmen, doch es gab noch jede Menge Platz für die Kaffeetasse, die Sylvia vor Kathy stellte.

Sie wischte sich die Hände an der Schürze ab und setzte sich Kathy gegenüber. »Ich möchte alles hören. Fang vorne an.«

»Gestern habe ich die Tür aufgemacht, und da war sie. Sie hat sich so benommen, als wäre sie nicht länger weg gewesen als nur im Supermarkt, um Milch zu holen. Ich wollte sie nicht hereinlassen – etwas in mir hat sich einfach dagegen gesträubt. Ich konnte nur daran denken, dass sie wieder in unser Leben platzt und Dad mehr Schmerzen bereitet, als er ohnehin schon hat.«

»Wie sieht sie aus? Hat sie sich verändert?«

Kathy nippte an ihrem Kaffee und dachte einen Augenblick lang über die Frage nach. »Sie ist erwachsen geworden. Sie ist etwas fülliger geworden und hat nicht mehr dieses schlaksige Teenager-Aussehen. Ihr Gesicht wirkt … na ja, mehr wie Mutters Gesicht, aber nicht ganz genau so.« Kathy runzelte die Stirn. »Genau genommen sieht sie Mom sehr ähnlich. Jedenfalls haben ihr die Jahre nicht geschadet. Sie zieht sich besser an, als ich erwartet hätte, und auch konservativer. Sie hat die Haare blondiert, aber es scheint ihr zu stehen. Sie hat allerdings einen dunklen Haaransatz.« Kathy fügte den letzten Satz hinzu, als könnte das irgendwie Sunshines Attraktivität mindern.

»Wow, ich kann das kaum glauben. Es wirkt irgendwie nicht real.«

»Wem sagst du das. Darum bin ich hergekommen. Ich weiß nicht, was ich machen soll.«

Sylvia beugte sich mit einem verblüfften Gesichtsausdruck vor. »Was meinst du damit?«

Kathy stellte die Tasse ab. »Ich möchte sie nicht hier haben. Ich weiß nicht, was sie will oder warum sie plötzlich beschlossen hat zurückzukommen. Dad tut so, als wäre das ein Grund zum Feiern, und für ihn ist es das sicherlich auch.«

»Aber wir haben doch immer dafür gebetet, dass sie zurückkommt. Weißt du das nicht mehr?« Sylvia spielte mit ihrer Tasse. »Ich erinnere mich, wie oft wir über das geweint haben, was geschehen ist, und Gott angefleht haben, sie nach Hause zu bringen.«

Kathy gefiel Sylvias vorwurfsvoller Ton überhaupt nicht. »Das war damals. Ich habe schon lange aufgehört, darum zu beten, dass sie zurückkommt.«

»Aber warum?«

Kathy hasste sich für das, was sie fühlte. »Ich weiß, dass das absolut schrecklich klingt, und ich möchte wirklich nicht so empfinden. Ich weiß, dass ich glücklich darüber sein sollte, dass Sunshine heimgekommen ist – Dad ist es ja auch. Meine Güte, du hättest sein Gesicht sehen sollen. Er hätte nicht glücklicher sein können, wenn Mom höchstpersönlich durch die Tür gekommen wäre.«

»Na ja, in gewisser Weise ist ja auch ein Teil von ihr gekommen. Ich kann mir nicht vorstellen, was ich denken oder fühlen würde, wenn eines meiner Kinder zwölf Jahre lang verschwinden und dann plötzlich wieder auftauchen würde.«

Kathy fühlte sich so schuldig. »Ich weiß. Ich habe darüber nachgedacht.« Sie schaute ihre Freundin an und begrub ihr Gefühl der Sehnsucht. Schon so viele Jahre lebte Sylvia das Leben, das Kathy sich gewünscht hatte. Ein guter Ehemann, drei wunderbare Kinder, eine Farm und ein friedliches Leben. Sylvia hatte alles.

Sylvia streckte den Arm aus und berührte Kathys Hand. »Ich kann sehen, dass dir das alles wehtut, Kathy. Es trifft mich, dass du verletzt bist, und ich möchte dir helfen … wenn ich das kann.«

Kathy seufzte. »Ich bin ein schrecklicher Mensch. Das weiß ich jetzt. Ich sollte glücklich sein, Sunshine heimkommen zu sehen. Aber Sylvia … ich bin es nicht. Ich habe schreckliche Angst davor, verletzt zu werden. Mich frustriert ihre Absicht, zurückzukommen, um alles in Ordnung zu bringen, wenn es doch nie wieder in Ordnung kommen kann. Ein Teil von mir sagt, dass sie nur hier ist, um ihr Gewissen zu erleichtern, damit sie ihr gewohntes Leben weiterführen kann, während ein anderer Teil von mir sagt, ich sollte ihr eine Chance geben.«

»Ich glaube, du solltest auf diesen letzteren Teil hören.«

»Ich weiß, was ich tun sollte«, sagte Kathy und schüttelte den Kopf, »aber das möchte ich nicht. Ich versuche, darüber zu beten, aber am Ende rede ich nicht mit Gott, sondern beginne, an all die schrecklichen Dinge zu denken, die ich zu Sunshine sagen möchte.«

»Was zum Beispiel? Vielleicht verlieren sie einen Teil der Macht, die sie über dich haben, wenn du sie zu mir sagst.«

Kathy dachte einen Augenblick lang über diese Idee nach. Es ergab einen Sinn. »Na ja, ich schätze, ich würde sagen, dass sie kein Recht hat, nach Hause zu kommen – nicht nach all der Zeit ohne ein einziges Wort, ohne uns mitzuteilen, ob sie tot oder lebendig war. Nicht, nachdem sie bei unserer Mutter einen Herzinfarkt verschuldet hat. Nicht, nachdem sie unseren Vater mit so viel Sorgen zurückgelassen hat, dass er aufhörte, der Mann zu sein, der er einmal war – lebensfroh und glücklich. Sie hat kein Recht vorauszusetzen, dass sie zu ihren eigenen Bedingungen weggehen und auch zurückkommen kann.«

»Also denkst du, sie sollte nach deinen Bedingungen hier sein?«

»Ich denke, sie sollte gar nicht hier sein. Punkt.«

»Wünschst du dir, sie hätte dich nie wissen lassen, dass sie am Leben ist?«

Kathy wandte den Blick ab. »Ja«, flüsterte sie. »Ich glaube, das wäre mir lieber.«

»Aber warum?« Sylvias Ton sorgte dafür, dass Kathy ihrer Freundin in die Augen schaute.

»Ich weiß, das klingt vielleicht verrückt«, sagte Kathy und holte tief Luft, »aber wenn sie nicht nach Hause gekommen wäre, hätte ich mir immer vorstellen können, dass sie es vor Jahren einmal versucht hat und nicht konnte, weil sie gestorben ist oder ein anderes Unglück sie getroffen hat.«

»Wäre es dir wirklich lieber, wenn das der Fall wäre? Wäre es dir lieber, wenn sie gestorben wäre?«

Kathy verschränkte ihre Finger ineinander und ließ sie wieder los. »Bitte hass mich nicht dafür, aber ich glaube schon. Ich hätte dann so tun können, als hätte sie uns tatsächlich geliebt. Als hätte sie erkannt, wie dumm ihre Entscheidungen waren, und dass sie voller Reue wenige Tage nach ihrem Verschwinden auf dem Weg nach Hause war. Doch dann ist etwas geschehen und sie kam ums Leben. Ich weiß, das klingt nicht richtig, aber das ist die einzige Variante, wie das alles einen Sinn ergeben hätte. Ich habe lange Zeit nachts wach gelegen und mir vorgestellt, sie wäre in einen Autounfall verwickelt gewesen und gestorben, während sie nach Hause unterwegs war.«

»Und das hat es besser gemacht?«

Kathy dachte an diese Erinnerungen zurück. Im Herzen war sie davon überzeugt gewesen, dass, wenn etwas in dieser Art geschehen wäre, es ihre Schwester rehabilitiert hätte. Wenn Sunshine gestorben wäre, während sie versuchte, zurück nach Hause zu kommen, könnte Kathy ihr ihre Dummheit und selbstsüchtigen Forderungen vergeben. Natürlich war es jetzt ganz offensichtlich, dass nichts geschehen war, das auch nur im Entferntesten diesem Szenario ähnelte.

»Es hat es erträglich gemacht«, brachte Kathy endlich hervor.

»Ich schätze, das wusste ich nicht«, sagte Sylvia und hob ihre Tasse hoch.

Kathy wäre am liebsten in ein Loch gekrochen. Sie wusste, wie dumm und herzlos sie klang. »Sylvia, könntest du deinen Kindern vergeben, egal was sie dir angetan haben?«

»Sicher.«

»Einfach so?« Kathy schaute sie eindringlich an. »Du würdest nicht daran denken, ihnen die Vergebung vorzuenthalten – sie für das bezahlen zu lassen, was sie getan haben?«

»Nein. Ich glaube, ich würde mir alles Mögliche vorstellen, wie schrecklich sie bereits bezahlen mussten. Kathy, ein Zuhause sollte ein Schutzraum oder ein Zufluchtsort sein. Es sollte dieser eine Ort sein, der dir, egal wie viel Zeit vergangen ist, immer offen steht und dir Hoffnung und Versöhnung bietet.«

»Egal wie hoch der Preis für diejenigen ist, die verletzt wurden? Egal wie groß der Verlust ist?«

»Ich glaube, dass es gar nicht um Sunshine und dich geht. Ich glaube, du hast schreckliche Angst, deinen Vater zu verlieren und die Farm zu verlassen. Ich glaube, du fühlst dich vertrieben und fragst dich, wie in aller Welt du die Teile je zusammensetzen sollst, wenn dir immer wieder jemand das Puzzle auf den Boden wirft.«

»Es geht darum, dass Leute egoistische Entscheidungen treffen, ohne sich um die Gefühle von anderen zu scheren.«

»Hast du nie eine egoistische Entscheidung getroffen?«

»Nicht wie Sunshine. Ihre Entscheidungen haben andere Menschen verletzt.«

Sylvia stand auf und ging, um ihre Kaffeetasse aufzufüllen. »Also war Slocum und all deine Freunde zu verlassen keine egoistische Entscheidung, die andere Menschen verletzt hat?«

Kathy hörte den Schmerz in der Stimme ihrer Freundin. Sie hatte nicht ein einziges Mal darüber nachgedacht, dass es Sylvia so treffen könnte, dass sie sich entschieden hatte, nach Colorado Springs zu ziehen. »Ich nehme an, so habe ich das nie betrachtet. Mir war nicht klar, dass es dir so viel ausmacht. Ich meine, du hast Tony und die Kinder. Wie sehr könntest du mich denn wohl vermissen?«

Sylvia kam mit einem ungläubigen Blick zurück zum Tisch. »Wir sind schon seit Ewigkeiten beste Freundinnen, und du stellst mir so eine Frage? Wirst du mich nicht vermissen – unsere Gespräche?«

»Natürlich. Aber wenn wir Glück haben, sehen wir uns einmal pro Woche, und normalerweise eher alle paar Wochen, besonders im Sommer. Ich weiß, dass wir öfter miteinander telefonieren, aber gewöhnlich nicht sehr lange – und meistens geht es um unsere Farmen.«

»Trotzdem wusste ich immer, dass du da bist – nur die Straße hinunter. Ich wusste, dass ich dich besuchen kommen könnte und du wärst da. Du wirst dir eine Arbeit und eine Wohnung suchen. Du wirst sogar versuchen, die alte Beziehung wieder aufleben zu lassen, die du beendet hast. Das war übrigens auch eine egoistische Entscheidung.«

Kathy straffte ihre Schultern und fühlte sich beinahe, als bereitete sie sich auf einen Kampf vor. »Wie kannst du das sagen? Ich habe Mutter an die erste Stelle gesetzt. Ich habe sogar Kyle an die erste Stelle gesetzt – nicht mich selbst.«

»Sei dir da nicht so sicher. Du hast getan, was du tun musstest, um zurechtzukommen – um das Chaos in den Griff zu bekommen. Kyle hast du kein Mitspracherecht gegeben.«

Kathy stellte ihre Tasse mit mehr Nachdruck ab, als sie beabsichtigt hatte. »Doch. Als er zurückkam und sich dafür entschuldigt hat, dass er so wütend auf mich war, habe ich ihn angehört. Ich habe zugehört, was er zu sagen hatte. Du begreifst nicht, wie das war, Sylvia. Kyles Beruf machte es nötig, dass er reist. Es war nötig, damit er vorankommt. Wir wussten damals, dass es sogar internationale Reisen erfordern würde. Er wusste, dass es am Ende bedeutete, dass wir Kansas verlassen müssen. Ich konnte nicht gehen, also habe ich ihm die Freiheit zurückgegeben. Was ist daran egoistisch?«

»Du hast entschieden, wie alles werden würde, und dann hast du ihm diese Entscheidungen aufdiktiert. Das Gleiche hast du mit mir gemacht. Ich kann mich noch an jenen Anruf erinnern, als du mir sagtest, dass wir uns nicht mehr am Samstagmorgen treffen könnten. Dass ich vielleicht nicht einmal mehr anrufen sollte, es sei denn, es wäre ein Notfall. Hast du eine Ahnung, was das für ein Gefühl war?«

Kathy rieb sich die Schläfen und versuchte nachzudenken. »Es war doch nur, bis es Mom wieder besser ging. Ich habe mich einfach nicht in der Lage gefühlt, mit der Situation zurechtzukommen, wenn ich nicht ein paar Grenzen setze. Ich wusste, dass Mom viel Pflege brauchen würde. Ich wusste, dass ich ihr nicht die nötige Aufmerksamkeit geben und mich gleichzeitig um fünfzehn andere Dinge kümmern konnte. Wenn das egoistisch ist, schön – dann war ich egoistisch.«

»Aber warum sollte dein Egoismus verzeihlicher sein als Sunshines?«

»Weil ich meine Entscheidungen nicht für mich getroffen habe. Ich habe sie für meine Mom getroffen.«

»Denk doch mal eine Minute darüber nach, Kathy. Deine Mom hätte es liebend gern gesehen, wenn du Kyle geheiratet hättest. Sie hat sich so gefreut, dass ihr beiden heiraten wolltet. Kyle wäre mit seiner Arbeit für das Pharmaunternehmen unterwegs gewesen und du hättest jede Freiheit gehabt, zu Hause zu wohnen und dich um deine Mom zu kümmern. Wenn er von seinen Geschäftsreisen nach Hause gekommen wäre, hätte er dich trösten können – dich ermutigen können – dich lieben können. Das wäre etwas Gutes gewesen – nicht etwas Schlechtes. Deine Mutter hätte seine Anwesenheit vielleicht sogar als tröstlich empfunden. Stattdessen ist sie vielleicht in dem Glauben gestorben, dass es ihre Schuld war, dass ihr beiden euch getrennt habt.«

»Das ist nicht wahr. Sie wusste es besser. Ich habe ihr gesagt, dass ich Kyle weggeschickt habe, weil ... na ja, weil ich den Freiraum brauchte. Ich brauchte den ...« Kathy unterbrach sich. Sie hatte nie gedacht, dass die Art und Weise, wie sie mit der Situation umgegangen war, irgendetwas anderes als selbstlos sein könnte. Jetzt sagte ihr ihre beste Freundin, ihre Entscheidungen seien selbstsüchtig gewesen, und unglücklicherweise war das alles sehr nachvollziehbar.

»Es tut mir leid«, sagte Kathy endlich nach mehreren schweigsamen Augenblicken. »Ich habe nie vorgehabt, irgendjemandem wehzutun. Ich hatte das Gefühl, ich zerreiße. Ich habe den einzigen Weg eingeschlagen, von dem ich wusste, dass er funktionieren würde.«

»Ich möchte nicht, dass du die Vergangenheit und deine Entscheidungen bereust, Kathy. Ich möchte einfach nur, dass du begreifst, wie leicht es ist, die Motive eines anderen falsch zu deuten. Sunshine hat egoistische Entscheidungen aufgrund dessen getroffen, was sie meinte tun zu müssen. Wahrscheinlich hatte sie auch das Gefühl, dass sie zerreißt. Wegzugehen war zweifellos der einzige Ausweg, der ihrer Meinung nach funktionieren konnte.«

»Aber zwölf Jahre weggehen und niemandem irgendetwas sagen? Niemals einen Brief schicken? Nie anrufen?«

»Zuerst hatte sie vielleicht keine Lust dazu, und dann, mit den Jahren, dachte sie vielleicht, dass niemand es begrüßen würde, wenn sie es versuchte.«

»Warum bist du auf ihrer Seite?«

Sylvia schüttelte den Kopf. »Das bin ich nicht. Sie war im Unrecht – und es war grausam, dass sie euch alle im Ungewissen gelassen hat. Aber ich bin Mutter und ich versuche, dir verständlich zu machen, warum ich ein Kind mit offenen Armen empfangen würde, das mich so tief verletzt hat. Dein Vater stirbt. Das Kind wiederzusehen, das er als tot aufgegeben hatte oder von dem er dachte, dass es für ihn für immer verloren wäre, muss der größte Segen seines Lebens sein. Wahrscheinlich würde er am liebsten tanzen. Wahrscheinlich fühlt er sich so gut wie seit Monaten nicht mehr. Würdest du ihm das nehmen wollen?«

»Natürlich nicht.« Tränen traten in Kathys Augen. »Ich schätze, so habe ich das nie betrachtet.«

»Wenn du jemanden liebst, möchtest du nur das Beste für ihn. So wie ich das Beste für dich möchte. Wenn dieses Beste in Colorado Springs liegt, dann kann ich den Schmerz meines Verlustes ertragen.«

Kathy wischte sich die Augen und lachte leise. »Aus deinem Mund klingt das, als würde ich für immer weggehen – als würde ich nie zurückkommen.«

»Was hast du denn hier, weswegen du zurückkommen solltest? Sei mal ehrlich, Kathy. Dein Vater und deine Mutter werden tot sein – die Farm verkauft. Abgesehen von ein paar Freunden wird in Slocum, Kansas, nichts sein, das dich interessiert.«

»Es sind nur fünf Stunden Fahrt. Ich werde oft zu Besuch kommen – das verspreche ich.«

»Bitte, Kathy. Versprich mir nicht so etwas. Das ist nicht fair. Ich werde dich immer lieben und deine Freundin sein, aber tu nicht so, als würde sich nichts ändern. Wir beide werden tun, was wir müssen, um zurechtzukommen. Ich werde mich mehr in meine Familie einbringen und du wirst dich an Kyle und deinen Onkel und deine Tante halten. Wir finden vielleicht sogar neue Freunde.«

»Aber mit keinem von ihnen wird es so sein wie das, was wir haben«, protestierte Kathy.

»Natürlich nicht. Wir werden uns immer nahestehen, aber es wird anders sein. Kathy, du musst einen Weg finden, die Vergangenheit hinter dir zu lassen. Du musst einen Weg finden, Sunshine zu vergeben, oder mit dir wird nichts anzufangen sein, weder für Kyle noch für irgendjemand anderen. Egal wie viele Kilometer dich und deine Schwester trennen, du wirst in einem Zorn versinken, der an deinem Herz frisst.«

Ihre Worte trafen Kathy wie ein Schlag ins Gesicht. Später, als sie nach Hause fuhr, hallte Sylvias Warnung weiter wie ein Echo in ihren Gedanken wider. Der scharfe Stachel der Wahrheit darin war nicht zu leugnen.

5

Sunny verbrachte ihre zweite Nacht auf der Farm in einem ruhelosen Zustand, der sie keinen Schlaf finden ließ. In der ersten Nacht war sie emotional und körperlich so erschöpft gewesen, dass sie fast im gleichen Moment eingeschlafen war, als ihr Kopf das Kissen berührt hatte. Aber nicht heute Nacht. Heute quälten sie die Geister der Vergangenheit.

Sie rollte sich herum und boxte ins Kissen. Die Laken waren ziemlich kratzig, definitiv nicht wie die Pratesi-Laken, die sie immer in ihrem Bett gehabt hatte. Pratesi-Leinen hatte sie in Beverly Hills kennengelernt und danach nie wieder etwas anderes benutzt. Sie rieb mit der Hand über den Stoff an ihrem Gesicht. Zweifellos waren das billige Laken, die für dreißig Dollar im Angebot gewesen waren, und keine, die dreitausend Dollar gekostet hatten. Frustriert schob Sunny das störende Ding von sich und schnaubte entnervt.

Sie warf einen Blick auf den Leuchtwecker, den Kathy neben die Couch gestellt hatte. Es war kurz nach ein Uhr morgens. Dies war einst Sunnys liebste Zeit in der Nacht gewesen. Sie und ihre Freunde hatten dann erst mit dem Feiern angefangen. Sunny schob die Laken zurück, setzte sich auf und schaute sich in dem dunklen Zimmer um. Das Flurlicht, das Kathy angelassen hatte, warf ein schwaches Licht herein, aber abgesehen davon bestand der Raum aus nichts weiter als Schatten und Formen.

Sunny stand auf, stolperte zum Wohnzimmerfenster und zog den Vorhang zurück. Die Nacht war still und die Farm schien friedlich zu ruhen.

»Warum kann ich das denn nicht auch?«, fragte sie.

Warum konnte sie nur nicht einschlafen? Es gab keinen guten Grund. Natürlich, die Art und Weise, wie Kathy sich verhielt, bedrückte sie. »Sie hasst mich. So viel ist klar«, murmelte Sunny. Aber ihr Vater war glücklich sie wiederzusehen. Das sollte etwas zählen. Selbstverständlich zählte es. Sunny fand großen Frieden in seiner Freude. Er hatte ihr gesagt, dass ihm nichts wichtiger war, als sie wiederzusehen und zu wissen, dass sie in Sicherheit war. Offenbar teilte Kathy diese Sehnsucht ihres Vaters nicht.

Sunny ließ den Vorhang wieder fallen und schaltete die Lampe an. Ein Foto ihrer Mutter hing an der Wand in der Nähe der Wohnzimmertür und Sunny konnte nicht anders als hinzugehen. Sie schaute das Bild an, beeindruckt vom jugendlichen Ausdruck und der Begeisterung im Gesicht ihrer Mutter. Das war das Bild von ihrem Schulabschluss. Zweifellos war sie aufgeregt gewesen, ein neues Leben zu beginnen und die Kindheit hinter sich zu lassen. Mom hatte wohl keine Angst davor gehabt, erwachsen zu werden und neue Verantwortung zu übernehmen – jedenfalls nicht so, wie Sunny Angst gehabt hatte.

»Wenn sie Angst gehabt hätte, hätte sie niemals so jung geheiratet.« Sunny berührte das Glas über dem Foto. Sie wusste aus Geschichten, dass ihre Eltern zwei Tage nach Marg Clareys Highschoolabschluss geheiratet hatten. Kein Plan, aufs College zu gehen oder ins Ausland zu reisen. Kein Gedanke daran, dass sie wegziehen und sich ein eigenes Leben und eine eigene Karriere aufbauen wollte. Mom hatte immer und ausschließlich Ehefrau und Mutter sein wollen. Das hatte sie ihren Töchtern so oft erzählt, dass Sunny nie daran gezweifelt hatte, dass das die Wahrheit war.

Sunny runzelte die Stirn. »Wir sehen uns vielleicht ähnlich, aber das waren wohl auch schon alle Ähnlichkeiten. Kathy verhält sich sehr viel mehr wie du als ich.«

»Amy, bist du das?«

Sunny schaute den Flur entlang und sah ihren Vater, der vor seinem Zimmer stand. »Ja, ich bin's«, antwortete sie.

»Warum bist du so spät noch auf?«

Sie ging dorthin, wo er schlaff an den Türrahmen gelehnt stand. Sein dunkelrot karierter Pyjama hing an ihm herunter – offensichtlich war er für einen viel größeren Mann gedacht. »Ich wollte dich gerade das Gleiche fragen. Komm, ich helfe dir.«

Er protestierte nicht und stützte sich schwer auf Sunny, als sie die wenigen Meter zurück zu seinem Bett gingen. »Ich habe Geräusche gehört. Ich dachte, vielleicht ist irgendetwas nicht in Ordnung.«

Sunny führte ihn zum Rand der Matratze und hielt ihn fest, während er sich hinsetzte. »Es tut mir leid, dass ich dich geweckt habe. Ich konnte nicht schlafen. Ich habe das Gefühl, dass ich zurückgekommen bin, tut euch mehr weh, als wenn ich weggeblieben wäre.«

»Sag das nicht. Ich konnte es kaum ertragen. Nicht zu wissen, ob du tot oder am Leben bist – das hat mehr wehgetan.«

Sunnys Augen füllten sich mit Tränen. »Es tut mir so leid, Dad. Ich habe nicht gewollt, dass das passiert. Wirklich nicht. Ich brauchte einfach so viel mehr als das, was ich hier finden konnte – zumindest dachte ich, dass ich es hier nicht finden könnte.«

»Und jetzt?«

»Jetzt … ich weiß nicht.« Sunny schaute ihren Vater an und ihr war zum Weinen zumute. Er war nur noch ein Schatten des Mannes, der er einst gewesen war. »Kathy hat mir von Mom erzählt. Sie gibt mir die Schuld daran, dass Mom krank geworden ist, und wahrscheinlich hat sie recht. Ich glaube, Kathy hasst mich.«

»Ich kann mir nicht vorstellen, dass Kathy irgendjemanden hasst. Sie gibt immer so viel von sich, und Menschen, die hassen, tun das nicht.«

»Sie hat so viel durchgemacht, Dad. So vieles, das sie nicht hätte allein ertragen sollen. Ich hätte hier sein sollen, um ihr zu helfen.«

»Ja, ich glaube, das hättest du. Aber du warst nicht da«, sagte er und seine Stimme klang viel kräftiger als noch vor wenigen Sekunden. »Es ist immer wichtig, die Wahrheit zu erkennen, aber so kannst du die Vergangenheit nicht ungeschehen machen.«

»Ich kann die Vergangenheit nicht ungeschehen machen, egal was ich erkenne. Aber ich wäre schon froh, wenn mein Handeln dafür sorgen könnte, dass der Schmerz nicht auf andere Menschen übergreift.«

»Deine Schwester hat einen guten Teil ihres Lebens geopfert, um sich um meine Bedürfnisse zu kümmern«, sagte ihr Vater, als wollte er das Thema wechseln. »Ich war Kathy keine große Hilfe, nachdem eure Mom gestorben war. Ich bin monatelang wie in Trance herumgelaufen. Ich erinnere mich nicht einmal an sehr viel von dem, was ich getan oder gesagt habe. Ich erinnere mich nur an die Leere.«

»Erzähl mir doch davon«, bat Sunny ihn. »Vielleicht hilft es mir, alles besser zu verstehen.«

Ihr Vater zuckte die Schultern. »Da gibt es nicht viel zu erzählen. Als deine Mom nicht mehr da war, hatte ich das Gefühl, ich hätte einen Teil von mir selbst verloren. Ich wusste nicht, wie ich ohne sie weitermachen sollte. Wir hatten einen so langen Teil des Lebens miteinander verbracht. Ich erinnere mich daran, dass Kathy versprach, sich um mich zu kümmern – das Haus und den Garten in Schuss zu halten – und ich dachte nur, wie gut es doch ist, dass sie weiß, was sie tut, denn ich wusste das damals ganz sicher nicht.«

Sunny setzte sich neben ihren Vater und nahm seine Hand. »Kathy war schon immer stark.«

»Du hast recht. Das war sie. Als ich endlich das Gefühl hatte, ich könnte wieder leben, stellte man den Krebs fest. Kathy hat mich immer zum Arzt begleitet, zu den Behandlungen und Untersuchungen. Sie hat versucht, mich aufzuheitern und zu ermutigen. Ich konnte sehen, dass es sie sehr mitgenommen hat, aber ich war egoistisch und konnte nicht einmal den Vorschlag machen, dass wir die Sache anders angehen.«

Er versuchte, sich ein bisschen weiter aufs Bett zu schieben, und Sunny sah, wie er vor Schmerz das Gesicht verzog. »Leg dich doch wieder hin, Dad. Du kannst doch weiterreden und dich dabei ausruhen.«

Ihr Vater widersprach ihr nicht, während Sunny ihm unter die Decke half und die Kissen platzierte. Als er gut lag, sprach er weiter. »Ich hätte die Farm schon lange verkaufen sollen, aber ich konnte einfach nicht gehen. Jetzt habe ich Kathy diese Last aufgeladen.« Er stöhnte auf und versuchte, das Gewicht zu verlagern. Sunny bemühte sich, ihm zu helfen, aber er hatte noch immer Schmerzen.

»Hier haben Mom und ich seit unserer Hochzeit gelebt. Hier haben wir euch Mädchen großgezogen. Wenn ich hätte gehen müssen, wäre es gewesen, als würde ich jeden verlieren, den ich geliebt habe.«

»Aber du hast Kathy doch nicht verloren. Sie war die ganze Zeit hier.«

»Sie war hier, aber in gewisser Weise habe ich sie auch verloren. Sie war nicht mehr die Gleiche, nachdem du weg warst. Sie hat dich vermisst und sich Sorgen um dich gemacht, wie wir anderen auch. Kathy hat versucht, nicht darüber zu sprechen, aber ich wusste, dass es trotzdem da war. Ich wusste, dass die Wut und Angst, die Reue und Sorge an ihrer einst so gelassenen Art gezehrt haben, aber ich konnte nichts dagegen tun.«

Sunny schockierte das, was er sagte. Sie hätte nie erwartet, dass Kathy über ihren Weggang mehr als nur flüchtig nachgedacht hatte. Sie hatte durchaus erwartet, dass ihre Mom traurig sein würde, aber sie hatte sich nicht einmal vorgestellt, dass es ihren Dad so mitnehmen könnte.

»Ich muss sagen, Dad«, begann sie leise, »dass ich nie dachte, dass sich alles so entwickeln würde, wie es dann kam. Ich hatte nie vor, so lange wegzubleiben. Ich wollte immer schreiben oder anrufen. Ich hätte mir nie vorgestellt – unreif und egoistisch, wie ich war –, dass es irgendjemanden besonders kümmern würde, wenn ich weggehe. Du hattest noch die Farm, Mom hatte Kathy und die Hochzeit, auf die sie sich konzentrieren konnte, und Kathy hatte Kyle. Ich hatte keine Ahnung, dass es irgendeine Rolle spielen könnte, wenn ich weggehe.«

»Ach, mein Schatz, es hat eine sehr große Rolle gespielt. Du hast doch zu unserer Familie gehört. Als du weg warst, waren wir nicht mehr vollständig.«

»Aber ich wäre am Ende doch auf jeden Fall gegangen, wenn auch nicht zu jenem Zeitpunkt«, sagte Sunny. »Ich hätte jemanden gefunden, den ich geheiratet und dessentwegen ich von zu Hause ausgezogen wäre.«

»Ja, aber das wäre etwas anderes gewesen. Wir wären noch immer ein Teil deines Lebens gewesen. Wir hätten gewusst, dass es dir gut geht und du versorgt bist. Du hast keine Ahnung, wie es ist, irgendwo ein Kind zu haben, aber nicht zu wissen, wo es ist oder ob es in Sicherheit ist.«

Sunny wandte den Blick ab und versuchte, die Tränen zurückzuhalten. Es gab so vieles, das sie ihrem Vater sagen wollte. So vieles, das sie sagen … wofür sie sich entschuldigen wollte.

»Was ist geschehen? Wohin bist du gegangen, nachdem du von zu Hause ausgezogen warst?«

Sunny schloss die Augen. Sie hatte sich so sehr bemüht, die Vergangenheit zu vergessen und die Erinnerungen, die sie zu ersticken drohten, beiseitezuschieben.

»Ich bin in die Hölle gegangen. Jedenfalls kam es mir so vor. Es gab nichts Gutes oder Edles oder Reines – nichts von Gott an den Orten, an die ich gegangen bin. Du kennst doch diesen Psalm, in dem es heißt, Gott würde dich sogar noch finden, wenn du dein Lager in der Unterwelt aufschlägst? Tja, dort hat er mich gefunden, nur wollte ich nicht gefunden werden.« Sunny erinnerte sich an einen Morgen vor zwölf Jahren.

»Hi. Ich bin Mitch Haas.«

Sunny schaute von ihrem Platz am Swimmingpool auf, wo sie sich sonnte. Sie legte eine Hand über die Augen, um den gut aussehenden Fremden mit dem Schnurrbart besser sehen zu können. »Ich bin Sunny.«

»Ich weiß. Ich habe mich nach dir erkundigt. Du bist neu hier, nicht?« Er setzte sich auf die Sonnenliege neben ihr.

»Ja. Ich bin erst letzte Woche eingezogen.« Sunny hatte diesen besonderen Wohnblock ausgesucht, weil dort möblierte Einzimmerwohnungen vermietet wurden. Sie wusste nicht genau, ob sie sechs Monate in Las Vegas wohnen wollte, als sie den Mietvertrag über sechs Monate unterschrieben hatte, aber sie war bereit, es zu versuchen.

»Woher kommst du?«, fragte er und warf ihr ein Lächeln zu, das ihren Magen flattern ließ.

»Muss man nicht kennen.« Sie setzte sich auf und plötzlich war ihr der winzige Bikini, den sie trug, schrecklich unangenehm. Mit einer lässigen Bewegung hob sie ihr Handtuch auf und gab vor, sich die Haut abzutupfen, in dem Versuch, sich etwas zu bedecken.

»Das kenne ich gut.«

»Du kennst was gut?«

»Muss man nicht kennen«, erwiderte er. »Ich habe jahrelang selbst dort gelebt.«

Sunny lachte. »Wahrscheinlich sind wir aneinander vorbeigelaufen.«

»Möchtest du mit mir zu Mittag essen? Ich kenne ein tolles kleines Restaurant, da können wir sogar zu Fuß hingehen.«

Sunny fühlte sich völlig in seinen Bann gezogen. »Sehr gern. Ich will mich nur umziehen. Ich kann in zehn Minuten fertig sein.«

»Mir gefällt irgendwie, was du gerade nicht trägst.«

Sunny stand auf und wickelte sich das Handtuch um den Körper. »Ich dachte, so wie du mich anstarrst, bedeutet das vielleicht Missfallen. Ich bin gleich zurück.« Sie klapperte mit den Wimpern und warf ihm ein schelmisches Grinsen zu, als sie über die Schulter zurückschaute. Sie wusste, dass dieser Blick bei den Jungen in der Schule immer ziemlich wirkungsvoll gewesen war.

Der Blick, den er ihr im Gegenzug zurückwarf, war beinahe verzehrend. Er machte Sunny weiche Knie und beinahe atemlos. Als sie ihre Wohnung erreichte, spürte Sunny, wie jeder vernünftige Gedanke aus ihrem Kopf floh.

Zwei Monate später, als sie zustimmte, Mitch Haas' Frau zu werden, war die Fähigkeit, vernünftig zu urteilen, immer noch seltsam abwesend. Sie konnte kaum glauben, dass das tatsächlich geschah. Eine Ehe war das Letzte, was sie im Sinn gehabt hatte, als sie Kansas verlassen hatte, aber Mitch ließ das alles so wichtig erscheinen.

»Wir werden ein tolles Leben haben, Sunny«, sagte er, bevor er sie intensiv küsste.

Der Friedensrichter machte alle Formulare fertig und gratulierte ihnen. Mitch bezahlte mit dem Geld, das Sunny ihm auf dem Weg zur Kapelle gegeben hatte. Er hatte seine Brieftasche in der Wohnung vergessen, aber das war Sunny egal. Sie liebte ihn. Er war stark und tüchtig und gab ihr das Gefühl, eine Prinzessin zu sein.

In den ersten sechs Monaten schien alles ideal zu sein. Genau genommen war Sunny niemals glücklicher gewesen. Sie dachte daran, zu Hause anzurufen und ihre Familie wissen zu lassen, wo sie war und was sie getan hatte, aber eins nach dem anderen verschwor sich gegen diesen Anruf.

Dann, eines Abends, als Mitch spät von der Arbeit nach Hause kam, vergaß sie ihre Familie ganz. Mitch war wütend, doch er wollte lange nicht sagen weswegen. Dann endlich schleuderte er Sunny einen Kontoauszug entgegen.

»Warum hast du mir nicht gesagt, dass du ein eigenes Konto hast? Wir sind jetzt schon seit Monaten verheiratet – dieses Geld sollte auf einem gemeinsamen Konto sein.«

Sunny schaute den offenen Umschlag an. »Du hast meine Post geöffnet?« So etwas hätte sie zu Hause nie geduldet.

»Willst du eine große Sache daraus machen?«, fragte er sarkastisch. »Ich bin dein Ehemann. Ich tue, was mir gefällt.«

»Ich dachte, wir respektieren einander«, sagte Sunny und versuchte, ihre Worte trotz ihrer Wut sorgfältig zu wählen.

»Ich dich respektieren? Du bist kaum neunzehn. Ich bin siebenundzwanzig. Ich weiß eine Menge mehr über die Welt, als du dir vorstellen kannst. Ich werde anfangen, dich zu respektieren, wenn du so viel weißt wie ich. Morgen gehst du zur Bank und überweist das Geld auf unser gemeinsames Konto. Ich meine es ernst.«

»Ich habe das Recht, mein eigenes Konto zu behalten«, sagte Sunny ziemlich trotzig. »Mein Vater hat mir dieses Geld gegeben. Ich habe eine Arbeit und ich zahle das Geld, das ich verdiene, auf unser gemeinsames Konto ein. Das sollte genügen.«

Er versetzte ihr so rasch einen Schlag ins Gesicht, dass sie nicht einmal Zeit hatte, sich zu verteidigen. »Ich habe nicht nach deiner Meinung gefragt. Ich habe dir eine Anweisung gegeben. Verstehst du mich?«

Sunny konnte durch ihre Tränen hindurch kaum etwas sehen. »Warum tust du das, Mitch? Ich dachte, du liebst mich.«

»Ich dachte, *du* liebst *mich*. Liebe hat keine Geheimnisse und hortet auch kein Geld. Wenn du mich so lieben würdest, wie du behauptest, hättest du kein Problem damit, das mit mir zu teilen, was du hast.«

Doch sie hatte ein Problem damit. Wahrscheinlich gab es etwas in ihrem Unterbewusstsein, das sie mahnte, das Geld für alle Fälle für sich zu behalten. Für den Fall, dass die Ehe nicht gut ging und sie weiterziehen musste. Für den Fall, dass sie etwas brauchte, das Mitch ihr nicht kaufte.

Ohne Vorwarnung zog er sie vom Sessel hoch und stieß sie gegen die Wand. »Ich werde das nicht mehr hinnehmen.« Er packte sie und schleuderte sie noch einmal gegen die Wand. »Ich meine es ernst. Du wirst alles so machen, wie ich es will, oder du wirst die Folgen tragen müssen.«

Sunnys Kopf traf die Wand mit einer solchen Wucht, dass sie ein paar Sekunden lang Sterne sah. Sie versuchte sich zu wehren, doch es hatte keinen Zweck. Sie war eins dreiundsechzig und wog höchstens fünfundvierzig Kilo. Mitch war eins achtundachtzig und wog mindestens fünfunddreißig Kilo mehr als sie.

Als er aufgehört hatte, sie zu schlagen, starrte Mitch gleichgültig auf sie herab. Beinahe schien er überrascht, sie zusammengesunken auf dem Wohnzimmerboden zu sehen. »Sieh zu, dass du das Geld morgen überweist.«

Er verließ die Wohnung und knallte die Tür hinter sich zu. Unfähig, sich ohne Schmerzen zu bewegen, rollte Sunny sich zusammen und schlief ein – überzeugt, dass dies eine Art Albtraum sein musste, aus dem sie am Morgen erwachen würde.

Sunny schaute auf und sah Tränen in den Augen ihres Vaters. »Nicht weinen, Daddy. Es liegt jetzt hinter mir – hinter uns beiden. Es tut mir leid. Ich hätte dir nie von Mitch oder den Problemen erzählen sollen, die wir hatten. Das ist eine hässliche Wahrheit, die man am besten vergessen sollte.«

»Du musst dich nicht entschuldigen, Sunshine. Das, was ich mir immer ausgemalt habe – was dir wohl passieren würde –, war viel schlimmer. Ich denke, die Wahrheit wird uns freimachen.«

Sunny sagte nichts. Sie wusste, dass die Wahrheit viel schlimmer war. Schlimmer als alles, was sie ihrem Vater je anvertrauen würde. Sie konnte ihm niemals von den endlosen Stunden der körperlichen und sexuellen Misshandlungen durch ihren Ehemann erzählen. Die Wahrheit über ihr Leben mit Mitch Haas würde niemals irgendjemanden freimachen.

»Versuch zu schlafen«, sagte sie zu ihrem Vater. »Wir können morgen früh weiterreden.« Doch sie wusste, dass sie das nicht tun würde. Sie konnte es nicht ertragen, ihm solchen Kummer zuzufügen.

Sunny ging in die Küche und goss sich ein Glas Milch ein. Erschaudernd setzte sie sich an den Tisch. Sie hatte sich schon lange nicht mehr gestattet, an Mitch zu denken. Genau genommen gab es eine Menge, an das sie sich nicht gestattet hatte zu denken. Ihre Freundin Lana sagte, dass es manchmal gut war, Erinnerungen zuzulassen. Wenn ein Mensch sich der Vergangenheit stellen konnte – sich an die Ereignisse und Dinge erinnern, die ihn oder sie für immer verändert hatten –, schloss das manchmal die Tür zu etwas Besserem auf. So, als würde man sich aus einem Gefängnis befreien.

Sunnys Hände zitterten heftig, als sie das Glas an die Lippen hob. Es gab nichts Befreiendes an den Erinnerungen, über die sie gerade gesprochen hatte. Mitch hatte sie sehr viel mehr verletzt, als sie sich erinnern wollte. Vielleicht, weil er der Erste gewesen war, dem sie wirklich ihr Herz geschenkt hatte. Sie hatte sich wirklich Hals über Kopf in den Mann verliebt … und er hatte sie beinahe umgebracht.

»Aber es war eine Liebe, die auf Lügen aufgebaut war«, erinnerte sie sich selbst. Er hatte sie nur wegen ihres Geldes gewollt. Jemand hatte ihm gesagt, dass Sunny wohlhabend war, und das hatte ihn in ihr Leben platzen lassen.

»Ich war so töricht«, murmelte Sunny. »So töricht, von zu Hause wegzugehen. So töricht, an die Liebe zu glauben.«

6

Kathy stellte die Herdflamme kleiner, auf dem der Schinken stand, und ging dann Kaffee kochen. Sie hatte keine Ahnung, ob Sunny Frühstück wollte, aber vernünftigerweise durfte man das annehmen. Wie seltsam, sie wusste wirklich nicht besonders viel über ihre Schwester. Sie wusste nicht, was Sunny mochte oder nicht mochte. Sie wusste nicht einmal, ob ihre Schwester normalerweise frühstückte. Offenbar achtete sie auf ihr Gewicht, denn ihre Figur war perfekt – vielleicht zu perfekt. Kathy vermutete, dass Sunny wahrscheinlich eine Brustvergrößerung hinter sich hatte. Keine der Frauen in ihrer Familie konnte eine Bluse so ausfüllen wie Sunny. Natürlich konnte das auch nur Zufall sein.

Das Telefon klingelte und lenkte sie vom Kaffeeabmessen ab. »Habe ich jetzt vier Löffel eingefüllt oder drei?«, fragte sie sich laut, während sie auf den Kaffeefilter starrte. Mit einem Seufzen beschloss sie, dass es vier waren, und klappte den Filter in die Maschine.

Beim fünften Klingeln nahm sie ab. »Hallo?«

»Hallo, Schatz. Ich bin's, Tante Glynnis.«

Kathy warf einen Blick auf die Uhr. Glynnis wohnte in Colorado Springs und dort war es noch eine Stunde früher. »Meine Güte, du bist aber früh auf. Es ist bei euch doch erst halb sieben.«

»Daran habe ich nicht gedacht. Habe ich dich geweckt?«

»Nein.« Kathy lachte. »Selbst wenn ich ausschlafe, schlafe ich, glaube ich, nie länger als bis um acht. Das ist diese Mentalität der Farmer in Kansas, weißt du – mit den Hühnern zu Bett und mit den Hühnern auf.«

Glynnis lachte. »Tja, bei mir sind es über vierzig Jahre Ehe mit einem Mann, der um sechs Uhr morgens bei der Arbeit sein muss. Ich bin fast mein ganzes Leben lang um halb fünf aufgestanden. Hör mal, ich habe die Nachricht wegen deiner Schwester erhalten. Ist sie wirklich zurückgekommen? Geht es ihr gut?«

»Ja, sie ist tatsächlich hier. Ist ohne Vorwarnung aufgetaucht, und es scheint ihr gut zu gehen.«

»Was für ein Wunder. Eine Gebetserhörung, selbst wenn es zwölf Jahre bis dahin gedauert hat. Wo hat sie denn die ganze Zeit gesteckt?«

Kathy runzelte die Stirn, als ihre Tante vom Gebet sprach. Sie hatte sich noch immer nicht dazu durchringen können, Sunnys Rückkehr als Gebetserhörung zu betrachten. »Das weiß ich wirklich nicht. Wir haben noch nicht viel miteinander gesprochen. Ich hatte Angst vor dem, was ich vielleicht sagen könnte, und sie ist ziemlich am Ende, weil Dad stirbt.«

»Das kann ich mir gut vorstellen. Sicher hat sie den Tod eurer Mutter auch schwer aufgenommen.«

»Das nehme ich an. Ich schätze, es ist mir eigentlich egal. Ich meine, ich möchte nicht gefühllos klingen, aber ich denke, wenn man sich nicht die Mühe macht, in Kontakt mit der eigenen Familie zu bleiben, kann man nicht mehr erwarten.«

»Du klingst gar nicht gefühllos, meine Süße. Du klingst wütend.«

Kathy seufzte. »Das bin ich auch. Ich weiß nicht, was ich sonst sein soll. Ich denke, ich freue mich für Dad, weil es ihm so viel bedeutet. Abgesehen davon bin ich frustriert und verärgert. Ach, Tante Glynnis, das ergibt alles keinen Sinn.«

»Es ergibt mehr Sinn als du dir vorstellen kannst. In dir haben sich viele Jahre Schmerz und Kummer aufgebaut. Wahrscheinlich hast du sogar gedacht, dass Amy … ich meine, Sunshine, gestorben wäre.«

»So ist es. Es klingt verrückt, aber, wie ich es schon zu meiner Freundin Sylvia gesagt habe, ich habe mich mit diesem Gedanken getröstet. Ich nehme an, ich dachte, dadurch erschien sie mir weniger herzlos. Immerhin könnte sie nicht nach Hause kommen, wenn sie tot wäre. Dann lag es nicht mehr daran, dass sie gemein und egoistisch war, sondern dass sie keine Wahl hatte.«

»Wir trösten uns, so gut wir können, mit allem, was uns vernünftig erscheint. Trotzdem solltest du dich nicht weiter davon auffressen lassen. Wenn du deine Gedanken um die schlechten Dinge kreisen lässt, bekommt der Teufel Gelegenheit, Unheil anzurichten.«

»Ich glaube, davon hat er in unserer Familie schon genug angerichtet.«

»Tja, es ist nicht wahrscheinlich, dass er damit aufhört, bis er so viel zerstört hat, wie er in die Hände bekommen konnte. Wie dem auch sei, ich hoffe, ich bekomme Sunny zu sehen. Hat sie vor zu bleiben?«

»Ich weiß es nicht genau. Wie gesagt, wir haben nicht viel miteinander geredet.«

»Wenn du es herausfindest, lass es mich wissen. Ach, und ich rufe auch an, weil der Immobilienmakler mich über ein paar Häuser informiert hat, für die du dich vielleicht interessieren könntest. Er sagte, du kannst auch ins Internet gehen, wenn du möchtest. Ich habe die Webadressen für die Objekte.«

Kathy dachte einen Augenblick darüber nach. »Ich kann nachschauen, aber irgendwie kommt mir das blöd vor. Ich weiß nicht, wie lange Dad noch durchhält, und wenn er noch lange lebt, muss ich das in meine Pläne einbeziehen.«

»Der Makler weiß das alles. Ich glaube, die Wohnungen, die er für dich im Sinn hat, sind sowieso nicht vor dem Herbst frei. Gibt es schon Angebote für die Farm?«

»Nein. Ein paar Leute haben angerufen, aber sie wollten nur Parzellen von dem Land. Eine wollte acht Hektar und ein anderer vier. Ach, und ich glaube, irgendein Erschließungsunternehmer hat hier herumgeschnüffelt, aber offenbar hat ihm die Lage nicht gepasst.«

»Das tut mir leid zu hören.«

»Nicht so leid wie mir. Ich weiß ehrlich nicht, was ich machen soll, wenn nicht bald jemand ein Angebot macht. Die Maklerin hat uns schon einmal den Preis senken lassen. Wenn wir noch weiter heruntergehen, können wir nicht alles abdecken.«

»Wir werden einfach beten, dass Gott den richtigen Käufer schickt. Jemand, der eine Kansas-Farm braucht.«

Kathy zog einen Bleistift aus der Schublade und griff nach einem Notizblock. »Und viel Geld hat. Okay, gib mir die Internetadressen. Wenn ich das nächste Mal nach Hays fahre, gehe ich in die Bücherei und schaue sie mir dort am Computer an.«

Ihre Tante rasselte die Informationen herunter und beendete das Gespräch mit noch mehr Fragen nach ihrem Bruder. »Du weißt, dass ich gern bei euch wäre. Ich möchte ihn noch einmal diesseits des Himmels sehen. Ich habe versucht, Will dazu zu bewegen, mich zu euch zu bringen. Er arbeitet zwar nicht mehr bei *Jackson Pharmaceuticals*, aber davon merkt man nichts.«

»Ich würde nicht allzu lange warten, Tante Glynnis. Noch ist Dad bei klarem Verstand, aber er hat immer mehr Schmerzen. Der Arzt meint, dass es nur noch kurze Zeit dauert, bis er ihn auf Morphium setzen muss. Bisher hat Dad das abgelehnt, aber er hat wirklich immer mehr Schmerzen. Sobald sie ihn auf Morphium setzen, könnte es sein, dass sich seine Fähigkeit zu sprechen und sich vernünftig zu äußern beträchtlich verändert.«

»Ich verstehe. Ich versuche, bald zu kommen. Sag diesem sturen alten Esel, dass er sich gefälligst an seine guten Manieren erinnern und den Anstand besitzen soll, nicht zu sterben, bevor ich ihn besuchen kommen kann.«

Kathy lachte. Ihre Tante neckte ihren Bruder immer damit, dass er ja nach ihrer Pfeife tanzen sollte – dass er nicht noch kränker werden oder sterben sollte, bis sie sagte, dass das in Ordnung ging. Ihr Vater fand das immer amüsant. Normalerweise sagte er ihr, sie sollte aufhören, eine so herrische ältere Schwester zu sein, aber Kathy wusste, dass er Glynnis' Fürsorge liebte.

»Ich sag's ihm, Tantchen. Hör mal, ich bereite gerade das Frühstück vor, also machen wir besser Schluss. Sag dem Makler, dass ich mir die Informationen so bald wie möglich anschaue.«

»Das werde ich.« Ihre Tante unterbrach sich, als fiele es ihr schwer, die richtigen Worte zu finden. »Du weißt, dass ich dich liebe, Kathy. Du leistest Großartiges. Du sollst wissen, dass wir sehen, was du tust – was du getan hast. Du machst das Ende von Garys Leben zu etwas Besonderem. Gott sieht auch das.«

»Danke.« Kathy seufzte und war ein bisschen gerührt über das Lob. Manchmal dachte sie, niemand wüsste, welche Opfer sie brachte. Manchmal kam es ihr vor, als hätte sie ihr ganzes Leben aufgegeben und niemand wüsste, was es sie gekostet hatte. »Ich hab dich auch lieb.«

Kathy legte auf und drehte sich um, da sah sie, dass Sunny sie beobachtete. Sunny schien es bewusst zu werden, dass sie beim Lauschen ertappt worden war, und zuckte zusammen. »Es tut mir leid«, sagte sie und schüttelte den Kopf. »Ich wollte mich bemerkbar machen, aber … tja, es tut mir leid.«

Einen Augenblick lang war Kathy ärgerlich über den Eindringling. Sie öffnete den Mund, um das Verhalten ihrer Schwester zu kritisieren, doch dann wurde ihr klar, dass es gar nicht so wichtig war. »Möchtest du frühstücken?«, fragte sie stattdessen.

»Das wäre toll. Ich bin halb verhungert.« Sunny trat einen Schritt weiter in die Küche. »Kann ich dir irgendwie helfen?«

»Nein. Der Kaffee läuft schon durch und der Schinken ist fertig. Ich muss noch den Toast machen und ein paar Eier braten. Wie möchtest du deine?«

»Hmm, halb durch, denke ich.« Sunny ging zu dem Korb, wo Kathy das Brot aufbewahrte. »Ich kann mich doch wenigstens um den Toast kümmern.«

Kathy wusste, dass Sunny wirklich versuchte, sich nützlich zu machen. »Na gut. Ich möchte nur eine Scheibe Vollkorntoast.«

Sunny nickte und machte sich an die Arbeit, während Kathy die Eier aus dem Kühlschrank nahm. »Wie viele Eier möchtest du?«

»Zwei. Hey, sind die von unseren Hühnern?«, fragte Sunny und ihr Gesicht hellte sich auf. »Ich versuche schon seit Jahren, meinen Freunden klarzumachen, wie anders – besser – Eier von einer Farm schmecken als die aus einem Supermarkt. Sie glauben mir nie. Sie können sich einfach nicht vorstellen, dass man den Geschmack eines Eis ändern kann.«

»Stadtmenschen«, sagte Kathy, als wäre das eine Erklärung. »Und um deine Frage zu beantworten, ja, sie sind von unseren Hühnern. Aber nicht mehr lange. Ich habe sie alle Sylvia überlassen. Sie wird sie in ein paar Wochen holen.«

»Sylvia Tanner?«

»Die und keine andere. Sie hat Tony Anderson geheiratet und wohnt ein Stück die Straße runter. Tony hat übrigens das Land für Dad bearbeitet. In den letzten Jahren hat er ihm immer geholfen, aber in diesem Jahr hat er alles selbst gemacht.«

»Und ihr seid die ganze Zeit Freundinnen geblieben. Das ist unglaublich. Ich war nie so lange mit jemandem befreundet.«

»Vielleicht bist du nie lang genug geblieben«, erwiderte Kathy ohne nachzudenken. Sie hätte sich wegen der Stichelei am liebsten auf die Zunge gebissen, doch stattdessen drehte sie sich um, um die Eier zu wenden.

»Ich wollte dein Gespräch nicht belauschen, aber ich habe gehört, dass es Tante Glynnis war. Wie geht es ihr? Lebt Onkel Will noch?«

»Es geht ihnen beiden gut. Sie wollen Dad besuchen kommen, bevor er stirbt, also kannst du sie selbst sehen – wenn du hier bist.«

»Gibt es wirklich nichts, was der Arzt für Dad tun kann?«

Kathy schlug das letzte Ei auf und ließ es in das Speckfett fallen. »Sie haben alles Mögliche für Dad getan.«

»Was denn?«

Kathy drehte sich um und stellte fest, dass Sunny sie beobachtete. Sie trug Jeans und eine weiße, durchsichtige Bluse mit einem weißen Trägertop darunter. Sie sah ihrer Mutter so ähnlich, dass Kathy am liebsten den Raum durchquert und das Gesicht ihrer Schwester berührt hätte. Doch sie widerstand diesem Impuls.

»Wenn man bei einem Menschen Krebs feststellt, werden sehr viele Untersuchungen durchgeführt. Es gibt alle möglichen Tests und Gespräche. Wir mussten nach Hays, um alles machen zu lassen. Slocum war nicht ausgerüstet, um Dad mit seiner Krankheit und den Behandlungen, die dafür nötig sind, richtig zu versorgen. Wir sind sogar ins Klinikum nach Kansas City gefahren.

Dad wurde operiert und es gab noch mehr Tests. Bestrahlung und ein Medikament nach dem anderen und immer neue Ernährungsumstellungen.« Kathy versuchte unbeteiligt zu bleiben, während sie darüber redete, doch sie spürte, wie sie wütend wurde.

»Aber das war nicht das Schlimmste. Die langen Fahrten waren nicht das Schlimmste für mich und auch nicht, die Anweisungen der Ärzte für die Behandlungen und Medikation einzuhalten oder unsere Essgewohnheiten zu ändern. Die endlosen Nächte, in denen Dad Schmerzen hatte und ich ihm helfen musste, sie durchzustehen, waren viel schlimmer. Es war schrecklich zu sehen, wie er vor meinen Augen verfiel, während wir darum kämpften, ihn am Leben zu halten. Wie ich dir schon gesagt habe, will er zu Hause sterben, also kommen die Leute vom Hospiz alle paar Tage und der Arzt und ich sind ständig in Kontakt.«

»Dad war immer so ein starker, lebensfroher Mann«, sagte Sunny. »Es kommt mir einfach nicht fair vor.«

»Es ist nicht fair.« Kathy drehte sich um und wendete die Eier, dann schaltete sie den Herd aus. Sie griff nach den Tellern und versuchte, ihre Nerven zu beruhigen. Streiten war sinnlos.

»Also erzähl mir von Kyle. Du hast da etwas gesagt, dass du die Verlobung gelöst hast, damit du dich um Mom kümmern konntest. Ich glaube, das verwirrt mich. Warum hast du das getan?«

Das raubte Kathy endgültig jeden Anschein von Beherrschung. »Was meinst du damit, warum ich das getan habe? Ich habe getan, was nötig war. Du warst nicht da, um zu helfen. Mom wäre wahrscheinlich nicht krank geworden, wenn du geblieben wärst. Ich hätte eine Hochzeit geplant statt einer Herztransplantation.« Sie legte den Schinken auf die Teller und die Eier darauf.

»Hat Mom dich darum gebeten, die Verlobung zu lösen?«

Kathy brachte das Essen zum Tisch, gerade als Sunny den Toast brachte. »Was glaubst du denn? Mom hätte mich nie darum gebeten.«

»Dann war es deine Entscheidung.«

Kathy packte die Stuhllehne. »Ich hatte nie eine Wahl. Meine Entscheidungen wurden für mich getroffen. Deine Entscheidungen haben mein Schicksal bestimmt.«

Zum ersten Mal nahm Sunny eine Haltung ein, die anders als nur passiv wirkte. »Das ist nicht wahr, Kathy, und du weißt das. Jeder trifft seine eigenen Entscheidungen. Ich gebe zu, dass meine Entscheidungen schlecht waren, aber ich habe genügend Therapien hinter mir, um zu wissen, dass sie meine Entscheidungen waren. Und selbst wenn ich dachte, dass jemand anderes sie mir aufgedrückt hätte, habe ich doch immer die letzte Entscheidung getroffen.«

»Na sicher. Und was hätte ich tun sollen? Weggehen wie du?«

Sunny zuckte die Schultern. »Das hättest du tun können. Wer hätte dich aufgehalten? Du hättest Kyle heiraten und wegziehen können. Du musstest nicht bleiben. Als Mom krank wurde, hättest du Dad eine Krankenschwester engagieren lassen können. Es war genügend Geld dafür da.«

»Sie war meine Mutter. Deine auch. Wie hätte ich zulassen können, dass eine Fremde sich um sie kümmert? Was hätten die Leute von mir gedacht?«

»Die Leute lassen die ganze Zeit die Menschen, die sie lieben, von anderen Leuten versorgen. Genau genommen haben die meisten Menschen weder die Zeit noch die Fähigkeit, so für ihre Eltern zu sorgen, wie du es getan hast. Außerdem, wen kümmert es, was andere hätten denken können?«

Kathy schüttelte den Kopf. »Mich hat es gekümmert.«

»Das ist genau das, was ich sagen will. Du hast Entscheidungen getroffen, die auf dem beruht haben, was dir wichtig war. Du wolltest nicht, dass die Leute schlecht von dir denken. Mir war es egal, was die Leute von mir dachten. Ich sah nur, wie mein Leben in die Langeweile und Routine eines ländlichen Lebens in Kansas abglitt, und konnte es nicht ertragen. Ich bin nicht gegangen, um dich oder Mom oder Dad mit Absicht zu verletzen. Ich bin gegangen, weil ich wusste, dass es mich umgebracht hätte, wenn ich geblieben wäre. Unglücklicherweise haben die Entscheidungen, die ich getroffen habe, mich ebenfalls beinahe umgebracht.«

Kathy hatte keine Antwort. Sie wollte Sunny keine Munition geben, die sie gegen sie verwenden konnte. Sunny allerdings schien nicht zu bemerken, wie genau sie ins Schwarze getroffen hatte.

»Kathy, es ist wichtig, dass du erkennst, dass das, was du getan hast, aus deinem eigenen, freien Willen heraus geschah. Du wirst nie jemanden davon überzeugen können, dass du keine Wahl hattest. Weißt du warum? Du hast die Situation eingeschätzt und dich für den moralisch überlegenen Weg entschieden. Du hast dich dafür entschieden, aus welchem Grund auch immer, das zu tun, was die meisten Menschen für das ›Richtige‹ hielten. Du verdienst Anerkennung für das, was du getan hast,

Kathy. Aber sag nicht, dass du bei Moms Pflege keine Wahl hattest, denn du hattest eine – und wie deine Wahl ausgefallen ist, macht sie zu etwas Besonderem. Du hast dich entschieden, deine eigenen Pläne und Wünsche aufzugeben, um für deine Mutter – unsere Mutter – zu sorgen. Ich zumindest werde ewig dankbar sein für das, was du getan hast. Es tröstet mich zu wissen, dass sie nicht in der Obhut von Fremden gestorben ist.«

Kathy dachte über Sunnys Worte nach, sagte aber nichts.

»Du hast dich dafür entschieden, hier bei Dad zu bleiben, und als er krank wurde, hast du dich entschieden, für ihn zu sorgen. Du hättest weggehen können. Niemand hat dich hier als Geisel festgehalten. Niemand hat dich gezwungen zu bleiben. Du hättest dein Erbe nehmen und gehen können, so wie ich. Es war dein gutes Recht, aber wiederum hast du den moralisch überlegenen Weg gewählt. Du hast um seinetwillen Opfer gebracht. Auch dafür verdienst du Lob und Anerkennung.«

Kathy hasste die Wahrheit, die durch die Erklärung ihrer Schwester hindurchklang. Ihr Leben lang hatte sie ein gewisses Maß an Beruhigung darin gefunden, dass sie sich sagte, alles Schlechte, das ihr zugestoßen war, sei Sunnys Schuld gewesen. Dass sie, wenn Sunny nicht getan hätte, was sie getan hatte, eine Chance gehabt hätte, ihr Leben so zu führen, wie sie es wollte. Jetzt wagte Sunny zu sagen, dass Kathy ihre eigenen Entscheidungen getroffen hatte – dass das Leben, das sie in den letzten zwölf Jahren geführt hatte, immer in ihrer Hand gelegen hatte – ihre eigene Entscheidung gewesen war.

Kathy setzte sich und versuchte, all die durcheinandergeratenen Stücke wieder an ihren Platz zu schieben. Ihr Kopf fühlte sich überladen mit Gedanken und Bildern an. »Ich musste zwei Beerdigungen ohne dich planen«, murmelte sie schließlich. »Du hast keine Ahnung, wie schwer das ist.«

»O doch, das tue ich«, sagte Sunny mit kaum vernehmbarer Stimme. »Ich weiß, was es heißt, eine Beerdigung zu planen.« Sie schaute auf ihren Teller hinunter. »Ich musste meinen totgeborenen Sohn begraben. Sein Vater war dabei keine Hilfe. Genau genommen war er der Grund, warum mein Sohn gestorben ist.«

Der Schock, den diese Aussage mit sich brachte, fuhr Kathy durch Mark und Bein. »Ach du meine Güte … was ist passiert?«

Sunny schaute nicht auf. »Ich war zwanzig und im neunten Monat schwanger. Ich hatte einen Mann geheiratet, der ein Trinker und Spieler war. Nichts davon wusste ich, als ich ihn törichterweise geheiratet habe. Das erste Mal hat er mich geschlagen, als er herausgefunden hatte, dass ich nach unserer Hochzeit noch ein eigenes Konto hatte.«

»Warum bist du nicht gegangen?«

»Ich habe eine schlechte Entscheidung getroffen«, sagte sie und schaute Kathy endlich in die Augen. »Ich hatte die Entscheidung getroffen, einen gewalttätigen Mann zu heiraten, und offen gesagt dachte ich, es wäre meine Strafe, weil ich so mies von zu Hause abgehauen war. Jedes Mal, wenn er mich schlug, sagte ich mir, dass ich es verdiente.« Sunny runzelte die Stirn und schaute wieder auf ihren Teller hinunter. »Aber ich wusste, dass mein ungeborenes Kind nichts von alledem verdient hatte.«

Kathy wusste nicht, was sie sagen sollte. Es war schwer, sich vorzustellen, dass ihre Schwester verheiratet war und ein Kind geboren hatte. »Wo ist dein Mann jetzt?«

»Wir haben uns scheiden lassen. Wie gesagt, Mitch war ein Spieler. Er hat Geld ausgegeben, als wäre es seine persönliche Pflicht, unser Konto leer zu räumen. Er ließ mich kein Geld behalten. Ich schätze, er hatte Angst, dass mich das von ihm unabhängig machen würde. Ich wollte in dieser Zeit zu Hause anrufen, doch er hat es mir nicht erlaubt. Ehrlich gesagt schämte ich mich nach einer Weile zu sehr, um anzurufen. Und ein paar Tage vor meinem Entbindungstermin brach alles vollends auseinander.«

Sunny zeichnete ein Muster auf dem Tischtuch nach. »Es war mir gelungen, in den Monaten meiner Schwangerschaft heimlich Geld aus Mitchs Brieftasche beiseitezuschaffen. Ich wusste, dass ich ein paar Sachen für das Baby brauchte, und immer, wenn er betrunken eingeschlafen war, habe ich ein bisschen hier und dort genommen. Nie genug, als dass er es hätte merken können, verstehst du?«

Kathy nickte und stellte sich vor, wie ihre Schwester umherschlich und um ihr Leben fürchtete, sollte ihr Mann aufwachen und begreifen, was geschah.

»Ich habe es an verschiedenen Stellen versteckt. Mitch hat immer meine Sachen durchwühlt, wenn er Geld brauchte. Ich weiß nicht, warum er annahm, ich hätte welches, wo er mir doch nie etwas gab. Ich denke, er war der Meinung, dass meine Freunde ihr Vermögen mit mir teilen.

Jedenfalls fand er eines Tages das Geld, das ich geschafft hatte zu sparen. Ich habe ihn nie so wütend erlebt. Er hat mir alles Mögliche vorgeworfen, angefangen bei, ich würde mich auf der Straße verkaufen, bis hin zu, ich bekäme Geld von zu Hause. Ich erinnerte ihn daran, dass das Baby in ein paar Tagen kommen würde und wir nichts für das Kind hatten. Wenn die Wohlfahrt nicht die Rechnungen für Arzt und Krankenhaus bezahlt hätte, hätten wir nicht einmal das Geld dafür gehabt.«

»Konnte er das nicht verstehen?«, fragte Kathy und ihr Ton wurde sanfter, aus Mitleid für das Schreckliche, das ihre Schwester durchgemacht hatte.

»Mitch verstand nichts außer Blackjack und Alkohol. Er war froh über das Geld, aber er wollte mich nicht so einfach mit dem davonkommen lassen, was ich getan hatte.« Sunny erschauderte. »Die Einzelheiten sind nicht wichtig. Er hat mich geschlagen – es schien Stunden zu dauern, obwohl man mir hinterher sagte, dass es nur etwa eine halbe Stunde war. Die Nachbarn hatten alles gehört und die Polizei gerufen. Mitch schlug mich immer noch, als sie kamen. Er war so rasend, dass er nicht einmal ihr Klopfen hörte. Er merkte nicht, dass die Polizei da war, bis sie die Tür eintraten und ihn von mir wegzogen.« Sunny schwieg und schüttelte den Kopf.

Kathy konnte sich nicht bremsen zu fragen, »Was ist dann passiert?«

»Sie haben einen Krankenwagen gerufen. Ich war in ziemlich schlechter Verfassung. Mitch hatte mich so sehr getreten, dass er mir mehrere Rippen und den Arm gebrochen hatte. Ich hatte versucht, das Baby zu schützen, indem ich die Schläge mit den Armen abfing, aber es hatte nichts genutzt. Im Krankenhaus sagte man mir, das Baby sei gestorben. Sie gaben mir etwas, damit die Wehen einsetzten, und etwa zehn Stunden später habe ich meinen Sohn zur Welt gebracht. Sie haben erlaubt, dass ich ihn in den Armen halten konnte.«

Tränen strömten Sunny übers Gesicht und auch Kathy flossen die Augen über. Einen Elternteil zu verlieren, war schwierig, aber ein Baby zu verlieren … das war undenkbar. Ohne auch nur darüber nachzudenken, was sie tat, streckte Kathy den Arm aus und nahm Sunnys Hand.

»Er war vollkommen«, sagte Sunny. »Er sah nicht tot aus – nur so, als ob er schlief. Ich habe lange dagesessen und ihn gewiegt.«

»Welchen Namen hast du ihm gegeben?«

Sunny lächelte. »Gary. Nach Dad. Er liegt in Las Vegas begraben. Ich habe sein Grab auf dem Weg hierher besucht.«

»Was ist aus deinem Mann geworden? Ist er ins Gefängnis gekommen?«

»Ja. Man hat ihn zu zehn Jahren verurteilt und er ist nach sechs Jahren rausgekommen. Ich habe keine Ahnung, wohin er gegangen ist oder was er jetzt macht. Es ist mir auch egal. Meine Entscheidung hat meinen Sohn das Leben gekostet. Das kann ich nie vergessen, aber ich werde damit leben müssen. So, wie du mit deinen Entscheidungen leben musst.«

7

Sunshine bereute ihre letzten Worte, sobald sie ihr von den Lippen gerutscht waren. Sie hatte nicht beabsichtigt, Kathy ihre Einstellung vorzuhalten. Sie hatte ehrlich geglaubt, dass Kathy, wenn sie ihr von ihren eigenen schlechten Entscheidungen erzählte, ihre Entscheidungen erkennen und sich weniger als Opfer fühlen würde. Stattdessen hatte Sunny ganz offensichtlich eine Grenze überschritten.

Kathy warf beinahe den Küchenstuhl um, als sie aufstand. »Ich habe keinen Hunger.«

»Bitte geh nicht. Ich wollte dich nicht wütend machen.«

»Ich bin nicht wütend. Ich muss Dad seine Medikamente geben«, sagte Kathy sehr kühl.

»Warum lässt du mich das nicht tun?« Sunny erhob sich. »Ich möchte dir deine Last leichter machen.«

»Meine Last ist kein Problem. Ich brauche deine Hilfe nicht.« Kathy fing an, Medikamente aus dem Schrank zu holen.

»Kathy, bitte versuch doch zu verstehen«, begann Sunny.

Kathy drehte sich um. »Was ich verstehe, ist, dass du mehr als nur ein bisschen Leid über diese Familie gebracht hast.« Sie schien um die richtigen Worte zu ringen. »Es tut mir leid, was mit deinem Baby geschehen ist. Was passiert ist, ist … nun ja … es ist furchtbar. Aber das ist etwas völlig anderes.« Kathy wirbelte herum und packte die Arbeitsplatte. »Ich wünschte, du wärst nie zurückgekommen.«

Sunny wusste, dass es wenig helfen würde zu versuchen, Gegenargumente zu finden. Einen Augenblick lang schaute sie auf den Tisch. Warum sollte die Zurückweisung ihrer Schwester anders sein als all die anderen Male, die sie zurückgewiesen worden war?

»Ich werde wohl in die Stadt fahren.« Sunny nahm eine Scheibe Toast und ein paar Scheiben Schinken und klappte das Brot zusammen. »Bis zum Nachmittag bin ich zurück.«

Kathy sagte nichts, doch Sunny hatte das auch nicht erwartet. Kathys Wut frustrierte Sunny einen Augenblick lang. War sie nicht deswegen überhaupt erst gegangen?

Niemand hier hat mich je verstanden. Niemand sah je etwas außer seinen eigenen Bedürfnissen – den eigenen Interessen.

Sunny ließ sich in den Sitz ihres Autos gleiten und holte tief Luft. Sie hatte nicht beabsichtigt, die Geschichte von ihrem Baby zu erzählen. Wahrscheinlich hatte ein Teil von ihr die Geschichte in der Hoffnung erzählt, dass Kathy schockiert genug war, um ihre Wut nicht weiter an Sunny auszulassen. Ein anderer Teil von ihr wollte einfach, dass Kathy begriff, dass Sunnys Entscheidung wegzulaufen ihr nicht das Leben in Schönheit und Luxus gebracht hatte, das ihre Schwester vielleicht vermutete.

Sie denkt, ich bin irgendwie um den Schmerz herumgekommen.

Das Auto sprang röhrend an und klassische Musik füllte den Innenraum. Beethovens »Ode an die Freude« plärrte ihr entgegen, wie um sie aufzuheitern. Sunny schaltete die CD aus und legte den Gang ein. Im Moment gab es keine Freude in ihrem Leben und es war sinnlos so zu tun, als wäre es anders. Sie biss von ihrem belegten Brot ab und fuhr den Kiesweg entlang.

Die Fahrt nach Slocum dauerte weniger als zehn Minuten. Die Fahrt durch die Stadt dauerte nur zwei. Sie war ursprünglich zur Unterstützung für die Farmer in der Gegend erbaut worden und hatte sich einst mit einem Nebengleis der Eisenbahnlinie gerühmt sowie mit dem Versprechen, ein gutes Straßennetz zu bauen. Als aus dem Highway nichts wurde und die Eisenbahnlinie am Ende stillgelegt wurde, verschwand die Stadt Slocum in der Versenkung.

Sunny bemerkte mehrere leer stehende Geschäfte an der Hauptstraße. Wo einst eine Bäckerei und ein Café als Versammlungsorte für Oberschüler gedient hatten, gab es nur noch vernagelte Fenster und ein Schild, auf dem *Geschlossen* stand. Das Gleiche galt für den alten Haushaltsgeräteladen, die Tierarztpraxis und das Handarbeitsgeschäft.

Sie parkte vor dem kleinen Lebensmittelladen und beschloss, sich etwas Kaltes zu trinken zu kaufen. Sie hatte das Gefühl, dass ihr der Toast und der Schinken noch immer im Hals steckten, und sie wünschte sich inständig, sie hätte sie auf der Fahrt nicht so hinuntergeschlungen.

Eine Glocke läutete an der Tür des kleinen Geschäfts mit dem Namen

Somner's. Als Sunny noch ein Mädchen gewesen war, war dieses Geschäft bequem für kleine, dringende Einkäufe gewesen, aber sie hatten hier keine Großeinkäufe gemacht. Ihre Mutter fuhr für den Monatseinkauf immer nach Hays. *Somner's* war fast noch so, wie Sunny es in Erinnerung hatte. Die Obst- und Gemüseabteilung war links neben der Tür und auf der rechten Seite waren die Kassen. Freitagabends war hier immer viel los, erinnerte sich Sunny, und normalerweise hatte Mr. Somner beide Kassen offen. Heute allerdings war der Laden fast leer, wie üblich.

»Kann ich Ihnen helfen?«, fragte ein Mann.

Sunny erkannte den Mann nicht und ihm war auch nicht anzumerken, ob er sie kannte. »Ich bin auf der Suche nach kalten Getränken.«

Der Mann nickte und zeigte es ihr. »Hinten im Laden. Es gibt verschiedene Sorten Limo im Kühlregal.«

Sunny lächelte und bahnte sich den Weg durch die Gänge. Etwas an diesem bekannten Geschäft war tröstlich. Sie war gerade um eine Ecke gebogen, als jemand scharf Luft holte. Sie schaute auf und bemerkte eine müde aussehende Frau. Das Gesicht war ihr vertraut, wenn auch gealtert.

»Mrs. Stover?« Sunny wusste, dass das die beste Freundin ihrer Mutter sein musste. Mrs. Stover war Grundschullehrerin und Sunny bei ihr in der dritten Klasse gewesen.

»Du lebst also noch. Ich kann nicht glauben, dass du die Frechheit besitzt, dein Gesicht wieder in dieser Stadt zu zeigen, Amy Halbert.« Sie sprach den Namen in einem beinahe angeekelten Ton aus.

Sunny war völlig aus der Fassung gebracht. »Wie bitte?«

Mrs. Stover war eine kleine Frau. Sunny war mindestens zehn Zentimeter größer als sie, aber in diesem Moment empfand sie ganz deutlich, dass die Frau auf sie herabschaute. »Ich hätte nicht gedacht, dass du so herzlos sein könntest, jetzt aufzutauchen. Ich nehme an, du hast gehört, dass dein Vater im Sterben liegt, und bist zurückgekommen, um ihm deine Aufmerksamkeit zu widmen. Es wäre schön gewesen, wenn du das auch für deine Mutter hättest tun können. Die arme Frau. Ihr Herz brach an dem Tag, an dem du gegangen bist. Sie hat sich deinetwegen zu Tode gesorgt – und wozu?«

Sprachlos konnte Sunny nur dastehen und die Frau anstarren. Renea Stover wollte – musste wahrscheinlich – Sunny so verurteilen, wie sie es vor Jahren getan hätte, wenn sie die Gelegenheit dazu gehabt hätte.

»Deine Eltern haben nie etwas anderes getan als dich zu verwöhnen und dir zu geben, was du wolltest. Ich habe Marg gesagt, dass das dein Untergang wäre. Ich habe ihr gesagt, dass du nicht das kleinste bisschen dankbar bist. Wenn du nicht so egoistisch gewesen wärst, würde sie heute noch leben.«

»Es tut mir leid, dass ich Ihnen wehgetan habe, Mrs. Stover. Vielleicht glauben Sie mir nicht, aber ich vermisse meine Mutter sehr. Ich wünschte, ich hätte bei ihr sein können.«

»Mach dir nicht die Mühe mich anzulügen. Du bist zu nichts zu gebrauchen, Amy. Diese Stadt und deine Familie waren ohne dich besser dran.«

Sunny wusste noch immer nicht, was sie sagen sollte. Vielleicht war es ja am besten, weiterzugehen und die Frau ihrem Elend zu überlassen. »Ich muss gehen«, murmelte sie.

»Zweifellos. Wahrscheinlich läufst du wieder davon.«

»Amy, bist du das?«

Sunny drehte sich um und sah ihre alte Freundin Debbie Williams. Ein kleiner Junge klammerte sich an ihr Bein, während ein anderer ein Brot und eine Packung Kekse trug. »Debbie?«

»Ich kann kaum glauben, dass du es bist. Es ist schon eine Ewigkeit her. Hast du Zeit, mit uns zu kommen? Wir gehen in den Park. Ich würde mich so gern mit dir unterhalten.«

Mrs. Stover hob die Nase. »Deborah«, murmelte sie mit einem kaum merklichen Kopfnicken. Damit wirbelte sie herum und eilte in Richtung Ausgang. Zweifellos würde sie die Nachricht von Sunnys Rückkehr sofort verbreiten.

»Ich bin hergekommen, um mir etwas zu trinken zu kaufen«, erklärte Sunny.

»Gut. Ich hole uns auch etwas.« Debbie deutete in die richtige Richtung. »Sie haben nicht viel Auswahl, aber wenigstens ist es kalt.«

Sunny nahm sich die erstbeste Cola und wartete darauf, dass Debbie ihre Auswahl traf. Die Jungen beobachteten Sunny mit recht misstrauischer Neugierde. Der Jüngere von beiden wollte sicher einige Informationen, war aber klug genug, nicht zu fragen.

»Na, seid ihr fertig für den Park?«, fragte Debbie den älteren Jungen.

»Mom, können wir noch ein paar Bonbons kaufen?«

Debbie schüttelte den Kopf. »In den Keksen ist genug Zucker. Das ist süß genug, auch ohne Bonbons.« Sie schaute auf und begegnete Sunnys Blick. »Das sind meine Jungs. Isaac ist vier und Josiah ist sechs. Jungs, das ist meine Freundin Amy.«

»Auf den Namen höre ich nicht mehr«, sagte Sunny und versuchte, Mrs. Stovers Attacke zu vergessen.

»Wenn ich mich recht erinnere, hast du überhaupt auf nicht besonders viel gehört, egal unter welchem Namen«, neckte Debbie sie. »Wie soll ich dich nennen?«

Sunny versuchte, sich nicht weiter über Debbies Bemerkung zu ärgern, aber Tatsache war, dass jeder in dieser Stadt wusste, wer sie war und was sie getan hatte. »Ich habe meinen Namen in Sunshine geändert, aber meine Freunde nennen mich Sunny.«

Debbie grinste. »Ich kann mich erinnern, dass wir davon gesprochen haben, unsere Namen zu ändern. Wir haben sie so sehr gehasst. ›Deborah‹ gefällt mir immer noch nicht, aber ›Debbie‹ stört mich nicht mehr so sehr wie früher.«

Sunny nickte und sie gingen zur Kasse. Mrs. Stover war nirgendwo zu sehen. Sie bezahlten ihre Einkäufe und gingen hinaus. Debbie deutete über die Straße.

»Sie haben hinter der Post einen kleinen Park angelegt. Unser Haus liegt drei Blocks entfernt in diese Richtung, also sind wir einfach hergelaufen.«

Sunny deutete auf das weinrote Auto. »Das gehört mir. Ich kann euch alle mitnehmen. Ich bezweifle, dass es gut wäre, es hierzulassen. Vielleicht möchte jemand nahe am Laden parken.«

»Wir werden einfach zu Fuß gehen und dort auf dich warten. Die Jungs müssen ihre überschüssige Energie loswerden.« Sie gab ihrem

Jüngsten eine Flasche Limo, während Josiah die Einkaufstüte recht besitzergreifend festhielt. »Bis gleich, Sunny.«

Sunny schaute Debbie ein paar Minuten lang nach, als sie mit ihren Söhnen wegging. Ihr Leben schien gut zu sein – weit entfernt von dem Leben, das Sunny kennengelernt hatte. Mit einem Seufzen stieg Sunny ins Auto. Sie dachte an die seltsame Begegnung mit Renea Stover und daran, wie steif der Mann im Laden sie behandelt hatte, nachdem Renea ihn zweifellos darüber informiert hatte, wer sie war. Die Leute in Slocum würden nicht allzu vergebungsbereit sein, das wusste Sunny. Ihre Eltern waren sehr beliebt und die Leute hatten ohne Zweifel wenig Verständnis für die zurückgekehrte Rebellin übrig.

Der Park war eine hübsche kleine Anlage. Es gab Schaukeln und große Betonröhren, die halb in die Erde eingegraben waren. Ein Komplex von Rampen, Rutschen und großen Netzen bildete die Hauptattraktion, und dorthin machten sich Debbies Jungen sofort auf.

»Das ist toll«, sagte Sunny und setzte sich zu Debbie auf die Bank. »Die Jungen sind sicher begeistert davon.«

»O ja. Hier gibt es nicht sehr viel, an dem sie Spaß haben könnten. Genau genommen wird man alles schließen. Marty und ich haben beschlossen, sie zu Hause zu unterrichten, statt sie weit mit dem Bus fahren zu lassen.«

»Also hast du Marty Dunmire geheiratet?«

»Hattest du jemals Zweifel daran? Meine Güte, ich hätte nie jemand anderen lieben können. Er ist ein fantastischer Ehemann und ein noch besserer Vater. Die Jungs himmeln ihn an.«

»Als was arbeitet er?«, fragte Sunny. Eigentlich war es ihr egal, aber sie wollte unbedingt, dass das Gespräch sich weiter um Debbie drehte.

»Er betreibt zwei Werkstätten. Meistens repariert er Autos, aber manchmal kommt auch ein Traktor oder Rasenmäher. Hier gibt es nicht allzu viel Arbeit für ihn, aber er hat mit seinem Vater zusammen eine Werkstatt in Hays, also reicht es gerade, um uns durchzubringen. Er fährt drei Tage pro Woche rüber und drei Tage arbeitet er hier. Seine Familie hat uns das Haus verkauft, als sie nach Hays gezogen ist, und so haben wir einen sehr guten Preis bekommen. Es ist bezahlt, also brauchen wir eigentlich nicht viel Geld.«

Sunny fand ihre Bemerkung ziemlich seltsam. Wer wollte denn nicht mehr Geld haben? Und doch wirkte Debbie völlig zufrieden.

»Also, wo warst du all die Jahre? Hast du geheiratet?«

Sunny holte tief Luft. »Ich habe meistens in Las Vegas und Los Angeles gelebt. Ich habe geheiratet, aber … ach, das ist nicht wichtig.« Sie schaute auf die Uhr. »Gibt es hier in der Nähe ein öffentliches Telefon? Ich habe hier keinen Mobilfunkempfang. Ich muss jemanden anrufen, und wenn ich das nicht bald mache, verpasse ich die Person, die ich erreichen will.«

»Klar. An der Tankstelle gibt es ein Telefon. Sie ist am östlichen Ende der Stadt. Martys Werkstatt ist gleich nebenan. Kannst du nach deinem Anruf zurückkommen, damit wir uns noch ein bisschen unterhalten können?«

Sunny schüttelte den Kopf. »Dads Zustand ist nicht besonders gut. Ich denke, ich sollte nicht allzu lange von zu Hause weg sein.«

»Ich verstehe. Wissen die Ärzte, wie viel Zeit dein Vater noch hat?«

Sunny stand auf. »Nein. Es ist nur noch eine Frage von Wochen, vielleicht sogar nur von Tagen, höre ich immer wieder.«

»Ich wette, du bist froh, dass du nach Hause gekommen bist – du weißt schon, damit du ihn noch einmal sehen kannst.«

»Darüber bin ich froh«, gestand Sunny. Aber ganz ehrlich, sehr viel mehr gab es nicht, über das sie froh war. »Vielleicht sehen wir uns später.«

»Das wäre schön. Du weißt doch, wo das alte Haus ist, oder?«

Sunny nickte. »Ich erinnere mich.«

Sie ließ Debbie allein und fuhr zur Tankstelle. Das öffentliche Telefon war an der Seite des Gebäudes, also parkte Sunny direkt davor. Sie ließ ihre Handtasche im Auto, nahm aber ihre Telefonkarte mit. In solchen Momenten wünschte sie sich inständig, ihr Mobiltelefon würde ein Signal empfangen.

»Hallo?«, meldete sich Lana Hersh am anderen Ende der Leitung.

»Hi Lana. Ich bin's, Sunny.« Lana war Krankenschwester in Anaheim, Kalifornien. Sie hatte einen entscheidenden Beitrag dazu geleistet, dass

Sunny Gottes Wahrheit fand und den Frieden, den sie so dringend brauchte. Ohne Lanas Hilfe, das wusste Sunny, hätte sie die letzten Monate niemals überlebt.

»Sunny! Wie geht es dir? Ich habe mir schon Sorgen gemacht. Geht es dir gut?«

»Ich schätze, es geht mir den Umständen entsprechend gut. Ich bin in Kansas.«

»Hast du deine Eltern und deine Schwester besucht ... wie hieß sie doch gleich?«

»Kathy. Ich habe sie besucht. Und Dad auch, aber meine Mutter ... tja ... sie ist schon vor langer Zeit gestorben. Es war meine Schuld.«

»Wie bitte?«

»Mom hatte einen Herzinfarkt, kurz nachdem ich von zu Hause weggegangen war. Sie sagen ... sie sagen, es hat ihr das Herz gebrochen, dass ich gegangen bin. Sie hat kaum noch etwas gegessen oder getan. Sie hatte einen schweren Infarkt. Kathy hat alles aufgegeben, um hierzubleiben und sich um sie und Dad zu kümmern. Genauer gesagt ist sie immer noch hier.«

»Ist deine Mutter an dem Herzinfarkt gestorben?«

»Nicht gleich. Aber er hat einen großen Teil ihres Herzens zerstört. Sie hätte eine Transplantation haben sollen, aber dazu kam es nicht mehr.«

»Tja, das ist wohl kaum deine Schuld. Du kannst dir eine Menge Verantwortung für viele Dinge in deinem Leben zuschreiben, aber ich glaube kaum, dass das schwache Herz deiner Mutter eines davon ist.«

»Aber ich habe ihr das Herz gebrochen. Sie wäre überhaupt nicht so krank geworden, wenn ich nicht weggelaufen wäre. Kathy hat gesagt, sie hätte weder gegessen noch geschlafen. Sie war einfach am Boden zerstört, und das hat sie umgebracht. Kathy gibt mir die Schuld daran.«

»Du hast sie zweifellos verletzt, als du gegangen bist. Du hast Fehler gemacht. Ich werde nicht lügen und sagen, dass deine Entscheidungen anderen Menschen nicht wehgetan hätten. Sie haben auch dir wehgetan. Aber du hast es bereut. Du hast Gott um Vergebung gebeten, und er hat dir vergeben.«

»Aber sie nicht. Ach, ich glaube, mein Vater hat mir schon vor langer Zeit vergeben, aber nicht Kathy und auch nicht die Leute in dieser Stadt. Ich habe die beste Freundin meiner Mutter getroffen, und die Frau war hundsgemein. Ich glaube, sie hätte mir alle Haare an den Wurzeln einzeln herausgezogen, wenn sie sicher gewesen wäre, damit ungestraft davonzukommen.«

»Sie brauchen Zeit, Sunny. Dass du nach zwölf Jahren des Schweigens auftauchst, wird schwer sein. Du musst ihnen Zeit geben. Sie werden schon zu sich kommen.«

»Aber wir haben nicht viel Zeit. Mein Vater stirbt an Krebs. Die Krankheit hat sich überall ausgebreitet.«

»Ach, das tut mir leid. Wie lange hat er noch?«

»Tage, vielleicht Wochen. Nicht mehr lange. Kathy sagt, die Krankheit ist im Endstadium.«

»Klingt so, als hätte Gott dich gerade rechtzeitig heimgebracht.«

»Ich weiß, aber es ist so schwer. Ich möchte alles in Ordnung bringen. Ich möchte, dass sie alle wissen, dass ich mich verändert habe, aber das will niemand wissen. Sie wollen mich einfach runterputzen – mir die Schuld an allem geben. Ich glaube, sie würden einfach gern da weitermachen, wo wir vor zwölf Jahren aufgehört haben – als ob ich heute der gleiche Mensch wäre wie damals.«

»Menschen, denen wehgetan wurde, neigen dazu, sich so zu verhalten. Sie kennen nur die alte Sunny. Du wirst ihnen beweisen müssen, dass du jetzt anders bist – dass du dich wirklich zum Besseren verändert hast.«

»Ich weiß, aber manchmal denke ich, ich hätte nie zurückkommen sollen. Kathy sagt, sie wünscht sich, ich wäre nicht gekommen.«

»Und was ist mit deinem Vater?«

Sunny dachte einen Augenblick nach. »Er sagt, ich bin eine Gebetserhörung.«

»Und das bist du auch. Das musst du wirklich begreifen. Gott hat einen Plan bei all dem, Sunny. Er weiß, wo du all die Jahre gewesen bist. Er liebt dich und wird dich nicht verlassen. Denk immer daran.«

»Das versuche ich, Lana. Es ist nur so schwer.«

»Wie ich schon gesagt habe, du musst ihnen Zeit geben. Besonders deiner Schwester.«

»Ich würde ihr gern alle Zeit geben, um die sie bittet – und wenn es ewig dauern würde –, aber wir haben nicht so viel Zeit. Dad möchte sehen, dass alles in Ordnung gekommen ist, bevor er stirbt, und ich glaube nicht, dass Kathy dazu bereit ist. Nein, ich bin mir sicher, dass sie nicht dazu bereit ist.«

»Vertrau dem Herrn, Sunny. Er ist größer als diese Situation. Er weiß, was nötig ist, um deine Schwester zu erreichen. Vertrau ihm und nicht den Umständen.«

8

»Dad will dich sehen«, sagte Kathy, als Sunny aus ihrem Wagen stieg. Ihre Stimmung schien unverändert zu sein. Sunny sah, dass ihre Schwester das hüftlange honigbraune Haar zu einem Zopf geflochten trug, der ihr über den Rücken hinabhing – ein sicheres Zeichen dafür, dass sie ein größeres Projekt vorhatte.

»Wie geht es ihm?«

Kathy runzelte die Stirn und ihre Augen verengten sich. »Er hat sehr starke Schmerzen. Ich habe das Hospiz und den Arzt angerufen. Ich hoffe, sie geben ihm Morphium.«

Sunny nickte. »Du, es tut mir wirklich leid, was passiert ist. Ich wollte dir nicht wehtun. Ich weiß, dass es unglaublich schwer für dich gewesen sein muss.«

Ohne zu antworten wandte sich Kathy zum Gehen, hielt dann aber inne, als sei ihr etwas eingefallen. Sie drehte sich nicht um und schaute Sunny auch nicht an, sie stand nur da, als versuche sie, ihre Fassung wiederzugewinnen. Sunny wollte etwas sagen, aber die Worte blieben ihr im Hals stecken.

Was kann ich nur sagen, damit sie sich besser fühlt? Um alles wieder in Ordnung zu bringen?

»Ich habe über das nachgedacht, was du gesagt hast«, sagte Kathy schließlich. »Du hast recht. Ich habe meine Entscheidungen getroffen. Trotzdem hatte ich das Gefühl, sie seien für mich getroffen worden.« Sie sah Sunny an. »Das ändert aber nichts an meinen Gefühlen, auch wenn die Situation etwas anders war, als ich dachte. Es hat trotzdem wehgetan. Ich habe mich trotzdem wie in der Falle gefühlt. Ich dachte trotzdem, es gäbe keine andere Antwort.«

»Ich weiß. Es tut mir leid, Kathy. Ich weiß, dass es nicht einfach war, aber du musst dir auch im Klaren darüber sein, dass ich nicht mehr dieselbe Frau bin wie vor zwölf Jahren. Ich verlange nicht von dir, dass du so tust, als gäbe es die Vergangenheit nicht; ich möchte aber, dass wir eine neue Beziehung für die Gegenwart aufbauen – vielleicht sogar für die Zukunft.«

Ein Lieferwagen mit einem Pferdeanhänger rumpelte die lange Schotterstraße entlang, die an der Farm vorbeiführte. »Das werden die Meyers sein«, sagte Kathy. »Sie kommen, um die Pferde zu holen. Ich bin hinten, wenn du mich brauchst.«

»Okay.« Sunny ging ins Haus, holte ein Glas Wasser und ging zum Zimmer ihres Vaters. Sie klopfte an die offen stehende Tür. »Dad, Kathy hat gesagt, du wolltest mich sehen.« Sie ging zu seinem Bett und zog sich einen Stuhl heran.

Ihr Vater öffnete die Augen und lächelte. »Ich kann es immer noch nicht ganz glauben, dass du da bist. Ich dachte, wir sollten einmal miteinander reden. Kathy will, dass ich starke Schmerzmittel bekomme, und ich weiß nicht, wie gut ich dann noch sprechen kann.«

»Meiner Meinung nach solltest du schon lange Schmerzmittel bekommen«, sagte Sunny mit einem Kopfschütteln. »Du hast es nicht verdient zu leiden.«

»Es wird früh genug so weit sein.« Er atmete tief ein und verzog das Gesicht. »Früh genug.«

»Worüber wolltest du mit mir sprechen?« Sie nippte an ihrem Wasser und hielt das Glas hoch. »Hast du Durst? Ich kann dir etwas zu trinken holen.«

»Lass nur. Ich wollte einfach ein wenig Zeit mit dir verbringen. Hören, was du gemacht hast, wo du warst. Vielleicht deine Fragen beantworten. Vor allem, wenn du über Mom reden willst. Du siehst ihr so ähnlich. Manchmal muss ich dich nur sehen und ich habe das Gefühl, dass sie noch da ist.«

»Es war bestimmt schwer für dich, sie zu verlieren. Ich kann mir nicht vorstellen, dass zwei Leute einander mehr lieben können, als du und Mom es getan haben.«

»Sie war das Licht meines Lebens.« Er lächelte und schloss die Augen. »Ich habe niemanden gekannt, der mehr Geduld oder Verständnis für meine Bedürfnisse gehabt hätte. Sie schien immer genau zu wissen, was ich brauchte, bevor ich es selbst wusste.« Er öffnete seine Augen wieder und Sunny fand, dass sie ein wenig klarer waren. »Möchtest du über ihren Tod sprechen?«

Sunny war bestürzt über seine unvermittelte Frage. »Kathy hat mir einiges davon erzählt. Wahrscheinlich das meiste. Ich weiß, dass sie mir die Schuld gibt, und sie hat auch recht damit. Ich meine, Mom hörte auf zu essen und auf sich achtzugeben, weil ich weggelaufen war.«

»Das stimmt wohl.« Vater nahm ihre Hand in die seine. »Liebes, ich will nicht behaupten, dass du nichts damit zu tun hast. Das würde nichts bringen. Du machst dir ja schon selbst Vorwürfe, und nichts, was ich sage, kann daran etwas ändern. Und es ist nun einmal so, dass unsere Entscheidungen bestimmte Folgen haben. Moms Verhalten hatte Folgen. Dein Verhalten hatte Folgen.«

»Das Schlimmste daran ist, Dad, dass ich nicht einmal genau sagen kann, ob ich damals wirklich anders gehandelt hätte, wenn ich gewusst hätte, was mit Mom passiert.« Sunny biss sich auf die Unterlippe und atmete tief ein. »Ich fühle mich furchtbar, wenn ich das so sage. Es klingt so rücksichtslos – so egoistisch. Aber das war ich. Ich war so schrecklich auf meine eigenen Wünsche fixiert. Ich hasse den Menschen, der ich damals war.«

»Ich denke, es ist ein Zeichen von großer Reife, dass du sagst, du weißt nicht genau, ob du wirklich anders gehandelt hättest. Die meisten Leute würden sagen ›O, wenn ich das nur gewusst hätte, dann hätte ich dies oder das gemacht.‹ Aber wahrscheinlich hätten sie in Wirklichkeit überhaupt nichts anders gemacht. Dass du dir darüber klar bist, spricht für deine Aufrichtigkeit.«

»Aber es ändert auch nichts daran, was geschehen ist.« Sunny sah an ihm vorbei hinaus auf die Felder und Wiesen. »Es gibt so viele Dinge, bei denen ich wünschte, ich könnte in die Vergangenheit zurückgehen und sie anders machen. So viele falsche Wege, so viele schlechte Entscheidungen. Situationen, in denen ich genau wusste, dass ich das eine tun sollte und doch etwas anderes tat. Ich habe mich oft gefragt, wie es hier bei euch wohl sein mag – ob alles seinen Gang ging, während ich weg war. Ich wollte gern glauben, dass euch allen klar werden würde, wie recht ich mit allem gehabt hatte. Ich stellte mir vor, wie ihr alle beim Essen am Tisch sitzen und bedauern würdet, die Wahrheit nicht früher eingesehen zu haben.« Sunny lächelte. »Schockiert dich das?«

Vater schüttelte den Kopf und zeigte den Ansatz eines Lächelns. »Eigentlich nicht. Klingt genau nach der alten Amy.«

»Ich wünschte nur, ich hätte damals die Wahrheit gewusst. Ich habe so viele Menschen verletzt. Heute habe ich im Laden Mrs. Stover getroffen. Sie hat mir die Meinung gesagt und klargestellt, dass sie mir die Schuld an Moms Tod gibt. Ich war so geschockt, dass sie mir das geradeheraus ins Gesicht sagte – aber auf der anderen Seite bin ich beinahe erleichtert, dass sie es getan hat. Wie bei Kathy. Sie hat kein bisschen so getan, als würde sie sich freuen, mich zu sehen, und ich kann es ihr nicht vorwerfen – aber es schmerzt trotzdem.«

»Das sind die Folgen deines Handelns«, sagte ihr Vater. »Ich würde dir gern die Schmerzen ersparen, aber jeder von uns muss die Folgen seiner Entscheidungen tragen.«

Sunny nickte. »Ich weiß. Kathy und ich haben schon darüber gesprochen. Aber ich verstehe nicht, warum du mir die Schmerzen ersparen willst, nachdem ich dir so wehgetan habe.«

Er zog die Augenbrauen zusammen. »Weil du meine Tochter bist. Wenn ich dir den Schmerz abnehmen könnte – wenn die Schmerzen dieser Krankheit irgendwie deinen Schmerz lindern würden, dann würde ich das gern für dich ertragen.«

Sunny drückte fest die Hand ihres Vaters, und die Tränen nahmen ihr die Sicht. »Ich weiß, dass du das würdest, Dad. Es tut mir so leid, was ich getan habe.«

»Auch ich habe Schuld daran«, erwiderte er. »Ich hätte dir das Geld gar nicht erst geben sollen.«

Sunny dachte einen Moment darüber nach. Tief in ihrem Herzen wusste sie, dass das keinen Unterschied gemacht hätte. Na ja, wenn sie nicht finanziell gut gestellt gewesen wäre, hätte sie vielleicht nie Mitch getroffen und wäre nie in seinen Bann gezogen worden. Aber es gab auch noch genug andere Männer wie Mitch, die sie für andere Zwecke benutzt hätten.

»Das hätte nichts geändert, Dad. Ich wäre auch ohne Geld gegangen. Ich war verzweifelt und egoistisch. Das war das Einzige, das mich getrieben hat.«

»Ich schätze, das habe ich die ganze Zeit schon gewusst.« Er drehte sich auf die rechte Seite und stöhnte. »Entschuldige.«

»Entschuldige dich doch nicht für deine Schmerzen, Dad. Meiner Meinung nach machen die Menschen das viel zu oft. Ich habe beschlossen, mich für die Dinge zu entschuldigen, für die ich wirklich etwas kann. Wie Moms Tod. Es tut mir leid, dass Mom wegen mir gestorben ist.«

»Sie ist an ihrem schwachen Herzen gestorben. Du konntest nicht wissen, dass sie herzkrank war. Keiner von uns wusste es. Als sie klein war, hatte sie rheumatisches Fieber. Ihr Herz war schwer geschädigt, aber das hat keiner gemerkt. Das Herzleiden wurde dann durch ihre Depression verschlimmert – weil sie nichts aß, sich erbrach, wenn sie etwas gegessen hatte, und stundenlang weinte, nachdem du fortgegangen warst. Aber eines solltest du auch wissen.«

»Was?«, fragte Sunny und ließ die Hand ihres Vaters los, um ihre Tränen abzuwischen. Sie konnte kaum sprechen, so einen großen Kloß hatte sie im Hals.

»Mom war auch selbst für ihre Krankheit verantwortlich. Sie wusste, dass sie sich selbst schadete, aber sie ließ sich von ihrem Schmerz überwältigen. Sie kam kein einziges Mal damit zu mir und nicht einmal zu Gott. Sie hätte es eigentlich besser gewusst. Manchmal wissen wir, was das Beste ist … aber dann machen wir trotzdem, was wir wollen.«

»Wie ich.«

Er nickte. »Genau. Aber da ist noch etwas.«

»Was?«

»Mom hat dir vergeben, genau wie ich dir vergeben habe. Du musst dich nicht mehr schuldig fühlen, auch nicht dafür, was dein Verhalten auch immer ausgelöst haben mag. Die Sache ist schon vor langer Zeit bereinigt worden. Du hast nichts davon gewusst, aber kurz bevor Mom starb, sind wir beide niedergekniet und haben gebetet. Wir haben Gott gebeten, dir zu vergeben – und uns zu vergeben. Wir haben Gott gebeten, deinen Schmerz zu lindern, wenn du die Wahrheit erfährst, und wir haben ihn angefleht, dich zu uns zurückzubringen.«

»Ach Dad.« Sunny sank auf seine Brust und schluchzte. »Ich liebe dich so sehr. Ich habe euch beide geliebt, und erst nachdem ich euch verlassen hatte, wurde mir klar, wie viel ihr mir eigentlich bedeutet. Nichts war mehr in Ordnung. Selbst wenn es schien, als sei es gut, hat das, was vorher passiert war, es immer wieder verdorben. Ich wünschte so sehr, ich könnte noch einmal mit Mom sprechen. Ich wünschte, ich könnte es von ihr hören, dass sie mir mein Fortgehen vergeben hat – dass sie mir vergeben hat, wie ich euch alle behandelt habe.«

Vater hielt sie fest. Seine Arme waren zwar schwach, aber die Umarmung tröstete Sunny. Er tätschelte sie sanft. »Es gibt eine Möglichkeit für dich, sie sprechen zu hören«, sagte er leise.

Sunny richtete sich auf. »Wie meinst du das?«

Er zeigte auf die Kommode. »Oberste Schublade. Da ist ein Umschlag für dich.«

Sunny stand auf und ging zur Kommode hinüber. Sie zog die oberste Schublade auf und schaute hinein. Richtig, dort zwischen den Socken ihres Vaters lag ein Briefumschlag. Sie nahm ihn in die Hand und stellte fest, dass er mehr als nur einen Brief enthielt.

»Deine Mom hat eine Kassette für dich aufgenommen und dir einen Brief geschrieben. Ich glaube, es war ihr ein Trost zu wissen, dass du das eines Tages erhalten und ihre Stimme hören und ihren Brief lesen würdest.«

»O!« Sunny hielt den Umschlag fest an sich gepresst. Es war mehr, als sie je gehofft oder sich erträumt hätte. Sie brachte kein Wort heraus und die Tränen begannen erneut zu fließen. Das Einzige, wozu sie im Moment in der Lage war, war, den Briefumschlag fest an ihre Brust zu drücken. Es war fast so, als könnte sie ihre Mutter umarmen.

»Sie sehen wirklich gut aus«, sagte Jim Meyers beim Anblick der Pferde, die Kathy auf die Koppel brachte. »Ich habe schon lange mit diesem Fuchs geliebäugelt. Schade, dass dein Vater ihn hat kastrieren lassen. Er hätte einen guten Zuchthengst abgegeben.«

»Er war einfach zu temperamentvoll«, erwiderte Kathy und streichelte den Wallach, der an den Koppelzaun gekommen war. Er schien genau zu wissen, dass sie über ihn sprachen.

»Dein Vater war schon immer ein guter Pferde- und Menschenkenner«, erklärte Denton Meyers. Jims Vater war wahrscheinlich mehr als zwanzig Jahre älter als Kathys Vater, und Jim war mindestens zehn Jahre jünger als Gary Halbert. Aber beide Männer bewunderten ihren Vater und waren die ganzen Jahre hindurch, in denen sie das Geschäft für Landwirtschaftsbedarf in der Stadt betrieben, seine Freunde geblieben.

»Es sind wunderbare Reitpferde. Ich bin erst vor Kurzem mit Phoebe ausgeritten.« In Wirklichkeit kam es Kathy vor, als sei das schon tausend Jahre her. Seit Sunny gekommen war, fühlte sich alles einschließlich der Zeit verzerrt an.

»Du weißt ja, dass sie ein gutes Zuhause haben werden. Wir werden sie gut behandeln.«

Er gab ihr einen Scheck.

»Das weiß ich, Jim.« Kathy stieß sich vom Zaun ab und steckte den Scheck in ihre Hosentasche. »Ich helfe euch, sie zu verladen.«

Sie versuchte, nicht daran zu denken, dass sie gerade dabei war, ein weiteres Stück ihrer Kindheit und ihres Lebens auf der Farm zu verlieren. Bald würde das alles der Vergangenheit angehören, aber es nach und nach zu verlieren, war beinahe grausam. Das war eine weitere Sache, die sie Sunny übel nahm. Sunny lag nichts an der Farm. Sie konnte einfach weggehen und verschwendete keinen Gedanken mehr an die Dinge, die Kathy so liebte. Sunny würde das alles leichtfallen im Vergleich zu dem, was Kathy durchmachte.

Wenn ich es mir leisten könnte, würde ich einfach hierbleiben. Aber das stand natürlich nicht zur Debatte. Mit dem Verkaufserlös der Farm musste sie die Schulden ihres Vaters abbezahlen und was übrig blieb, würde ihr Erbe sein, nicht zu vergessen die Tatsache, dass sie einen Großteil ihres Treuhandfonds bereits dazu verwendet hatte, alles am Laufen zu halten, die laufenden Kosten zu decken und die Hypothek der Farm abzuzahlen. Es gab keine Arbeit für sie in Slocum, von der sie hätte leben können – geschweige denn eine, mit der sie genug verdiente, um dieses Grundstück behalten zu können.

Außerdem, sagte sie sich, war Kyle in Colorado Springs. Wenn es irgendeine Hoffnung gab, das wiederbeleben zu können, was sie beide einmal verbunden hatte, dann musste sie dorthin gehen. Wahrscheinlich wollte er sie sowieso nicht wieder in seinem Leben haben. Ihre Tante Glynnis hatte erzählt, dass Kyle nie geheiratet hatte. Er fragte immer nach ihr – wollte immer genau über ihr Leben Bescheid wissen, und wie es ihr ging –, aber das hieß nicht, dass er sie zurückhaben wollte. Als sie ihn damals weggeschickt hatte, hatte er Kathy versprechen müssen, dass er ihr nicht schreiben und sie nicht anrufen würde. Sie hatte gewusst, dass der Schmerz unerträglich sein würde, wenn er immer noch zu ihrem Leben gehörte, wenn auch nur am Rand.

In der kurzen Zeit nach dem Tod ihrer Mutter und bevor ihr Vater krank wurde, hatte Kathy den Mut aufgebracht, ihn anzurufen, aber sie hatte nur von ihrer Tante erfahren, dass die Pharmafirma, bei der Onkel Will Kyle einen lukrativen Job verschafft hatte, Kyle zu einer Weiterbildung ins Ausland geschickt hatte. Als Kyle zurückkam, war Kathys Vater bereits krank. Sie nahm an, dass Gott eingegriffen hatte, damit Kathy Kyle nicht zweimal wegschicken musste. Anscheinend war es ihr Los, für ihre sterbenden Familienmitglieder zu sorgen.

Und doch hatte Kyle gesagt, dass er auf sie warten würde. Dass er für immer warten würde, wenn es nötig war. Kathy gefiel die Vorstellung, wie er auf sie wartete, sie aus der Ferne liebte … und gleichzeitig hasste sie diesen Gedanken. Sie wollte nicht, dass er sein Leben ihretwegen in der Warteschleife verbrachte, denn sie wusste, wie schmerzlich es sein konnte, wenn alles ständig auf »Halt« stand.

»Also, das war's«, sagte Jim, als sein Vater zum Transporter ging. »Habt ihr schon ein Angebot für die Farm?«

»Nein, leider nicht. Das Maklerbüro will die Anzeige noch in ein paar andere Zeitungen setzen. Sie meinten, wir sollten den Kreis größer ziehen und auch noch ein paar Anzeigen in Kansas City, Oklahoma City und sogar um Denver herum erscheinen lassen.«

»Es ist so eine schöne Farm. Es wäre schrecklich, wenn sie geteilt würde«, sagte Jim und schaute an Kathy vorbei zum Haus. »Ich habe es schon mehrmals miterlebt, wie Leute alles verkaufen mussten, und es macht mich immer traurig zu sehen, wenn wieder eine Farm auseinandergerissen wird.«

»Ich weiß, aber Landwirtschaft ist nicht mehr dasselbe wie früher. Wenn man Glück hat, schafft man es meistens gerade einmal, die Kosten zu decken«, sagte Kathy. »Es ist gerade kein guter Zeitpunkt zu verkaufen, zumindest hat das meine Maklerin gesagt.«

»Kopf hoch, Mädel. Wahrscheinlich bekommst du bald ein Angebot. Wir haben Sommer und jetzt sind Schulferien. Die Leute werden sehen, dass sie ihren Umzug über die Bühne bringen, bevor die Schule wieder beginnt.« Er winkte ihr kurz zu und ging zurück zum Auto.

Kathy sah Jim und seinem Vater nach, wie sie davonfuhren und die vier Pferde mit sich nahmen. Sie versuchte, nicht sentimental zu werden.

»Ich tue das Richtige«, sagte sie laut zu sich selbst. »Es muss so sein.« Aber ein Teil von ihr konnte nicht anders und fragte sich, wie es wäre, wenn alles anders gekommen wäre. Es tat so weh zu beobachten, wie alles, was sie liebte, ihr aus den Händen glitt. Wie konnte sie hoffen, dass Sunny ihren Schmerz jemals verstehen würde? Tief in Kathy gab es einen Teil, der nichts mehr wollte, als ihre Schwester zu umarmen und ein neues Band zwischen ihnen zu knüpfen. Wenn Vater starb, war Sunny schließlich das Einzige, was ihr noch von ihrer unmittelbaren Familie blieb – von der Sicherheit, die Kathy einst in ihrer Kindheit gehabt hatte.

»Wir werden immer beste Freundinnen sein«, hatte Kathy Amy versprochen, als sie zehn und acht Jahre alt gewesen waren. »Niemand wird jemals zwischen uns stehen.«

Diese Worte verfolgten Kathy jetzt. Ihrer Schwester hatte das Versprechen anscheinend nichts bedeutet, als sie beschlossen hatte zu gehen. Sie hatte das Vertrauen zerstört, und Kathy war noch nicht überzeugt davon, dass es sich lohnen würde, es wieder aufzubauen.

Sunny durchsuchte das Haus fieberhaft nach einem Kassettengerät. Bei dem Gedanken, Kathy fragen zu müssen, verzog sie das Gesicht. Sie wusste nicht einmal, ob ihre Schwester etwas davon wusste, dass ihre Mutter die Kassette für sie hinterlassen hatte. Was, wenn sie es nicht gewusst hatte und dies die Kluft zwischen ihnen noch vergrößerte und noch mehr Groll brachte?

Der Brief war sehr kurz und hatte Sunnys Bedürfnis nach mehr nur gesteigert. Ihre Mutter hatte von ihrer Sorge darüber geschrieben, wohin Sunny gegangen sein mochte und ob sie ihre Tochter jemals wiedersehen würde. Sie hatte geschrieben, wie sie dafür gebetet hatte, dass Sunny zurückkam, bevor sie starb, aber dass sie wusste, dass sie nicht mehr viel Zeit hatte. Sie versprach, dass sie auf der Kassette mehr sagen würde, und vielleicht war dies der Grund, warum Sunny ein immer größeres Bedürfnis verspürte, es zu hören.

»Vielleicht sollte ich einfach nach Hays fahren und einen Kassettenspieler kaufen«, flüsterte sie in die Luft. Wenn sie das tat, musste Kathy nichts davon erfahren. Sie seufzte. Hatte diese Familie nicht schon genug unter Geheimnissen und unausgesprochenen Gedanken gelitten?

Sie hörte Kathy über die hintere Veranda hereinkommen. Die Tür mit dem Fliegengitter machte immer ein ganz bestimmtes Geräusch, wenn man sie öffnete oder schloss. Sunny lächelte über diese Vertrautheit. Es war schön, dass sich einige Dinge in ihrer Abwesenheit nicht verändert hatten.

Sunny überlegte einen Moment und fragte sich, ob Kathy in der Küche bleiben oder zu Vater gehen würde. Sicher würde sie nach ihm schauen wollen. Aber als sie ihre Ohren spitzte, um zu lauschen, konnte sich Sunny durch das Scharren eines Stuhls auf dem Küchenfußboden davon überzeugen, dass Kathy beschlossen hatte, zu bleiben wo sie war.

Entschlossen ging sie zur Küche, verlangsamte ihre letzten Schritte jedoch wieder. »Darf ich dich stören?«, fragte Sunny.

Kathy sah vom Tisch auf. Ein Stapel Briefe lag vor ihr. »Ich dachte, du bist noch bei Dad.«

»Er war müde. Ich wollte ihn nicht überanstrengen.«

Kathy nickte und fuhr fort, die Post zu sortieren. »Ich habe ein bisschen Käse und Aufschnitt im Kühlschrank, falls du Hunger hast. Wahrscheinlich sollte ich mal anfangen, unsere Mahlzeiten besser zu planen.

Ich habe fast nichts mehr vorrätig, weil ich ja sowieso bald ausziehen muss.«

»Wer hat die Farm gekauft?«

Kathy verzog das Gesicht. »Noch niemand.«

»O. Ich dachte, weil du schon am Packen bist und …«

»Ich möchte nicht darüber sprechen.«

Sunny konnte sehen, dass Kathy verstimmt war und beschloss, das Thema zu wechseln und auf die Essensplanung zurückzukommen.

»Ich kann die Lebensmittel für uns einkaufen gehen«, bot Sunny an. »Ich habe sowieso daran gedacht, nach Hays zu fahren und ein paar andere Sachen zu besorgen. Wenn du vielleicht eine Liste machen könntest, kann ich alles von dort mitbringen.«

»Das könnte ich machen.«

Kathys Antwort überraschte Sunny. »Gut. Ich bin froh, wenn ich helfen kann.«

Ihre Schwester richtete sich auf und begegnete Sunnys Blick. »Hat er dir den Brief und die Kassette gegeben?«

Sunny war beinahe, als hätte sie gerade einen Schlag in die Magengrube bekommen. Sie konnte nur nicken. Sie fühlte sich zu hilflos, um nach dem Kassettengerät zu fragen, aber Kathy schien die Situation unter Kontrolle zu haben.

»Oben in deinem alten Zimmer ist ein Radio mit Kassettenspieler. Ich habe es dort hingestellt, damit ich Musik hören kann, wenn ich die alten Sachen aussortiere.«

»Danke. Ich habe hier unten schon ein bisschen herumgeschaut, ob ich eines finde«, gab Sunny zu. »Das war eines der Dinge, die ich in Hays kaufen wollte.«

»Nicht nötig, außer wenn du es noch für etwas anderes brauchst.«

Sunny spielte nervös am Saum ihrer Bluse herum, während sich ein unbehagliches Schweigen zwischen ihnen ausbreitete. Kathy wandte sich wieder ihrer Aufgabe zu, die Post zu sortieren. Sie schien froh zu sein, dass sie etwas zu tun hatte.

Schließlich platzte Sunny mit der Frage heraus, die sie nicht aus ihrem Kopf verbannen konnte. »Woher hast du das mit der Kassette gewusst?«

Kathy zuckte mit den Schultern. »Ich habe ihr geholfen, sie aufzunehmen.«

Dieser Satz steigerte Sunnys Unbehagen noch. »Du hast ihr geholfen, sie aufzunehmen?«

»Sie war zu schwach, um es allein zu machen. Sie wusste nicht mehr, wie es funktionierte, also bat sie mich, ihr zu helfen. Sie hat zwei Wochen lang jeden Tag ein bisschen daran gearbeitet.«

Sunny wusste nicht, was sie sagen sollte. Sie steckte ihre Hand in die Tasche und berührte den Briefumschlag, wie zur Bestätigung. »Dann werde ich sie wohl mal anhören gehen.«

»Ich mache uns etwas zu essen.«

Sunny ging nach oben, ohne noch etwas zu sagen. Sie sehnte sich so verzweifelt danach, die Stimme ihrer Mutter zu hören – zu erfahren, was ihre Mom ihr hatte mitteilen wollen, und doch machte sie sich auch Sorgen um Kathy.

Anscheinend war der Verkauf der Farm, oder das fehlende Kaufangebot, wirklich ein Problem. Sunny machte sich in Gedanken eine Notiz, dass sie später noch einmal nachfragen wollte.

Als sie die Tür zu ihrem alten Zimmer öffnete, hatte Sunny das Gefühl, von der Vergangenheit wieder eingeholt zu werden. Die ausgeblichenen, rosa bedruckten Vorhänge hingen noch an dem einzigen Fenster. Ihre Mutter hatte ihr diese Vorhänge gemacht und Sunny – nein, Amy – hatte sie gehasst. Sie hatte ihrer Mutter in einem Katalog Vorhänge gezeigt, die ihr gefielen, aber statt sie zu kaufen, hatte ihre Mutter versucht, sie selbst zu machen. Sie waren nur ein schlechter Ersatz und Amy hatte dafür gesorgt, dass ihre Mutter das auch merkte.

Ich war so gemein. So unmenschlich. Mom hatte ihr Bestes gegeben und es war nicht gut genug gewesen. *Und bin ich nicht aus genau demselben Grund von anderen verletzt worden? Habe ich nicht immer das gegeben, was meiner Meinung nach das Beste war, und dann wurde mir klargemacht, dass ich nur ein schlechter Ersatz bin?*

Sunny legte die Hand auf den Mund, um ihre traurigen Gedanken nicht laut auszusprechen. Dann entdeckte sie das Kassettengerät und bahnte sich einen Weg durch die Stapel und Kisten, von denen viele offen standen und darauf warteten, dass man sich mit ihnen befasste. Es war eine traurige Ansammlung der Überreste ihres Lebens.

Sunny steckte die Kassette in das Gerät und setzte sich auf eine umgedrehte Milchflaschenkiste aus Metall. Sie erinnerte sich daran, wie ihre Mutter erzählte, dass sie diese Kiste aus ihren Kindertagen aufbewahrt hatte, als die Milch noch zu ihnen nach Hause geliefert wurde. Mutter hatte stolz berichtet, wie sie mit fünf Jahren Bügeln lernte und dabei auf genau dieser Kiste stand. Bei der Erinnerung daran musste Sunny lächeln.

Sie atmete tief ein, betete um Kraft und drückte auf »Abspielen«. Einige Sekunden lang herrschte absolute Stille, dann hörte sie die Stimme ihrer Schwester.

»Okay, Mom, es nimmt auf. Sprich einfach ganz normal – als ob du mit mir reden würdest.«

Ein weitere Pause, dann erfüllte die Stimme ihrer Mutter den Raum. »Sunshine, ich weiß nicht, wann du diese Kassette erhalten wirst, aber ich werde dann wahrscheinlich nicht mehr da sein. Ich bin sehr krank. Mein Herz ist schwer geschädigt und mein Zustand hat sich schneller verschlimmert, als die Ärzte angenommen hatten. Es hat mir das Herz gebrochen, als du gegangen bist, und so hat es mich nicht überrascht, als der Arzt sagte, ich hätte einen Herzinfarkt gehabt.

O Amy – ich meine, Sunshine –, ich hätte dich so gern hier. Ich würde so gern wissen, ob du in Sicherheit und glücklich bist. Nachts sehe ich den Mond und frage mich, ob du ihn auch siehst. Manchmal fühle ich mich dir dann näher, aber manchmal fühle ich mich auch einfach nur sehr allein.«

Tränen strömten über Sunnys Gesicht. Sie schlang die Arme um ihren Körper und wiegte sich auf der Kiste vor und zurück. Es war so wunderbar, die Stimme ihrer Mutter zu hören. Sie war zwar schwach, aber unverkennbar, und sie tröstete Sunny auf eine Weise, wie nichts sonst es gekonnt hätte. Zu ihrer Überraschung stellte Sunny aber auch fest, dass ihre Mutter Kathy sehr ähnlich klang.

»Ich wollte diese Kassette aus verschiedenen Gründen aufnehmen«, fuhr ihre Mutter fort. »Ich möchte, dass du weißt, wie sehr ich dich liebe.

Daran wird sich nichts ändern. Meine Liebe zu dir ist etwas, das niemals ein Ende haben wird. Wenn du selbst einmal Kinder hast, wirst du das verstehen. Nichts, was du tust, könnte mich je dazu bringen, dich nicht mehr zu lieben.«

Dann war es einige Sekunden lang still. Leere Luft, die sich um Sunny legte wie eine dicke Decke. Das war doch sicher nicht alles gewesen, was auf dem Band war. Kathy hatte gesagt, Mutter hatte zwei Wochen dafür gebraucht. Sunny wollte gerade den Arm nach dem Kassettengerät ausstrecken, als ihre Mutter wieder zu sprechen begann.

»Sunshine, egal was die anderen sagen – egal was sie tun –, du sollst wissen, dass ich dir alles vergebe. Die Schuld liegt nicht nur bei dir. Ich habe dir in so vielen Dingen unrecht getan.«

»Nein!«, rief Sunny aus, bevor ihr bewusst wurde, dass niemand sie hören konnte.

»Es gab einiges, was ich hätte besser machen sollen – Entscheidungen, die ich hätte treffen sollen und die ich nicht getroffen habe, und einige habe ich getroffen und hätte es nicht tun sollen. Wenn du immer noch das weichherzige Mädchen bist, das ich kenne, wirst du dir wahrscheinlich die Schuld daran geben, was mit mir geschehen ist – aber das sollst du nicht. Meine Entscheidungen haben mich hierher gebracht. Ich habe mich von der Situation zerstören lassen. Ich hätte stark sein können wie Vater und Kathy, aber das hätte zu viel Kraft erfordert. Ich hätte Gott mehr vertrauen müssen. Das wird mir jetzt klar. Ich hätte es seinen Händen überlassen sollen, ich hätte wissen müssen, dass er weiß, wo du bist und was du machst. Ich hätte ihm meine Sorgen und meinen Schmerz zu Füßen legen sollen, in dem Wissen, dass er größer ist – dass er stärker ist als alles, was geschehen kann oder geschehen ist. Und außerdem ... wir müssen alle irgendwann sterben. Der Arzt sagt, dass ich wahrscheinlich schon immer Herzprobleme hatte und es nur nicht wusste. Ich hatte rheumatisches Fieber, als ich noch sehr klein war, und das hat mein Herz zweifellos für immer geschädigt.

Mein süßes Mädchen, ich liebe dich so sehr. Ich habe jetzt Frieden über dich. Ich weiß, dass du zurückkommen wirst. Vielleicht nicht sofort, aber eines Tages. Weil ich weiß, dass dieses sanfte Herz immer irgendwo in dir sein wird. Eines Tages wirst du dich dem Bedürfnis gegenübersehen, mit deiner Familie Frieden zu schließen, und wenn du das tust, dann wird diese Kassette hier auf dich warten. Ich vergebe dir, Amy. Ich kann nur hoffen – beten –, dass du mir auch vergibst.«

Der Rest der Kassette war ähnlich, verflochten mit ein paar Geschichten – Erinnerungen an die Vergangenheit. Als die Kassette zu Ende war, stellte Sunny fest, dass eine halbe Stunde vergangen war. In ihrem Herzen aber schien es, als habe die Kassette eine Brücke über zwölf Jahre geschlagen.

9

Sunny war gerade erst auf die Veranda gekommen, als sich ein blauer Geländewagen näherte und dicht vor dem Haus anhielt. Eine Frau stieg aus. Sie war groß und schlank und trug Jeans und eine ärmellose rosa Bluse. Ihr blondes, modern geschnittenes Haar umrahmte ihr Gesicht – ein Gesicht, auf dem kaum Make-up war, das aber strahlte.

»Ich bin gekommen, um Kathy zu besuchen«, erklärte die Frau, »aber ich bin froh, dich auch zu sehen. Erinnerst du dich an mich?«

Sie lächelte breit und Sunny sah etwas Vertrautes in ihrem Gesichtsausdruck. »Sylvia?«

»Die und keine andere. Wie geht es dir?«

Sunny zuckte die Schultern. »Den Umständen entsprechend, denke ich.« Sie wusste nicht genau, ob Sylvias Bemerkungen eine negative Wendung nehmen würden, also hielt sie sich bedeckt. »Es ist schwer, Dad so zu sehen, aber ich bin froh, dass ich die Gelegenheit habe, mich von ihm zu verabschieden.«

Sylvia nickte. »Und was ist mit Kathy? Konntet ihr beiden miteinander reden und die Vergangenheit aufarbeiten?«

Sunny kam die Verandastufen herunter. »Nicht so richtig.«

»Das ist ein Schock für sie. Das darfst du nicht vergessen.«

Sunny seufzte. Sie war froh, jemanden zum Reden zu haben, selbst wenn das Gespräch eine schlechte Wendung nahm. »Ich wünschte, ich könnte mit einer Art Zauberstab winken und dafür sorgen, dass sie mein Herz versteht und meinen Wunsch, alles in Ordnung zu bringen. Ich wünschte, sie könnte erkennen, wie die Situation wirklich ist, und aufhören, so … so … abweisend zu sein.«

»Ja, nun … du hast wirklich kein Recht, das zu erwarten, nicht?« Sylvias Worte waren nicht barsch oder wütend; sie waren einfach so sachlich formuliert, dass Sunny innehielt.

»Ich weiß nicht genau, was du meinst.«

Sylvia legte den Kopf auf die Seite, als wollte sie abschätzen, wie ernst Sunny es meinte. »Wenn wir etwas tun, das andere Menschen verletzt, wünschen wir uns immer, dass sie rasch verstehen und sofort geheilt werden. So können wir uns auch besser fühlen.« Sie lachte leise in sich hinein. »Glaub mir, ich weiß das. Ich habe genügend Dinge getan, die andere verletzt haben, und ich möchte immer, dass sie so schnell wie möglich darüber hinwegkommen, damit ich vergessen kann, dass ich daran beteiligt war.«

Sunny gefiel Sylvias Offenheit. Sie war ehrlich, ohne zu versuchen zu verwunden. »Ich weiß, es wäre sehr viel einfacher, hier zu sein, wenn Kathys Reaktion wie die von Dad gewesen wäre. Es ist nur so, vielleicht sehne ich mich noch mehr nach Kathys Bestätigung oder Vergebung als nach seiner.«

»Warum?«

Sunny runzelte die Stirn. »Weil wir uns immer so nahegestanden haben. Selbst als ich meine dummen Phasen durchgemacht habe, habe ich immer alles mit Kathy besprochen. Sie wusste, dass ich nicht glücklich in Kansas – in Slocum war. Sie wusste, dass ich mich danach sehnte, woanders hinzugehen, aber ich habe ihr nie von meinen Plänen erzählt, meinen Namen zu ändern und zu gehen.«

»Ich bin mir sicher, dass sie das verletzt hat.«

»Die ganze Zeit, als ich weg war, habe ich Kathy am meisten vermisst. Es gab so viele Augenblicke, nachdem ich gegangen war, in denen ich nach dem Telefon gegriffen habe, um sie anzurufen.«

»Warum hast du es dann nicht getan?«

»Ich denke, ich hatte Angst. Ich wusste, dass sie mich wahrscheinlich hätte überzeugen können, nach Hause zu kommen – und das konnte ich einfach nicht, Sylvia. Ich bin da gestorben – hier. Ich wusste, dass ich, wenn ich bleibe, einen meiner Kumpels heiraten würde, und wir würden wahrscheinlich viel trinken und uns viel streiten.« Sunny schüttelte den Kopf und lächelte über die Ironie. »Ich schätze, es wäre nicht schlimmer gewesen als das, was ich mir selbst angetan habe.«

»Manchmal ist das einfach so. Aber ganz ehrlich, ich glaube, Kathy versucht, alles zu verarbeiten und mit dem Schock zurechtzukommen. Wir hatten dich als tot aufgegeben, Sunny.«

»Ich war tot. Vollkommen tot, bis ich zurück zu Gott kam. Seltsam, wie ich meine christliche Erziehung immer als so selbstverständlich hingenommen hatte. Ich war nicht der Ansicht, dass ich Gott brauche. Aber was Kathy betrifft: Ich weiß, dass sie mir die Schuld an vielem gibt, und bei einigem sogar zu Recht. Ich hätte nicht so gehen sollen, wie ich gegangen bin. Ich hatte kein Recht, meine Familie so zu behandeln. Gestern habe ich mir die Kassette angehört, die Mom für mich hinterlassen hat. Es war wunderbar, ihre Stimme und zu hören und dass sie mir vergeben hat, aber auch schwer, weil meine Mutter sich die Schuld an so vielem gab, und ich konnte nicht da sein, um ihre Meinung zu ändern.«

»Wir alle müssen an unserer eigenen Denkweise arbeiten. Menschen können überzeugende Argumente liefern, die uns helfen, aber am Ende haben wir es in der Hand, wie wir denken und fühlen.«

Sunny zögerte einen Augenblick und entschied dann, dass sie sich am besten bei Sylvia nach der Farm erkundigte. »Sag mal, ich hab mich gefragt … weißt du, was mit der Farm los ist?«

»Was meinst du?« Sylvia wirkte ehrlich verblüfft.

»Ich meine, gibt es ein Problem mit dem Verkauf?«

Sylvia nickte und in ihrem Gesicht zeigte sich sofort, dass sie verstand. »Kathy hat es dir nicht erzählt?«

»Nein. Ich habe das Thema angeschnitten, aber sie wollte nicht darüber sprechen.«

»Das ist ein wunder Punkt. Ein Punkt, der ihr langsam anfängt, echte Sorgen zu machen. Ich glaube, ich sollte nicht diejenige sein, die darüber redet. Ich möchte nicht, dass Kathy denkt, ich missbrauche ihr Vertrauen.«

»Ich schwöre, ich werde darüber kein Wort zu ihr sagen. Ich möchte einfach nur wissen, was los ist.«

»Die Farm ist seit diesem Frühjahr auf dem Markt. Kathy hat schon vor langer Zeit versucht, deinen Vater zu überzeugen, zu verkaufen und mit ihr nach Colorado Springs zu ziehen. Aber er wollte nicht gehen. Er war überzeugt, dass er sich erholen und in der Lage sein würde, das Land weiter zu bebauen. Natürlich kam es dazu nicht, und als er wieder anfing, sich schlecht zu fühlen, hatte sich der Markt verändert und jetzt ist es schwerer, in dieser Gegend Farmen zu verkaufen.«

»Aber so lange ist die Farm doch noch nicht auf dem Markt. Sicher ist im Moment noch keiner besorgt.«

»Du solltest etwas wissen.« Sylvia schaute sich um, als ob sie nachsehen wollte, ob irgendjemand zuhören könnte. »Es gibt finanzielle Probleme.«

»Ich habe dein Auto gesehen«, sagte Kathy, als sie um die Hausecke kam.

Sylvia lächelte und ließ das Farmthema fallen. »Sunny kam gerade heraus, als ich ankam. Ich dachte, es wäre eine prima Gelegenheit, sie neu kennenzulernen.«

Sunny konnte sehen, dass Kathy die Situation unangenehm war, und beschloss, ihr etwas Raum zu geben. Sie wollte mehr über die finanziellen Probleme wissen, aber sie nahm an, an diesem Punkt würde sie keine Antworten mehr bekommen. »Tja, ich muss in die Stadt fahren. Dort wollte ich gerade hin, als Sylvia kam. Kathy, ich habe gesehen, dass wir keine Milch mehr haben. Weißt du, ob wir noch irgendetwas anderes brauchen?«

»Da sind noch die Sachen, die wir in Hays besorgen wollten.«

»Ich könnte doch schon heute hinüberfahren. Dad schläft, also ist das wohl eine gute Zeit. Ich werde das einfach erledigen.«

Kathy nickte und Sylvia hob die Hand. »Könntest du auch ein paar Sachen für mich mitbringen?«

Sunny lächelte. Sie erinnerte sich daran, dass es in den alten Zeiten, wenn jemand in die größere Stadt unterwegs war, immer eine Bitte von irgendjemandem gab, ein paar Dinge für ihn mitzubringen. »Das mache ich gern. Hast du eine Liste?«

»Nein, aber das dauert nur eine Sekunde.« Sie eilte zu ihrem Wagen und stieg ein.

»Bist du sicher, dass dir danach ist?«, fragte Kathy.

Sunny nickte und grinste. »Das gibt mir die Gelegenheit, in den Genuss einer Klimaanlage zu kommen.«

Sylvia kam mit der Liste wieder und reichte sie Sunny mit einem Zwanzig-Dollar-Schein. »Ich glaube, das sollte für alles reichen, aber wenn nicht, behalte einfach den Kassenzettel und ich bezahle dir den Rest hinterher.«

»Kein Problem.« Für die Freundlichkeit, die Sylvia ihr erwiesen hatte, hätte Sunny jeden Artikel auf der Liste liebend gern aus eigener Tasche bezahlt. »Ich bin bis zum Abendessen wieder zurück.«

Sunny stieg ins Auto und schaute auf Sylvias Liste. Mehrere Dinge standen darauf, von denen Sunny wusste, dass sie in Slocum schwer zu finden waren. Und darunter las sie die hastig gekritzelte Notiz: *Wir können später darüber reden.*

Sunny schob den Zettel in ihre Tasche. Offenbar gab es über diesen Punkt sehr viel mehr, als sie wusste.

Als Sunny für den Rest des Tages fort war, hatte Kathy das Gefühl, sie könnte sich etwas entspannen. Sylvia musste sie nichts vorspielen. Diese Frau konnte sie sowieso wie ein offenes Buch lesen.

»Was denkt Sunny eigentlich darüber, dass du die Farm verkaufst?«, fragte Sylvia, als sie zum Hühnerstall gingen.

Kathy verkrampfte sich bei dieser Frage. »Ich habe keine Ahnung. Ich habe nicht viel mit ihr darüber geredet.«

»Weiß sie über die finanzielle Lage Bescheid?«

»Warum sollte sie? Sie war nicht hier, um sich Sorgen darüber zu machen.«

»Wie geht es deinem Vater?«

Kathy war dankbar, das Thema wechseln zu können. »Er hat große Schmerzen. Na ja, ich hoffe, dass sie jetzt weniger werden. Der Arzt hat seine Schmerzmitteldosis verdoppelt. Er möchte ihm noch kein Morphium geben – vor allem deshalb, weil Dad es nicht will.«

»Wieso nicht?«

»Er sagt, dass er so lange wie möglich bei klarem Verstand bleiben will. Er möchte mit mir und Sunny reden können … und mit allen anderen Besuchern. Er sagt, wenn er erst einmal im Himmel ist, wird er keine Schmerzen mehr haben, und das ist für ihn ein kleines Opfer. Mir erscheint es riesig.«

»Wie geht es zwischen Sunny und deinem Vater?«

Kathy blieb bei dieser Frage stehen. »Er ist definitiv glücklich. Ich denke, darüber kann ich froh sein. Mich verwirrt sie immer noch schrecklich. Sie hat sich sehr verändert, aber ich glaube, ich weiß nicht, ob das gut oder schlecht ist.«

»Es scheint gut zu sein«, erklärte Sylvia. »Ich meine, ihr wart ihr wichtig genug, um zurückzukommen und Wiedergutmachung zu leisten.«

»Wie kann man Wiedergutmachung leisten für etwas wie das, was sie getan hat? Sie hat unsere Eltern in dem Glauben gelassen, sie wäre tot.«

»Ich denke, das könnte man so sagen.«

»Ich muss es so sagen. Es ist die Wahrheit. Sie hätte jederzeit anrufen oder eine Postkarte schreiben können. Sie brauchte nicht all die Jahre zu schweigen. Es hat unsere Eltern wirklich verletzt ... und mich.«

Sylvia legte einen Arm um Kathys Schultern. »Ich weiß.«

Kathy spürte, wie ihr ungebetene Tränen in die Augen stiegen. »Ich dachte, sie wäre tot. Erinnerst du dich noch? Wir hatten unseren eigenen kleinen Gedenkgottesdienst, in dem ich mich entschloss, Amy gehen zu lassen und aufzuhören, darauf zu warten, dass sie anruft – oder nach Hause kommt.«

»Ich erinnere mich – es ist erst ein paar Jahre her. Aber Kathy, sie ist nicht tot. Sie ist hier und vielleicht leidet sie ebenso wie du. Sie hat mir erzählt, dass die Trennung von ihrer Familie schwer war, aber am schlimmsten war wahrscheinlich, dich zu verlieren.«

»Mich?« Kathy konnte sich nicht vorstellen, dass das wahr war.

»Ich sollte das wahrscheinlich nicht sagen, aber das hat sie mir erzählt. Kathy, ich glaube wirklich, du hast hier eine Gelegenheit, etwas in Ordnung zu bringen, das nie hätte kaputtgehen dürfen. Aber es liegt bei dir.«

Kathy erstarrte. »Warum? Warum liegt es immer bei mir? Warum kann es nicht ein einziges Mal in der Verantwortung von jemand anderem liegen?«

»Ihr beide werdet Verantwortung übernehmen müssen«, sagte Sylvia leise. »Du weißt, dass das so funktioniert, selbst wenn du dich dem jetzt noch nicht stellen willst. Immerhin hat Sunny den ersten Schritt getan. Sie hat sich dem Spott und der Strafe ausgesetzt, die sie – das weiß sie – verdient hat. Sie hat sich allen gegenüber sehr verletzlich gemacht.«

Kathy ging zum Hühnerhof und öffnete die Tür. Sylvia schob sich rasch auf den Hof und wartete, bis Kathy den Riegel vorgeschoben hatte. In ihrem Herzen wusste Kathy, dass Sylvia ein gutes Argument vorgebracht hatte. Was sie am meisten frustrierte, war, dass selbst Sunny gute Argumente vorgebracht hatte. Dad wollte, dass seine Töchter Frieden schlossen und einander halfen, aber Kathy war diejenige, die nicht nachgeben wollte. Sie wusste das jetzt, aber sie fühlte sich unfähig, etwas dagegen zu tun.

Kathy schaute ihre Freundin an und runzelte die Stirn. »Sie hätte uns wissen lassen können, dass es ihr gut geht. Selbst wenn sie nicht mit uns reden oder zu unserer Familie gehören wollte – sie hätte eine kurze Notiz schicken können und uns sagen, ›Ich bin am Leben und es geht mir gut.‹ Es hätte sehr wenig Zeit und sehr wenig Geld gekostet.«

»Wohl wahr«, stimmte Sylvia ihr zu, sagte aber nichts weiter.

»Wenn sie per R-Gespräch angerufen hätte, hätte Dad die Gebühren doch ohne zu überlegen übernommen. Wenn sie rechtzeitig angerufen hätte, hätten wir ihr von Mom erzählen können.« Kathy maß Futter für die Hühner ab und kämpfte darum, ihre Gefühle wieder in den Griff zu bekommen.

»Kathy, all das ist wahr, aber es liegt in der Vergangenheit. Hast du vor, sie für den Rest ihres Lebens zu bestrafen?«

Kathy tupfte sich die Augen mit dem Zipfel ihres Arbeitshemdes ab und dachte über die Frage nach. Ging es nur darum – Sunny für das zu bestrafen, was sie getan hatte?

»Schau mal«, sagte Sylvia, »ich glaube, du und Sunny solltet euch hinsetzen und miteinander reden. Richtig miteinander reden. Du musst ehrlich sein, selbst wenn es dich verletzlicher macht, als dir lieb ist. Wenn du das nicht tust, Kathy, habe ich das Gefühl, dass du es immer bereuen wirst. Es liegt bei dir.«

»Alle sagen das immer wieder. Sunny sagt, ich habe Entscheidungen getroffen, die mich hierbleiben ließen – dass es nicht ihre Schuld sei, dass ich beschlossen habe, Kyle und eine Ehe aufzugeben. Du hast selbst einmal etwas Ähnliches gesagt.« Kathy spürte, wie die Wut zurückkam und sich wie der Gürtel eines Kriegers um sie legte. »Aber ich hatte nie das

Gefühl, dass ich in dieser Sache etwas zu sagen hatte. Ich war nicht wie Sunny. Ich konnte nicht einfach weggehen, egal wie oft ich daran gedacht habe.«

»Aber du hättest es gekonnt, und an diesem Punkt bist du nicht ehrlich zu dir selbst. Du hattest die gleiche Wahl, aber du hast einen anderen Weg eingeschlagen. Was die Leute über dich dachten, war dir wichtig. Was du über dich selbst gedacht hast, war dir auch wichtig. Du wusstest, dass du, wenn du weggehen würdest, nicht mit den Folgen hättest leben können. Sunny hatte dieses Gefühl nicht.«

»Offensichtlich nicht.« Sie drehte sich um und ging auf das Tor zu, aber Sylvia streckte die Hand aus und ergriff ihren Arm.

»Bitte hör mich an. Ich versuche nicht, dich zu verletzen oder dir noch mehr wehzutun, aber Sunnys Entscheidungen bedeuten nicht, dass sie ganz und gar schuldig ist. Und deine Entscheidungen bedeuten nicht, dass du ganz und gar unschuldig bist. Sunny ist die Sache falsch angegangen – aber sie war volljährig und dein Vater hat ihr das Geld gegeben, das ihr zustand.«

»Sie hat es zweimal genommen. Vergiss nicht, sie hat die Anzahlung genommen, die er ihr von ihrem Treuhandfonds gegeben hat, und als sie einundzwanzig war, hat sie es irgendwie geschafft, das Geld zu stehlen, das noch auf ihren und Vaters Namen auf der Bank lag. Erst dann konnte sie es ohne Nachfragen bekommen, weil sie volljährig war. Sie hat das Geld gestohlen, das ihr nicht zustand.«

»Wie dem auch sei, wie gesagt, Sunny hat nicht alles falsch oder richtig gemacht. Sie hat ihr Leben so geführt, wie sie meinte, es bewältigen zu können. Du hast das Gleiche gemacht, Kathy. Glaube nicht, dass es nicht auch Leute gab, die deine Urteilsfähigkeit ebenso angezweifelt haben wie Sunnys.«

Kathy schüttelte Sylvias Hand ab. »Aber warum? Ich habe getan, was ich konnte. Ich bin hiergeblieben, wo ich wusste, dass ich nützlich bin. Ich bin im Haus meines Vaters geblieben, um für meine Mutter zu sorgen und jetzt für ihn.«

»Und das sind alles bewundernswerte Entscheidungen, aber du verdirbst das, was du getan hast, indem du die Verbitterung Oberhand gewinnen lässt. Statt dich darüber zu freuen, dass du hier sein konntest – dass du bis zum Ende Zeit mit deiner Mutter verbringen konntest –, bist du wütend, dass Sunny nicht da war. Du hast etwas, das sie niemals haben kann. Du hattest diese letzten Jahre – diese zärtlichen, ruhigen Augenblicke – diese gemeinsame Zeit des Kummers. Sunny hat nichts von alledem. Wahrscheinlich hätte sie sich nie im Leben vorstellen können, dass ihre Mutter tot ist, geschweige denn, dass sie auch ihren Vater krank vorfinden könnte.«

»Aber das hat sie davon, dass sie nicht in Kontakt mit uns geblieben ist«, sagte Kathy und verschränkte die Arme. »Es ist die Folge davon, dass sie uns den Rücken zugekehrt hat.«

»Da bin ich deiner Meinung. Ich bin hier nicht dein Feind. Ich möchte nur, dass du zur Einsicht kommst. Du bist hiergeblieben, wo du sicher und behütet warst. Du hattest genug zu essen und keiner hat dir körperlichen Schaden zugefügt. Du hattest die Gesellschaft deiner Mutter, und, ja, du musstest sie sterben sehen, aber wenigstens warst du ihr in den letzten Tagen ein Trost. Du wirst immer wissen, wie viel ihr das bedeutet hat.

Du hattest die Liebe und Gesellschaft deines Vaters. Ich bezweifle, dass Sunny auch nur einen Bruchteil des Friedens erlebt hat, den du hattest. Ich weiß nicht, wie ihre Geschichte aussieht oder was sie durchgemacht hat, aber sie hat so einen Ausdruck in den Augen, der darauf hindeutet, dass eine Menge grässliche Dinge vorgefallen sind. Ich werde nicht versuchen, sie zu erraten, aber vielleicht würde es euch beiden helfen, über euren Kummer zu sprechen und zu versuchen, einander sehen zu helfen, was in all den Jahren passiert ist.«

Kathy dachte daran zurück, wie Sunny von dem Baby gesprochen hatte, das sie hatte begraben müssen, und von dem Mann, der sie so schlimm geschlagen hatte, dass es das Leben ihres Kindes gekostet hatte. Kathy hatte niemals diese Art von Angst gehabt. Aber andererseits hätte Kathy sich auch niemals in diese Lage gebracht. Sunny hätte doch nur den Hörer zur Hand nehmen und Hilfe rufen müssen.

Aber ihr Stolz hat das nicht zugelassen. So wie meiner es nicht zulässt, dass ich die Vergangenheit hinter mir lasse.

Dieser Gedanke machte Kathy stutzig. War es das, worum es eigentlich ging – Stolz? Sie ließ den Gedanken einen Augenblick lang nachklingen. Sie konnte sehen, dass er nicht ganz abwegig war, doch das einzugestehen war sehr schwer.

»Ich habe Amy so lange die Schuld an allem gegeben«, gab Kathy schließlich zu. »Und ihr Weggehen und ihr Verrat haben mir wehgetan. Sylvia, ich weiß nicht, ob ich ihr wieder vertrauen kann. Ich weiß nicht, ob die Reise überhaupt die Mühe wert ist.«

Sylvia schüttelte den Kopf. »Ich habe drei Kinder und jedes von ihnen ist mir wertvoll. Jedes von ihnen kann auch eine Last sein. Aber ich kann dir ohne Zweifel versichern, dass, wenn eines von ihnen je weglaufen sollte, ich es wieder mit offenen Armen empfangen würde, ob es nun am nächsten Tag, im nächsten Jahr oder nach Jahrzehnten zurückkommt. Meine Liebe zu meinen Kindern ist bedingungslos. Egal wie sie sich verhalten, ich werde sie weiterhin lieben. Für mich klingt es so, als ob deine Liebe zu Amy davon abhängt, ob sie die Dinge auf deine Weise angeht – oder wenigstens auf eine Art und Weise, die deine Anerkennung findet.«

Sylvias Aussage war wie ein Schlag ins Gesicht. Kathy hätte Sylvia am liebsten angeschrien, sie solle verschwinden, aber sie konnte nicht einmal sprechen. Es war beinahe so, als würgte die Wahrheit ihr die Worte in der Kehle ab.

»Ich bin nicht hergekommen, um dir wehzutun«, begann Sylvia. »Wir sind schon zu lange miteinander befreundet, um einander anzulügen. Ich weiß, dass du deine Schwester liebst. Darum schmerzt dich das alles auch so sehr. Darum kannst du sie nicht einfach zur Tür hinauswerfen und vergessen, dass sie jemals nach Hause gekommen ist. Es liegt nicht daran, dass dein Vater noch lebt. Es liegt nicht daran, dass du denkst, du hättest keine andere Wahl. Es liegt daran, dass du vor langer Zeit die Entscheidung getroffen hast, sie bedingungslos zu lieben.«

Kathy spürte, wie ihre Mauern bröckelten. »Es tut einfach so weh«, flüsterte sie.

Sylvia umarmte sie fest. »Manchmal ist es so mit der Liebe.«

Kathy hielt sich einige Minuten lang an Sylvia fest. Sie hatte das Gefühl, ihre Freundin sei wie ein Rettungsseil, und wenn sie es jetzt nicht erfassen würde, würde sie in einem Meer von Verbitterung und Kummer ertrinken. Ihr Vater würde in kurzer Zeit sterben und sie und Sunny würden getrennte Wege gehen – vielleicht für immer, wenn sie nicht wenigstens versuchte, eine Brücke zwischen der Vergangenheit und der Zukunft zu schlagen.

»Ich möchte, dass es besser wird«, weinte sie, während Sylvia ihr den Rücken tätschelte.

»Ich weiß. Sonst hätte ich auch nichts gesagt.«

Kathy löste sich von ihrer Freundin. »Sag mir nur, dass es die Mühe wert ist. Sag mir, dass es so sein wird, wie ich es brauche.«

Sylvia lachte leise. »Nur, wenn du mir sagst, dass meine Kinder alle später einmal Arbeit haben, von einem wunderbaren christlichen Ehepartner heiß und innig geliebt werden und Jesus immer lieb haben.«

Kathy konnte nicht anders als lächeln, als sie ihre Tränen abwischte. »Keine Garantie, hm?«

»Keine.«

10

Kathy warf sich im Bett herum, bis sie beschloss, dass es töricht war, auch nur zu versuchen zu schlafen. Die Schwüle und die Hitze der Nacht machten jede kleine Linderung zunichte, die der Fensterventilator bringen mochte. Gekleidet in leichte, kurze Schlafanzughosen und ein Trägertop griff sie nach ihrem Kissen und ging hinaus zur Hängematte auf der Veranda. Vielleicht war die Luft dort irgendwie kühler. Außerdem befand sich die Hängematte nicht weit vom Fenster und der Schiebetür von Vaters Zimmer entfernt. Wenn er etwas brauchte, konnte sie ihn wahrscheinlich rufen hören.

Sie machte es sich in der Hängematte bequem und schloss die Augen über dem sanften Schwingen. Kyle hatte diese Hängematte als Geburtstagsgeschenk für ihren Vater gekauft. Er war auf der Farm mit einer großen Kiste aufgetaucht, die in Papier aus alten Comicheften eingewickelt war. Ihr Vater hatte Kyle gelobt, weil er kein Geld für Geschenkpapier verschwendet hatte, und er war von dem Geschenk begeistert gewesen. Nur einige kurze Wochen später war Kyle aus ihrem Leben verschwunden. Die Erinnerungen kamen ungebeten.

»Es war falsch, dass ich so wütend geworden bin«, hatte Kyle mit einem heiseren Flüstern gesagt. »Bitte vergib mir. Ich liebe dich, Kathy. Ich werde auf dich warten.« Er hatte versucht sie zu umarmen, aber Kathy hatte ihn weggeschoben.

»Tu das nicht. Ich möchte nicht, dass du wartest. Ich kann dir deine Wut vergeben, aber nicht deinen Mangel an Verständnis.« Kathy wusste, dass sie auf ihrem Standpunkt beharren musste. Kyle konnte mit der Krankheit ihrer Mutter nicht umgehen. Der Umstand, dass er einmal davongerannt war, war Beweis genug.

»Es tut mir leid, wie ich mich verhalten habe, Kathy. Ich war schockiert. Ich wünschte, du würdest das verstehen und wissen, dass ich stark genug bin, um dir da hindurchzuhelfen. Ich muss natürlich an meinen Beruf denken und wie das alles funktionieren kann, aber ich möchte dich jetzt heiraten und dir helfen, für deine Familie zu sorgen.«

»Dafür bist du nicht verantwortlich. Mit der Zeit würdest du dich sowieso nur über uns ärgern.«

»Wie kannst du nur so etwas Schreckliches sagen?« Kyle trat zurück und in seinen Augen spiegelte sich deutlich der Schmerz. »Bevor deine Mom krank wurde, wollten wir eine Familie werden … Natürlich bin ich ebenso für sie verantwortlich wie du.«

»Aber wir werden nicht heiraten. Ich kann nicht. Das habe ich dir gesagt.«

Er schüttelte den Kopf. »Ich verstehe nicht, warum du das tust. Sag mir einfach ins Gesicht, dass du mich nicht liebst. Das wenigstens bist du mir schuldig.«

»Ich bin dir gar nichts schuldig. Du bist weggegangen – weißt du noch?«

Seine Augen verengten sich. »Erst nachdem du verlangt hast, dass ich aus deinem Leben verschwinde. Schau mal, ich verstehe nicht, warum du mich nicht heiraten und trotzdem deiner Mom helfen kannst. Ich weiß, dass du verletzt und ängstlich bist, aber das musst du nicht an mir auslassen – an uns.«

Ohne Vorwarnung zog Kyle sie in die Arme und Kathy konnte einfach nicht standhalten. »Es ist mir egal, wie lange es dauert«, sagte er. »Es ist mir egal, was du sagst. Ich werde auf dich warten. Du bist die einzige Frau, die ich je geliebt habe. Die einzige Frau, die ich jemals lieben werde.« Er küsste sie leidenschaftlich und Kathy gab beinahe ihre Entschlossenheit auf, ihn wegzuschicken.

Ein Geräusch – ein Knarren – drang in die Erinnerung. Die feuchte, schwere Luft schien sie an ihrem Platz festzunageln. »Wer ist da?«, rief sie.

»Ich bin's nur. Sunny.«

Kathy gähnte und zwang sich, sich aufzusetzen. »Stimmt etwas nicht? Fehlt Dad etwas?«

»Nein. Ich konnte nicht schlafen. Es ist einfach zu warm.«

Kathy nickte. Das Licht im Hof war hell genug, sodass sie gegenseitig ihre Umrisse erkennen konnten. Sunny hatte beinahe das Gleiche an wie Kathy und sah genauso erbärmlich aus.

»Hier draußen ist es nicht viel besser. Ich bin klitschnass – ob nun vom Schweiß oder weil es so schwül ist, kann ich nicht sagen.«

»Ich weiß. Mir geht es auch so.« Sunny ließ sich an der Wand hinuntergleiten und setzte sich auf die Veranda. »Ich hatte gehofft, dass hier draußen wenigstens der Wind ein bisschen geht. Die Sommer in Kalifornien waren nie so schlimm für mich wie hier.«

»Du hast in Kalifornien gelebt?«, fragte Kathy. »Wann?«

Sunny holte tief Luft. »Nach dem Prozess und meiner Scheidung von Mitch. Ich bin in der Hoffnung dorthin gezogen, mich mit einigen Freunden zusammenzutun.«

»Und? Hast du es getan?« Kathy hoffte, dass ihr Ton nicht beleidigend war. Sie wollte ihre Schwester besser verstehen.

»Ja, was auch immer das gebracht hat.«

»Kannst du darüber reden? Ich würde es gern erfahren, wenn dir danach ist, die Geschichte zu erzählen.«

»Ich brauchte Geld. Da war das Geld, das ich für das Baby gespart hatte, aber es reichte nicht für den Rechtsanwalt und ich wusste, dass ich mich von Mitch scheiden lassen musste, egal wie der Prozess ausgeht. Da keine Kinder beteiligt waren, war es nicht so schwer, einen Anwalt zu finden, der mich kostenlos vertrat. Trotzdem brauchte ich Geld, um nach Kalifornien ziehen zu können. Da habe ich mich an den Treuhandfonds erinnert. Ich war verzweifelt, Kathy. Es war falsch von mir, das Geld zu nehmen, aber ich habe überhaupt nicht richtig nachgedacht. Ich brauchte Geld, um Gary zu beerdigen, und ich brauchte Geld zum Überleben. Ich wollte das Geld nicht nehmen. Ich wusste, dass es mir nicht zusteht.«

Kathy verspürte Mitleid mit ihrer Schwester. Der Gedanke, allein zu sein und ein Kind zu begraben, sich vom Mörder des Kindes scheiden lassen und einen Gerichtsprozess durchstehen zu müssen, war für jeden zu schwer zu ertragen.

»Ich habe mich scheiden lassen, während Mitch auf seinen Prozess wartete. Er hatte darum gebeten, mich zu sehen. Weil ich schon immer eine masochistische Ader hatte, bin ich hingegangen. Ich habe nichts für ihn empfunden. Na ja, das stimmt so nicht. Ich habe sehr viel Hass verspürt. Ich habe ihm gesagt, dass es gut ist, dass er hinter Gittern sitzt, denn wenn er draußen wäre, würde ich ihn für das umbringen, was er unserem Baby – was er mir angetan hat. Das war das einzige Mal, dass ich das Gefühl hatte, dass er Angst hat. Er sagte mir, wie leid es ihm täte – dass er nie vorhatte, derart die Beherrschung zu verlieren. Ich bin weggegangen. Ich konnte seine Entschuldigungen nicht ertragen. Ich wusste, dass er es nicht ernst meint.« Sie unterbrach sich. »Du weißt ja, wie das ist. Normalerweise merkt man, ob es jemandem wirklich leidtut, was er getan hat.«

Kathy fragte sich, ob ihre Schwester eine Anspielung auf die Vergangenheit machte, aber sie sagte nichts. Sie brauchte auch nichts zu sagen, denn Sunny sprach bereits weiter.

»Als die Scheidung vollzogen war, ging ich zur Bank und sagte, dass ich einen Treuhandfonds in einem anderen Bundesstaat habe. Ich habe ihnen alle Informationen gegeben, so gut ich es konnte, und sie haben sich um den Rest gekümmert. Ein paar Tage später hatte ich das Geld in der Hand. Was mich immer erstaunt hat, waren die Formulare, die bei dem Geld waren.«

»Was meinst du?«

»Die Bank hier in Hays hat sich mit Dad in Verbindung gesetzt. Er hat die Papiere für die Überweisung unterschrieben und das Konto auflösen lassen.«

»Was?« Kathy beugte sich vor. »Was willst du damit sagen?«

»Ich will damit sagen, dass Dad wusste, dass ich das Geld genommen habe, aber er hat keinen Einspruch erhoben. Er musste die Papiere nicht unterschreiben. Ich war einundzwanzig. Aber sein Freund bei der Bank hat ihm mitgeteilt, wo ich bin, denn er wusste, dass Dad sich Sorgen um mich macht. Ich habe immer gedacht, Dad hat das getan, um mir zu zeigen, dass er mir das Geld zum zweiten Mal freiwillig gab. Da wäre ich fast nach Hause gekommen.«

»Ich glaube das einfach nicht. All die Jahre hat er nichts darüber gesagt. Wie konnte er das tun? Er hat mir nicht gesagt, dass du am Leben bist – er hat kein Wort über das Geld gesagt, bis zu dem Zeitpunkt, als er einen neuen Traktor brauchte und ich vorgeschlagen habe, er sollte das Geld aus deinem Treuhandfonds nehmen. Er sagte mir, das könnte er nicht, weil du es hättest.« Kathy hob die Hand und rieb sich die Augen. »Ich weiß einfach nicht, warum er es mir nicht gesagt hat.«

»Ich auch nicht.«

Kathy hörte ihre Schwester kaum. »Jedes Mal, wenn ich davon sprach, dass du das Geld gestohlen hast, hat er mir immer widersprochen – dass du das Geld mit seinem Segen hättest. Ich dachte, das meinte er nur symbolisch. Dass er zwar wüsste, dass du es genommen hast, aber dass er dich nicht deswegen anzeigen würde. Also hatte er es dir mit seinem Segen gegeben.« Sie seufzte und schüttelte den Kopf. »Ich nehme an, das spielt jetzt keine Rolle mehr.«

»Es tut mir leid. Ich dachte, du wüsstest es.«

»Schon gut. Erzähl weiter. Was hast du gemacht, nachdem du das Geld bekommen hattest?« Kathy wusste, dass der einzige Weg, über den Schock hinwegzukommen, darin bestand, sich den Rest von Sunnys Geschichte anzuhören.

»Ich habe mir ein billiges Auto gekauft und bin nach Kalifornien gezogen. Vom Regen in die Traufe.«

»Wie meinst du das?«

Sunny zog die Knie an die Brust und legte die Arme darum. »Ich bin in Los Angeles angekommen und habe mich in die Vollen gestürzt. Ich habe meine Freunde gefunden und bin ohne Mühe in ihren Lebensstil verfallen. Sie wollten Party machen und ich wollte vergessen. Ich habe mich mit einem Kerl angefreundet, der eine eigene Band hatte. Als er hörte, dass ich Keyboard spielen konnte, hat er gefragt, ob ich einsteigen will. Wir hatten ein paar Auftritte und wurden ziemlich bekannt. Irgendwann hatte ich die schlaue Idee, mir ein Aussehen zuzulegen, das ein bisschen sexier war. Ich habe mich generalüberholen lassen, inklusive Brüste.«

»Das hatte ich mich schon gefragt«, sagte Kathy ohne nachzudenken.

Sunny lachte. »Ich dachte mir schon, dass das ziemlich offensichtlich ist. Randy hat die Veränderung gefallen – er sagte, die Leute würden schon allein kommen, nur um mich zu sehen.«

»Randy?«

»Mein zweiter Ehemann und der Bandleader«, sagte Sunny sachlich. »Randy hat mir das Gefühl gegeben, etwas Besonderes zu sein – geliebt zu sein. Mit Randy fühlte ich mich endlich wichtig.«

»Du warst hier auch wichtig und geliebt«, sagte Kathy ziemlich spitz. »Du warst Moms und Dads kleiner Sonnenschein, der nichts falsch machen konnte.«

»Tja, ich hatte nie das Gefühl, dass ich mit dir mithalten konnte.«

»Ach, komm schon. Du hast alle um den kleinen Finger gewickelt. Du hast sogar den Klavierlehrer dazu gebracht, das Vorspieldatum zu verlegen, weil es mit der Cheerleader-Generalprobe zusammenfiel. Alle gaben dir alles, um das du gebeten hast, und mehr.«

»Hör mal, Kathy, ich weiß nicht, wessen Kindheit du da beschreibst. Jedenfalls nicht meine. Wenigstens nicht so, wie ich sie in Erinnerung habe. Ich dachte, du hättest es ziemlich gut.«

»Ich hatte es auch nicht schlecht. Es gab Zeiten, da war ich eifersüchtig auf deine Fähigkeiten. Du hast gute Noten geschrieben, scheinbar ohne dich anzustrengen, und du warst beliebt. Cheerleader, Klassensprecherin, unter den besten Schülerinnen und nie ohne Freund. Du weißt sehr wohl, dass ich nichts von alledem hatte.«

»Aber wolltest du überhaupt je etwas von alledem? Du warst so darauf konzentriert, bei Dad in die Farm einzusteigen, dass alles andere nebensächlich war. Na ja, außer Kyle. Kyle war immer für dich da.«

»Ja. Ja, das war er.« Kathy seufzte. Sie wollte wirklich nicht bereuen, wie sie mit ihm umgegangen war, aber im Licht der Gegenwart konnte sie nicht anders.

»Du hast dir nie etwas aus den Cheerleadern gemacht – du hast mir gesagt, es wäre Unsinn«, setzte Sunny hinzu. »Warum machst du mir also Vorwürfe, dass es mir Spaß gemacht hat und dass ich es als Teil meines Lebens haben wollte? Genau genommen hast du damals meine Gefühle wirklich verletzt. Ich wollte so lange Cheerleader werden und du hast mich deswegen immer niedergemacht.«

Kathy versuchte, sich daran zu erinnern, ob sie wirklich jemals so gedacht hatte. »Ich weiß, dass ich Bemerkungen gemacht habe, dass Cheerleader nur die Sexualität benutzen, um andere aufzustacheln. Du hast immer gesagt, ›Man muss zeigen, was man hat.‹ Offen gesagt habe ich immer nur gesehen, dass deine Einstellung dich in Schwierigkeiten bringen würde. Und ich nehme an, ich war wahrscheinlich eifersüchtig auf die Aufmerksamkeit, die du bekommen hast.«

»Ich glaube, wir reden über zwei verschiedene Menschen.« Sunny unterbrach sich für einen Augenblick. »Verstehst du nicht, Kathy? Wir haben beide unsere Erinnerungen an die Vergangenheit. Das bedeutet nicht, dass es falsch war, wie wir fühlten oder was wir dachten – es bedeutet nur, dass sich die Dinge mit unserer eigenen Sichtweise verändert haben. Es tut mir leid, dass du eifersüchtig warst, denn so, wie ich es gesehen habe, hattest du nichts, auf das du hättest eifersüchtig sein müssen. Ich habe mich hundsmiserabel gefühlt.«

Kathy musste das Thema wechseln, um nichts Verletzendes zu sagen. »Erzähl mir mehr von Randy. Du trägst einen Ring an der Hand – bist du noch mit ihm verheiratet?«

»Nein. Wir haben heftig gelebt und noch heftiger gefeiert. Wir haben Drogen genommen, als wäre das unser Beruf. Wir waren beide kokainabhängig. Zuerst war es nur ein bisschen hier und da bei Partys und nach Auftritten. Dann wurde es nach und nach zu etwas, ohne das wir nicht leben konnten. Wir haben sehr viel Geld für Kokain ausgegeben. Ich habe enorm abgenommen und dachte, ich sähe fantastisch aus. Später, nachdem ich clean geworden war, sah ich ein Bild von mir und war schockiert. Ich sah aus wie eine alte Hexe. Meine Augen waren eingesunken, meine Haut fahl. Ich war nur noch Haut und Knochen, aber mein Gesicht war aufgedunsen.«

»Nimmst du immer noch Drogen?«

»Nein. Ich bin clean geworden.«

»Was hat dich dazu gebracht? Ich meine, es ist sicher nicht so einfach, damit aufzuhören.«

»Das war es auch nicht, aber ich habe wegen Randy aufgehört.«

Sunny wachte mit den schlimmsten Kopfschmerzen ihres ganzen Lebens auf. Sie hatte vergessen, am Abend vorher die Vorhänge zuzuziehen, als sie und Randy ins Bett getaumelt waren, und jetzt drohte ein intensives Morgenlicht, sie zu blenden.

Sie kuschelte sich tiefer in die Bettdecke und Randys Arme, aber etwas war nicht in Ordnung. Irgendwo tief in ihrem Unterbewusstsein wusste sie, dass etwas sehr, sehr Schlimmes passiert war. Sie zwang sich, die Augen wieder zu öffnen und lauschte nach Geräuschen, die von außen ins Schlafzimmer drangen. Sie hatte riesige Angst, dass jemand ins Haus eingebrochen war. Schlimmer noch – dass die Polizei das Haus durchkämmte.

»Randy. Randy, wach auf.« Sie schüttelte ihn, während sie sich vorbeugte, um zu lauschen. Sie konnte nichts hören, aber das hieß nicht, dass niemand da draußen war. Besonders, da sie und Randy eine große Menge Kokain gekauft hatten. Zweifellos hatte jemand das weitererzählt und diese Information war im Umlauf.

»Randy. Wach auf.« Sie schüttelte ihn noch einmal, bemerkte aber, dass er nicht reagierte. Genau genommen schien er unter ihrer Berührung beinahe steif zu sein.

Die Wahrheit kam ihr nur häppchenweise ins Bewusstsein. »Wie kannst du um diese Zeit noch schlafen?« Sie schaute auf den Wecker neben dem Bett. Es war vier Uhr.

»Vier Uhr?« Unmöglich. Das hieß, dass es schon Nachmittag war. Sie konnten doch nicht den ganzen Tag geschlafen haben. Sunny schob ihr langes, blondes Haar zurück und versuchte sich zu erinnern, welcher Tag heute war. Samstag, oder? Ja. Es war Samstag. Sie hatten gestern Abend ihren erfolgreichsten Auftritt aller Zeiten gefeiert – nur sie beide. Alles sah gut aus und sie reisten herum. Sie waren einem Agenten aufgefallen und er wollte nächste Woche mit ihnen sprechen.

»Nächste Woche«, sagte Sunny und fiel zurück in die Kissen. Ihr Verfolgungswahn ließ nach. Es hatte keinen Sinn, sich zu sehr zu stressen. Sie rollte sich näher zu Randy und kuschelte sich an ihn. Er bewegte sich nicht.

»Hey, Süßer, aufwachen. Sprich mit mir«, murmelte sie in sein Ohr. Er lag auf dem Bauch und seine Nase war halb unter der Decke vergraben.

Mit einem Mal wurde Sunny bewusst, dass seine Augen offen waren, aber sie schienen nichts zu sehen. »Randy?« Sie streckte die Hand aus, um sein Gesicht zu berühren. Es war seltsam kalt. Die Erkenntnis dämmerte ihr auf entsetzliche Art und Weise.

Sunny schob sich von ihm weg und begann zu schreien. »Randy! Randy!« Sie sprang aus dem Bett und lief hinüber zur anderen Seite. Sie schüttelte ihn heftig, aber es kam keine Reaktion. Sie nahm das Telefon, wählte den Notruf und begann, den Telefonisten anzuschreien, er solle einen Krankenwagen schicken.

Sie konnte nicht aufhören zu schreien und tat das auch noch, als Polizei und Sanitäter eintrafen. Als sie in einen zweiten Krankenwagen geschoben wurde, hatte man sie bereits festbinden müssen.

Randy war tot. Später sagte man ihr, dass es an der Kombination aus Kokain und Alkohol lag. Schlimmer noch, man nahm an, dass er schon kurz nachdem sie ins Bett gefallen waren an einem schweren Herzinfarkt gestorben war. Sunny konnte das Bild von Randy nicht aus dem Kopf bekommen und auch nicht den Gedanken, dass sie eine ganze Nacht und den größten Teil des Tages in den Armen eines toten Mannes geschlafen hatte.

Kathy starrte ihre Schwester ungläubig an. »Was hast du dann getan?«

Sunny drückte ihre Hände an die Schläfen. »Ich war nicht zu besonders viel in der Lage. Ich war so außer mir, dass sie mich ins Krankenhaus gebracht und achtundvierzig Stunden lang unter Beruhigungsmittel gesetzt haben. Als sie die Mittel endlich absetzten, bin ich in einer schrecklichen seelischen Verfassung aufgewacht. Ich wollte, dass mir jemand sagt, dass alles nicht mehr als ein schlimmer Traum gewesen war. Ich habe sie angefleht, Randy zu holen, aber sie sagten mir, dass er tot ist.«

»Ach Sunny, ich kann mir kaum vorstellen, wie das für dich war!«

»Das würde ich dir auch nicht wünschen«, sagte Sunny traurig. »Die Albträume waren mehr, als ich ertragen konnte. Ich spürte immer wieder Randys leblose Arme um mich. Ich sah immer wieder, wie er mich mit offenen Augen anstarrte. Ich habe eine Entziehungskur gemacht. Der Arzt hat mir gesagt, dass es mir helfen würde, diese grässlichen Erinnerungen zu überwinden, wenn ich clean werde.«

»Und, war es so?«

»Bis zu einem gewissen Grad. Es war beinahe mehr, als ich ertragen konnte. Es war schlimm genug zu versuchen, vom Kokain loszukommen, aber es gab auch noch andere Dinge. Die Polizei, die Medien, unsere Freunde. Ich kann immer noch hören, wie sie alle Fragen stellen, Antworten verlangen. Antworten, die ich nicht geben konnte, weil ich zu high war, um zu wissen, was passiert war. Ich wusste damals nur, dass irgendwie eine große Tüte Koks, die für mehrere Tage hätte reichen sollen, verschwunden war. Ich nehme an, wir haben das alles in jener Nacht genommen. Ich weiß es wirklich nicht mehr genau.«

»Vermisst du es jemals? Ich meine, kommt der Drang zurück, Drogen zu nehmen?«

Sunny schüttelte den Kopf. »Nein. Ich hatte Glück … Ich war gesegnet, wie meine Freundin Lana sagen würde. Der Entzug war das Schwerste, was ich je durchgemacht habe, aber jedes Mal, wenn ich daran dachte, aufzugeben und auszusteigen, sah ich Randys Leiche und wusste, dass ich ihn nicht enttäuschen konnte.« Sie streckte die Beine aus und lehnte sich an die Verandawand. »Er war ein so lieber Mann. Er war so freundlich und hatte eine so sanfte Seele. Er hat mir stundenlang zugehört und wir haben unsere Ideen und Gedanken miteinander geteilt. Ich konnte mir wirklich vorstellen, wie wir zusammen alt werden. Und ich schätze, wegen der Drogen ist genau das passiert.«

11

Am nächsten Tag saß Kathy am Bett ihres Vaters. »Warum hast du mir nicht gesagt, dass du ihr das Geld überlassen hast? Dass du wusstest, wo Sunny war und dass sie lebt?« Sie sprachen schon seit einigen Minuten über Sunnys Geständnis.

Ihr Vater schüttelte den Kopf. »Ich habe nicht gesehen, welche Rolle das spielen sollte. Sie wollte nicht nach Hause kommen. Sie hatte nicht versucht, Kontakt mit uns aufzunehmen, und ich dachte, es wäre das Beste, die Vergangenheit Vergangenheit sein zu lassen und keine falschen Hoffnungen zu wecken. Ich habe die Papiere unterschrieben, weil ich sie wissen lassen wollte, dass ich wusste, was sie tat – dass ich wusste, wo sie war. Ich wollte, dass sie es weiß, weil ich hoffte, dass es ihr zeigte, wie sehr ich sie noch liebte und wollte, dass sie nach Hause kommt.«

»Warum hast du mir nicht wenigstens gesagt, dass sie lebt? Es hätte mir geholfen, wenigstens das zu wissen.«

Ihr Vater betrachtete sie mit einer Eindringlichkeit, die sie schon seit Monaten nicht mehr gesehen hatte. »Sei ehrlich, Kathy. Hätte es dir geholfen? Du hattest mir ungefähr zu der Zeit, als Mom starb, gesagt, dass du denkst, Mom und Amy wären jetzt zusammen, denn sicher wäre Amy nicht so grausam gewesen, nach so langer Zeit nicht Kontakt zu ihrer Familie aufzunehmen. Du hast auch noch anderes gesagt, aber als ich erfuhr, dass Amy lebt und das Geld genommen hatte, wusste ich, dass es zwecklos war, es dir zu sagen.«

Kathy war verletzt von dieser so lange zurückliegenden Entscheidung ihres Vaters, doch sie sagte nichts. »Aber immer, wenn ich davon gesprochen habe, dass sie das Geld unter deiner Nase weggestohlen hat, hast du gesagt –«

»Ich habe immer gesagt, dass sie es nicht gestohlen hat, nicht wahr?«, warf er ein. »Ich sagte dir, dass sie es mit meinem Segen hatte.«

Kathy dachte zurück und nickte. »Ich glaube schon.«

»Ich weiß, dass es so war. Ich hätte verhindern können, dass sie das Geld bekommt, indem ich das Geld von dem Konto genommen hätte, bevor sie einundzwanzig geworden war. Ich wusste, dass die Möglichkeit bestand, dass sie eines Tages versuchen würde, das Geld abzuheben. Ich sagte das meinen Freunden bei der Bank und bat sie, mich zu informieren, wenn sie das tun würde. Als es so weit war, habe ich die Formulare unterschrieben, um Amy … Sunshine die Nachricht zu senden, dass sie niemand für dumm verkaufen konnte.«

Seine schwache Stimme erinnerte Kathy daran, dass sie ihn ausruhen lassen sollte. Sie stand auf und nahm sein Frühstückstablett. Er hatte nur sehr wenig gegessen. »Möchtest du den Fernseher angeschaltet haben? Es ist Sonntagmorgen und vielleicht gibt es eine gute Predigt, die du dir anhören kannst.«

»Nein. Sag mal, hast du etwas vom Maklerbüro gehört?«

Kathy wollte ihren Vater nicht anlügen, aber sie wollte auch nicht, dass er sich grämte, weil er so lange mit dem Verkauf der Farm gewartet hatte. »Alles läuft gut. Wir finden jetzt sicher jeden Tag einen Käufer.«

Er lächelte und schloss die Augen. »Das ist gut. Bin froh, das zu hören. Ich möchte nicht, dass du noch sehr viel mehr von deinem Geld ausgeben musst, um die Kosten zu decken. Führ gut Buch. Ich möchte, dass du zuerst dein Geld zurückbekommst.«

»Ich werde mich darum kümmern«, sagte Kathy und wusste, dass wenigstens das keine Lüge war. Sie hatte beinahe kein Geld mehr und wusste nicht, was sie noch tun sollte, wenn ihr Geld alle war. Es war nicht vorherzusehen, wie weit sie noch mit dem Preis für die Farm heruntergehen musste, bevor sie endlich einen Käufer fand. Sie musste sicherstellen, dass sie genügend Geld hatte, um alle Schulden zu bezahlen, sobald der Verkauf perfekt war. Wenn sie sich noch mehr Geld lieh, würde sie definitiv nicht viel Gewinn machen.

»Ich glaube, ich werde mich jetzt ausruhen. Warum gehst du nicht zur Kirche und lässt mich schlafen? Ich weiß, dass es schon lange her ist, seit du einmal gehen konntest. Lass doch Sunny bei mir und fahr in die Stadt.«

Das Angebot war verlockend. »Das könnte ich wohl.« Mit jeder Sekunde wurde die Idee reizvoller. »Ja, ich glaube, das wäre toll.«

»Gut. Sag ihr einfach, dass ich ein bisschen schlafen werde. Sie kann später nach mir schauen.« Er zog die Decke hoch, obwohl der Tag immer heißer wurde.

Kathy machte sich auf die Suche nach Sunny und erklärte ihr alles. Sunny war recht zufrieden, zu Hause zu bleiben. Genau genommen sagte sie Kathy, sie würde das gern für sie tun. Darüber dachte Kathy noch nach, während sie der Predigt zuhörte, die ein Missionar im Heimaturlaub hielt. Es ging darum, Menschen liebevoll zu begegnen, die diese Liebe nicht erwiderten.

Ich wollte nicht in Sunnys Schuld stehen, also habe ich sie nicht viel für Dad oder im Haus machen lassen. Sunny hatte mehrmals angeboten, Kathy beim Packen oder im Garten zu helfen, doch Kathy war zu stolz gewesen, um diese Hilfe anzunehmen.

Sie wirkt anders, aber was, wenn alles nur eine Art Spiel ist? Was, wenn sie nur mit uns spielt, damit sie noch mehr Geld bekommt? Sie hat vielleicht erfahren, dass Dad im Sterben liegt, und sich gedacht, sie könnte herkommen und etwas erben.

Der Gottesdienst war bald vorüber und Kathy sah, dass mehrere Leute auf sie zukamen.

»Wir haben dich seit Ewigkeiten nicht gesehen! Wie geht es deinem Vater?«, fragte Gayle Murphy, eine alte Freundin von Kathys Mutter.

»Er ist sehr schwach. Der Arzt staunt, dass er überhaupt noch lebt«, gestand Kathy.

»Stimmt es, dass deine Schwester nach Hause gekommen ist? Ich habe von meiner Cousine gehört, dass Amy wieder in der Stadt ist.«

»Das wollte ich auch fragen«, sagte Donna Meyers. »Mein Jim kam heim und sagte, dass Amy wieder da ist.«

»Sie hat ihren Namen in ›Sunshine‹ geändert«, sagte Renea Stover, als sie sich zu der kleinen Gruppe gesellte. »Und es ist alles wahr. Ich habe sie im Laden getroffen. Sie war so hochnäsig wie immer. Sie hat schon immer gedacht, dass sie besser ist als der Rest von uns.«

Kathy runzelte die Stirn. Sie konnte sich nicht vorstellen, dass Sunny sich irgendjemandem gegenüber hochnäsig verhielt. Sie hatte sich geändert – so wie sie es Kathy gegenüber betont hatte. Ob es eine dauerhafte

Veränderung oder nur vorgespielt war, um Eindruck zu schinden, blieb abzuwarten.

»Was sagt dein Vater dazu?«, fragte Donna und ignorierte ihren halbwüchsigen Sohn, der ungeduldig darauf wartete, dass sie gingen.

»Dad sagt, dass es eine Gebetserhörung ist«, erwiderte Kathy schließlich. »Er hat das Gefühl, dass er jetzt in Frieden sterben kann.«

»Zu schade, dass deine Mutter das nicht auch konnte«, schnappte Mrs. Stover.

»Wir haben unser Bestes für Mom getan«, sagte Kathy in verteidigendem Ton.

Reneas harter Gesichtsausdruck wurde ein klein wenig weicher. »Natürlich hast du das. Armes Ding. Du hast alles getan, was eine gute Tochter tun sollte. Du hast dein Leben für deine Familie geopfert – das ist mächtig selbstlos. Glaube nicht, dass wir nicht wissen, was dich deine Entscheidung gekostet hat. Die Entscheidungen deiner Schwester waren nur auf ihre eigenen Bedürfnisse gegründet – sie hat an niemand anderen gedacht.«

Die Wortwahl fiel Kathy auf, aber sie konnte nichts dazu sagen, denn Mrs. Stover setzte bereits ihre Tirade fort. »Marg war meine liebste Freundin und wir haben viele Stunden über euch Mädchen gesprochen. Sie wusste, dass ihre Jüngste Schwierigkeiten machen würde. Sie hat mir das beinahe jedes Mal gesagt, wenn wir uns getroffen haben.« Renea tätschelte Kathys Arm. Zweifellos wollte sie damit Unterstützung ausdrücken, aber Kathy wollte nur ihren Arm wegreißen und allein gelassen werden.

»Es war grausam von deiner Schwester zu gehen. Es war sogar noch herzloser, niemandem mitzuteilen, dass sie in Sicherheit und am Leben war. Menschen mit einem Gewissen tun so etwas einfach nicht. Wie schwer wäre es wohl gewesen, eine Postkarte an die Familie zu schicken? Sie hat Marg ebenso sehr umgebracht wie ihr Herz.«

Niemand, auch Kathy nicht, schien dieser Aussage widersprechen zu wollen. *Wie könnte ich auch?*, fragte sich Kathy. *Ich habe sehr oft das Gleiche gesagt.* Nur, es von Renea Stover zu hören, ließ es so hartherzig und unversöhnlich klingen. Diese Situation war Kathy ziemlich unangenehm.

»Wo war sie all die Jahre?«, fragte Gayle. Gayle hatte die Zeit seit Moms Tod viel besser überstanden. Kathy wusste, dass der Verlust die Freundin ihrer Mutter schwer getroffen hatte, aber während Renea verbittert und feindselig geworden war, schien Gayle es als Teil des Lebens zu akzeptieren.

»An verschiedenen Orten«, sagte Kathy. »Ich weiß nicht sehr viel, aber sie hatte es ziemlich schwer.«

»Geschieht ihr recht. Gottes Strafe für ihre Bosheit«, warf Renea rasch ein.

»Ich nehme an, manche Leute würden das so sehen«, sagte Kathy.

»Wenn sie schlau sind, sehen sie es so«, sagte Renea. »Gott lässt sich nicht spotten. Er lässt sich keinen solchen Unsinn gefallen. Er hat deine Schwester leiden lassen, damit sie begreift, welches Unrecht sie getan hat.«

»Er hat sie die Folgen ihrer Handlungen erleiden lassen«, stimmte Donna zu.

Kathy war ganz und gar derselben Meinung, aber andererseits – ließ Gott wirklich Menschen den Tod von Kindern und Ehemännern erleiden, um sie an ihren Platz zu verweisen? Sie fand es nicht sehr tröstlich, Gott als jemanden zu betrachten, der einer Mutter ihr Kind nahm, um sie zu bestrafen. Außerdem hatte Mitch den kleinen Gary getötet. Gott würde Mitchs Handeln nicht gutheißen. Trotzdem hatte er es zugelassen. Kathy rieb sich die Schläfe.

»... und darum würde ich sie nicht bleiben lassen«, schloss Renea Stover und holte tief Luft.

Kathy merkte, dass sie nicht viel von dem gehört hatte, was die Frau gesagt hatte. »Tut mir leid. Ich habe Kopfschmerzen. Ich sollte wahrscheinlich nach Hause fahren.«

»Kein Wunder, dass du Kopfschmerzen hast«, sagte Gayle mitfühlend. »Ich weiß nicht, wie du das alles machst. Du hast einen wunderbaren Charakter und ein reines Herz. Deine Motive sind doch offensichtlich. Deine Eltern wären sehr stolz auf dich. Du hast schweigend gelitten und jetzt musst du dich mit den gefühllosen Handlungen deiner Schwester auseinandersetzen. Ich bin Reneas Meinung. Ich würde ihr sagen, dass sie gehen soll.«

»Das ist wirklich nicht meine Entscheidung«, sagte Kathy und hatte immer weniger Lust, über dieses Thema zu sprechen. Sie wusste, dass ihr Herz nicht so wunderbar und rein war, wie die anderen behaupteten. »Es ist Dads Haus und er freut sich, sie wiederzuhaben.«

»Armes Ding.« Renea tätschelte wieder ihren Arm. »Undenkbar, dass du nach allem, was du aufgeben musstest, das jetzt auch noch ertragen musst. Manchmal scheint es keine Gerechtigkeit zu geben.«

»Wirklich, es geht mir gut, aber danke für eure Sorge.« Kathy schob ihre Handtasche von einem Arm unter den anderen. »Ich muss jetzt gehen.«

Die Frauen verabschiedeten sich von ihr und begleiteten sie hinaus.

»Wenn du mal mit jemandem reden musst, Kathy, hast du ja meine Telefonnummer«, rief Renea. »Du schuldest deiner Schwester nichts. Sie hat sich genommen, was ihr nicht gehörte, und hat deiner Familie einen nicht wiedergutzumachenden Schaden zugefügt. Sie verdient deine Freundlichkeit nicht.«

Kathy stieg ins Auto und diese Worte hallten in ihrem Kopf nach. »Nicht wiedergutzumachender Schaden?«, überlegte Kathy, als sie nach Hause fuhr. Sie wusste, dass die Bibel sie aufrief, ihrer Schwester zu vergeben, aber bisher hatte Kathy keinen Weg gefunden, das zu tun. Sie hatte noch so viel Wut und Schmerz, und das aus zwölf Jahren, in sich angestaut, und ebenso viel Verbitterung und Reue hielten diese Gefühle fest.

»Sie hatte ein schlimmes Leben«, überlegte Kathy laut. »Ich hatte Sorgen wegen Moms Tod und Dads Krankheit, aber ich musste nicht das Leben führen, das Sunny durchmachen musste. Ich sollte ihr vergeben, aber das ist so schwer. Ich habe Amy so geliebt, und es war so, als würde sie mir diese Liebe ins Gesicht schleudern.«

Etwas, das der Missionar gesagt hatte, fiel ihr wieder ein. *»Oft strecken wir die Hand nach Menschen aus, die gar nicht erreicht werden wollen. Wir lieben Menschen, die unsere Liebe ablehnen und uns am liebsten ins Gesicht spucken* *würden, doch Jesus bittet uns, weiterhin zu lieben – weiterhin die Hand auszustrecken. Es ist einfach, einen Menschen zu lieben, der uns auch liebt, aber es ist sehr viel schwerer zu lieben, wenn wir von diesem Menschen schlecht behandelt werden.«*

Sylvia hatte gesagt, es käme ihr vor, als hinge Kathys Liebe zu Sunny davon ab, dass Sunny alles so machte, wie Kathy es wollte. Stimmte das? Kathy kämpfte auf dem ganzen Nachhauseweg mit diesem Gedanken.

Sie war überrascht, Dad und Sunny zusammen auf der Veranda sitzen zu sehen. Dad war zweifellos erschöpft. Sunny hätte es besser wissen sollen, als ihn zu so etwas zu ermutigen. Wahrscheinlich war Sunny noch nicht das volle Ausmaß von Dads Krankheit bewusst.

Kathy tauschte nur ungern die frische Kühle ihres Autos gegen die Hitze des Tages ein. Der Wind zerrte an ihrem langen Crinklerock, als sie zur Veranda ging, aber es war heiße, schwere Luft, die nur wenig Erleichterung brachte.

»Was macht ihr hier draußen? Dad, du verausgabst dich noch.«

»Es ist doch nicht für lange«, erwiderte er und klang überraschend klar.

»Sunny, es war wirklich nicht besonders umsichtig, das zu tun.«

»Sunny hat mir nur bei dem geholfen, worum ich sie gebeten hatte«, konterte ihr Vater. »Sie hatte keine Alternative. Ich habe ihr gesagt, dass ich vorhabe, mich auf meine Veranda zu setzen, und wenn sie mitkommen wollte, könnte sie das tun.«

Kathy konnte sehen, dass Sunny unangenehm zwischen den Stühlen saß. »Ich weiß schon, wie das gelaufen ist. Du kannst manchmal eine ganz schöne Nervensäge sein.« Sie lächelte und ging zur Tür. »Ich ziehe mich nur um und dann mache ich Mittagessen.«

»Warte doch noch. Setz dich ein bisschen zu uns«, ermunterte ihr Vater sie.

Kathy holte tief Luft und hielt sie einen Augenblick an. Sie wollte Rücksicht auf ihren Vater und sogar auf Sunny nehmen, aber sie fürchtete sich davor, wo dieses Dreiergespräch hinführen könnte. Wenn Dad versuchte, das Thema Vergebung anzusprechen, wusste Kathy nicht, was sie tun oder sagen würde. Sie wusste, dass er wollte, dass sie und Sunny zwischen sich alles in Ordnung brachten, aber Kathy hatte nicht das

Gefühl, dass sie das schon tun konnte. Dennoch sah sie die Hoffnung in seinen Augen.

»Na gut«, sagte sie wider besseres Wissen. Sie zog einen der Metallstühle heran und setzte sich.

»Ich habe Sunny einige Dinge erklärt«, begann Dad. »Ich dachte, einiges davon solltest du auch hören.«

»Was zum Beispiel?«, fragte Kathy. Argwohn baute sich auf, während sie an alle möglichen Veränderungen dachte, die er vielleicht im Sinn hatte. Veränderungen an Plänen, die längst fertig und in Gang gesetzt waren.

»Nun ja, zum Beispiel habe ich ihr gesagt, dass du und ich uns darum gekümmert haben, Vorkehrungen für die Farm und die Beerdigung zu treffen. Ich wollte, dass Sunny versteht, welche Entscheidungen ich in all den Jahren getroffen habe.«

»Zum Beispiel?« Kathy hatte Angst, irgendetwas zu sagen, und es schien weniger riskant, stattdessen Fragen zu stellen.

»Wie zum Beispiel die Tatsache, dass ich dir die Verantwortung für mein Testament übertragen und dir alles hinterlassen habe.«

Kathy schaute Sunny an, als ob sie ihre Gedanken in dieser Angelegenheit lesen wollte. Sie musste nicht lange spekulieren.

»Das ist nur fair, finde ich«, warf Sunny ein. »In Anbetracht aller Umstände.«

»Hast du ihr gesagt, dass ein großer Teil aus dem Farmverkauf dafür verwendet werden muss, das Darlehen zurückzuzahlen, das du für deine und Moms Arztrechnungen aufgenommen hast?«

»Ja. Ich habe ihr auch gesagt, dass ich denke, du verdienst alles, was übrig ist und noch viel mehr, besonders weil du deinen Treuhandfonds geplündert hast, um die Farm am Laufen zu halten.«

»Es wäre mir lieber gewesen, wenn ihr beide nicht davon wüsstet«, sagte Kathy.

»So etwas kannst du nicht verheimlichen, Kathy«, sagte ihr Vater und schüttelte den Kopf. »Es tut mir leid, dass es so weit gekommen ist, aber ich möchte, dass du eine Wiedergutmachung bekommst, und Sunny sieht das auch so.«

Sunny nickte. Kathy konnte die Anspannung ihrer Schwester spüren. Sie schien sehr besorgt zu sein, dass Kathy ihre Haltung verstand. »Na, solange alle sich einig sind«, sagte Kathy schließlich.

»Schau, ich möchte euch immer noch gern helfen, so gut ich kann«, erklärte Sunny. »Ich bin nicht wegen des Geldes zurückgekommen. Ich bin zurückgekommen, um einen neuen Anfang mit meiner Familie zu machen. Ich möchte helfen, wenn ich kann.«

»Ich denke, du kannst deiner Schwester eine große Hilfe sein«, sagte ihr Vater mit müder Stimme. »Es gibt noch viel zu tun – obwohl wir alle Einzelheiten ausgearbeitet haben.« Er wandte sich Kathy zu. »Ich habe mit Sunny über die Auktion geredet, die wir geplant haben. Aber ich habe eine kleine Bitte. Ich möchte, dass ihr beiden euch die Dinge im Haus anseht und behaltet, was ihr wollt. Behaltet meinetwegen alles. Kathy, ich möchte, dass du dir die Sachen mit Sunny teilst.«

Kathy hatte bisher eigentlich nicht darüber nachgedacht. Ein Teil von ihr wies diese Idee als unfair zurück, aber ein anderer Teil dachte, dass sie mehr als angemessen war. Viele der Dinge hier waren Erinnerungen an ihre Kindheit. Sie bedeuteten Sunny zweifellos ebenso viel wie Kathy. »Klar. Kein Problem«, erwiderte sie.

»Und da ist noch etwas anderes«, sagte ihr Vater.

Kathy erstarrte, während sie darauf wartete, dass er fortfuhr. *Bitte sag nicht, dass ich ihr vergeben soll. Ich habe schon selbst damit zu kämpfen. Gott weiß, dass ich versuche, die Vergangenheit zu verstehen und loszulassen, aber es tut so weh.* Sie saß da und schaute auf den Tisch, um dem Blick ihres Vaters und ihrer Schwester auszuweichen. Hatten sie den ganzen Morgen geplant, wie sie das Thema anschneiden sollten? Hatte Sunny sich mit ihm verschworen, um mit aller Macht eine vorzeitige Versöhnung herbeizuführen?

»Ich möchte, dass Sunny hierbleibt, bis der Verkauf der Farm über die Bühne ist.«

Kathy schaute bei diesen Worten auf. Sie wandte sich zu ihrer Schwester um und wollte sie schon zu diesem Thema befragen, doch Sunny schaute ihren Vater mit einem Gesichtsausdruck an, der verriet, dass sie von dieser neuesten Entwicklung auch nichts gewusst hatte.

Ihr Vater fuhr rasch fort. »Meine Idee ist folgende, Kathy. Sunny wusste nichts davon. Ich weiß nicht, ob Sunny irgendwohin muss. Ich weiß nicht, ob sie Arbeit oder eine Familie hat, zu der sie zurückkehren muss, aber ich denke, es wäre gut für uns alle – besonders für euch beide –, wenn sie hierbleibt, bis ihr umzieht. Du hast gesagt, dass alles gut läuft und dass es nicht mehr lange dauert, bis der Farmverkauf abgeschlossen ist. Ihr beiden könnt diese Zeit nutzen, um einander wieder kennenzulernen und einander über meinen Tod hinwegzuhelfen.«

»Ich denke schon«, sagte Kathy, aber sie war nicht mit dem Herzen dabei. Sie hatte nicht darüber nachgedacht, wie lange Sunny bleiben könnte, aber wohl nicht lange nach Dads Tod. Ihre wahre Angst lag darin, dass die Farm sich nicht verkaufen könnte. Wenn das geschah, wäre sie in Colorado und müsste genug Geld verdienen, um die Hypothek und Nebenkosten bezahlen zu können, oder sich der Tatsache stellen, dass sie die Farm verlor. Es gab immer noch die Möglichkeit, das Haus zu vermieten und Tony weiter das Land bearbeiten zu lassen, aber sie bezweifelte, dass das besonders erfolgreich wäre. Niemand in dieser Gegend konnte sich die Miete leisten, die sie brauchen würde, um ihre Zahlungen zu decken.

»Ich habe nicht mehr lange, Mädchen. Ich weiß es. Ich spüre es jeden Tag mehr. Hier gibt es nichts mehr für mich. Sunny ist nach Hause gekommen. Für Kathy ist gesorgt und ich habe das Gefühl, alles getan zu haben, was ich tun musste. Ich habe keine Angst zu sterben und ich möchte nicht, dass ihr Mädchen Angst habt, mich gehen zu lassen. Ich möchte nicht, dass ihr schwermütig und traurig seid.«

»Aber ich werde dich vermissen«, sagte Kathy zu ihm. »Wir sind in den letzten Jahren so viel zusammen gewesen.«

»Das hätten wir nicht sein sollen«, konterte er und seine Stimme wurde immer schwächer. »Du hättest bei Kyle sein sollen oder wenigstens bei jemandem, der dich trösten könnte, wenn ich nicht mehr da bin.«

»Ich werde für sie da sein«, versprach Sunny.

Kathy fiel es schwer, etwas auf die Worte ihrer Schwester zu geben. Sie hatte vor langer Zeit schon einmal etwas Ähnliches gesagt. Hatte ihr unsterbliche Liebe geschworen – hatte versprochen, immer da zu sein. Das hatte ihr eindeutig nichts bedeutet, warum also sollte es dieses Mal anders sein?

»Dad, du gehörst ins Bett. Ich kann selbst sehen, dass du dich nicht wohlfühlst. Bitte lass mich dich zurückbringen und deine Medikamente holen.«

Er nickte. »Sofern du mir versprichst, dass Sunny bleiben kann. Ihr beiden könnt zusammen ihr Zimmer herrichten, damit sie es sich gemütlich machen kann. Stellt einfach das ganze Zeug in mein altes Zimmer und sortiert es dort.«

»Ich werde mich um alles kümmern«, versprach Kathy. »Sunny kann bleiben, so lange sie möchte.« Sie rang sich ein Lächeln ab, als sie in Sunnys Richtung schaute.

Kathy konnte die Gefühle nicht benennen, die in ihr umgingen, als sie ihrem Vater zurück ins Haus half. Sunny war in die Küche gegangen, um die Medizin zu holen, und Kathy war im Grunde froh darüber. Sie brauchte Zeit, um über alles nachzudenken, was gerade passiert war. Sunshine schien alles so ernst zu sein, was Dad gerade dargelegt hatte. Die Sache mit dem Erbe schien ihr nichts auszumachen, aber das bedeutete nicht, dass sie Dad nicht nur etwas vorspielte.

Aber es wirkt nicht gespielt, dachte Kathy. *Vielleicht meint sie wirklich alles ehrlich, was sie sagt. Vielleicht hat sich ihr Herz wirklich geändert.*

»Danke, Kathy«, murmelte ihr Vater, als sie seine Beine aufs Bett hob. Er war so schwach, dass er das selbst nicht mehr konnte.

»Das ist kein Problem, aber du hättest nicht so lange draußen bleiben sollen«, sagte sie, als sie die Kissen anordnete.

»Ich meine … wegen Sunny. Danke, dass du einverstanden bist, dass sie bleibt.«

»Dad, es ist dein Haus.«

»Aber ich möchte, dass es mehr ist als nur das. Ich möchte, dass du sie bleiben lässt, weil du alles zwischen euch klären möchtest.«

Kathy runzelte die Stirn. »Ich weiß ehrlich nicht, was ich möchte, Dad. Ich versuche das herauszufinden, aber das ist nicht gerade einfach. Dass Sunny zurückgekommen ist, war ein großer Schock. Ich bezweifle, dass ich mehr geschockt gewesen wäre, wenn ich die Tür geöffnet und Mutter auf der anderen Seite vorgefunden hätte.«

Ihr Vater lachte schwach. »Ich wäre noch schockierter gewesen.«

Kathy platzierte gerade das letzte Kissen, als Sunny ins Zimmer kam. »Hier, bitteschön. Ich habe die Medikamente und den Apfelsaft. Ein Festessen, das ist mal sicher.«

»Es gibt hier genügend Pillen, um einen ganzen Kerl satt zu kriegen«, sagte Dad und schloss die Augen. »Ich bin froh, wenn das alles hinter mir liegt.«

Kathy wechselte einen Blick mit ihrer Schwester. Sunnys Augen wurden auf der Stelle feucht vor Tränen. Vielleicht war es schwerer für ihre Schwester, ihren Dad so zu sehen, als Kathy ihr zugebilligt hatte. Immerhin hatte Kathy schon lange Zeit gehabt, sich auf den Tod ihres Vaters vorzubereiten, aber für Sunny war das alles neu.

12

Am späten Sonntagnachmittag begann Kathy, das Chaos in Sunnys altem Zimmer zu beseitigen. Sie kam nicht weit, also stieg sie am nächsten Morgen wieder hinauf, bevor es zu warm wurde. Der Himmel versprach Regen, und Kathy betete, dass er etwas Abkühlung bringen würde, aber sie wusste, dass er nur dazu beitragen würde, die Luft noch schwüler zu machen.

Das meiste von dem Zeug aus Sunnys altem Zimmer war in Kisten. Nachdem Mutter gestorben war, hatte Kathy das Gerümpel, das Sunny hinterlassen hatte, in Kisten verpackt. Mutter hatte das Zimmer wie einen Schrein für ihre jüngere Tochter gelassen, aber Kathy fiel es zu schwer, sich dem Ganzen täglich zu stellen. Sunnys Kindheitserinnerungen einzupacken, hatte Kathy einen gewissen Abschluss gebracht.

Die übrigen Kisten und Möbel waren vom Dachboden. Sie hatte sich schon lange darum kümmern wollen, aber die Zeit war ihr davongelaufen.

»Manches von diesem Zeug ist nicht einmal gut genug, um es zu verschenken«, sagte sie und hielt eine der abgetragenen Blusen hoch, die ihre Mutter wahrscheinlich mehr als dreißig Jahre besessen hatte. Sie beschloss in jenem Augenblick, dass ihr Vater eine gute Idee gehabt hatte. Einfach alles ausräumen – es in sein und Mutters altes Zimmer bringen und es dort sortieren. Im großen Schlafzimmer war nicht nur mehr Platz, sondern es würde auf diese Weise auch nicht so lange dauern, Sunny in ihrem alten Zimmer unterzubringen.

Kathy verbrachte die nächste halbe Stunde damit, Kiste um Kiste in das alte Zimmer ihrer Eltern zu räumen. Bis auf einige nicht zusammenpassende Möbelstücke hatte sie alles weggebracht, als ihr bewusst wurde, dass sie keine Ahnung hatte, wo Sunny war. Es wäre schön gewesen, wenn sie geholfen hätte. Das Haus war so ruhig, dass Kathy sich sicher war, dass ihre Schwester sich wohl hinausgeschlichen hatte. Kathy warf einen Blick auf die Uhr und wusste, dass ihr Dad vermutlich tief und fest schlief.

Die Möbel waren nicht so schwer zu bewegen – es war hauptsächlich

Kleinkram, unhandlich, aber nicht schwer. Als alles fertig war, stand Kathy in der Tür des Raumes, den sie immer als Sperrbezirk betrachtet hatte, besonders als Kind, und fühlte sich etwas melancholisch. Das Zimmer ihrer Eltern war immer ein sehr privater Ort gewesen, doch gleichzeitig kannte Kathy es als Zufluchtsort, als sie noch klein waren. Viele schlechte Träume hatten sich aufgelöst, wenn sie ans Bett ihrer Mutter gegangen waren.

Die alte Tapete hatte schon bessere Tage gesehen. Kathy erinnerte sich noch, wie Mom den Raum renoviert hatte. Sie und Amy waren zur Grundschule gegangen, und als sie zurückkamen, klebte Mom gerade den letzten Streifen an. Sie war so stolz auf ihre Arbeit und wies darauf hin, wie sorgfältig sie das Blumenmuster aneinandergesetzt hatte.

Ihre Möbel, die jetzt in Kisten versteckt waren, bestanden größtenteils aus nicht zusammenpassenden Stücken, die in der Familie weitergereicht worden waren. Sie hatten das Bett geerbt, als Kathys Urgroßmutter gestorben war, und Tante Glynnis hatte die große Kommode bei ihrem Bruder gelassen, als sie von Kansas nach Colorado gezogen war.

Es gab noch andere Stücke – ebenso unscheinbar und unmodern wie das Bett und die Kommode –, aber sie sollten bald in einer Auktion versteigert werden. Bevor sie sich's versah, würde das Haus aus nichts weiter als leeren Zimmern und Erinnerungen bestehen.

Kathy versuchte, nicht traurig über die Veränderungen zu sein. Sie glaubte fest daran, dass Gott einen Plan bei all dem hatte, auch wenn es ihr schwergefallen war, sich seit Sunnys Ankunft daran zu erinnern. Kathy schloss die Tür hinter sich und entschied, dass es Zeit war, Sunny zu suchen und ihr die Neuigkeiten mitzuteilen. Ihr Zimmer war beinahe bezugsfertig.

Kathy fragte sich, ob es Sunny gefallen würde, wieder in ihrem alten Zimmer zu sein. Sie wusste, dass es sauber gemacht werden müsste, aber dabei konnte Sunny ihr wohl helfen. Immerhin hatte sie ihre Hilfe angeboten, seit sie auf der Farm angekommen war.

Unten war alles vollkommen still. Kathy schaute nach Dad, bevor sie sich auf die Suche nach Sunny machte. Sie spähte nur ins Zimmer, um ihn nicht zu stören, und konnte sehen, dass er offenbar friedlich schlief.

Die Suche im Wohnzimmer und der Küche erwies sich als vergeblich, aber Kathy sah durch das Küchenfenster eine Bewegung und beschloss, im Hof nachzusehen. Vielleicht war Sunny hinausgegangen.

Kathy ging zur Hintertür hinaus und schaute sich um. Sie runzelte die Stirn, als sie feststellte, dass der Hof leer war. Allerdings stand die Scheunentür offen. Vielleicht war Sunny dort. Kathy ging hin, um nachzusehen, aber wieder fand sie den Ort leer vor. Dann hörte sie Stimmen. War jemand auf die Farm gekommen?

Das Gespräch hörte sich allerdings sehr einseitig an. Als Kathy den Weg zurück und auf die andere Seite der Scheune ging, wurde ihr klar, dass nur ihre Schwester dort war. Ihre Worte waren bittend an Gott gerichtet und keinen anderen.

»Ich brauche Hilfe, Herr. Ich kann das nicht ohne dich. Manchmal ist es so einsam und so schwierig. Ich möchte Geduld haben, aber ich möchte auch, dass das alles in Ordnung kommt. Ich weiß, ich habe eigentlich nicht das Recht zu erwarten, dass sich alles klärt – nichts in meinem Leben hat mich sehr weit gebracht, außer dich kennenzulernen –, aber bitte hör mich an. Bitte hör auf, mir Probleme zu schicken, und schenk mir bitte stattdessen ein paar Lösungen.«

Kathy biss sich auf die Unterlippe. Sie war ein Teil der Probleme, von denen Sunny sprach – nicht Teil der Lösungen. Dieser Gedanke bekümmerte sie wirklich. Ihr ganzes Leben lang hatte sie eine Hilfe für andere Menschen sein wollen – hatte Antworten bieten und Probleme lösen wollen. Aber ganz sicher trug sie im Leben ihrer Schwester in keiner Weise dazu bei.

Sie räusperte sich und ging um die Scheune herum. Dabei hoffte sie, dass ihre Schwester sie kommen hören und nicht bemerken würde, dass sie gelauscht hatte.

»Ach, hallo.« Kathy bemerkte, dass Sunny eine kleine Pflanzschaufel in der Hand hatte und vor einem von Mutters geliebten Rosenstöcken kniete.

»Ich hoffe, es macht dir nichts aus«, sagte Sunny und schaute zu ihr auf wie ein Kind, das dabei ertappt worden war, dass es sich aus dem Bett geschlichen hatte.

»Überhaupt nicht. Ich wollte schon Ewigkeiten mal hier rauskommen.«

»Die Rosen sind so hübsch. Schneidest du manchmal welche für den Tisch ab?«

Kathy bemerkte die Fülle an gelben Teerosen. »Ich finde, das ist eine wunderbare Idee. In der Küchenschublade liegt eine Schere dafür.«

»Ich hole sie gleich. Ich kann kaum glauben, dass sie so voll geworden sind. Du hast sie gut gepflegt. Ich dachte immer, sie würden nur für Mom wachsen.«

»Das habe ich in den ersten Jahren, als sie nicht mehr da war, auch gedacht. Sie haben wohl wirklich gelitten. Ich habe mich über Rosenpflege schlaugemacht und sogar mit einigen von Moms Freundinnen geredet. Am Ende haben sie doch wieder ausgeschlagen.«

»Was wirst du jetzt mit ihnen machen? Ich meine, wegen des Verkaufs und allem.«

»Ich dachte, ich nehme wenigstens einen oder zwei mit nach Colorado. Ich hoffe, dass ich mir dort ein eigenes Haus kaufen werde, wo ich sie hinpflanzen kann. Natürlich sollte ich mir wahrscheinlich zuerst eine Arbeit suchen. Onkel Will sagt, dass er mich in der Pharmafirma unterbringen kann, aber ich weiß nicht.« Ihre Stimme verlor sich. Das Letzte, was sie jetzt brauchte, war, mit Sunny in ein Gespräch über Kyle zu rutschen. Doch in Wahrheit würde wahrscheinlich Kyle darüber bestimmen, ob Kathy für *Jackson Pharmaceuticals* arbeiten konnte.

»Ich finde, sie umzupflanzen ist eine gute Idee«, sagte Sunny recht wehmütig.

»Ich könnte auch ein paar für dich ausgraben. Wenn du einen Platz für sie hast.« Sunny wandte rasch den Blick ab und Kathy fragte sich, was in ihr vorging. Bei allen Geschichten, die Sunny erzählt hatte, hatte sie noch nicht allzu viel über ihre gegenwärtigen Lebensumstände gesagt.

»Ich wollte dich schon die ganze Zeit fragen, wo du jetzt wohnst«, sagte Kathy, als sie sah, wie Sunny immer unruhiger wurde. »Hast du jemanden, der auf dich wartet? Hast du wieder geheiratet und eine Familie gegründet? Wir haben nicht viel über das geredet, was du hinter dir gelassen hast.«

»Ich möchte lieber nicht darüber sprechen.«

Kathy konnte sich nicht vorstellen, dass das nach all dem anderen, was Sunny erzählt hatte, noch ein Problem sein sollte. »Warum nicht? Habe ich kein Recht, es zu erfahren?« In dem Augenblick, als sie es sagte, wusste Kathy, dass es dumm war.

»Habe ich kein Recht zu wissen, was mit dem Verkauf der Farm ist?«

»Das ist etwas anderes«, sagte Kathy. »Du hast keinen Grund, mir zu misstrauen.«

Sunny stand auf. »Darum geht es also? Vertrauen? Na schön. Vielleicht denkst du, ich sollte dir vertrauen, aber das tue ich nicht. Nicht aus tiefstem Herzen.« Sie stapfte ohne ein weiteres Wort davon und ließ Kathy fassungslos zurück.

Sunny hatte nicht vor Kathys Fragen weglaufen wollen, aber im Augenblick waren sie einfach zu schwierig. Kathy musste verstehen, dass sie nicht so einfach Antworten verlangen und sie auch noch bekommen konnte. Sunny spürte, dass ihr Herz in einem Takt schlug, der sich mit jedem Schritt, den sie ging, zu beschleunigen schien.

Sie fuhr nach Slocum und ihr wurde klar, dass sie Kathy würde antworten müssen, wenn sie nach Hause kam. Es war unhöflich und egoistisch, sich so zu verhalten, wie sie es getan hatte, aber gerade entglitten ihr Geduld und Zeit. In Kalifornien wartete tatsächlich etwas auf sie, aber im Moment wollte sie es einfach vergessen.

Ohne es wirklich zu wollen, landete Sunny vor Debbies Haus. Das alte viktorianische dreigeschossige Gebäude war restauriert worden und hatte seinen alten Charme wiedergewonnen. Es schien alle anderen Häuser in der Nachbarschaft zu überstrahlen.

Sunny blieb eine Weile im Auto sitzen und dachte darüber nach, wie anders ihr Leben vielleicht verlaufen wäre, wäre sie in Slocum geblieben. Sie und Debbie wären vielleicht Nachbarn geworden. Vielleicht hätten sie Treffen zwischen ihren Familien geplant und Geburtstage und Hochzeitstage zusammen gefeiert. Traurigkeit überflutete sie und sie stieß einen Seufzer aus.

»Warum dachte ich, es wäre da draußen viel einfacher – viel besser –, weit weg von zu Hause? Warum konnte ich nicht selbst erkennen, wie die Realität aussah – schon damals?«

Sie nahm an, ein Teil von ihr hatte gewusst, dass es keinen idealen Ort oder Menschen gab. Tief in ihrem Herzen wusste Sunny aber, dass die alte Amy überzeugt gewesen war, dass sie, wenn sie auch nicht das »Ideal« finden konnte, doch fest entschlossen war, das »Ziemlich gut« zu suchen – aber nicht in Slocum.

Der Gedanke, dass sie ihr Leben vergeudet hatte, war etwas, das Sunny verfolgte. Sie war verheiratet und schwanger gewesen, war misshandelt und vernachlässigt worden. Sie hatte einen kleinen Vorgeschmack auf Ruhm und Wohlstand bekommen, ebenso wie auf wahre Liebe.

»Und jetzt sitze ich hier, wieder in Slocum«, murmelte sie und schüttelte den Kopf. Es schien, als gäbe es etwas, das Gott ihr beibringen wollte und das einfach nicht durchdrang.

Sie stieg aus und stieg die Treppe zu der wunderschönen weiß getünchten Veranda hinauf. Mehrere Stühle standen um einige kleine Tische auf der Veranda und Spielzeug lag auf dem Boden verstreut. Offenbar war das ein Treffpunkt für die Familie. Sunny lächelte bei diesem Gedanken und stellte sich vor, wie alle hier saßen und den Feierabend genossen.

»Ich dachte doch, ich hätte gehört, dass ein Auto hält«, sagte Debbie und öffnete die Tür. »Ich freue mich sehr, dass du mich besuchen kommst.«

»Es ist mir unangenehm, einfach so reinzuplatzen«, gestand Sunny. Ihr gefiel die unkomplizierte Art, wie Debbie ihr Haar frisiert hatte: Sie hatte es einfach zu einem Pferdeschwanz zusammengebunden, aber um es ein bisschen aufzupeppen, hatte sie auf jeder Seite eine Strassspange hineingesteckt. Sie trug kein Make-up, aber das natürliche Strahlen ihres Gesichtes war perfekt.

»Niemand macht sich hier die Mühe, sich vorher anzumelden. Jeder gehört irgendwie jedem. Du weißt sicher noch, wie das war.«

Sunny nickte. »Das war zum Teil ein Grund, warum ich gegangen bin.«

Debbie lächelte. »Ich erinnere mich an deine Liste von Beschwerden über Slocum, Kansas. Hey, möchtest du reinkommen oder draußen sitzen? Wir verbringen viel Zeit hier draußen.«

»Das habe ich mir gedacht. Es sieht sehr gemütlich aus.«

»Ist es auch. Setzen wir uns doch erst mal hier hin und dann zeige ich dir das Haus.«

»Wo sind deine Jungs?«

»In Hays bei Martys Familie. Es ist irgendwie schön, Zeit für mich zu haben. Ich habe gerade eines der oberen Zimmer fertig gestrichen.«

Sunny setzte sich auf einen der Stühle und ließ sich in die bequemen, dicken Kissen sinken. Debbie zog ihren Stuhl ein bisschen näher heran und setzte sich. Am Ende der Straße sprengte ein Mann, den Sunny nicht erkannte, seinen Rasen, aber abgesehen davon war es in der Nachbarschaft recht ruhig.

»Ist es hier immer so?«, fragte sie. »So ruhig und entspannend?«

»Meistens. Einige der Damen aus der Nachbarschaft sind in der Kirche zu einem ihrer regelmäßigen Treffen. Sie stellen wahrscheinlich gerade die Pläne für die Feier zum Nationalfeiertag am vierten Juli fertig. Normalerweise gibt es ein großes Picknick, zu dem jeder etwas zu essen mitbringt, und dann gibt es ein Feuerwerk. Das macht immer Spaß. Ich hoffe, du kannst kommen.«

»Kaum zu glauben, dass der vierte Juli schon so bald ist. Es kommt mir so vor, als hätten wir erst gestern Silvester gefeiert.«

»Ich habe auch schon festgestellt, dass die Zeit heutzutage schneller vergeht«, stimmte Debbie ihr zu.

»Also, du hast mir erzählt, wie es Marty und dir geht. Wohin hat es denn alle anderen verschlagen?« In der Abschlussklasse der ländlichen Schule waren nur zwölf Jugendliche gewesen und die meisten von ihnen hatten sich sehr nahegestanden. Sunny hatte so ein Gefühl, dass das auf die anderen immer noch zutraf.

»Tja, schauen wir mal. Ruddy ist in der Armee gelandet und ich habe den Kontakt zu ihm verloren. Seine Familie ist wieder Richtung Osten gezogen, nachdem die Eisenbahnlinie stillgelegt wurde. Die Gruber-Zwillinge sind ans College gegangen und nicht zurückgekommen.«

Debbie biss sich auf die Unterlippe und schaute an die Decke. »Hmm.« Einen Augenblick lang schien sie überfragt zu sein. »Ich weiß, dass Kate und Jean nach Topeka gezogen sind. Sie waren immer unzertrennliche Freundinnen. Beide sind jetzt verheiratet und haben Kinder, aber ich weiß nicht mehr wie viele und welchen Geschlechts.« Sie lachte. »Ich habe schon lange nicht mehr versucht, mich daran zu erinnern, wo alle hin sind.«

»Ich hätte gedacht, dass die meisten hiergeblieben sind«, sagte Sunny. Debbie hatte schon über die Hälfte der Klasse aufgezählt, und nur sie und Marty waren noch hier.

»Na ja, Christopher ist geblieben. Er wohnt hier mit seiner Frau und den Kindern. Er hat Cara Lewis geheiratet. Sie war zwei Klassen unter uns – weißt du noch?«

»Ja. Eine Sandkastenliebe. So eine Romanze kann ich mir für mich gar nicht vorstellen.«

Debbie zupfte an einer Faser am Kissen. »Sie wirken noch immer sehr verliebt. Sie haben sechs Kinder und eine hübsche Farm im Norden der Stadt. Die alte Carlson-Farm.«

Sunny waren all die alten Bezeichnungen vertraut. Seltsam, wie die Kindheitserinnerungen und -informationen so tief in ihre Erinnerung eingeprägt waren. »Ich habe diese Farm immer geliebt. Sie war so gut geführt.«

»Ich auch.« Debbie schaukelte einen Augenblick lang mit ihrem Stuhl. »Ach, wusstest du, dass Linda Marshall gestorben ist? Es war ein Autounfall mit einem Zug in der Nähe von Lindsborg.«

»Nein, das wusste ich nicht.« Sunny dachte an die ewig glückliche Linda. »Das ist traurig.«

»Ja, das war es wirklich. Sie hatte gerade eine Stelle als Lehrerin am College dort bekommen. Ich habe sie getroffen, noch ein paar Tage, bevor sie ums Leben kam. Sie sagte mir, dass sie nie glücklicher gewesen wäre. Dass sie das Gefühl hätte, das Leben würde jetzt gerade erst richtig beginnen. Stattdessen ging es zu Ende. Das hat mich ehrlich darüber nachdenken lassen, wie zerbrechlich das Leben ist.«

Sunny nickte. »Diese Lektion musste ich auch lernen. Wenn du jung bist, denkst du, dass du ewig lebst und dass nichts jemals wirklich so schlimm sein kann. Junge, ich lag so falsch.«

Debbie schaute sie seltsam an. »Wie das?«

Sunny erstarrte. »Das ist nicht wichtig. Es gab nur einige scheußliche Schlaglöcher auf dem Weg. Also, wer ist noch übrig?« In Gedanken zählte sie durch. »Was ist aus Jasmine und Rachel geworden?«

»Rachel ist noch hier. Sie hat Barry Sutton geheiratet und sich von ihm scheiden lassen. Er ist, glaube ich, nach Alaska gezogen. Sie ist mit den beiden Kindern hiergeblieben und lebt bei ihrer Mutter. Ihr Vater ist letzten Winter gestorben. Jasmine ist nach Kalifornien gezogen, als du gegangen bist.«

»Ja, wir wollten alle zusammen gehen, mit ihrer Schwester und ein paar Freunden ihrer Schwester. Stattdessen beschloss ich, in Las Vegas zu bleiben. Ich habe sie in Kalifornien wiedergetroffen, aber ich habe aus den Augen verloren, wohin sie danach gegangen ist.«

»Tja, und das waren alle. Es sind nicht allzu viele geblieben, und nur ein paar sind zum zehnjährigen Klassentreffen aufgekreuzt. Ich schätze, so läuft das eben. Die Stadt stirbt aus. Manche sagen, wenn Hays groß genug wird, könnte Slocum als Trabantensiedlung wieder aufblühen.«

»Ist das wahrscheinlich?«

Debbie zuckte die Schultern. »Ich schätze, es ist so wahrscheinlich wie alles andere. Hays ist sehr viel größer geworden, seit wir Kinder waren, sodass ich glaube, dass es möglich ist.«

»Das ist mir auch aufgefallen«, erwiderte Sunny. »Ich war erst vor ein paar Tagen dort.«

»Und was ist mit dir? Hast du geheiratet und Kinder bekommen? Wo ist deine Familie?«

Sunny fand sich in dem gleichen Thema wieder, dem sie Kathy gegenüber ausgewichen war. »Ich habe geheiratet und Kinder bekommen, aber ich möchte im Moment lieber nicht darüber reden. Tut mir leid.«

»Kein Problem.« Debbie stand auf. »Komm, ich zeig dir das Haus. Der Hinterhof ist wirklich unglaublich. Meine Schwiegermutter war eine meisterhafte Gärtnerin, wie du vielleicht noch weißt. Sie hat fantastische Arrangements von Blumen und Sträuchern angepflanzt.«

Sunny war dankbar für Debbies Fähigkeit, das Thema fallen zu lassen. Die meisten Leute hätten sie zum Reden ermuntert oder nach Antworten gestochert. Debbie schien zufrieden damit zu sein, es einfach dabei bewenden zu lassen. Vielleicht hatte Sunny deswegen Debbie schon immer gemocht.

Kathy legte gerade die letzten Kleidungsstücke ihrer Mutter zusammen, als sie hörte, wie ein Auto in der Einfahrt hielt. Es war beinahe Zeit fürs Abendessen und sie nahm an, dass es Sunny war. Einige Minuten später bestätigte sich ihre Vermutung, als ihre Schwester mit einer großen braunen Papiertüte durch die Tür kam.

»Ich habe uns chinesisches Essen mitgebracht. Ich hoffe, du magst das noch.«

Kathy nickte überrascht. »Du bist den ganzen Weg nach Hays gefahren?«

Sunny lächelte verlegen. »Ich dachte, ich schulde dir eine Entschuldigung, und ich dachte, die wird mit einer Gabe aus Cashew-Hühnchen und Krabben-Wantans besser aufgenommen.«

Kathy lachte, sich selbst zum Trotz. »Natürlich. Das macht es immer leichter.« Sie stand auf und ging zur Küche voraus. »Ich hole Teller.«

Sunny stellte die Tüte auf den Küchentisch. »Es tut mir leid, wie ich mich benommen habe. Ich werde über alles mit dir reden, aber gib mir einfach ein bisschen Zeit. Bitte.«

Kathy drehte die Teller in der Hand. Sie konnte ehrlichen Kummer in den Augen ihrer Schwester sehen. »Ich hab's nicht eilig.« Sie verspürte eine Zärtlichkeit für Sunny, die sie seit der Rückkehr ihrer Schwester noch nicht empfunden hatte. Es war seltsam, wie ihre Gefühle sich nach und nach zu verändern schienen. Irgendwie war es so, wie wenn ihr die Füße einschliefen, wenn sie lange Zeit mit überschlagenen Beinen dagesessen hatte. Erst war alles taub und tot. Dann, wenn das Blut wieder einströmte, prickelte es – tat sogar weh. Doch nach und nach kehrte das

Gefühl zurück. So kam ihr das alles vor. Vielleicht wollte sie wirklich, dass die Gefühle wiederkamen.

»Ich bin am Verhungern«, sagte Kathy schließlich und stellte die Teller auf den Tisch. »Ich habe die Zeit vergessen.«

»Was hast du gemacht?«, fragte Sunny, während sie begann, das Essen aus der Tüte zu holen.

»Ich habe Moms alte Sachen alle eingepackt. Wir können sie in die Kleidersammlung oder an die Heilsarmee in Hays geben. Ich habe auch ein paar von Dads Sachen eingepackt. Er möchte in seinem Overall begraben werden – so, wie er den größten Teil seines Lebens verbracht hat.«

»Ich glaube, so sollte es auch sein. Und mit einer Baseballkappe auf dem Kopf.«

Kathy lächelte. »Er hat sie schon rausgesucht.«

Sunny lachte. »Warum überrascht mich das nicht?«

Es war beinahe wie in den alten Zeiten, bevor Amy streitsüchtig und egoistisch geworden war. Kathy beschloss, die Flucht nach vorne anzutreten. »Du kannst ebenso gut jetzt erfahren, was los ist«, begann sie. »Ich habe Dad letztes Jahr angefleht, die Farm zum Verkauf anzubieten. Die Verkäufe liefen hier in der Gegend gut und die Farmen waren erstaunlicherweise begehrt. Bei den niedrigen Zinssätzen schienen alle sich etwas Größeres, Besseres leisten zu können, verstehst du?«

Sunny nickte. »Ich erinnere mich … wir haben ein Haus gekauft.« Sie schaute zu Kathy auf. »Ich erzähle es dir gleich. Sprich weiter.«

»Tja, Dad wollte nicht umziehen. Er nahm an, er hätte den Krebs besiegt und würde wieder zu Kräften kommen. Die Ärzte sagten ihm, die Wahrscheinlichkeit, dass der Krebs wiederkäme, läge bei fünfzig Prozent, aber Dad wollte optimistisch sein. Also haben wir, statt zu verkaufen, eine Umschuldung vorgenommen und eine höhere Hypothek auf die Farm aufgenommen. Das einzige Problem war, dass die Ernte schlecht und das Geld ziemlich schnell alle war. Eines führte zum anderen und ich fing an, meinen Treuhandfonds anzuzapfen, um die Rechnungen zu bezahlen. Dann bekamen wir vom Arzt die Nachrichten wegen Dads Krankheit und ich erkannte, dass es nicht besser werden würde. Dad auch.«

»Also ließ er dich die Farm zum Verkauf freigeben?«

»Am Ende, ja. Aber es war zu spät, um von dem Boom vom Herbst zu profitieren. Als wir es endlich gelistet hatten, standen auch verschiedene andere Farmen in der Gegend zum Verkauf, also hatten die Leute die Wahl.«

»Und was passiert jetzt?«

Kathy versuchte nicht zu verbergen, wie entmutigt sie war. »Nichts. Niemand hat besonders viel Interesse gezeigt. Wir werden in Kansas City und in anderen Orten annoncieren, aber langsam denke ich, dass ein Wunder nötig ist, um die Farm schnell zu verkaufen.«

Sunny wurde nachdenklich. Sie schien die Frage mehrere Minuten lang zu überdenken, bevor sie endlich etwas sagte. »Ich möchte helfen. Ich weiß, dass du die Sachen für die Auktion sortieren musst. Ich kann dir helfen, wenn du mir nur sagst, was zu tun ist.«

»Na ja, ich habe den ganzen Kram aus deinem Zimmer und in Moms und Dads altes Zimmer geräumt. Wir können später anfangen, es zu sichten.«

»Du hast mein Zimmer ausgeräumt? Ich hätte dir doch geholfen. Es tut mir leid. Ich habe mich heute bei Debbie festgequatscht und dann hatte ich mich auch schon entschlossen, nach Hays zu fahren und das Essen zu holen. Wenn ich gewusst hätte …«

»Ist nicht schlimm. Es war keine große Angelegenheit. Ich habe nur alles rausgeräumt. Es muss noch ein bisschen auf Vordermann gebracht werden – man müsste mal staubwischen und fegen – aber das Bett ist frisch bezogen. Und du musst deine Koffer raufbringen. Dafür hatte ich keine Zeit.«

»Das hätte ich auch nicht erwartet. Kathy, danke. Ich weiß das zu schätzen.«

Kathy löffelte Reis auf ihren Teller. Es war gut, mit Sunny Frieden zu halten. Wenigstens für ein Weilchen.

Sie wusste, dass ihre Probleme noch alles andere als gelöst waren, aber in ihrem Herzen tat sich etwas.

Vielleicht konnte sie mit der Zeit lernen, ihrer Schwester den Schmerz der Vergangenheit zu vergeben.

13

»Tante Glynnis! Onkel Will! Ich bin ja so froh, dass ihr hier seid.« Kathy umarmte beide und schob sich dann mit Tränen in den Augen zurück. »Ich weiß nicht, wie viel Zeit Dad noch hat. Seit Tagen will er nicht mehr aufstehen und er isst nichts. Er hat schlimme Schmerzen, aber er will nicht viele Schmerzmittel nehmen, damit er bei klarem Verstand bleibt.«

»Na, darüber werde ich mit ihm reden«, sagte Glynnis, ganz die große Schwester. »Er war schon immer sturer, als gut für ihn ist.«

Glynnis war eine schöne Frau. Sie hatte den Jahren getrotzt, indem sie gut auf sich geachtet und richtig gelebt hatte. Makellos gekleidet in einen lässigen Hosenanzug aus Leinen, hatte sie gerade das richtige Maß an Make-up und Schmuck gefunden, um elegant, aber nicht protzig zu wirken. Kathy hatte Glynnis und die Art, wie sie sich präsentierte, schon immer bewundert.

Onkel Will andererseits war mehr der Farmjunge aus Kansas als das Pharmagenie. Er hatte eine Ausbildung gemacht und war schon in recht jungen Jahren Apotheker in Hays geworden. Dort hatte er mehrere Jahre gearbeitet, bis er wegen seines zunehmenden Interesses an Medikamentenforschung zu *Jackson Pharmaceuticals* gegangen war. Eines Sommers, als Will und Glynnis zu Besuch auf der Farm waren, war sein Interesse auf Kyle übergesprungen und hatte seine Begeisterung für die pharmazeutische Industrie geweckt.

Kathy führte sie den Flur entlang. »Meistens schläft er, aber er besteht darauf, dass wir so oft wie möglich zu ihm kommen und mit ihm reden. Ich habe ihm gesagt, dass ich ihn so ungern wecke, aber er antwortet immer, dass wir später keine Zeit mehr zum Reden haben, und ich weiß, dass er recht hat.«

Glynnis tätschelte ihren Arm. »Du tust dein Bestes für ihn. Ihn zu Hause sterben zu lassen, wie er es möchte, ist ein großer Segen.« Sie schaute sich um, als sie vor dem Familienzimmer stehen blieben. »Wo ist Sunny?«

Kathy hatte vergessen, es ihnen zu sagen. »Sie ist in die Stadt gefahren. Eine ihrer Freundinnen hat sie eingeladen. Wir wussten nicht genau, wann ihr ankommen würdet, also dachte sie, sie könnte ebenso gut fahren.«

»Natürlich, das war richtig. Wir haben heute Abend noch genug Zeit zum Reden. Wie geht es denn mit ihr?«

Kathy zuckte die Schultern. Sie konnte die Besorgnis im Gesichtsausdruck ihrer Tante und ihres Onkels sehen. »Ich glaube, es geht besser. Ich bin nicht mehr die ganze Zeit so feindselig. Ich habe angefangen, ihr mehr zuzuhören.«

Glynnis lächelte. »Gott zeigt uns schon das, was wir sehen sollen.«

»Wir können weiterreden, wenn ihr bei Dad wart.«

»Gut. In Ordnung.«

»Ich mache uns auch schon mal Mittagessen. Wir haben dieses Jahr schon Tomaten. Wie wär's mit Sandwiches?«

»Mmh!«, erwiderte Onkel Will begeistert. »Ich glaube, ich könnte ein paar davon verdrücken.«

»Gern doch«, sagte Kathy. »Und du?«, fragte sie und wandte sich wieder ihrer Tante zu.

»Eins sollte mir reichen. Wenn ich nicht aufpasse, werde ich so dick wie er.«

Kathy lachte und öffnete die Tür zum Familienzimmer. »Dad, schau mal, wer hier ist.«

Er öffnete die Augen und lächelte, als er den Besuch erkannte. »Du bist gekommen, um mich rumzukommandieren, hm?« Seine Stimme war rau und schwach.

»Jemand muss es doch machen«, sagte Glynnis und ging zu ihm. »Schau dich nur an. Liegst rum und tust nichts.« Sie beugte sich vor und küsste ihn auf die Stirn. »So störrisch wie eh und je.«

»Nicht mehr lange.« Er schaute seiner Schwester in die Augen und Kathy konnte sehen, dass er ihr zu sagen versuchte, dass das Ende nah war.

Glynnis nickte und drückte seine Hand. »Ich weiß.« Sie nahm auf dem Stuhl neben seinem Bett Platz und Onkel Will zog sich auch einen Stuhl heran.

»Sieht so aus, als würden die Mädchen sich gut um dich kümmern«, sagte Will.

Dad lebte bei dieser Bemerkung auf. »Ja, das tun sie. Hat Kathy euch von Sunny erzählt?«

»Aber sicher«, antwortete Glynnis, während Will nickte. »Was für ein Segen für dich.«

Kathy ging zur Tür. Sie dachte, es täte ihnen gut, wenn sie miteinander reden konnten. Vielleicht wollte Dad seiner Schwester Dinge sagen, die seine Kinder eher nicht erfahren sollten.

»Ich glaube, ich habe nichts jemals so sehr gewollt, wie das Mädchen wiederzusehen«, sagte Dad gerade, als Kathy die Tür erreichte.

Sie verspürte einen Stich von Eifersucht. Noch immer konnte sie nicht verstehen, wie er so etwas sagen konnte. Sunny hatte ihn verletzt – und Mom zerstört. Wie konnte er immer noch so für sie empfinden? Er spielte ihr nichts vor und schützte sein Herz auch nicht. Er gab Sunny seine Liebe so freimütig, als hätte sie ihn nie enttäuscht oder ihm Kummer bereitet.

»Wie ist sie denn jetzt, Gary?«

»In ihren guten Eigenschaften ist sie die alte Amy – selbst wenn sie ihren Namen geändert hat.«

»Was uns Rose heißt, wie es auch hieße …«, zitierte Will mit einem leisen Lachen aus *Romeo und Julia*.

»Genau. Sie hatte ein hartes Leben, aber ihre alte liebe Art und ihr Charakter kommen wieder durch.«

Kathy dachte darüber nach, als sie in den Flur trat. Dad sagte, dass Amy in ihren guten Eigenschaften immer noch die Gleiche war, aber Kathy konnte das nicht erkennen. »Vielleicht, weil ich es nicht erkennen will«, tadelte sie sich.

Auf dem Weg zur Küche merkte Kathy, dass sie ein Gefühl der Erleichterung verspürte, dass ihre Tante und ihr Onkel da waren. Ihre Tante hatte sie nach dem Tod ihrer Mom sehr unterstützt. Obwohl sie in Colorado Springs wohnte, war sie gelegentlich hergekommen, um Kathy Gesellschaft zu leisten. Kathy hatte sich immer gedacht, dass es mehr um ihres Vaters als um ihretwillen war, aber Glynnis im Haus zu haben, hatte Wunder gewirkt. Glynnis war nicht bereit gewesen, Kathy oder ihren Vater in Kummer und Verzweiflung versinken zu lassen. Sie hatte

Kathy oft gesagt, dass eine Familie genau dazu da war. Sunny hatte versprochen, für Kathy da zu sein, aber damals waren sie Kinder gewesen. Konnte man ihr jetzt glauben oder vertrauen?

Kathy schnitt zwei große, saftige Tomaten in Scheiben. Das Aroma machte sie nur noch hungriger. Der Schinken briet friedlich auf dem Herd vor sich hin, während Kathy alle anderen Zutaten vorbereitete. Die Sandwiches waren fertig zum Zusammenklappen, als Glynnis und Will in die Küche kamen. Sie setzten sich an den Tisch und griffen gleichzeitig nach dem Eistee. Glynnis nahm einen großen Schluck und schaute dann Kathy an.

»Er ist schon mehr dort als hier, nicht?«

Kathy brachte eine Schüssel Kartoffelsalat zum Tisch und nickte. »Ich glaube, das Ende wird sehr bald kommen. Aber das denke ich schon seit Anfang Juni, und die Tage verfliegen einfach so und er hält weiter durch.«

»Er ist so rasch verfallen«, bemerkte Will. »Ich hätte nicht gedacht, dass es ihm so schlecht geht.«

»Als wir im Mai beim Arzt waren und uns klar wurde, dass man nichts mehr tun konnte, hat er aufgehört zu kämpfen. Ich kann nicht sagen, dass ich ihm einen Vorwurf daraus mache. Wir haben auf dem Heimweg von Hays darüber gesprochen. Er wollte sogar, dass wir einen Abstecher zum Friedhof machen, damit er Moms Grab besuchen konnte. Die ganze Zeit hat er über seine eigene Beerdigung gesprochen. Hat mir gesagt, wie er sich alles für die Kirche wünscht.«

»Ich glaube, das war für ihn vielleicht die einzige Möglichkeit, sich mit der Endgültigkeit auseinanderzusetzen«, sagte Glynnis. »Wir neigen dazu, etwas Vernünftiges und Logisches tun zu wollen, wenn alles außer Kontrolle zu geraten scheint.«

»Mir war nicht klar gewesen, dass er für Sunny durchgehalten hat, bis sie hier war. Jetzt geht es ihm jeden Tag schlechter.«

»Er hat nichts mehr, auf das er wartet«, sagte Will. »Er ist bereit, nach Hause zu gehen.«

Sie sprachen das Tischgebet und fingen an zu essen, während der Ventilator an der Küchendecke rhythmisch klickte. Bald hörte Kathy, wie sich die Tür öffnete. Offenbar war Sunny zurückgekommen. »Wir sind in der Küche«, rief sie und erhob sich.

Sunny betrat den Raum und sah beinahe ängstlich aus. Ihre Augen waren weit geöffnet. »Tante Glynnis«, flüsterte sie, als sie an der Tür stand. Kathy bemerkte, wie Sunny noch mehr erstarrte, als sie die gemütliche Mahlzeit sah. Es war beinahe, als stählte sie sich gegen jede Kritik, die kommen könnte.

Glynnis stand auf und ging ohne ein einziges Wort zu Sunny. Sie breitete die Arme aus und zog Sunny in eine feste Umarmung. Kathy sah, wie Sunny sich entspannte.

»Willkommen zu Hause, Schatz. Ich bin so froh, dich wiederzusehen.«

Will stand da und hielt noch immer seine Serviette in der Hand. Er lächelte, als Glynnis Sunny zum Tisch führte. »Schau doch, Will. Sieht sie ihrer Mutter nicht zum Verwechseln ähnlich?«

»Auf jeden Fall. Was für ein Anblick für meine müden Augen, Amy. Huch, ich meine, Sunshine.«

»Nenn mich Sunny. Das machen alle«, sagte sie. »Ich wäre früher nach Hause gekommen, wenn ich gewusst hätte, dass ihr schon da seid. Wir dachten, ihr würdet erst später kommen.«

»Wir sind früh losgefahren«, sagte Glynnis und sie und Will setzten sich wieder.

»Sunny, hast du Hunger?« Kathy griff bereits nach einem weiteren Teller, bevor ihre Schwester antworten konnte. Plötzlich verspürte sie das Bedürfnis, alles so normal wie möglich aussehen zu lassen.

»Genau genommen bin ich am Verhungern.« Sie setzte sich zwischen ihre Tante und ihren Onkel. »Also, wie war eure Fahrt?«

Glynnis nahm ihre Serviette. »Ganz nett. Das Wetter war schön und es war nicht viel Verkehr.«

»Habt ihr schon nach Dad gesehen?«, fragte Sunny und nahm den Teller, den Kathy ihr hinhielt.

»Ja, wir haben ein bisschen mit ihm geschwatzt, bevor wir zum Mittagessen gegangen sind. Ich hatte nicht erwartet, dass es ihm so schlecht geht«, gestand Glynnis.

»Kathy und ich sind wirklich überrascht, dass er noch durchhält.«

»Dein Vater war schon immer ein starker Mann«, meinte Will.

Sunny nahm ein paar Scheiben Brot und begann, ihr Sandwich zusammenzusetzen. »Das stimmt.«

»Denkst du vielleicht, dass er noch auf etwas anderes wartet?«, fragte Glynnis.

Dieser Gedanke stach in Kathys Herz. Sie hatte sich schon gesorgt, dass Dad vielleicht noch wartete, dass sie Frieden mit Sunny schloss. Es gab Augenblicke, in denen Kathy glaubte, das wäre leicht. Doch sobald sie über diese Möglichkeit nachdachte und versuchte sich vorzustellen, wie sie an die Sache herangehen sollte, geschah etwas und ihr Herz wurde wieder hart.

Aber es ist eigentlich keine Härte, sagte sie zu sich selbst. *Es ist Angst. Ich habe Angst vor dem, was passiert, wenn ich mich für Sunny öffne.* Sie schaute ihre Schwester einen Augenblick lang an, bevor sie ihre Aufmerksamkeit dem Essen zuwandte. Sunny hatte sie alle so oft an der Nase herumgeführt. Als sie noch in der Highschool gewesen waren, war sie eines Abends nach einer Party krank nach Hause gekommen. Sie hatte hoch und heilig geschworen, dass es eine Grippe war, und das schien es durchaus auch zu sein. Sie versicherte ihrer Mutter, dass sie keinen Tropfen Alkohol getrunken hatte, obwohl es bei der Party Alkohol gegeben hatte. Kathy erinnerte sich, dass Sunny ihnen allen leidgetan hatte. Am nächsten Tag plante eine Gruppe von ihren Freunden einen Ausflug an den See, aber Sunny konnte nicht mitkommen, weil sie sich noch immer so elend fühlte. Sie hatten ehrlich geglaubt, dass es die Grippe war, aber nicht lange danach hatte Sunny Kathy gestanden, dass sie getrunken hatte, und zwar ziemlich viel.

Dann war Sunny eines Tages mit verschiedenen Sachen, die sie gekauft hatte, aus Hays wiedergekommen. Kathy hatte gestaunt, dass sie so viel für so wenig Geld bekommen hatte. Sie hatte wunderschöne Spitzen-BHs und Höschen, teure Strümpfe, eine neue Handtasche und mehrere CDs. Sie hatte ihrer Mutter endlos davon berichtet, was sie alles im Sonderangebot gefunden hatte. Doch dann hatte Kathy wiederum später erfahren, dass ihre Schwester die meisten Sachen gestohlen hatte.

Ja, damals war sie noch ein Kind gewesen. Aber nach dem zu urteilen, was Sunny erzählt hatte, ließen ihre Entscheidungen als Erwachsene immer noch viel zu wünschen übrig. Konnte Kathy ihr jetzt glauben? Waren Sunnys Worte von Vergebung und davon, alles in Ordnung zu bringen, vertrauenswürdig?

Nach dem Essen verschwand Kathy, um ihr Zimmer für Glynnis und Will fertig herzurichten. Sie ordnete die gelben Rosen, die sie am Morgen geschnitten hatte, neu an und schaute sich um, um zu sehen, ob sie sich noch um irgendetwas anderes kümmern musste. Gerade stellte sie die Vase auf den Tisch, da kam Glynnis mit einem kleinen Koffer herein.

»Will kann den Rest später heraufbringen. Er ist wieder bei deinem Dad.«

»Ich bin mir sicher, dass Dad dankbar dafür ist. Er hat euch beide so lieb.«

Glynnis legte den Koffer aufs Bett und kam herüber zu Kathy. »Die Rosen sind wunderschön. Hast du sie gezogen?«

»Sie sind von Moms Rosenstöcken hinter dem Haus. Die, von denen ich dir erzählt habe, dass ich sie wahrscheinlich ausgraben und mitnehmen werde, wenn ich umziehe.«

»Tja, sie riechen wunderbar. Ich kann's dir nicht verübeln.« Glynnis streckte sich und lächelte. »Du scheinst besser mit Sunny klarzukommen, als ich erwartet hatte.«

»Es läuft besser«, erwiderte Kathy. »Ich kann nicht sagen, dass es perfekt ist. Ich bin noch immer so wütend. Ich weiß nicht warum, aber es kommt einfach in den ungünstigsten Momenten heraus.«

Glynnis lachte leise in sich hinein. »Ich explodiere auch gelegentlich. Du hast viel durchgemacht – und machst immer noch viel durch. Setz dich nicht zu sehr unter Druck. Verlass dich einfach auf den Herrn. Er hat schon für alles gesorgt. Du kannst ihm ebenso deine Sorgen und Verletzungen geben, denn dir tun sie nicht gut.«

»Die Leute in der Stadt sind ebenso wütend auf sie wie ich. Ja, sie hat ihre Freundin Debbie, aber abgesehen davon sind die meisten Leute in der Kirche und anderswo erstaunt, dass sie die Nerven hatte, überhaupt zurückzukommen.«

»Tja, manchmal haben die Menschen Angst davor, dass die Vergangenheit zurückkehrt. Immerhin haben wir alle unsere Geheimnisse, die wir lieber unter Verschluss halten.«

Sunny saß am Bett ihres Vaters und beobachtete seinen Brustkorb. Er atmete langsam, flach. Wie konnte jemand so krank sein und doch noch nicht sterben?

Er öffnete die Augen und versuchte zu lächeln. »Tut mir leid. Ich wusste … nicht, dass du hier bist.«

»Ist schon gut. Ich wollte einfach bei dir sein. Ich war so lange so weit weg, dass ich keine Gelegenheit verpassen möchte, in deiner Nähe zu sein.«

»Wie spät … ist es?«

»Nach Mitternacht.«

»Warum bist du noch auf?« Er schien jetzt etwas besser orientiert zu sein – als ob die Zeitangabe ihn aufgeweckt hätte.

»Ich konnte nicht schlafen. Manchmal fällt mir das schwer«, gab sie zu. »Erinnerungen, weißt du?«

Er streckte den Arm aus und nahm ihre Hand. Sunny genoss diesen Augenblick. »Die Vergangenheit … kann dich nicht verletzen, wenn du es nicht zulässt.«

»Das glaube ich nicht, Dad. Ich weiß, dass Gott vergibt, aber ich kann nicht vergessen. Die schrecklichen Dinge, die ich getan habe – die mir angetan wurden –, verfolgen mich. Es ist, als ob Satan sie gegen mich verwendet.«

»Natürlich tut er das.«

»Wie kannst du also sagen, dass sie mich nicht verletzen können?« Sie fühlte sich so angreifbar, beinahe so, als wäre sie wieder ein Kind. Schwach und ängstlich. Warum musste ihr das passieren? Kathy schien immer so stark zu sein.

»Satan ist ein Lügner«, begann Dad langsam. »Das sagt die Bibel. In Johannes … Kapitel acht – ich weiß nicht mehr, welcher Vers – steht, dass

Lügen Satans Muttersprache ist. Er bringt die Vergangenheit hoch ... um dir Angst zu machen ... und hofft, dass du dich schuldig fühlst.« Ihr Vater ruhte sich einen Moment lang aus und drückte ihre Hand kaum merklich. »Er hat keine Macht über dich, Sunshine. Er kann dich nicht antasten, denn du gehörst Gott.«

»Aber in meinem Leben gibt es immer noch Probleme. Dinge, denen ich mich stellen muss. Ich würde gern sagen, dass alles perfekt geworden ist, als ich mit Gott ins Reine kam, aber das ist nicht der Fall.«

Ihr Vater nickte. »Ich weiß, Schatz. Viele Leute denken, so sollte es sein. Es verändert nicht das, was passiert ist. Es gibt immer noch Konsequenzen. Aber es verändert die Zukunft – wie du mit diesen Konsequenzen umgehst.«

»Ich habe Angst, Daddy. Ich habe solche Angst vor allem. Ich möchte das nicht, aber ich bin nicht so stark wie du.«

»Ich bin nicht stark. Gar nicht stark«, flüsterte ihr Vater und verzog das Gesicht vor Schmerzen. »Aber er ist stark, und das reicht.«

Glynnis und Will blieben zwei Tage und machten sich dann wieder auf nach Colorado Springs, mit dem Versprechen, zur Beerdigung wiederzukommen. Kathy wusste, dass sie noch einen Tag länger geblieben waren, weil alle das sichere Gefühl hatten, dass die Stunden ihres Vaters gezählt waren. Er glitt immer mehr ab und Kathy fühlte sich beinahe ständig an seine Seite gezogen.

Einige Tage später saß sie bei ihm, streichelte seine Hand und erinnerte sich an die guten Zeiten. Ihre Lieblingserinnerungen waren die, als sie und Amy noch klein gewesen waren. Damals war Dad noch ein Arbeitstier, wie er es eigentlich immer gewesen war, aber manchmal nahm er sich frei und verbrachte Zeit mit seinen Mädchen. Sie erinnerte sich noch, wie er ihnen das Reiten beigebracht hatte.

»Erinnerst du dich noch daran?«, flüsterte sie. Ihr Vater rührte sich nicht einmal. »Du hast uns das Reiten beigebracht. Ich hatte solche

Angst, weil die Pferde so groß waren, aber du hast mir einfach immer wieder gesagt, ich sollte nicht über ihre Größe nachdenken.«

Nachdem sie und Amy recht gut reiten gelernt hatten, hatte Dad sie manchmal zu langen Ausritten um das Anwesen mitgenommen. Er erzählte ihnen lustige Geschichten aus seiner Kindheit. Besonders mochte sie die Geschichte, wie Großvater ihn in den See geworfen hatte, um ihm das Schwimmen beizubringen.

Dad hatte sich sofort so wohl im Wasser gefühlt wie ein Fisch. Grandpa hatte gescherzt, dass Dad vielleicht fliegen lernen würde, wenn er ihn in die Luft warf. Die Erinnerung daran brachte ein Lächeln auf ihr Gesicht.

»Du hast mir immer gute Ratschläge gegeben, Dad.« Sie studierte seine Hand. Die Haut wirkte so lose und bleich. Sie dachte an die Bemerkung ihrer Tante, dass er schon mehr dort als hier war. Das stimmte.

Kathy empfand das Haus als seltsam leer ohne ihre Tante und ihren Onkel. Wie viel schlimmer würde es sein, wenn Dad fort war? Wenn sie an diese Einsamkeit dachte, war sie froh, dieses große Haus zu verlassen. Die Erinnerungen an ihr Leben hier konnten tröstlich sein, aber sie konnten ihr auch den Atem rauben und sie hoffnungslos machen. Das wusste sie jetzt.

»Es wäre schön gewesen, wenn Tante Glynnis und Onkel Will hätten bleiben können«, murmelte sie. Kathy seufzte. Glynnis und Will waren eine Konstante in ihrem Leben, die sie im Moment dringend brauchte. Dad lag im Sterben und Sunny war gerade erst zurückgekommen. Die Unterstützung ihrer Tante und ihres Onkels waren das Einzige, das ihr half, das Chaos und die Verwirrung in Schach zu halten. Alle anderen, selbst Sylvia, wirkten distanziert.

Renea Stover hatte sie seit ihren Worten in der Kirche zweimal angerufen. Sie wollte wissen, wie es lief und ob Sunny gegangen war oder nicht. Kathy hatte den rachsüchtigen, hasserfüllten Worten der Frau zugehört und ihr war klar geworden, dass sie noch vor ein paar Wochen genau das Gleiche gesagt hatte. Hatte sie sich so angehört? Der Gedanke ließ Kathy ganz schlecht werden.

»Ach Dad. Ich weiß, du wirst bald nicht mehr da sein, und ich würde nicht wollen, dass du bleibst – bei all den Schmerzen und so.« Sie beugte sich hinunter und küsste ihn auf die Wange. »Ich hab dich so lieb. Du warst so ein guter Vater.«

»Ich habe es versucht.« Seine Antwort schreckte sie auf. Er öffnete die Augen und begegnete ihrem Blick »Ich hab dich auch lieb.«

Sie umarmte ihn und legte den Kopf auf seine Brust. Er legte seine Arme um sie und das tröstete Kathy so sehr. Er streichelte ihr übers Haar, so wie er es getan hatte, als sie noch klein war.

»Es war … ein gutes Leben … meistens«, sagte er. Dann setzte er hinzu, »Aber ich bin bereit … es tut mir nicht leid zu gehen.«

Kathy richtete sich auf und schaute ihm in die Augen. »Ist schon gut. Ich glaube, ich verstehe das – vielleicht zum ersten Mal. Du weißt, wo du hingehst. Irgendwie wie damals, als wir nach Hays gefahren sind, als ich noch klein war. Es kam mir so weit weg vor – so fremd. Aber ich wusste, wo wir hinfahren, also war ich sehr aufgeregt.«

Er nickte und schloss die Augen. »Aufgeregt«, flüsterte er. »Das bin ich auch.«

»Ich lass dich schlafen«, sagte Kathy und streckte sich. Zu ihrer Überraschung nahm Dad ihre Hand.

»Vergeude keine Zeit … es gibt nie genug.«

Sie schaute ihn seltsam an. »Wenn ich sie vergeude, dann nicht mit Absicht.«

»Du und Sunny … bringt ihr es in Ordnung?«

Kathy drückte seine Finger. »Ja. Ich glaube schon. Es dauert seine Zeit, aber ich glaube, es wird schon«

Er lächelte. »Gut. Hast du … Kyle angerufen?«

Kathy schüttelte den Kopf. »Ich … na ja … ich hatte Angst, ihn anzurufen.«

»Dummchen … er liebt dich.«

»Aber das war vor zwölf Jahren.«

»Das spielt … keine Rolle. Wahre Liebe bleibt. Ruf ihn an.«

Dad hatte in den letzten Jahren mehrmals versucht, sie dazu zu ermuntern, aber Kathy hatte es immer verschoben. »Ich denke darüber nach, Dad.«

Ein schweres Gewitter zog in jener Nacht heran. Kathy war froh, dass sie ihr Zimmer wieder hatte, nachdem sie – zum allgemeinen Protest – auf dem Sofa übernachtet hatte, während ihre Tante und ihr Onkel zu Besuch waren. Sie fand Trost im Vertrauten, als sie aus dem geschlossenen Fenster in die Nacht hinausstarrte. Das Haus war kühler, da es regnete, und so war es nicht ganz so schlimm, das Fenster geschlossen zu haben. Sie hörte Geräusche aus dem Babyfon, das sie benutzte, um Dad von ihrem Zimmer aus hören zu können. Sie lauschte angestrengt und merkte, dass es nur ihr Vater war, der im Schlaf vor Schmerzen stöhnte.

»Bald, Dad. Bald tut dir nichts mehr weh.«

Die Leute vom Hospiz sollten morgen kommen und Kathy hoffte inständig, dass sie ihren Vater überzeugen konnten, sich endlich Morphium geben zu lassen.

Kathy stieg ins Bett und saß da, die Knie bis ans Kinn gezogen. Sie beugte den Kopf und schloss die Augen, betete um Weisheit und Kraft, die kommenden Tage zu bewältigen. Sie dachte an Kyle und warf einen Blick auf die Uhr. Er war sicher noch wach. In Colorado war es erst halb elf. Glynnis hatte Kathy seine Telefonnummer gegeben und ihr gesagt, sie sei sich sicher, dass er gern etwas von ihr hören würde. Kathy allerdings war skeptisch gewesen. Konnte sie wagen zu hoffen, Kyle wieder in ihr Leben zu holen?

»Ich war so dumm. Ich habe den einzigen Mann weggeschickt, den ich jemals geliebt habe, weil ich dachte, meine Liebe würde nicht für ihn *und* Mom ausreichen.« Sie schlug mit der Hand auf die Matratze. »Warum dachte ich, dass das irgendetwas löst? Warum habe ich ihn gehen lassen?«

Sie erinnerte sich an sein Versprechen, auf sie zu warten. Sie immer zu lieben. Sie wusste aus dem, was Glynnis sagte, dass sein Interesse an Kathy nie geschwunden war. Der Mann hatte überall in den Vereinigten Staaten und im Ausland gelebt, aber ihre Tante sagte, er hätte immer nach ihr gefragt. Natürlich hatte Kathy auch immer nach Kyle gefragt. Es war wahrscheinlich ein dummes Spiel. Glynnis sagte, dass sie beide so viel mit ihr übereinander redeten, dass es wohl längst überfällig war, dass sie einmal ein persönliches Gespräch führten.

Kathy griff nach dem Telefon und wählte die Nummer, die sie bereits auswendig konnte. Ihr Herz schlug jetzt doppelt so schnell. Als das Telefon zu klingeln begann, dachte sie daran aufzulegen, aber dann war es zu spät.

»Hallo?« Es war beinahe ein Schock, Kyles Stimme zu hören. Zwölf Jahre verblassten. Sie stellte sich sein schelmisches Lächeln vor und das Funkeln, das seine Augen immer noch heller erstrahlen ließ.

»Kyle?«, fragte sie, aber sie wusste, dass er es war. Eine Minute lang hörte sie nichts als Schweigen. Sie fürchtete, dass es zu spät war. Würde er auflegen?

»Kathy«, sagte er mit etwas wie einem Seufzen in der Stimme. »Es ist lange her.«

»Vielleicht zu lange?« Sie versuchte, ihr Herz vor seiner Antwort zu schützen, aber sie wusste, dass es zwecklos war.

»Nein«, erwiderte er und beruhigte sie. »Es ist noch nicht ewig her, und ich hatte dir versprochen, so lange zu warten.«

14

Mit Kyle zu sprechen, gab Kathy eine Zielstrebigkeit, die sie schon lange nicht gehabt hatte. Sie erzählte ihm vom Tod ihrer Mutter und der Krankheit ihres Vaters. Sie sprach über die Farm und über ihre Angst, dass niemand sie kaufen würde. Als sie auflegte, war es schon spät in der Nacht. Sie hatten ihr Gespräch nur beendet, weil Kyle sich für einen Flug fertig machen musste.

Kyle sagte ihr, dass sie Glück hatte, dass sie ihn erwischte. Er musste an diesem Tag für zwei Wochen nach England. Es war eine Geschäftsreise, aber er hatte vor, das Angenehme mit dem Nützlichen zu verbinden und ein paar Sehenswürdigkeiten zu besichtigen. Kathy konnte sich nicht dagegen wehren, dass sie ein bisschen traurig war. Sie hatten immer davon gesprochen, so etwas einmal zusammen zu machen. Allerdings tröstete es sie, als er sagte, dass er gern von ihr hören würde, wenn er wieder nach Colorado Springs kam, und dass er sie anrufen würde, wenn das in Ordnung wäre. Sie versicherte ihm, dass es in Ordnung war.

Am nächsten Morgen wachte Kathy auf und fühlte sich erfrischter und gelassener als seit Jahren. Es kam ihr vor, als wären nur Tage vergangen, seit sie zum letzten Mal miteinander gesprochen hatten, und nicht ein Jahrzehnt. Natürlich wusste Kathy, dass Kyle durch Glynnis und Will auf dem Laufenden geblieben war, so wie sie auch alles über ihn erfahren hatte. Kyle hatte ihren Wunsch respektiert, sie nicht anzurufen oder ihr zu schreiben, aber mit den Jahren hatte sich Kathy eingeredet, dass das bedeutete, dass sie ihm egal war. Jetzt schien es, als könnte nichts weiter von der Wahrheit entfernt sein. Vielmehr hatte er ihr von einem Tagebuch erzählt, das er seit ihrer Trennung geführt hatte. Er hoffte, dass sie es eines Tages lesen und erkennen würde, dass er nie aufgehört hatte, sie zu lieben oder an sie zu denken – nicht einen einzigen Tag lang.

»Er liebt mich noch«, sagte Kathy mit einem Seufzen. Selbst der Anruf vom Immobilienmakler konnte sie an diesem Tag nicht entmutigen. Es schien, als wollte der Einzige, der an der Farm interessiert war, nur wissen, ob sie sich vorstellen könnten, nur ein Hektar großes Stück Land an der Straße zu verkaufen.

Das Klopfen an der Tür riss sie aus ihren Gedanken.

»Hi Luke«, sagte Kathy und öffnete die Tür für den Pfleger vom Hospiz. Sie hatte Luke in den letzten Wochen recht gut kennengelernt. »Wie geht es Ihrer Frau?«

»Es ist jetzt jeden Tag soweit – jede Sekunde.« Er grinste. »Gina ist es so leid. Manchmal frage ich mich, ob er jemals kommen wird.«

»Es ist also definitiv ein Junge?« Sie war der Schwangerschaft mit großem Interesse gefolgt. Bei Lukes Begeisterung war es unmöglich, nicht mitgerissen zu werden.

»Ja. Da sind sie sich ziemlich sicher. Wir haben jetzt einen Namen ausgesucht. Samuel Douglas Johnson. Wie klingt das?«

»Klingt toll, finde ich. Werden Sie ihn Sam nennen?«

»Wahrscheinlich. Gina sagt, sie wird ihn Sammy nennen, solange er noch klein ist.« Luke zog ein Stethoskop aus seinem Koffer und legte es sich um den Hals. »Wie geht es Ihrem Vater?«

»Er hat Schmerzen. Ich glaube, er ist jetzt wirklich reif für das Morphium.«

»Dann schauen wir mal nach ihm.«

Kathy ging voraus und schaute dann von der anderen Seite des Zimmers aus zu, wie Luke ihren Vater untersuchte. Er schrie jedes Mal vor Schmerzen auf, wenn Luke ihn berührte oder bewegte. Es war für beide Seiten keine angenehme Prozedur.

»Tja, Gary, der Arzt hat davon gesprochen, dass Sie etwas Stärkeres gegen die Schmerzen bekommen sollen. Ich glaube, es ist höchste Zeit dafür. Wie wär's, wenn Sie uns Ihnen helfen lassen?«

Kathys Vater nickte. »Ja.«

Kathy zwang sich, nicht zu weinen. Es war schwer zu sehen, wie dieser robuste Mann vor seiner Krankheit kapitulierte. Er hatte so lange ausgehalten, und wofür? Sie konnte es wirklich nicht verstehen.

»Ich rufe den Arzt an, sobald ich nach Ihren Werten gesehen habe.«

Kathy wartete im Wohnzimmer, bis Luke fertig war. Er kam mit seinem Koffer heraus und hatte das Mobiltelefon am Ohr. »Das ist richtig.

Nein, ich frag mal nach.« Er wandte sich Kathy zu. »Hat er heute etwas gegessen oder getrunken?«

»Nein. Er hat an dem Tag aufgehört zu essen, als seine Schwester abgereist ist. Das ist beinahe eine Woche her. Und er hat vielleicht hier und da einen Esslöffel Wasser zu sich genommen. Ich versuche, ihn immer wieder dazu zu ermuntern, aber er will es einfach nicht.«

»Hat sein Darm aufgehört zu arbeiten?«

Kathy nickte. »Er lässt aber ab und zu noch Wasser.«

Luke gab die Informationen an den Arzt am anderen Ende der Telefonleitung weiter. »Klar. Ich sag's ihr. Ja, ich bin sicher, es ist die gleiche Apotheke, wo sie immer die anderen Rezepte abgeholt haben.« Er beendete den Anruf und wandte sich Kathy zu. »Er bestellt das Morphium.«

»Was müssen wir tun? Wird er eine Infusion bekommen?«

»Nein. Der Arzt denkt, Ihr Vater hat nicht mehr viel Zeit, also wäre es irgendwie grausam, ihm das alles anzutun. Er bestellt flüssiges Morphium, das Sie ihm mit einer Pipette geben können. Träufeln Sie ihm einfach bei Bedarf etwas unter die Zunge. Es wird wie ein Wundermittel wirken, aber es wird ihn auch ziemlich außer Gefecht setzen. Ich würde nicht darauf spekulieren, noch detaillierte Gespräche mit ihm führen zu können.«

»Er redet sowieso nicht sehr viel. Normalerweise ist er mehr abwesend als bei sich«, sagte Kathy. »Ich habe in den letzten beiden Tagen wirklich zusehen können, wie er geht.«

»Ja, das sehe ich auch. Ich würde sagen, allerhöchstens noch ein paar Tage.«

Kathy schluckte den Kloß in ihrem Hals herunter. »Wie schnell wird das Morphium bereitstehen?«

»Sie müssen das Rezept in der Arztpraxis abholen. Man kann es nicht einfach telefonisch bestellen, weil es eben ist, was es ist. Holen Sie das Rezept ab und bringen Sie es zu Ihrer üblichen Apotheke. In der Arztpraxis haben sie gesagt, dass sie schon einmal anrufen, um die Einzelheiten durchzugeben, und wenn Sie das Rezept abgeben, müssen Sie für das Medikament unterschreiben.« Luke warf ihr ein mitfühlendes

Lächeln zu. »Sie haben gute Arbeit geleistet, Kathy. Ich werde Sie wahrscheinlich nicht wiedersehen.«

Sie holte tief Luft. »Danke für Ihre Hilfe mit Dad, und Gottes Segen für Sie und Ihre Frau beim Warten auf Ihr Baby.«

»Wir schicken Ihnen eine Karte. Das Leben endet und das Leben beginnt. Es ist alles ein Kreislauf. Ein sehr zerbrechlicher Kreislauf.«

»Aber mit Jesus wissen wir, dass es immer weitergeht. Das Ende hier ist nur der Anfang dort«, sagte Kathy und fand Trost in ihrem Glauben.

Luke nickte. »Und das Leben dort wird unglaublich sein. Mehr, als wir uns vorstellen können.«

Kathy suchte ihre Sachen für die Fahrt nach Hays zusammen, bevor sie sich auf die Suche nach Sunny machte. Sie fand ihre Schwester, wie sie in dem kleinen Garten arbeitete. Kathy hatte nicht viel gepflanzt, weil sie wusste, dass sie mit der Pflege ihres Vaters beschäftigt sein und dann noch vor dem Herbst ausziehen würde. Es gab ein paar Tomatenpflanzen und Zwiebeln, auch ein paar Paprikapflanzen, aber nicht mehr.

»Ich muss nach Hays. Der Arzt bestellt Morphium für Dad und ich muss es abholen. Er denkt nicht, dass Dad noch sehr viele Tage hat – vielleicht einen oder zwei Tage.«

Sunny schien um ihre Fassung zu kämpfen. Schließlich holte sie tief Luft. »Ich könnte für dich fahren.« Sunny erhob sich von den Knien und klopfte den Staub von ihren Hosen.

»Nein«, erwiderte Kathy. Im Hinterkopf erinnerte sie sich an Sunnys Drogensucht.

»Im Ernst. Ich weiß, dass du nur ungern von seiner Seite weichst, und es wird ihn wahrscheinlich mehr beruhigen, dich bei sich zu haben als mich. Ich könnte mich innerhalb von fünf Minuten umziehen.«

»Ich habe Nein gesagt. Ich werde fahren. Sie kennen mich. Ich möchte aber, dass du ins Haus kommst und bei Dad bleibst.«

Sunny beäugte sie eigentümlich. »Was ist los? Du benimmst dich seltsam. Was ist falsch daran, dass ich nach Hays fahre und das Medikament hole?«

Kathy fühlte sich unbehaglich und wandte den Blick ab. »Ich habe keine Zeit, mit dir darüber zu streiten. Sie werden sehr genau darauf achten, wem sie das Morphium aushändigen. Ich möchte keine Verzögerungen.«

»Du denkst, dass ich wegen meiner Vergangenheit – meiner Drogensucht – vielleicht versucht wäre, Dads Medikament zu nehmen. Liegt es daran?«

»Tja ... ich würde nicht ... ich möchte nicht, dass du –«

»Das glaube ich nicht!« Sunny war außer sich vor Wut. »Wie kannst du etwas so Scheußliches auch nur denken? Ich hätte dir nie etwas erzählen sollen – du hältst anderen Menschen Fehler ewig vor, oder?«

Kathy ging immer mehr in die Defensive. »Ich weiß nichts über dich, außer dem, was du mir erzählt hast. Und ich weiß nichts über Drogen, außer dass es schwer ist, ohne sie zu leben, wenn man erst einmal süchtig ist. Spiel hier nicht das verletzte Opfer. Du bist ein Risiko, das ich mir nicht leisten kann.«

»Junge, jetzt hast du es gesagt. Genau so empfindest du in Bezug auf mich. So hast du mich behandelt, seit ich zur Tür hereingekommen bin. Ich bin so froh, dass Gott uns nichts nachträgt, so wie du es tust.«

Kathy war wie vom Donner gerührt von dem, was ihre Schwester sagte. Vielleicht hatte sie nicht gut auf die Situation reagiert, aber das rechtfertigte nicht Sunnys Wut. »Hör zu, ich habe keine Zeit für verletzte Gefühle. Ich muss das Medikament besorgen, damit Dad keine Schmerzen mehr hat. Wirst du bei ihm bleiben, oder soll ich jemand anderen rufen?«

Sunny biss die Zähne zusammen und verschränkte die Arme vor der Brust. »Geh nur. Ich werde hier sein und auch ohne dich gut klarkommen.«

Kathy stand noch einige Sekunden lang Auge in Auge mit Sunny, bevor sie sich zum Gehen wandte. »Ich bin so schnell wieder da, wie ich kann.«

Von dem Augenblick an, als sie die Arztpraxis in Hays erreichte, begann alles schiefzugehen. Kathy war frustriert, als die Schwester das Rezept nicht finden konnte. Der Arzt war zu seiner Krankenhausvisite gegangen, also konnte er kein neues Rezept ausstellen. Schließlich dachte jemand daran, in der Akte ihres Vaters nachzuschauen, und fand es. Es war außen drangeheftet.

Mit dem Papier in der Hand eilte sie zu ihrer gewohnten Apotheke, nur um noch mehr schlechte Nachrichten zu erhalten.

»Tut mir leid, Kathy. Wir haben das flüssige Morphin zur oralen Einnahme nicht vorrätig«, entschuldigte sich der Apotheker. »Ich habe herumtelefoniert, und *Dillons* hat es. Wenn Sie das Rezept dorthin bringen, werden die Sie im Handumdrehen versorgen.«

Aber so lief es ganz und gar nicht. Kathy legte das Rezept vor, doch die Frau schaute sie an, als wäre sie ein Drogendealer, der versuchte, ein schnelles Geschäft zu machen.

»Wer sind Sie in Bezug auf die Person, für die dieses Medikament bestimmt ist?«

»Ich bin die Tochter. Mein Vater liegt im Sterben. Er hat Krebs.«

»Verstehe.«

Aber es hörte sich definitiv so an, als würde die Frau nichts verstehen. »Sie müssen sich ausweisen – ich brauche etwas mit einem Bild.«

Kathy zog ihren Führerschein hervor und reichte ihn der Frau. Sie schaute auf die kleine Karte, dann auf Kathy und wieder auf die Karte. Schließlich fragte sie: »Haben Sie noch etwas anderes?«

»Meine Güte. Mein Vater liegt im Sterben. Ich möchte nur ein Medikament für ihn, das seine Schmerzen lindert. Haben Sie nicht mit Brad von *Wilcox* gesprochen? Er hat gesagt, dass er hier angerufen hat, um Ihnen mitzuteilen, was los ist. Er kennt mich. Ich habe mit ihm zu tun gehabt, seit Dad krank geworden ist.«

Die Frau schaute sie ausdruckslos an. Offenbar ließ Kathys Flehen sie kalt. »Haben Sie irgendetwas anderes, mit dem Sie sich ausweisen können?«

»Nichts mit einem Foto. Ich habe eine Kreditkarte und eine Versicherungskarte. Ach, und ich habe ein Scheckbuch.« Kathy schüttete den Inhalt ihrer Handtasche auf den Tresen. »Ich habe eine Haarbürste; vielleicht könnten Sie eine DNS-Analyse machen.« Mit ihrem Sarkasmus machte sie sich keine Freunde.

»Hören Sie, wir haben unsere Regeln. Ich kenne Sie nicht«, sagte die Frau in ihrer autoritären Art. »Nach allem, was ich weiß, könnten Sie die ganze Sache ebenso gut ausgeheckt haben, um Drogen für sich selbst zu besorgen.«

Kathy fragte sich plötzlich, ob Sunny sich so fühlte. Kathy hatte ihrer Schwester keine Chance gegeben. Sie hatte einfach angenommen, dass Sunny ein Risiko wäre, was das Morphium betraf. Resigniert sackten ihre Schultern nach unten. Sie wollte doch nur ein Medikament für ihren Vater, um die Schmerzen zu lindern. Tränen liefen ihr aus den Augen, als sie die Dinge aus ihrer Handtasche wieder einsammelte.

»Rufen Sie in der Arztpraxis an. Ich habe letztes Jahr sehr viel Zeit dort verbracht. Ich war gerade heute erst dort. Dort kennt man mich, selbst wenn Sie mich nicht kennen. Ich werde hier im Wartebereich sitzen bleiben.«

Sie war froh, dass die Frau nichts weiter sagte. Es schien ewig zu dauern, bevor der Apotheker ihren Namen rief. Er war ein großer, älterer Mann mit einem sehr mitfühlenden Gesichtsausdruck.

»Es tut mir leid, dass es solche Schwierigkeiten gab«, begann er. »Wir müssen vorsichtig sein.«

»Ist schon gut«, sagte Kathy. »Sagen Sie mir einfach, was ich tun muss, damit ich zurück zu Dad kann. Er hat nicht mehr viel Zeit und ich habe genug davon hier vergeudet.«

Der Mann gab ihr Anweisungen zu Dosierung und Anwendung. Kathy unterschrieb rasch die Papiere und bezahlte das Medikament. Sie war schon eine Weile auf dem Heimweg, als sie die Fassung verlor. Warum musste das alles so schwer sein?

»Sie haben mir das Gefühl gegeben, ich sei eine Kriminelle – und ich habe nichts weiter getan, als die Medizin für meinen Vater zu besorgen.«

Wieder dachte sie an Sunny. *Dieses Gefühl muss ich ihr auch vermittelt haben. Ich habe dagestanden mit meiner anklagenden Haltung und hatte keinen Grund zu glauben, dass es ein Problem geben würde. Nur weil sie in der Vergangenheit ein Problem hatte, heißt das nicht, dass sie heute noch eins hat. Sie hat nichts getan, was mein Misstrauen verdient. Ich war ungerecht.*

Kathy fuhr auf dem ganzen Heimweg viel schneller als erlaubt. Die zweispurige Straße nach Slocum war nicht die beste, aber Kathy war es egal. Sie dachte nur daran, das Morphium zu Dad zu bringen, damit er die letzten Tage – Stunden – seines Lebens in Frieden verbringen konnte.

»Herr, ich hatte unrecht. Ich hätte Sunny nie dieses Gefühl vermitteln sollen. Ich hatte keinen Grund, mich so zu verhalten. Ich war nur aufgrund der Vergangenheit misstrauisch. So als wollte ich ihr nur aufgrund der Vergangenheit nicht vertrauen. Ich muss mein Herz ändern, Herr, aber ich weiß nicht wie.«

Sie fuhr den Kiesweg zur Farm entlang und bremste nur genug ab, um das Auto noch zu beherrschen. Das Haus war bald in Sicht und Kathy nahm mit einem Erfolgsgefühl den Fuß vom Gas. Sie seufzte. Sie würde sich bei Sunny entschuldigen und sie wissen lassen, wie falsch sie gelegen hatte, sobald sie Dad sein Medikament gegeben hatte.

Kathy eilte ins Haus und ging zum Familienzimmer. Sie hörte Sunny weinen, aber was das bedeutete, wurde ihr nicht klar, bis sie ins Zimmer trat. Sunny saß da, den Kopf auf Dads Brust gelegt, und schluchzte.

»Sunny?«, fragte Kathy beklommen. »Ist alles in Ordnung?«

Ihre Schwester richtete sich auf und wischte ihre Tränen weg. »Kathy. Ach Kathy, er ist gegangen.«

»Was? Bist du dir sicher?« Kathy warf ihre Sachen beiseite und eilte zum Bett. Sie griff nach der Hand ihres Vaters und tastete nach dem Puls. Ihr eigenes Herz raste wie ein Presslufthammer.

»Er hat vor etwa zehn Minuten aufgehört zu atmen. Ich habe gewartet und gedacht, er würde weiteratmen, aber das hat er nicht getan. Ich habe das Hospiz angerufen und sie haben gesagt, sie schicken einen Krankenwagen und den Sheriff.«

Kathy ließ sich in einen Sessel fallen. Sie konnte nicht glauben, dass ihr Vater gestorben war, ohne dass sie an seiner Seite gewesen war. Sie gab es nur ungern zu, aber sie war eifersüchtig darauf, dass Sunny seine letzten Augenblicke mit ihm hatte teilen können.

Sie wartete darauf, dass Tränen kamen, aber sie kamen nicht. Sie war ausgeweint. Sie hatte die ganzen letzten Monate das Sterben ihres Vaters betrauert. Vielleicht hatte sie jetzt bei seinem Tod nichts mehr zu geben.

15

Beinahe jeder in Slocum, Kansas, kam zur Beerdigung von Gary Halbert. Der Mann war jedem hier ein Freund gewesen und niemand konnte sich daran erinnern, ob er jemals einen Feind gehabt hatte. Dad war am zweiten Juli gestorben, aber Kathy hatte die Beerdigung bis zum siebten verschoben und gehofft, dass Tante Glynnis teilnehmen konnte. Glynnis war in ihrem Garten schwer gestürzt und das Ergebnis war ein verrenkter Rücken, der ihr große Schmerzen bereitete. Onkel Will sagte, dass es ihr nicht möglich war zu reisen, und obwohl Kathy das verstand, war sie dennoch sehr enttäuscht. Sie hatte gehofft, sich auf Glynnis' Beistand und Verständnis stützen zu können, doch stattdessen war das einzige anwesende Familienmitglied … Sunshine.

Im Haus war es seltsam ruhig gewesen. Sunny hatte sich offenbar in ihre eigene kleine Welt zurückgezogen und Kathy war beschäftigt mit Telefonaten und letzten Vorbereitungen für die Beerdigung. Sie konnte kaum glauben, dass ein langer Abschnitt ihres Lebens zu Ende war. Dad war wirklich tot. Von diesem Punkt an würde sich alles ändern.

Als sie am Grab stand und dem letzten Gebet des Pastors zuhörte, konnte Kathy nicht anders, als einen verstohlenen Blick auf ihre Schwester zu werfen. Sunny stand mit respektvoll gebeugtem Kopf und geschlossenen Augen da. Sie trug ein dunkelblaues Kostüm und eine weiße Bluse und sah irgendwie deplatziert aus. Alle anderen trugen zu diesem Anlass ihre Sonntagssachen, aber sie wirkten im Vergleich zu Sunny langweilig und beinahe schäbig. Etwas an ihr machte sie einfach anders. Vielleicht lag es am Schnitt ihrer Kleidung oder an der Marke. Es konnte an der Art und Weise liegen, wie sie ihr Haar frisierte und ihr Make-up trug. Was auch immer es war, es betonte den Umstand, dass sie nicht zu dieser Gruppe gehörte.

Kathy hatte über ihren eigenen dunkellilanen Hosenanzug nicht besonders viel nachgedacht. Sie hatte vorgehabt, ein leichtes Kleid zur Beerdigung zu tragen, aber als sie am Morgen den starken Wind bemerkt hatte, hatte sie ihre Meinung geändert. Jetzt, als es langsam Mittag wurde, war ihr warm und sie wünschte sich nur, dass diese Tortur ein Ende nahm.

Da ist dann noch das Beerdigungsessen in der Kirche, das wir überstehen müssen, erinnerte sie sich. *Die Leute werden erwarten, dass ich für sie dort bin – um ihnen zu versichern, dass alles gut ist und dass sie genug getan haben.*

Seltsam, dass Beerdigungen eigentlich zur Ehre der Toten stattfanden; doch in Wirklichkeit ging es nur darum, dafür zu sorgen, dass die Lebenden das Gefühl bekamen, von jeder Schuld freigesprochen zu sein, oder über ihren persönlichen Verlust hinweggetröstet zu werden. Selbst Kathy hatte festgestellt, dass sie in Gedanken nachgerechnet hatte, ob sie genug getan hatte – die richtigen Dinge gesagt, die richtigen Blumen gekauft hatte. Sie senkte den Kopf, als Pastor Butler das Gebet beendete.

»Geh jetzt mit dieser Familie, Herr. Geh auch mit den Freunden, die heute hierhergekommen sind. Lindere ihren Schmerz und lass sie über die guten Zeiten und die Segnungen nachdenken, die sie mit unserem von uns gegangenen Freund Gary teilen durften. Amen.«

Die Menge wiederholte das Amen und wartete einen Augenblick lang, wie darauf, entlassen zu werden. Der Pastor kam und nahm Kathys Hand. »Wir werden deinen Vater vermissen.«

»Ja, das werden wir«, stimmte sie zu. »Danke. Das war ein schöner Gottesdienst. Ich weiß, Dad hätte es gefallen.«

Der Pastor wandte sich Sunny recht unbeholfen zu. »Und möge Gott in Ihrer Trauer bei Ihnen sein.«

»Danke.« Sunny wirkte, als wäre ihr ebenso unbehaglich zumute wie dem Pastor. Es war einer dieser Augenblicke, der Kathy an zwei Menschen erinnerte, die sich zu einem Blind Date trafen. Keiner von beiden wusste genau, was der andere erwartete oder brauchte. Dieser Gedanke ließ sie lächeln, denn der Pastor war beinahe siebzig und verheiratet, und Sunny sah aus, als würde sie sich jede Sekunde aus dem Staub und auf nach Hause machen.

»Das war ein wirklich schöner Gottesdienst«, sagte Renea Stover und kam, um dem Pastor die Hand zu schütteln und Kathy zu kondolieren. »Diese Stadt wird nicht mehr dieselbe sein ohne dich und deine Familie.«

»Es wird auch für mich schwer«, erwiderte Kathy. »Ich habe noch nie woanders gelebt, also wird Colorado Springs etwas völlig anderes.«

»Wann gehst du weg?«

»Tja, das hängt davon ab«, begann Kathy. »Ich hatte wirklich erwartet, hier zum Ende des Sommers wegziehen zu können, aber niemand hat die Farm bisher gekauft. Der Makler sagt, dass es ein paar Interessenten gibt, aber bisher hat sich noch nichts ergeben.«

»Wie schade. Es ist so ein schönes Anwesen.«

»Ich weiß. Ich habe immer so gern dort gelebt, aber ich kann es nicht selbst bewirtschaften.«

Renea beäugte Sunny verächtlich. »Wird sie jetzt gehen?«

Kathy war froh, dass der Pastor noch mit Sunny sprach. »Dad hat sie gebeten, wenigstens bei mir zu bleiben, bis die Farm verkauft ist.«

Renea schüttelte den Kopf. »Er hat keine Rücksicht auf deine Gefühle genommen. Ich nehme an, daran war die Krankheit schuld.« Sie glättete ihr schwarzes Kleid und beugte sich zu Kathy. »Weißt du, in Anbetracht der Tatsache, dass sein Verstand am Ende nicht mehr das war, was er hätte sein sollen, musst du seiner Bitte nicht unbedingt nachkommen. Niemand würde dir Vorwürfe machen, wenn du sie auf der Stelle in die Wüste schickst.«

»*Ich* würde mir Vorwürfe machen«, erwiderte Kathy und versuchte, nicht zu hart zu klingen. »Die Bibel sagt: ›Selig sind die Barmherzigen, denn sie werden Barmherzigkeit erlangen.‹ Ich bin lieber freundlich zu meiner Schwester und komme den Wünschen meines Vaters nach, als meinen Kopf durchzusetzen und unbarmherzig zu sein.«

Renea tätschelte ihren Arm. »Das war schon immer deine Art. Nur geben, geben, geben. Ohne einen einzigen Hintergedanken.«

Aber Kathy wusste, dass Mrs. Stover unrecht hatte. Sie hatte Hintergedanken wie jeder andere auch. In all den Jahren war Kathy das nicht bewusst gewesen, aber sie begann es jetzt zu begreifen. Seltsam, dass es ausgerechnet Sunny war, die ihr half, die Wahrheit zu sehen.

Aber die Wahrheit zu sehen bedeutet nicht, dass ich weiß, was ich mit mir oder meinen Gedanken anfangen soll. Kathy verzog das Gesicht. Die Wahrheit zu sehen, war erst der Anfang.

Bald sah sich Kathy von Menschen umringt. Sie erkannte jeden. Die meisten waren alte Freunde ihrer Eltern und manche kamen von weit her, sogar aus Salina, um Gary Halbert die letzte Ehre zu erweisen und seiner zu gedenken.

»Du siehst aus, als könntest du ein Nickerchen gebrauchen«, sagte Sylvia, als der größte Teil der Menschenmenge sich schließlich entfernte.

»Das wäre toll«, gestand Kathy. »Ich würde gern ungefähr eine Woche lang schlafen, aber es gibt zu viel zu tun.«

»Na, du weißt ja, dass ich dir zur Verfügung stehe. Wenn du im Haus Hilfe brauchst, ruf einfach an.«

Kathy schaute sich um, um zu sehen, wer sie noch hören könnte. Zufrieden, dass sie sich ohne Lauscher unterhalten konnte, fuhr sie fort. »Das klingt vielleicht seltsam, aber an dem Tag, nachdem Dad gestorben war, wurde mir bewusst, dass ich unglaublich erleichtert bin. Als ob ich mich endlich entspannen und loslassen könnte, jetzt, wo er nicht mehr da ist. Klingt das furchtbar?«

»Gar nicht.« Sylvias mitfühlendes Lächeln war beruhigend. »Kathy, du bist ausgelaugt. Du hast die letzten zwölf Jahre für deine Eltern geopfert – weit mehr, als die meisten erwachsenen Kinder in deinem Alter geben müssen. Du hast den Wunsch nach einer eigenen Familie und einem eigenen Leben geopfert. Du hast zusehen müssen, wie zuerst deine Mutter und jetzt dein Vater verheerende Krankheiten hatten. Selbstverständlich bist du erleichtert. Fühl dich deswegen nicht schuldig.«

Kathy senkte ihre Stimme noch weiter. »Ich hatte noch keine Gelegenheit, es dir zu erzählen, aber ich habe Kyle angerufen.«

»Wirklich?« Sylvia lachte leise in sich hinein. »Na, das wurde aber Zeit.«

»Er war auf dem Weg nach England, sonst wäre er ganz sicher hergekommen.«

Kathy hob den Blick und schaute Sylvia in die Augen. »Es war, als wären wir nie getrennt gewesen. Wir haben uns so selbstverständlich unterhalten.«

»Ihr hättet nie getrennt sein sollen. Ich bin froh, dass wenigstens dieser Teil deines Lebens geändert und korrigiert werden kann.«

Kathy runzelte die Stirn. »Ich weiß, dass die meisten Leute mich nicht verstanden haben, aber ich hatte immer das Gefühl, dass du mich verstehst.«

Sylvia schob ihre Handtasche hoch und verschränkte die Arme. »Bis zu einem gewissen Punkt, ja. Aber es hat wirklich keinen Sinn, die Vergangenheit noch einmal durchzukauen. Was ich wissen möchte, ist, wie die Zukunft aussehen wird.«

»Ich hoffe, dass sie nach einer Hochzeit in Colorado Springs aussieht«, sagte Kathy ziemlich mutig. Es war nicht ihre Art, solche Vorhersagen zu treffen, aber Kyles liebe Art und sein offensichtlicher Wunsch, da weiterzumachen, wo sie aufgehört hatten, gaben ihr Hoffnung.

»Dann sagst du mir besser rechtzeitig Bescheid. Ich werde Zeit brauchen, um Tony vorzubereiten. Außerdem sollte es lieber eine Hochzeit im Winter sein, damit wir auf der Farm alles so weit im Griff haben, dass wir ein paar Tage weg können.«

»Sonst noch etwas?«, neckte Kathy sie.

Sylvia grinste. »Wenn mir etwas einfällt, rufe ich dich auf der Stelle an. Tony hat schon dafür gesorgt, dass wir beide einen dieser unbegrenzten Ferngespräch-Tarife bekommen. Er hat mir ganz lieb gesagt, dass er weiß, dass es sehr schwer für mich wird, dass du in einen anderen Bundesstaat ziehst.«

Kathy drückte ihre Hand. »Ich weiß, dass du recht hast und dass sich alles ändern wird, aber ich werde nie aufhören, dich wie ein Schwester zu lieben. Du warst immer für mich da.«

»Und das werde ich auch weiterhin immer sein«, versprach Sylvia.

Noch einige weitere Leute aus der Stadt kamen auf Kathy zu und kondolierten. Die meisten waren ältere Leute, die mit Kathys Eltern per Du waren. Kathy kannte sie als Mr. und Mrs. Soundso. Sie war zum äußersten Respekt erzogen worden, und selbst jetzt, als Erwachsene auf Augenhöhe, konnte sie sich nicht überwinden, diese Leute beim Vornamen zu nennen.

Kathy verabschiedete sich noch von einigen Gästen, als ihr Blick auf ihre Schwester fiel. Sunny stand abseits an einer Seite des auf Hochglanz geschliffenen Eichensarges. Sie schien unsicher zu sein, was sie tun sollte oder nicht, also tat sie nichts, als nur dazustehen, die Hände zu ringen und auf den Boden zu starren. Kathy bemerkte, dass kaum jemand stehen blieb, um mit ihr zu sprechen.

»Entschuldigen Sie mich bitte«, sagte Kathy und entfernte sich von der Menschenansammlung.

Sie ging zu Sunny. »Ich glaube, Dad wäre zufrieden gewesen, oder?«

Sunny schaute ziemlich überrascht auf. »Ich … ähm … ja. Ja, ich glaube, er wäre sehr zufrieden gewesen.«

»Ich habe dich hier ganz allein gesehen und dachte mir, wir sollten uns vielleicht auf den Weg zum Essen in der Kirche machen.«

»Sie hassen mich«, sagte Sunny und schaute Kathy in die Augen. »Sie hassen mich und geben mir die Schuld an Dads Krebs und Moms Herzinfarkt. Sie werfen mir vor, ich hätte verhindert, dass du wie Sylvia heiratest – heiratest und Kinder bekommst.«

»Das ist jetzt nicht der richtige Zeitpunkt, Sunny. Wir können über all das später reden. Sei einfach tapfer und versuch, mit der Situation klarzukommen. Du wusstest, dass es nicht einfach sein würde, aber heute geht es darum, sich an Dad zu erinnern. Lass sie denken, was sie wollen. Das ändert nichts an der Wahrheit.«

»Ich weiß«, flüsterte Sunny mit Tränen in den Augen. »Das quält mich am meisten.«

Für Sunny war die Beerdigung ihres Vaters schwerer gewesen als jede andere Beerdigung. Sie hatte Randy und den kleinen Gary inmitten einer großen Tragödie begraben, und der Schock hatte verhindert, dass sie irgendetwas zu intensiv oder zu tief fühlte. Jedes Mal waren die Gefühle Wochen später zurückgekehrt und hatten schwere Depressionen verursacht. Dieses Mal aber waren Kummer und Depression ihre ständigen Begleiter.

Jetzt, drei Tage nach der Beerdigung, spürte Sunny, wie sich die Benommenheit ein wenig lichtete. Die Farm war noch immer nicht verkauft, aber Kathy hatte beschlossen, dass sie so bald wie möglich umziehen würde. Wie sie Sunny erklärte, konnte sie in Slocum nicht einmal so viel Geld verdienen, um die Hypothek zu bezahlen. In Colorado Springs konnte sie wenigstens eine Arbeit finden und die Rechnungen mit dem bezahlen, was sie verdiente.

Sunny wusste jedoch, dass Kathy sich Sorgen machte. Sie sprach nie darüber, was die Farm wert oder wie hoch die Hypothek war, aber Sunny wusste, dass es eine ziemliche Summe sein musste.

Kathy schien das alles mit einer solchen Stärke zu tragen. Sunny hatte daran gedacht, Kathy zu sagen, dass sie abreisen wollte. Es gab Dinge, um die sie sich kümmern musste, aber sie hatte ihrem Vater versprochen, dass sie bleiben würde. Er hatte gehofft, dass Sunny Kathy helfen würde, die Last zu tragen, und Sunny war bereit, es zu versuchen. Sie wusste allerdings nicht genau, wie es um Kathys Bereitschaft stand. Sunny fragte sich, ob ihrer Schwester das Versprechen, das sie ihrem Vater gegeben hatten, leidtat. Hätte sie Sunny die Tür gewiesen, wenn Dad nicht darauf bestanden hätte, dass sie ihm versprachen sich zu vertragen?

Als sie nach einem frühmorgendlichen Spaziergang zum Haus zurückkam, war sie überrascht, im Obergeschoss Geräusche zu hören. Sie ging hinauf und fand Kathy bereits an der Arbeit im Zimmer ihrer Eltern.

»Guten Morgen«, wünschte Sunny.

»Morgen«, sagte Kathy von ihrem Platz aus. Sie kniete vor einer Plastikwanne. »Ich dachte, ich sollte diesen Kram besser sortieren. Die Leute für die Auktion werden in ein paar Tagen kommen, um alles in Augenschein zu nehmen.«

»Kann ich dir helfen?« Sunny wollte den Tag nicht damit beginnen, Kathy zu verärgern, aber sie fühlte sich ziemlich nutzlos.

Kathy schaute sich um und zuckte die Schultern. »Ich weiß nicht, was ich dir zu tun geben soll. Wir müssen die Sachen ordnen. Kleidung zu Kleidung, Kleinkram zu Kleinkram, Bücher zu Büchern. So ungefähr.«

»Tja, ich kann sicher rausfinden, was zusammengehört.« Sunny ging zur Kommode und nahm ein gerahmtes Hochzeitsfoto ihrer Eltern zur Hand. »Sie haben so jung ausgesehen – so voller Hoffnung.« Sie konnte nicht verhindern, dass Reue in ihrer Stimme schwang.

»Wir alle hatten unsere Hoffnungen«, sagte Kathy einfach.

»Du gibst mir die Schuld daran, dass du und Kyle die Verlobung gelöst habt, nicht?«

Kathy wirkte betroffen. Rasch wandte sie ihre Aufmerksamkeit einer Bücherkiste zu. »Ich glaube nicht, dass ich mit dir darüber reden möchte.«

»Warum nicht?« Sunny wollte die Sache nicht noch schlimmer machen, aber sie fühlte sich beinahe gezwungen zu fragen.

Kathy erstarrte. »Ich bemühe mich sehr, die Vergangenheit hinter uns zu lassen. Ich bin bereit zu versuchen, sie beiseitezuschieben, aber ich kann das nicht, wenn ich mich in der hässlichen Vergangenheit suhle.«

»Es gibt einen Unterschied, ob man sich mit der Vergangenheit auseinandersetzt oder so tut, als sei sie nie geschehen«, sagte Sunny. »Ich musste das selbst erst lernen. Du kannst die Vergangenheit ignorieren – sie verstecken – und dich trotzdem nie mit den dringenden Fragen auseinandergesetzt haben. Dann wird es wie eine Wunde, die sich entzündet hat. Äußerlich heilt sie vielleicht, aber tief darunter eitert sie noch.«

»Du glaubst also, dass ich, wenn wir all die hässlichen Einzelheiten nicht noch einmal durchkauen, weiterhin Groll und Wut gegen dich hegen werde? Ist es das?«

Sunny konnte den abwehrenden Ton in Kathys Frage hören. »Ich denke nur, dass es uns beiden guttun würde, über die letzten zwölf Jahre zu sprechen.«

»Im Juni warst du nicht bereit dazu, als ich dich fragte, ob du irgendwo jemanden hast, der auf dich wartet – ob du eine Familie hast.«

»Ich weiß. Es war falsch, so zu reagieren. Es ist nur so, dass im Augenblick alles sehr kompliziert ist.« Sunny stellte das Foto zurück auf die Kommode. »Als ich Randy heiratete, wusste ich endlich, was es heißt, um meiner selbst willen geliebt und wichtig genommen zu werden.«

»Wir haben dich auch so geliebt«, sagte Kathy sachlich, »aber das war nicht gut genug.«

Sunny gefiel nicht, in welche Richtung das Gespräch ging, aber sie hatte keine bessere Idee, als die Flucht nach vorn anzutreten. »Ich dachte, ich würde immer glücklich sein. Ich dachte, dass ich endlich gefunden hätte, was mir zu Hause fehlte, und dann starb Randy. Ich wollte auch sterben. Ich habe dir erzählt, dass sie mich in eine Entziehungskur gesteckt haben, aber ich habe dir nicht erzählt, dass ich in den ersten dreißig Tagen wegen Selbstmordgefahr unter Beobachtung stand. Das Leben war mir egal – es erschien mir einfach zu schmerzlich.«

Kathy öffnete den Mund, beschloss dann aber wohl, doch nichts dazu zu sagen. Sie staubte ein paar Bücher ab, während Sunny überlegte, wie sie die Wahrheit über ihr Leben aussprechen sollte.

»Der Entzug war schwer. Nicht so sehr, weil ich die Drogen aufgeben musste, sondern weil ich das Gefühl hatte, ich hätte keinen Menschen. Ich musste das allein bewerkstelligen. Es musste mir wichtig genug sein, aufzuhören und clean zu bleiben, oder es würde nichts nützen. Das Problem war, dass ich meine Realität hasste. Clean zu sein war nicht angenehm, denn wenn ich clean war, konnte ich mein miserables Leben als das sehen, was es war.«

»Aber warum sollte es dir anders gehen als uns anderen auch?«, fragte Kathy. Ihr Ton war weicher geworden und der Ausdruck auf ihrem Gesicht sagte, dass sie wirklich eine Antwort auf diese Frage wollte.

»Ist dir nie in den Sinn gekommen, Kathy, dass manche Leute den Druck einfach nicht aushalten? Nicht jeder ist dazu gemacht, erfolgreich zu sein. Nicht jeder hat die Fähigkeiten, der nächste Präsident oder Einstein zu werden. In der Schule habe ich es immer gehasst, wenn sie uns gesagt haben, wir könnten alles werden, was wir sein wollen, wenn wir uns nur anstrengen. Das ist nicht wahr und du weißt es. Ich hätte mich so sehr anstrengen können, wie es einem Menschen möglich ist, und trotzdem nicht Ärztin oder Wissenschaftlerin werden können. Dazu hatte ich einfach nicht das Zeug.«

»Aber sie haben uns gesagt, wir könnten alles werden, was wir sein wollten«, wiederholte Kathy. »Sein *wollten*. Du wolltest nicht Ärztin oder Wissenschaftlerin werden.«

»Vielleicht nicht, aber was, wenn ich Präsidentin der Vereinigten Staaten hätte werden wollen? Nichts sagt mir, dass ich das werden könnte, indem ich, wie vorgeschlagen, mein Bestes versuche. Wir bekommen nur aller vier Jahre einen Präsidenten. Bisher waren die meisten davon Juristen. Wie stehen die Chancen, dass ich es werden könnte – eine ungebildete Frau? Ein Prozent? Ein halbes Prozent?«

»Aber wenn du aufgibst, stehen die Chancen gleich null.«

»Genau so habe ich mich gefühlt, als die Ärzte mir sagten, dass ich ein fantastisches Leben haben könnte, wenn ich clean werde. Nichts fühlte sich fantastisch an. Ich hatte das Gefühl, dass die Wahrscheinlichkeit, dass ich wieder gesund werde, so klein ist, dass ich selbst mein größter Feind war.«

»Und was ist passiert?« Kathy legte die Bücher weg und widmete Sunny ihre ganze Aufmerksamkeit.

»Es war in der letzten Woche meiner Entziehungskur. Ich hatte meine Drogensucht überwunden und konnte ehrlich sagen, dass ich kein Bedürfnis hatte, wieder dahin zurückzukehren. Warum sollte ich mir die Mühe machen, high zu werden? Man muss ja doch wieder von dem Trip runterkommen und wieder high werden, um sich nicht der Realität stellen zu müssen. Also hatte ich das Gefühl, dass alles vergeblich war. Leben. Tod. Familie. Unabhängigkeit. Völlig vergeblich.«

Sunny ging zum Fenster und zog den staubigen Vorhang zurück. Draußen sammelten sich im Westen Regenwolken. Sie wusste, dass die Farmer eilig noch den letzten Weizen ernteten, und betete still, dass sie fertig werden durften, bevor das Wetter schlecht wurde.

»Ich saß vor der Entzugsklinik und las ein Buch, als ein Mann auf mich zukam. Es stellte sich heraus, dass es ein Arzt war. Er besuchte dort einen Freund, der versuchte, seine Heroinsucht zu überwinden.«

Sie ließ den Vorhang fallen und lehnte sich an die Wand neben dem Fenster. »Brian Dennison war anders als jeder andere, mit dem ich nähere Bekanntschaft geschlossen hatte. Er war gebildet, gut aussehend, freundlich und sanft. Er schien wirklich alles zu haben. Und zu meiner Überraschung wollte er mich näher kennenlernen. Er half mir, eine Wohnung zu finden, als ich aus dem Krankenhaus kam. Ich war angenehm überrascht festzustellen, dass ich noch Geld übrig hatte. Zwischen Randys Beerdigung und meiner Entziehungskur hatte ich gedacht, ich wäre pleite. Ich verkaufte das Haus und hatte das Gefühl, finanziell eine Weile über die Runden zu kommen – wenigstens für kurze Zeit. Die Preise in Kalifornien sind unerhört und lassen eine Menge Wünsche offen.«

Kathy betrachtete sie mit eindringlichem Interesse, sagte aber nichts. Sunny fragte sich, wie sie die Neuigkeiten aufnehmen würde, die sie ihr mitzuteilen hatte. »Brian und ich fingen an, miteinander auszugehen, und wir hatten eine stürmische Romanze. Er war sehr wohlhabend – altes Familienvermögen. Außerdem hatte er eine Praxis als plastischer Chirurg in Beverly Hills, die ihn mit seiner eigenen Hände Arbeit reich machte. Bevor ich's mich versah, planten wir eine Hochzeit. Eine Beverly-Hills-Hochzeit, bei der keine Kosten gescheut wurden. Ich glaube, alles in allem beliefen sich die Rechnungen auf über 450 000 Dollar.«

Kathy schnappte nach Luft. »Für eine Hochzeit?«

Sunny lachte, aber es klang nicht fröhlich. »Ja. Ziemlich verrückt, nicht? Allein mein Kleid kostete 50 000 Dollar, und es war kaum mehr als ein trägerloser Schlauch, der von einem Designer entworfen worden war, den jeder für seine nächste Kreation wollte.«

Kathy schüttelte den Kopf. »So etwas kann ich mir nicht einmal ansatzweise vorstellen. Wann war das?«

»Vor fünf Jahren. Ich war fünfundzwanzig und er vierzig.«

Kathy würde es nicht dabei belassen und Sunny hatte gewusst, dass sie noch mehr wissen wollen würde. Vielleicht war es deshalb so schwer, bezüglich dieses Teils ihres Lebens ehrlich zu sein.

»Also, was ist passiert?«, fragte Kathy schließlich.

Sunny runzelte die Stirn. Der Schmerz drohte, ihr den Atem zu rauben. »Ich bin nicht Präsidentin geworden.«

16

Sunnys Erinnerungen gingen wieder über die Jahre zurück. Sie konnte sich ohne Mühe in dem eleganten Haus in Beverly Hills sehen, das ihr Ehemann für sie beide gekauft hatte. Es war ein sicheres und freundliches Zuhause – eines, das Sunny sich rundum glücklich fühlen ließ. Das Leben schien so gut. Sie trug Designerschuhe und Designerhandtaschen. Sie wurde von jedem wichtigen Designer umworben und es geschah oft, dass sie in Privatjets zu Anproben reiste, um neue Entwürfe zu sehen. Es war ein privilegiertes Leben, von dem sie nur zu träumen gewagt hatte – ein Leben, das Sunny sowohl aufregend als auch fremd fand.

Ungeduldig lief Sunny hin und her und wartete darauf, dass Brian von der Arbeit nach Hause kam. Er war mit seinem Beruf als plastischer Chirurg ebenso verheiratet wie mit Sunny – wenn nicht noch mehr. Als sie geheiratet hatten, hatte er versprochen, seine Arbeit einzuschränken und mehr Zeit mit seiner jungen Braut zu verbringen, aber dazu war es nicht gekommen. Sunny hatte versucht, geduldig zu sein, als er einen Kurzurlaub und eine Abendverabredung nach der anderen absagte. Sie wusste, dass das, was er der Welt zu geben hatte, wichtig war – viel wichtiger als alles, was sie zu bieten hatte. Doch Sunny hatte Neuigkeiten, die, so hoffte sie, all das ändern würden: Sie war schwanger.

Der Gedanke, noch ein Baby zu bekommen, brachte ihr gleichzeitig Freude und Kummer. Die Erinnerung an Baby Gary trieb ihr noch immer Tränen in die Augen. Wenn sie über das Kind sprach, das sie nie hatte kennenlernen dürfen, zerriss es sie tief in ihrem Herzen. Manchmal war es leichter, so zu tun, als hätte sich dieser Teil ihres Lebens nie ereignet.

Jetzt war sie wieder schwanger und all die alten Sorgen und Ängste kamen an die Oberfläche. Was, wenn etwas geschah? Was, wenn sie dieses Baby auch verlor? Brian wusste um Sunnys ganze Vergangenheit und würde ihre Ängste verstehen. Er würde sanft und liebevoll sein, denn solch ein Mensch war er einfach. Er würde ihr auch sagen, dass sie sich keine Sorgen machen sollte; dass nichts geschehen würde, das ihnen Kummer macht.

Das Geräusch des Garagentores, das sich öffnete, erfüllte ihr Herz mit Vorfreude. Sunny hatte sich sorgfältig gekleidet und trug eines der Outfits, die Brian am liebsten mochte. Das rote Designerkleid und die Riemchensandalen waren ein Geschenk zu ihrem Geburtstag vor zwei Monaten gewesen. Wahrscheinlich würde sie beides nicht mehr sehr lange tragen können, aber es würde immer noch da sein, wenn das Baby geboren war.

Das Baby.

Sunny legte eine Hand auf ihren Bauch und konnte es kaum glauben. Sie würde ein Baby bekommen. Jetzt musste Brian mehr Zeit zu Hause verbringen. Jetzt musste alles anders werden. Sunny lächelte. Er würde sich so freuen.

Brian kam von der Garage herein und sah aus, als hätte er gerade die größte Heldentat seiner Karriere vollbracht. Er grinste ihr zu und warf sein Jackett auf den nächstbesten Stuhl. »Mmh, du siehst fantastisch aus.«

Sunny durchquerte den Raum und fiel ihm in die Arme. »Und ich fühle mich fantastisch.«

»Ich auch. Wir sollten feiern.«

»Das finde ich auch.«

Er knabberte zärtlich an ihrem Ohr. Sunny liebte das. »Was sollen wir feiern?«, fragte er, bevor er ihren Hals mit Küssen bedeckte.

»Dass wir ein Baby bekommen«, flüsterte sie.

Brian schob sie zurück und starrte sie ungläubig an. »Ein Baby? Bist du dir sicher?«

Sunny kicherte. »Ja. Ja, ich bin mir sicher. Ich habe zwei Tests gemacht, nur um es mir selbst zu beweisen.«

Er hob sie hoch und wirbelte sie herum. »Das ist unglaublich! Das ist wirklich eine Feier wert!«

Sie lachte und genoss das Gefühl, in seinen Armen zu sein. »Ich dachte mir schon, dass du dich freuen würdest.«

»Mehr als das. Das ist die bestmögliche Nachricht!«

Als sie geheiratet hatten, war Brian vierzig gewesen, und jetzt, ein Jahr später, verging ihm die Zeit zu schnell. Meistens war es ja die Frau, die sich Sorgen machte, weil ihre biologische Uhr tickte, aber in diesem Fall hatte Brian ihr von Anfang zu verstehen gegeben, dass er Kinder wollte, und zwar bald. Sunny war seiner Bitte nur allzu gern nachgekommen. Trotz ihrer Ängste hatte sie sich ein Baby gewünscht, seit sie Gary verloren hatte.

»Wann?«, fragte Brian und schob sich von Sunny zurück. »Wann kommt das Baby?«

»Tja, du bist der Arzt in der Familie, aber ich habe ausgerechnet, dass es irgendwann Ende Dezember kommt.«

»Wow, das ist alles so fantastisch.« Er ließ sie los und griff nach seinem Jackett. »Wir müssen ausgehen und uns einen sehr teuren Abend gönnen.«

»Ich hoffe, das bedeutet auch, dass du deinen Terminplan etwas abspecken und mehr Arbeit an Rick übertragen wirst.« Rick Anniston war seit zwei Jahren Brians Partner, aber bisher war Brian wirklich nicht geneigt gewesen, seine Patientenliste zu teilen. Die Leute kamen immer wieder zu Brian, weil sie ihm vertrauten, und oft sah Sunny, dass Brian seine eigene Gesundheit und sein Wohlergehen riskierte, um Patienten zu versorgen, um die sich auch Rick ohne Weiteres hätte kümmern können. Es hätte nur ein Wort von Brian gebraucht und alles hätte anders sein können. Sie hatte keine Ahnung, warum er zögerte. Es war ja nicht so, als brauchten sie das Geld. Brian müsste nicht einmal arbeiten, wenn er die Chirurgie nicht so lieben würde.

»Natürlich. Ich werde Rick morgen anrufen. Ich weiß, dass ich ziemlich mit Arbeit überhäuft war, seit wir geheiratet haben, aber ich verspreche dir, Sunny, dass sich alles ändern wird.«

Aber als Lucianna Noel Dennison am ersten Weihnachtsfeiertag geboren wurde, stand Sunny die Geburt mit keinem anderen Familienmitglied an ihrer Seite als Brians Mutter Nancy durch. Zwei Etagen tiefer steckte Brian in irgendeiner Notoperation fest und verpasste die Geburt seiner Tochter. Sunny hatte das seltsame Gefühl, dass das nur ein Vorbote von dem war, was noch kommen sollte.

Brian tauchte eine Stunde auf, nachdem seine Mutter gegangen war. Sunny hielt Lucianna in den Armen, staunte über das winzige Kind – und fragte sich, wie ihr Leben wohl in Zukunft verlaufen würde.

»Es tut mir so leid.« Er trat mit einem Dutzend rosafarbener Rosen an ihr Bett. »Ich musste diese Operation durchführen. Es war ein Kind – ein kleiner Junge, der durch eine große Glasscheibe gerannt war. Es war nicht einfach, aber ich denke, er wird am Ende relativ normal aussehen. Bitte verzeih mir.«

Sunny lächelte. Zuerst war sie ärgerlich gewesen, aber wie konnte sie weiter wütend sein, wenn sein Grund so selbstlos war? »Ich verzeihe dir. Ich habe hier auch jemanden, den du kennenlernen solltest.«

Brian beugte sich dicht zu ihr herunter. »Sie ist wunderschön – genau wie ihre Mutter.«

»Lucianna Noel, du solltest die Augen aufmachen und deinen Vater kennenlernen. Es könnte eines der letzten Male sein, dass du ihn zu sehen bekommst.«

Brian drückte einen Kuss auf die Stirn des Babys. »Auf keinen Fall. Ich habe dir gesagt, dass ich kürzertreten werde, und ich habe es ernst gemeint. Rick wird ein Drittel meiner Patienten übernehmen. Ich habe bereits mit einigen meiner Leute darüber gesprochen, und sie verstehen es.«

Sunny verspürte eine Welle von Glück. »Vielleicht können wir jetzt in den Urlaub fahren? Nur du, ich und das Baby?«

Brian nickte. »Ich glaube, das hast du dir mehr als verdient.«

Das Telefon klingelte und unterbrach die Erinnerung und Sunnys Gedankengang. Kathy schaute sie an, als wollte sie sagen, sie solle das Telefon vergessen, aber Sunny fühlte sich plötzlich sehr verletzlich. Jetzt würde Kathy nach Brian und dem Baby fragen und wo sie jetzt waren.

»Solltest du nicht rangehen?«, fragte Sunny. Sie stand auf und floh aus dem Zimmer, ohne darauf zu warten, dass Kathy antwortete.

Sunny schlug die Hände gegen ihre Seiten und kämpfte gegen den Drang an loszuschreien. Die Gedanken an ihre Tochter brachten sie beinahe an den Rand der Hysterie. Lucy war erst dreieinhalb und schon so reif. Sie hatte bereits ganze Sätze gesprochen, bevor sie zwei Jahre alt war. Der Schmerz in Sunnys Herz wurde mit jedem Gedanken an dieses kleine Mädchen größer, dessen dunkelblaue Augen und blonde Locken denen ihres Vaters so ähnlich waren.

»Ach Lucy. Es tut mir so leid.« Sunny rannte zur Haustür hinaus und die Einfahrt hinunter. Sie wollte nur noch weg. So weit wie möglich fort von den Erinnerungen und dem Schmerz. Das einzige Problem war, dass sie diese Dinge mit sich nahm, wohin sie auch ging. Sie konnte sie nicht hinter sich lassen, weil sie ein komplizierter Teil von dem waren, wer sie war und warum sie hier war.

Kathy wird mich für komplett verrückt halten. Sie wird sich fragen, wie in aller Welt ich wohl so verkorkst geworden bin. Aber aller Wahrscheinlichkeit nach hatte Kathy das bereits schon lange gedacht, bevor Sunny wieder nach Slocum gekommen war.

Kathy ging mit einem tiefen Gefühl des Bedauerns ans Telefon. »Hallo?«

»Kathy, ich bin's, Tante Glynnis.«

»O, wie geht es dir?« Kathy hatte Glynnis am Tag der Beerdigung angerufen, seitdem aber nicht mehr mit ihr gesprochen.

»Ich fühle mich schon viel besser. Es geht langsam, aber ich sehe Fortschritte.«

»Ich bin so froh, das zu hören«, sagte Kathy und setzte sich auf den Rand des Bettes ihrer Eltern.

»Du klingst aufgebracht. Geht es dir gut?«

Kathy überlegte, wie viel sie ihrer Tante erzählen konnte, und beschloss dann, ihr die Wahrheit zu sagen. »Sunny hat mir noch mehr über ihre Vergangenheit erzählt. Sie ist verheiratet – zumindest denke ich, dass sie es noch ist. Sie hat vor etwa fünf Jahren geheiratet und eine Tochter bekommen, Lucianna. Ich weiß nicht viel mehr. Er ist plastischer Chirurg in Los Angeles und sehr reich.«

»Meine Güte.« Glynnis klang so entgeistert von diesen Neuigkeiten, wie Kathy es gewesen war.

»Ich weiß nicht genau, was los ist oder warum sie bisher nichts über sie erzählt hat. Vielleicht ist sie auch nicht mehr mit ihm verheiratet. Ich weiß es nicht. Es war so, als hätte sie den ganzen Sommer nirgendwo hingemusst. Ich habe einfach angenommen, dass sie allein ist.«

»Wenn ich an all die Dinge denke, die du mir über Sunny erzählt hast, kann man sehr leicht sehen, dass sie nicht das wunderbare Leben bekommen hat, das sie sich vorgestellt hat, als sie von zu Hause wegging.«

»Ich weiß. Es war immer so einfach, sich einzureden, dass sie entweder tot ist oder es sich gut gehen lässt. Ich bin immer so wütend geworden, wenn ich mir vorgestellt habe, dass sie dieses wunderbare, traumhafte Leben führt, während der Rest von uns leidet und sich nach irgendeiner Nachricht von ihr sehnt. Ich bin so durcheinander, Tante Glynnis.«

»Das kann ich mir gut vorstellen. Du musstest in den letzten Wochen mit so vielem fertig werden.«

»Zuerst musste ich feststellen, dass meine Schwester am Leben ist«, begann Kathy. »Dann habe ich erfahren, dass Dad irgendwann wusste, wo sie ist, und nichts tat, um sie nach Hause zu zwingen – und es mir nicht einmal gesagt hat. Und dann all das, was Sunny erzählt hat: Eine gewalttätige Ehe und der Tod eines Kindes, eine zweite Ehe und Drogenabhängigkeit – dass ihr Mann eine Überdosis hatte und gestorben ist. Das ist alles zu viel, um es sich auch nur vorzustellen, geschweige denn, es zu begreifen. Ich weiß ehrlich nicht, was ich tun soll.«

»Das Einzige, was wir tun können, ist, sie zu lieben, Kathy. Mehr können wir kaum erreichen. Ich meine, du könntest dich von ihr abwenden. Du könntest ihr all die Dinge sagen, die du ihr am liebsten sagen würdest, und jede Art weiterer Beziehung meiden. Aber ich glaube nicht, dass du dann jemals glücklich werden würdest.«

»Nein, ich weiß, dass ich nie glücklich sein würde. Ich kann ihr nicht den Rücken zukehren ... sie ist meine Schwester. Doch andererseits fühle ich mich manchmal so betrogen und bin wütend. Wenn ich denke, dass ich endlich die Situation im Griff habe, kommt etwas Neues. Ich habe heute Morgen sogar etwas dagegen gehabt, dass sie mir hilft.«

»Wie das?«

»Ich habe Moms und Dads Sachen für den Verkauf sortiert. Sunny kam, um mir zu helfen, und ich wollte sie wegschicken. Ich wollte ihr sagen, sie solle nichts anfassen.«

Glynnis sagte nichts, also fuhr Kathy fort. »Manchmal möchte ich sie in die Arme nehmen und sie festhalten und nie wieder gehen lassen. Und dann wieder möchte ich ihr sagen, dass es zu wehtut, eine Beziehung zu ihr zu haben. Zu wissen, dass sie all die Jahre am Leben war – und wir ihr nie wichtig genug waren, um uns das mitzuteilen – ist zu viel. Man kann von keinem erwarten, dass er das überwindet.«

»Wenn du das auf eigene Faust versuchen wolltest, hättest du recht. Diese Art von Kampf kann man nicht in Fleisch und Blut führen. Es ist ebenso ein geistlicher und emotionaler Krieg. Du wirst dich verausgaben, wenn du versuchst, es allein in Ordnung zu bringen.«

»Ich weiß. Aber was ich nicht weiß, ist, wie ich die gleichen Fehler vermeiden soll. Ich weiß nicht, wie ich Sunny gegenüber ehrlich sein soll – oder ob es überhaupt eine Rolle spielen würde, wenn ich ehrlich wäre.«

»Ich glaube, um diese Situation in deinem Leben zu lösen, müsst ihr beiden vor allem die Gefühle der anderen verstehen. Du musst verstehen, warum Sunny ihre Entscheidungen getroffen hat, und sie muss verstehen, warum du deine getroffen hast.«

Kathy schüttelte den Kopf. »Aber zu verstehen, warum jemand etwas getan hat, ändert doch nichts an der Tatsache. Es wird genauso wehtun – mit oder ohne Erklärung. Nicht nur das – was ist, wenn Sunny mir sagt, dass die Entscheidungen, die ich getroffen habe, dumm waren? Das würde mich richtig wütend machen.«

»Und trotzdem soll sie sich das Gleiche von dir anhören?«

Kathy schwieg. *Das ist nicht das Gleiche*, sagte sie sich. *Es gibt einen Unterschied.*

»Sie wird das vielleicht nicht hören wollen«, sagte Kathy endlich, »aber ihre Entscheidungen waren dumm.«

»Deine auch«, erwiderte Glynnis sachlich.

»Was sagst du da?«

»Ich sage, was du sagst«, entgegnete sie. »Sunnys Entscheidungen haben für dich keinen Sinn ergeben, also nennst du sie dumm. Deine Entscheidungen haben für mich keinen Sinn ergeben, also tue ich das Gleiche. Wenn das ein Wettbewerb wäre, würdet ihr beide auf dem ersten Platz landen – ein Unentschieden.«

»Wie kannst du das nur sagen?« Kathy fühlte sich so verletzt, dass sie kaum sprechen konnte. »Ich habe getan, was ich tun musste. Ich bin zu Hause geblieben und habe für die Menschen gesorgt, die ich liebe.«

»Kathy, ich will nicht abwerten, was du für deine Eltern getan hast. Das war sehr liebevoll. Aber du hast auch andere Entscheidungen getroffen, die ich kaum verstanden habe. Kyle wegzuschicken war eine davon. Wie viel leichter hätte es für dich mit seiner Liebe und seiner Unterstützung sein können! Für mich war deine Entscheidung, ihn wegzuschicken, ebenso töricht wie Sunnys Entscheidung wegzulaufen.

Verstehst du denn nicht, Kathy? Ich möchte nur, dass du erkennst, dass es dir nichts nützen wird, einen Groll zu hegen und die Vergangenheit am Leben zu halten. Du und Sunny, ihr habt die Chance, einen Neuanfang zu machen. Vergiss, was hinter dir liegt, wie uns die Bibel rät. Finde heraus, was du willst – was du brauchst. Finde heraus, was du von Sunny brauchst, damit alles in Ordnung kommen kann.«

In jener Nacht lag Kathy lange wach und dachte über genau jene Frage nach. *Was brauche ich von Sunny? Was von all dem brauche ich?* Sie dachte an den Wunsch ihres Vaters, seine Familie wieder verbunden zu sehen – sein beständiges Gebet, dass Gott seine verlorene Tochter heimbringen möge. Er wusste, was er von Sunny wollte. Aber Kathy konnte um alles in der Welt nicht ergründen, was sie wollte. Schlimmer noch: Was wollte Sunny von ihr?

Der Morgen kam viel zu schnell und brachte keine Antworten. Ein Donnergrollen in der Ferne ließ Kathy kaum einen Zweifel daran, dass der Regen bald kommen würde. Sie zog eine Arbeitsjeans an und ein altes weißes Oberhemd. Kathy schaute in den Spiegel und dachte über das Bild nach, das sie sah. Sie bürstete ihr langes Haar, band es zu einem Pferdeschwanz zusammen und grübelte dabei die ganze Zeit über ihr Aussehen nach. Sie sah so alt aus – so müde. Sie hatte zugelassen, dass die Trauer und das Elend ihres Lebens sie altern ließen. Sie war erst zweiunddreißig, aber sie sah viel älter aus. In ihrem Gesicht war eine Härte, die sie unnahbar erscheinen ließ. Betrachteten die anderen sie so? War das das Bild, das sie darstellen wollte?

Glynnis hatte sie an ihren Mangel an Dankbarkeit für die Sicherheit und Liebe erinnert, die sie zu Hause erfahren hatte. Kathy hatte keine Ahnung, ob es zu spät war, dafür dankbar zu sein, oder nicht, aber sie musste einen Weg finden, es zu versuchen. Sie war dankbar für alles, was sie hatte. Sie war dankbar für die Zeit mit ihren Eltern. Sie war dankbar, dass Gott ihr wenigstens so viel Zeit geschenkt hatte.

Glynnis hatte auch gesagt, dass die Entscheidungen, die Kathy getroffen hatte, als ebenso töricht betrachtet werden konnten wie die, die Sunny getroffen hatte. Das war schwer, sich einzugestehen. Kathy hatte das Gefühl, dass ihre Gründe, warum sie Kyle weggeschickt hatte, ebenso zu seinen Gunsten gewesen waren wie zu ihren.

»Nur habe ich ihn nie gefragt, ob er das auch so empfand«, murmelte sie.

Unten bereitete Sunny schon das Frühstück vor. Kathy ging auf die Veranda und warf einen Blick nach draußen. »Sieht so aus, als würde ein Sturm heranziehen.«

»Ja. Ich habe die meisten Fenster zugemacht.« Sie wandte sich vom Herd ab. »Ich mache ›Eier im Korb‹. Möchtest du welche?«

»Die habe ich seit Jahren nicht mehr gegessen«, sagte Kathy und ein warmes Gefühl überkam sie bei der Erinnerung. »Ich erinnere mich, dass Mom den kleinen Kreis aus dem Brot ausgeschnitten und uns zum Naschen gegeben hat, während sie den Rest mit dem Ei gebraten hat.«

»Ich auch, aber ich mochte es mehr, wenn mein Brotkreis in Butter gebraten war. Es ist ein Wunder, dass wir damals nicht doppelt so schwer waren.« Sunny lachte und wendete die Kombination aus Brot und Ei. »Weißt du noch, dass Dad sie immer ›eingerahmte Eier‹ genannt hat?«

»Ja«, sagte Kathy und nickte. »Und Grandpa Halbert hat sie ›Feuer im Loch‹ genannt.«

»Ja, er sagte, dass das Eigelb wie ein Feuer aussieht, aber ich sagte zu ihm, ›Nein, tut es nicht. Es sieht nur wie ein Ei aus.‹« Sie lachten beide über die Erinnerung und wurden dann still.

Sunny brachte das Essen zum Tisch und ging dann zurück, um die

Kaffeekanne zu holen. »Hör mal, ich möchte dir etwas sagen.« Sie schwieg einen Augenblick lang. »Ich möchte, dass wir Freundinnen sind, Kathy. Ich weiß, dass ich vielleicht um zu viel bitte, aber ich möchte dich wirklich wieder in meinem Leben haben. Ich schätze, ich muss einfach wissen, was du von mir willst – was du von mir brauchst, damit wir wieder ins Reine kommen können. Es geht nicht mehr um Mom und Dad – es geht um uns.«

Kathy spürte die Wirkung dieser Aussage. »Ich weiß. Ob du mir's glaubst oder nicht, aber ich habe die halbe Nacht wach gelegen und über genau das Gleiche nachgedacht.«

Sunny setzte sich. »Wir werden bald getrennte Wege gehen, aber ich möchte nicht, dass das das Ende ist. Ich möchte zu deinem Leben gehören. Ich möchte, dass wir wieder eine Familie sind.«

Aus irgendeinem Grund rief diese Aussage bei Kathy sofort eine Abwehrhaltung hervor. Sie hatte nie etwas anderes versucht, als in der Familie zu leben. Es war Sunny gewesen, die sie verlassen hatte. Jetzt verlangte sie zurück, was sie vor Jahren so achtlos weggeworfen hatte.

Kathy wusste, dass sie, wenn sie jetzt nicht ging, etwas sagen würde, das ihrer Versöhnung einen Rückschlag versetzte. »Ich muss gehen.« Sie stand auf, schaute Sunny an und hoffte – betete –, dass sie es verstand. »Ich muss allein sein. Bitte versteh mich.«

»Aber du bist doch gerade erst gekommen. Ich habe Frühstück für uns.«

»Sunny, bitte. Wenn ich bleibe, sage ich vielleicht etwas, das ich nicht sagen sollte. Ich bin noch immer wütend und ich muss dringend einen Weg finden, davon loszukommen. Du verstehst nicht, wie schwer das ist. Ich hatte dich als tot aufgegeben. Für immer gegangen. Ich dachte, ich würde dich nie wiedersehen. Zu glauben, dass du sicher im Himmel aufgehoben bist, war die einzige Möglichkeit, die schmerzlichsten Tage zu überstehen.« Sie unterbrach sich und rang darum, ihre bebende Stimme zu beherrschen.

»Du wusstest immer, wo ich war«, fuhr sie fort. »Du hättest in jedem beliebigen Moment zurückkommen können, aber diesen Luxus hatte ich nicht. Ich wusste nicht, was dir zugestoßen war. Ich wusste nicht, ob du tot oder am Leben bist, und der Gedanke, dass du leidest, hat mich halb wahnsinnig gemacht. Bitte … ich kann jetzt nicht bleiben. Dafür bin ich nicht stark genug.«

17

»Und so bin ich gegangen«, erzählte Kathy Sylvia, als sie am gleichen Tag im *Slocum Café* zu Mittag aßen. »Ich konnte einfach nicht bleiben und über all das reden. Es geschieht etwas mit mir, wenn ich mit Sunny allein bin.«

»Was meinst du?« Sylvia nahm ihr Glas Limo in die Hand.

Kathy lehnte sich an die Sitzbank zurück und seufzte. »Wenn ich allein bin, bete ich über alles und habe das Gefühl, meine Emotionen beherrschen zu können. Dann sehe ich Sunny Auge in Auge und die Vergangenheit überflutet mich. Alle Verletzungen – Verbitterung – Angst – Verzweiflung. Ich bin wirklich wütend auf Sunny. Ich bete darüber und denke, ich habe es erledigt, doch dann kommt es hoch. Ich versuche es zu unterdrücken, aber es kommt immer wieder. Dann nimm noch meine Anspannung hinzu, weil die Farm sich nicht verkaufen lässt, und ich bin einfach nicht bereit für Gesellschaft.«

Ein paar ältere Farmer kamen ins Café. Die Glocke, die an der Glastür hing, läutete, um auf ihr Eintreten aufmerksam zu machen.

»Howdy«, sagte einer der Männer und nickte Sylvia und Kathy zu. Kathy erkannte den Mann als Mr. Bennett. Er besaß eine Farm, die östlich von der Stadt lag. Der andere Mann war Mr. Blevins. Beide waren gute Freunde ihres Vaters gewesen.

Kathy lächelte. »Hallo.«

»Wollte noch sagen, dass die Beerdigung echt schön war«, sagte Mr. Bennett. »Werde deinen Vater sehr vermissen.«

Mr. Blevins nickte. »Gott hat nicht allzu viele so Gute wie Gary erschaffen.«

»Das sehe ich auch so«, sagte Kathy.

»Hast du die Farm schon verkauft?«

Sie schüttelte den Kopf. »Nein. Es gibt nicht viel Interesse daran. Wahrscheinlich lasse ich sie weiter von Tony bewirtschaften und versuche, das Haus zu vermieten, bis ich einen Käufer finden kann.«

»Ich habe meinem Neffen davon erzählt. Er war schon irgendwie interessiert, aber es ist keine gute Zeit für ihn.« Mr. Bennett wirkte enttäuscht. »Ich wünschte, es wäre anders.«

Kathy seufzte. »Ich auch.«

Die Männer gingen zum Tresen und nickten zustimmend, als die Kellnerin eine Kaffeekanne hochhielt. Dort begannen alle Farmer die Mahlzeiten, wichtige Gespräche und manchmal sogar Auseinandersetzungen mit einer starken Tasse Kaffee.

Kathy wandte ihre Aufmerksamkeit von den Männern ab und schaute wieder Sylvia an. »Wo waren wir stehen geblieben?«

»Du hast davon gesprochen, dass deine Wut immer wieder auftaucht. Ich glaube, sie kommt immer wieder, weil du dich nicht richtig damit auseinandersetzt. Zumindest würde ich darauf tippen – aber ich bin keine Psychologin.« Sylvia grinste. Sie und Kathy analysierten einander schon jahrelang. Sie witzelten immer, dass sie einander ein Vermögen an Therapierechnungen ersparten.

Kathy lächelte. »Deine Psychologie reicht mir. Ich schätze, ich möchte mich nur schützen. In vielerlei Hinsicht habe ich Angst vor Sunny.«

»Aber warum? Was gibt es denn da zu fürchten?«

Kathy spielte mit ihrem Besteck. Ihr Cheeseburger lag unangetastet auf dem Teller. »Du weißt, wie es mir ging, als wir noch jünger waren. Ich dachte, dass Sunny … nein, Amy und ich uns sehr nahestehen. Siehst du, es kommt mir sogar so vor, als hätte ich es mit zwei Personen zu tun. Amy starb und Sunny wurde geboren. Amy änderte ihren Namen und ihre Identität und Sunny nahm ihren Platz ein. Amy lief von zu Hause weg, aber Sunny war es, die zurückkehrte.«

»Und was, wenn ich dir sage, dass du auch nicht mehr dieselbe Kathy bist? Denn das bist du nicht mehr, weißt du?« Sylvia runzelte die Stirn. »Die Kathy, die ich in der Highschool kannte, war positiv eingestellt und konnte es mit der ganzen Welt aufnehmen. Sie hatte den Herrn Jesus lieb und wusste, dass sie, egal was geschah, darauf zählen konnte, dass Gott immer für sie da war. Die Kathy, die ich vor zwölf Jahren kannte, hatte Träume und Wünsche – Liebe und Pläne für die Zukunft. Du bist vielleicht hier in Slocum geblieben, aber du hast dich verändert.«

»Wahrscheinlich schon.« Kathy nagte an einem Stück Pommes frites und lehnte sich wieder zurück.

»Alles klar bei Ihnen?«, fragte Marcy Atchison, eine schlanke Sechzehnjährige. Sie füllte die Wassergläser auf und wartete auf die Antwort der beiden Frauen.

»Alles klar«, erwiderte Sylvia. »Sag Marvin, die Burger sind perfekt.«

Das Teenagermädchen grinste. »Das steigt ihm nur zu Kopf. Er denkt sowieso, dass er einer der Besten im Westen ist, seit er den Hamburger-Grill-Wettbewerb in Hays gewonnen hat.«

Kathy und Sylvia lachten. Marvin war beinahe siebzig Jahre alt und hatte den größten Teil seines Lebens das *Slocum Café* geführt. Er hatte es von seinem Vater übernommen und Marvin hielt sich für einen Experten bei seiner Spezialität – Hamburger.

Sie aßen schweigend, bis Kathy plötzlich erklärte, »Es geht aber nicht nur um Veränderungen. Es geht darum, dass ich gedacht habe, es gäbe Dinge, die nie existiert haben. Ich dachte, meine Schwester und ich stünden uns nahe. Ich dachte, wir könnten über alles reden. Ich dachte, wir würden immer füreinander da sein. Ich habe sie falsch eingeschätzt, Sylvia. Ich habe das falsch eingeschätzt, was wir hatten.«

»Na und? Wir treffen ständig Fehleinschätzungen.«

»Was, wenn ich sie jetzt auch falsch einschätze? Was, wenn meine Fehleinschätzung dieses Mal bedeutet, dass ich mir nur noch mehr Schmerz zuziehe?«

»Und wenn schon. Gehst du durchs Leben und versuchst, nie jemanden zu lieben oder jemandem zu vertrauen, nur weil du verletzt werden könntest?«

Kathy zuckte die Schultern und lächelte schwach. »Klingt ganz nach mir, oder?«

»Nein. Das ist ganz und gar nicht deine Art. Darum hast du so mit dieser Situation zu kämpfen. Du bist ein liebevoller und freigebiger Mensch. Du möchtest dein Herz Kyle wieder anvertrauen und du möchtest, dass er dir seine Liebe anvertraut. Damit verlangst du ganz schön viel, wenn du mich fragst. Als deine Mutter krank wurde, hast du dich in gewissem Maß von mir abgewendet, aber hättest du mich so wie Kyle behandelt, würde ich zögern, dir eine zweite Chance zu geben.«

Es war, als ginge Kathy zum ersten Mal ein Licht auf. »Ich habe mit Kyle genau das gemacht, was Sunny mir angetan hat. Er dachte, dass wir etwas Besonderes hätten – und das hatten wir. Dennoch habe ich das alles von mir weggeschoben … weil ich keinen Weg sah, wie ich damit umgehen sollte und bekommen konnte, was ich brauchte, um zu überleben.«

Sylvia nickte. »Ja, das kommt mir bekannt vor.«

Kathy fühlte sich von Schuldgefühlen überwältigt. Sofort fielen ihr Entschuldigungen ein. »Aber ich habe ihn nicht angelogen. Ich habe ihm gesagt, wie sehr ich ihn liebe. Er hat mir gesagt, dass er ewig warten würde. Er wusste, dass meine Liebe zu ihm echt war. Das wusste ich von Amy nicht. Sie hat uns immer belogen. Sie hat bezüglich ihrer Handlungen gelogen. Sie hat bezüglich ihrer Bedürfnisse gelogen. Ich habe ihre Motive völlig falsch beurteilt und vielleicht passiert mir das gerade wieder.«

»Warum musst du überhaupt über ihre Motive urteilen? Warum kannst du sie nicht einfach lieben? Sie ist immerhin deine Schwester. Ich weiß, dass du noch deine Tante und deinen Onkel hast, aber ansonsten hast du keine Familie außer Sunny.«

»Aber was, wenn sie mich zum Narren hält?«

»Zu welchem Zweck? Kathy, sie sitzt im gleichen Boot wie du. Sie hat beide Elternteile verloren und sich von ihrem einzigen weiteren Familienmitglied entfremdet.«

»Aber wie kann ich ihr vertrauen?«

»Ich glaube, du bist die Einzige, die das beantworten kann. Du bist die Einzige, die beurteilen kann, was du wirklich von Sunny brauchst, damit das alles deine Zeit und Mühe wert ist.«

»Was ich von ihr brauche? Genau das hat sie mich auch gefragt. Sie wollte wissen, was ich von ihr brauche, damit das alles funktioniert – um alles so weit in Ordnung zu bringen, dass wir wieder eine Familie sein können.«

»Und?«, wollte Sylvia wissen und beugte sich vor.

Kathy schaute in ihr fragendes Gesicht und schüttelte den Kopf. »Und was?«

»Was brauchst du?«

»Ich weiß es nicht. Ich weiß nicht, wie man das herausfinden soll.«

»Ach, jetzt komm schon, Kathy. Du weißt es besser.« Sylvia klang mehr wie eine Mutter, die ihre Tochter tadelte, als wie eine Frau, die mit ihrer Freundin sprach. Ihr Ton brachte Kathy auf höchster Alarmstufe in die Defensive.

»Kathy, was brauchst du von *unserer* Beziehung? Ich weiß, was ich brauche. Ich brauche jemanden, bei dem ich darauf vertrauen kann, dass er meine Geheimnisse bewahrt. Ich brauche jemanden, der mich liebt, egal was passiert. Ich brauche jemanden, der mir vergibt, wenn ich ihn ausnutze, und der mit mir den ganzen Weg geht, wenn ich stur bin und die Dinge nicht so sehen kann, wie sie sind. Das alles bekomme ich von dir. Ich bekomme es von Tony. Weder er noch du könntet meine besten Freunde sein, wenn ich in unserer Beziehung weniger als das hätte. Also frage ich dich noch einmal – was brauchst du von Sunny?«

Kathy dachte mehrere Minuten nach. Das Eine, das ihr immer wieder einfiel, war das Eine, das sie wohl nie würde sicher beweisen können.

»Wahrheit.« Kathy sprach das Wort flüsternd aus. »Ich brauche die Wahrheit. Ich muss wissen, dass sie vollkommen ehrlich zu mir ist – dass es zwischen uns nie wieder eine einzige Lüge geben wird. Ich muss wissen, dass die Gefühle, die wir füreinander haben, echt sind.«

»Und wenn sie dir sagen würde, dass sie dir immer die Wahrheit sagen will – würdest du ihr glauben? Würdest du ihrem Wort trauen können? Oder würdest du ihr Zeit geben müssen und ihre Taten für sich selbst sprechen lassen? Würdest du das Wagnis eingehen müssen, dass dieses Mal alles anders sein könnte?«

Kathy konnte genau das sehen, was Sylvia ihr zeigen wollte. »Es gibt keine Garantie, nicht wahr? Du sagst mir das immer wieder, aber ich tue weiterhin so, als wäre es anders.«

Sylvia lachte. »Du kannst so lange so tun als ob, solange du willst, aber es wird nichts ändern.«

»Das klingt so dürftig.«

»Aber es ist wahr«, konterte Sylvia. »Wir leben in einer Welt, wo Lügen die Norm sind. Wo Täuschung und Betrug auch noch belohnt werden. Du kannst Sunnys Herz nicht beurteilen. Du kannst nicht wissen, wie ehrlich sie es meint – aber du kennst dein eigenes Herz und weißt, wie ehrlich *du* es meinst.«

»Und mehr habe ich eigentlich nicht. Oder?«

Sylvia nickte. »Mehr haben wir alle nicht.«

Kathy dachte noch darüber nach, lange nachdem sie ihr Mittagessen beendet hatten. Sie ging in das Lebensmittelgeschäft, kaufte ein paar Dinge fürs Abendessen und versuchte, ihre Gefühle zu ordnen. Sie würde mit Sunny reden müssen, wenn sie nach Hause kam. Es fiel ihr schwer herauszufinden, wie sie das sagen sollte, was sie ihrer Schwester sagen musste. Ihre Beziehung war wie ein rasiermesserscharfes Schwert, das auf der Spitze balancierte. Wenn es nach der einen oder anderen Seite herunterfiel, könnte es eine oder beide von ihnen in Stücke schneiden.

»Ach Kathy. Wie kommst du zurecht?«

Es war Renea Stover – der letzte Mensch, mit dem Kathy sich jetzt auseinandersetzen wollte. Kathy rang sich ein Lächeln ab. »Es geht mir ganz gut. Und Ihnen?« Die Frau sah sehr bleich und müde aus. Unter ihren Augen waren dunkle Ringe.

»Ich habe mir schreckliche Sorgen um dich gemacht. Ich muss sagen, dass ich sogar schlaflose Nächte hatte. Ich denke immerzu daran, wie furchtbar es für dich ist, diese Frau in deinem Haus ertragen zu müssen.«

»Sie meinen Sunny?«

»Ja. Sunny. Sunshine. Amy. Wie auch immer sie sich gerade nennt. Für sie hat ein Name keine Bedeutung. Sie hat keinen Respekt für kostbare Dinge.«

»Aber Mrs. Stover. Ich muss zu Sunnys Verteidigung sagen, dass sie ein anderer Mensch geworden ist. Sie ist nicht mehr die gleiche Frau wie vor zwölf Jahren.«

»Es ist nett von dir, sie zu verteidigen.« Mrs. Stover warf ihr einen Blick zu, der sagte, dass sie Kathy für die perfekte Mischung aus Märtyrerin und Heiliger hielt.

»Ich sage das nicht, weil ich nett bin. Sunny hat sich verändert, und wir sollten bereit sein, das anzuerkennen.«

»Ach was. Niemand ändert sich so sehr. Sie kann unmöglich verdient haben, dass du so etwas über sie sagst.«

Kathy fiel etwas ein, was sie einmal Pastor Butler hatte sagen hören. »Aber geht es nicht genau darum bei der Gnade? Zu bekommen, was wir nicht verdienen? Ich weiß nicht, ob Sunny eine zweite Chance oder irgendjemandes Respekt verdient. Aber wenn ich in derselben Klemme stecken würde, würde ich hoffen, dass andere Menschen mir Gnade entgegenbringen – und Barmherzigkeit.«

»Sie hat deine Mutter umgebracht.« Die Stimme der Frau wurde lauter. Dann, als ob sie sich ihres Tons bewusst würde, trat Mrs. Stover näher. »Deine Mutter hat dieses Kind geliebt, und Sunny hat sie quasi umgebracht.«

»Ja. Mutter hat Sunny geliebt. Moms letzte Worte waren Worte der Liebe für Dad und mich … und Sunny. Sie hat Sunny einen wunderschönen Brief hinterlassen, der von ihrer Liebe spricht … und von ihrer Vergebung.« Kathy fühlte sich, als ob sie diese Argumente sich selbst vorlegte. Die gleichen Anschuldigungen waren aus ihrem eigenen Mund gekommen.

Kathy drückte sanft Mrs. Stovers Schulter. »Wir müssen verstehen, dass Mom Sunny mit dem Herzen einer Mutter geliebt hat. Ein Herz, das niemals, und das wissen Sie genau, ihrem Kind die Liebe vorenthalten würde wegen etwas, das es getan oder nicht getan hat.« Tränen traten in die Augen der älteren Frau, als Kathy fortfuhr. »Sunny zu hassen bedeutet, jemanden zu hassen, den Mom von Herzen geliebt hat. Mom wäre für Sunny gestorben. Es war Mom egal, dass Sunnys Gleichgültigkeit ihre Gesundheit ruiniert hatte. Es war Mom egal, dass Sunny ihre Familie ausgenutzt hat. Für sie zählte nur, dass Sunny heimkam – dass sie wusste, dass sie geliebt wird.«

»Marg war so eine gute Frau.« Mrs. Stover begann leise zu weinen.

Kathy legte den Arm um sie. »Sie war eine gute Frau, aber das sind Sie auch. Sie dürfen nicht zulassen, dass diese Sache Ihr Herz zerfrisst und Sie deshalb schlaflose Nächte haben. Und ich darf das auch nicht. Wir müssen einen Weg finden, uns von Gott durchhelfen zu lassen – heilen zu lassen.«

»Ich weiß, dass du recht hast, Kathy. Ich dachte, ich hätte es losgelassen, aber als ich sie wiedersah – kam alles mit einem Schlag zurück. Ich dachte an deine Mutter, als sie so krank und traurig dalag. Sie sagte immer, ›Renea, wenn ich sie nur wiedersehen könnte – sie nur in den Arm nehmen und ihr Gesicht küssen könnte – dann hätte ich Frieden.‹ Ich wollte so sehr, dass sie Frieden hat. Ich wollte, dass sie in diesem Frieden sterben kann.«

Kathy nickte. »In gewisser Weise hatte sie diesen Frieden. Ich glaube, am Ende gab Gott ihr einen Frieden, von dem wir nichts wissen. Er kann auch uns diesen Frieden geben. Ich muss glauben, dass er es kann.«

Die ältere Frau richtete sich auf. »Ich weiß, dass er es kann. Es tut mir leid, Kathy. Ich bewundere dich schon lange, so wie ich deine Mutter bewundert habe. Ich habe mich wohl euretwegen angegriffen gefühlt. Das war falsch. Ich kann nicht sagen, dass ich all das über Nacht hinter mir lassen kann, aber du hast mich beschämt, und ich weiß jetzt, was ich tun muss.«

Kathy holte tief Luft. »Ich glaube, Gott beschämt uns beide.«

18

Sunny wählte Lanas vertraute Nummer und wartete, während das Telefon klingelte. Gerade als Sunny aufgeben wollte, antwortete Lana.

»Hallo?« Sie klang außer Atem.

»Lana, ich bin's, Sunny.«

»O, meine Güte. Ich bin so froh, dich zu hören. Ich war gerade auf dem Weg zum Einkaufen, aber ich hörte das Telefon klingeln und dachte, ich sollte zurückgehen. Jetzt bin ich froh, dass ich es getan habe. Wo bist du und wie geht es dir?«

»Ich bin noch in Kansas. Mein Vater ist gestorben und Kathy und ich versuchen, das Haus auf Vordermann zu bringen. Wir veranstalten eine Auktion, um das meiste zu verkaufen.«

»Wie kommst du mit dem Tod deines Vaters zurecht?«

»Na ja, größtenteils stehe ich wohl unter Schock. Ich wusste, dass er sterben würde, aber ich glaube, ich war eigentlich noch nicht darauf vorbereitet. Ich war auf nichts vorbereitet, was ich hier vorgefunden habe.« Sunny spielte mit dem Kabel, das den Hörer mit dem Kartentelefon verband. »Es ist so schwer zu wissen, dass sie beide tot sind. Die Trauer ist heftig, aber wie bei der meisten Trauer in meinem Leben habe ich Angst, sie an die Oberfläche kommen zu lassen.«

»Aber warum, Sunny?«

»Ich glaube, ich habe Angst, dass sie mich erdrückt. Ich fühle mich nicht so stark. Ich mache mir Sorgen, dass ich wieder in Drogen oder Alkohol Zuflucht suche. Ich möchte es nicht und ich habe es auch nicht vor, aber es ist immer noch bei mir im Hinterkopf, weil das meine alte Natur war.«

»Aber es ist nicht deine neue Natur. Du weißt, dass Gott einen Plan für die Zukunft hat. Er hat versprochen, dich niemals zu verlassen oder im Stich zu lassen. Du musst keine Angst haben.«

Sunny schaute die lange, staubige Straße entlang, die aus der Stadt führte. Es gab nur wenige Bäume dort und keine Kurven, und so sah sie aus, als würde sie ewig weiterführen. Sie wirkte endlos und leer, und genau so kam Sunny ihr Leben im Moment vor.

»Wie geht es denn mit deiner Schwester?«, fragte Lana.

Sunny seufzte. »Ich weiß nicht. Manchmal bekomme ich Hoffnung, dass wir alles aufarbeiten können. Doch dann passiert etwas oder eine von uns beiden sagt etwas, und ich habe das Gefühl, wir stehen wieder am Anfang. Wir beide erleben wohl sehr viel Frustration im Umgang miteinander.«

»Lasst euch Zeit. Es kann sein, dass ihr eine Weile zwei Schritte vor und einen zurück geht.«

»Ich weiß, aber ich möchte das wirklich in Ordnung bringen, bevor ich Kansas verlasse. Kathy versucht, die Farm zu verkaufen, aber selbst wenn sie sie nicht sofort verkauft, plant sie, in ein paar Wochen wegzuziehen. Mehr Zeit haben wir nicht. Dann geht sie nach Colorado.«

»Und wohin wirst du gehen, Sunny?«

Diese Frage trieb Sunny Tränen in die Augen.

»Ich weiß es nicht.«

»Horch mal, ich möchte keine vertraulichen Mitteilungen weitergeben oder falsche Erwartungen wecken, aber du solltest wirklich deine Schwiegermutter anrufen. Nancy hat sich solche Sorgen um dich gemacht und ich glaube, es wäre eine Ermutigung, wenn du einfach nur mit ihr redest. Bitte versprich mir, dass du sie anrufst, sobald wir unser Gespräch beendet haben.«

Sunny dachte einen Augenblick lang darüber nach. Sie hatte ihre Schwiegermutter schon eine Weile anrufen wollen, aber sie war sich überhaupt nicht sicher, ob ihr Anruf willkommen war. »Ich … ähm … ich möchte es gern.«

»Dann mach es. Es ist wichtig, dass ihr in Verbindung bleibt. Sunny, sie ist halb krank vor Sorge um dich.«

Sunny liebte ihre Schwiegermutter. Nancy war nie etwas anderes als gütig und hilfsbereit gewesen. Selbst als Brian sie mit Verachtung und Misstrauen behandelt hatte, hatte Nancy Sunny bedingungslose Liebe geschenkt.

»Ich werde sie anrufen, sobald ich aufgelegt habe.«

»Gut. Warum verschieben wir nicht unser Gespräch, damit du das gleich machen kannst? Du kannst mich immer noch heute Abend anrufen und weiter über alles mit mir sprechen, wenn du willst. Ich habe heute frei.«

»Okay. Das werde ich wohl machen.«

Sunny legte auf und stellte fest, dass sie versucht war, den zweiten Anruf zu vergessen. Ihr Nerven waren am Ende und ihre Gefühle lagen blank. Wie sollte sie nur normal mit ihrer Schwiegermutter reden und nicht ihr Elend und ihren Schmerz zeigen? Aber was, wenn sie all das offenlegte? Warum sollte Nancy nicht wissen, dass sie unglücklich war? Es war ja nicht so, als wäre sie an irgendetwas von all dem schuld.

Sunny starrte das Telefon an und dachte über den Anruf nach. Was, wenn Brian ans Telefon ging? Es konnte ja sein, dass er seine Mutter besuchte, und dann ... nun ja ... nichts ›dann‹. Er würde auflegen. Da war Sunny sich sicher.

Das Telefon schien ihr zu winken. Sie griff nach dem Hörer und beschloss, dass sie ja immer noch diejenige sein konnte, die auflegte. Wenn Brian ans Telefon ging, würde sie den Anruf sofort beenden. Er würde nie erfahren, dass sie es gewesen war. Wenigstens sagte Sunny sich das immer wieder, während sie die Zahlen eintippte.

Das Telefon begann zu klingeln. Sunny holte tief Luft und hielt den Hörer so fest, dass ihr die Hand wehtat.

»Hallo?«

Sunny atmete aus und beruhigte ihre Nerven.

»Hallo?«

»Nancy, ich bin's, Sunny.«

»O Sunny! Ach, mein Schatz, ich bin so froh, dass du anrufst. Ich habe mir solche Sorgen gemacht!«

Tränen strömten Sunny übers Gesicht. »Es ... tut mir leid. Ich wollte ... nicht ...« Sie kämpfte darum, ihre Stimme zu beherrschen, doch es hatte keinen Zweck. Sie schluchzte leise. »Es tut mir leid.«

»Sunny, ist schon gut. Du musst dich für nichts entschuldigen. Sag mir einfach nur, dass es dir gut geht. Wo bist du?«

»Hat ... hat Lana es dir nicht erzählt?« Lana war Sunnys beste Freundin in ganz Kalifornien. Genau genommen hatte Nancy sie, als Sunnys

Welt erneut zusammengebrochen war, zu Lana geschickt, damit sie dort wohnen konnte.

»Lana hat mir gesagt, du hättest darum gebeten, nicht zu sagen, wohin du fährst. Sie respektiert die Privatsphäre eines Menschen, Sunny. Sie hat mir gesagt, dass es dir gut geht, aber nicht, wo du bist.«

»Ich bin nach Kansas gefahren. Ich wollte meine Eltern besuchen – und Kathy natürlich.«

»Und, hast du es gemacht?«

Sunny seufzte tief auf, während die Tränen weiter strömten. »Mom ist tot. Sie ist, kurz nachdem ich weggegangen bin, gestorben. Und Dad ist gerade am zweiten Juli gestorben. Krebs.«

»Ach Sunny. Das tut mir so leid, Schatz. Wie schrecklich für dich. Was ist mit deiner Schwester?«

»Sie hasst mich. Nun ja, vielleicht nicht mehr so sehr wie am Anfang. Wir versuchen, alles aufzuarbeiten, aber sie ... sie gibt mir die Schuld an fast allem, und ehrlich gesagt ... gebe ich mir ja selbst die Schuld.«

»Ich kann mir kaum vorstellen, wie du dich fühlst.«

»Wie geht es Lucy?« Sunny konnte sich nicht mehr beherrschen, diese Frage zu stellen. Sie sehnte sich nach Nachrichten von ihrer Tochter. Sie lechzte danach wie nach der Luft, die sie atmete.

»Sie ist hier. Du musst mit ihr reden. Sie fragt ständig nach dir. Im Kindergarten wissen sie schon nicht mehr weiter. Lucy redet ununterbrochen von dir. Will wissen, wo du bist und wann du zurückkommst.«

»Ach bitte, gib sie mir. Ich würde so gern mit ihr reden.« Sunny konnte kaum atmen. Sie kämpfte gegen ihre Tränen an, weil sie Lucy nicht verängstigen wollte.

»Mami! Mami!«, rief Lucy ins Telefon.

»Hallo Schätzchen. Mami hat dich ganz doll lieb.« Sunny zitterte von Kopf bis Fuß. Die kostbare Stimme ihrer Tochter, die noch keine vier Jahre alt war, erfüllte sie mit einer Freude, die sie nicht mehr gespürt hatte, seit sie nach Kansas gekommen war.

»Mami, komm gleich nach Hause.«

»Ich wünschte das könnte ich, mein Schatz.«

»Du kannst. Komm einfach gleich her.«

Sunny schloss die Augen. »Ach Lucy, das will ich ja. Ich vermisse dich so sehr. Bitte vergiss nicht, dass ich dich lieb habe.«

»Mami, bitte komm nach Hause.«

Lucys Flehen war Sunnys Untergang. »Ach Lucy. Lucy, ich komme bald. Ich versprech's. Mami hat dich lieb, Lucy. Bitte ... bitte denk daran ... Mami hat dich lieb.«

Sunny legte auf und ließ sich auf den Telefonapparat fallen, um sich abzustützen. Sie fühlte sich, als hätte alle Kraft ihren Körper verlassen. Bitterlich weinend ging sie blindlings auf ihr Auto zu. Die Hitze darin war unerträglich, aber das war Sunny egal. Sie drehte den Zündschlüssel um, legte dann den Kopf aufs Lenkrad und ließ sich vom Schmerz der letzten Monate überfluten.

O Gott, ich habe alles vermasselt. Warum lässt du mich weiterleben? Warum erlaubst du mir weiterzumachen, wenn ich nicht einmal die kleinste Kleinigkeit richtig machen kann?

Sunny dachte an ihre Tochter, wie sie dastand, das Telefon festhielt und der körperlosen Stimme ihre Mutter lauschte. Verstand sie überhaupt, was passierte? War es ihr denn möglich, an Sunnys Liebe zu ihr zu glauben – wo Sunny sie doch beinahe zwei Monate nicht gesehen hatte?

Ich habe mich so angestrengt, Herr, aber es scheint, dass ich Menschen verletze, egal was ich tue. Ich möchte sie nicht verletzen. Ich wollte Mom und Dad nicht verletzen, als ich gegangen bin. Ich wusste, dass ich egoistisch war, aber ich dachte nicht, dass es sie derart verletzen würde.

Sie dachte an Kathy und die Beziehung, die sie einst zu ihrer Schwester gehabt hatte. Sie hatten sich einmal sehr nahegestanden. Kathy war der eine Mensch gewesen, an den sich Sunny in ihrem jungen Leben immer hatte wenden können. Jeder und alles andere änderte sich früher oder später. Selbst wenn Sunny wirklich alles vergeigte, vergab Kathy ihr immer und schien sogar zu verstehen.

Aber nicht dieses Mal.

Jeder hatte seine Grenze und offenbar hatte sie Kathys gefunden. Sunny war sich sicher, dass Kathy ihr niemals vergeben würde.

Die Klimaanlage kühlte das Wageninnere und half, Sunnys labile Gefühle zu beruhigen. Sie richtete sich auf und legte den Sicherheitsgurt an. Sie wollte nicht, dass irgendjemand sie in diesem Zustand fand. Ihr fiel der einzige Ort ein, der ihr vielleicht Trost bieten konnte, und trotz der sich sammelnden Sturmwolken im Westen legte sie den Gang ein und trat aufs Gaspedal.

Schotter sprühte, als die Reifen Bodenhaftung suchten. Das Auto ließ sich leicht über die kurze asphaltierte Strecke auf der Hauptstraße lenken. Sunny durchquerte die Stadt schneller, als sie sollte. Das war ihr egal. Hier gab es eigentlich kein Gesetz. Es konnte sein, dass jemand sie später vorlud, aber es war nicht so, als würde sie jemand anhalten.

Sie warf einen Blick an den Himmel und erinnerte sich an die heftigen Stürme, die sie als Kind erlebt hatte. Der Frühling war normalerweise die schlimmste Zeit für gewaltige Gewitter und Tornados, aber Sunny hatte sie schon in beinahe jedem Monat des Jahres erlebt. Das Wetter in Kansas war berüchtigt für seine Wechselhaftigkeit und schnellen Umschwünge. Es war unmöglich vorherzusagen, was heute anstand.

Es ist mir egal. Lass die Stürme kommen. Vielleicht nehmen sie mich mit – nehmen mein Leben und schenken mir etwas Frieden.

Kathy stieg gerade ins Auto, als Sunnys Auto vorbeiraste. Sunny sah sehr aufgewühlt aus und Kathy war sich nicht ganz sicher, aber sie hatte das Gefühl, dass ihre Schwester vielleicht weinte. Ohne weiter darüber nachzudenken, stieg Kathy ein und beschloss, Sunny zu folgen.

»Was hat sie nur vor?«, murmelte Kathy, als sie beschleunigte, um Sunny einzuholen.

Sunny war ein Stück vor ihr, aber als sie auf eine enge Schotterstraße einbog, wusste Kathy, wo sie hinwollte, und fuhr langsamer.

Der Landfriedhof lag am Ende dieser Straße. Genau genommen endete die Straße in einer Art Sackgasse am Friedhofstor. Man konnte entweder auf den kleinen eingezäunten Friedhof gelangen, indem man durch das schmale schmiedeeiserne Tor fuhr oder man konnte umkehren und zurück in die Stadt fahren.

Sunny hatte sich entschieden hineinzufahren, wie Kathy es schon vorher geahnt hatte. Kathy bremste noch mehr ab und folgte ihr. Reihe um Reihe markierten alte weiße Grabsteine den ältesten Teil des Friedhofs. Hier waren die letzten Ruhestätten der alten Pioniere zu finden. Slocum war Ende der 1880er-Jahre gegründet worden und hatte kurz danach eine Masernepidemie durchgemacht, die die halbe Siedlung das Leben gekostet hatte. Kathy erinnerte sich, dass sie mit Kyle über den Friedhof gegangen war und bemerkt hatte, dass so viele Grabsteine zeigten, dass die Menschen innerhalb von Tagen gestorben waren. Es wirkte unnatürlich.

Je weiter Kathy über das Gelände fuhr, desto jünger wurden die Gräber. In den allerletzten Reihen erspähte sie das Auto ihrer Schwester. Sunny hatte bereits geparkt und war ausgestiegen. Kathy konnte sie nicht sehen, wusste aber, dass sie ihre Schwester auf der anderen Seite des Autos finden würde, wo die Gräber ihrer Eltern waren.

Kathy parkte und betete um Kraft. Die Luft draußen war schwer. Der Wetterbericht hatte mögliche Gewitter vorhergesagt und Kathy konnte sehen, dass sich bereits dicke graue Wolken gebildet hatten und den Himmel im Westen verdunkelten. Wenn sie zu lange hierblieben, konnte es gut sein, dass sie pitschnass wurden.

»Ich weiß nicht, was ich zu ihr sagen soll«, flüsterte Kathy, als sie die Hand nach dem Türgriff ausstreckte. »Herr, ich brauche deine Hilfe.«

19

»Hast du etwas dagegen, wenn ich dir Gesellschaft leiste?«, fragte Kathy.

Sunny lag beinahe ausgestreckt am Boden. Sie lehnte am Grabstein ihrer Eltern, den Kopf vor Kummer gebeugt. Als sie aufschaute, sah Kathy ihre Tränen.

»Du hast so aufgewühlt ausgesehen, als du in der Stadt mit dem Auto an mir vorbeigefahren bist. Ich dachte, ich sollte dir vielleicht folgen.«

»Geh weg. Ich bin keinem zu etwas nütze – besonders im Moment.«

Kathy kniete sich neben Sunny auf den Boden. »Ich möchte dir helfen, aber ich weiß nicht wie. Ich habe das Gefühl, ich kenne dich nicht einmal mehr – genau genommen bin ich mir nicht einmal mehr sicher, ob ich mich selbst kenne.«

Sunny schüttelte den Kopf. »Mir ist nicht zu helfen. Ich habe viele Jahre lang mein Leben verkorkst und dazu das von vielen anderen. Das ist das, was ich offenbar am besten kann.«

»Nein, ist es nicht. Du bist nicht halb so schlecht, wie du dir einredest.« Kathy verlagerte das Gewicht und setzte sich auf den Boden. »Sunny, ich weiß nicht, was dich so aufgewühlt hat, aber ich möchte, dass du mit mir darüber sprichst. Ich weiß, ich war nicht gut zu dir, aber ich möchte es versuchen. Ich fange endlich an, ein paar Dinge zu verstehen.«

»Du bist sehr gut zu mir gewesen, Kathy. Über dich kann ich nicht klagen. Ich kann mir nicht einmal vorstellen, wie schwer das für dich gewesen ist. Wie du mir immer und immer wieder gesagt hast, ich wusste, wo ihr alle wart. Ich wusste, dass ihr wahrscheinlich gesund und munter seid, aber ihr hattet keine Ahnung von mir. Jetzt komme ich zurück und versuche, die Vergangenheit wiedergutzumachen, und am Ende verletze ich doch nur wieder die Menschen, die ich liebe.«

»Das ist nicht wahr. Dad ist mit einem Frieden gestorben, den er nicht gehabt hätte, wenn du nicht zurückgekommen wärst. Das weißt du sehr gut.«

»Aber ich hätte schon vor Jahren zurückkommen sollen. Wir beide wissen das und es liegt zwischen uns wie eine breite Kluft. Es gibt keine Möglichkeit, die zu überbrücken.«

Kathy hörte in der Ferne Donnergrollen, aber sie beschloss, es zu ignorieren. »Ich kann mir nicht vorstellen, dass irgendetwas zu groß ist, als dass Gott es nicht überbrücken könnte.«

Sunny schaute sie einen Augenblick lang an, dann schüttelte sie den Kopf. »Aber sogar Gott sagt manchmal Nein. Das ist vielleicht eine dieser Situationen.«

»Das bezweifle ich. Mir fällt kein einziger Vers ein, der sagt, dass wir es ignorieren und Nein sagen sollen, wenn ein Mensch seine Sünden bereut und um Vergebung bittet. Ich glaube, das ist nur sehr viel schwerer, als wir beide uns das hätten vorstellen können.«

Sunny brach wieder in Tränen aus. »Das … kannst du … laut sagen.«

Kathy hatte den Eindruck, dass das Gewitter auf sie zukam. Sie hoffte, Sunny so weit beruhigen zu können, dass sie dieses Gespräch nach Hause verlegen konnten. »Sunny, ich möchte wirklich alles mit dir in Ordnung bringen. Ich weiß, dass es ebenso in meiner Verantwortung liegt wie in deiner, die Vergangenheit zu überwinden. Aber ich möchte, dass du weißt, dass ich mich bemühe.«

»Dafür bin ich dankbar.« Sunny vergrub das Gesicht in den Händen und schien gegen ihre Tränen anzukämpfen.

»Kannst du mir sagen, was der Grund war? War es das, was ich heute Morgen beim Frühstück gesagt habe?«

»Nein«, sagte Sunny und hob ihr Gesicht. »Ich … nein … daran lag es nicht.« Sie begegnete Kathys Blick. »Ich vermisse meine Tochter. Ich vermisse Lucy.«

Kathy wusste, dass sie behutsam vorgehen musste. »Wo ist sie?«

»Kalifornien. Bei ihrem Vater.«

»Warum bist du nicht bei ihnen?«

»Weil Brian gesagt hat, ich sollte gehen und nie zurückkommen.«

Kathy runzelte die Stirn. »Aber warum? Weshalb sollte er das tun?«

»Weil ich ihn, wie beinahe jeden anderen in meinem Leben, enttäuscht habe. Er hat etwas von mir geglaubt, das nicht stimmte.«

Kathy sagte einen Augenblick lang nichts, dann berührte sie sanft Sunnys Schulter. »Erzähl mir mehr.«

Sunny wirkte resigniert. Sie schloss die Augen. »Es hat letztes Jahr etwa zu Thanksgiving angefangen.«

Sunny hatte ein ziemlich gutes Gefühl für die bevorstehenden Feiertage. Es war wenige Tage vor Thanksgiving und sie hoffte, Brian davon überzeugen zu können, dass sie einen kleinen Urlaub machen sollten. Nur sie drei. Lucy war jetzt beinahe drei Jahre alt und man konnte recht problemlos mit ihr reisen. Sunny hatte nach Unterkünften in Mexiko geschaut und dachte sich, sie könnten an einem Donnerstag hinfliegen und Sonntagabend zurück sein. Sie hoffte, dass Brian zustimmen würde, wenn sie einen Kurzurlaub vorschlug. Und wenn nicht – wenn es für ihn einfach zu kurzfristig war, um seinen Terminplan umzustellen –, dann hatte sie vor, eine etwas längere Reise zu Weihnachten vorzuschlagen.

Sie hörte ihn durch die Garage ins Haus kommen und straffte die Schultern. Es war nie einfach, ihn davon zu überzeugen freizunehmen, aber sie hatte das Gefühl, dass es dieses Mal absolut nötig war. Er hatte nach Lucys Geburt versprochen, dass er nicht mehr so viel arbeiten würde, aber er hatte dieses Versprechen nie gehalten.

»Hi … du siehst müde aus«, sagte Sunny, als er in die Küche kam. Sie lehnte sich an den Tresen. »Harter Tag?«

»Könnte man so sagen.« Brian nahm sich ein Glas und ging sofort zum Kühlschrank, öffnete die Tür und zog einen Karton Orangensaft heraus. Er goss sich ein Glas voll ein und trank einen großen Schluck, bevor er hinzusetzte: »Alle hatten schlechte Laune. Man sollte meinen, dass sie ein bisschen glücklicher sind in Anbetracht der Tatsache, dass die Feiertage bevorstehen und wir die Praxis Donnerstag und Freitag schließen.«

Sunny dachte, das wäre der perfekte Zeitpunkt, um ihre Idee vorzubringen. »Wo wir gerade davon sprechen: Ich habe im Internet nachgeschaut und ein paar tolle Reiseangebote für Mexiko gefunden. Nur Kurzreisen – nicht mehr als drei oder vier Tage. Ich dachte, dass wir vielleicht Lucy nehmen und hinfliegen sollten. Du weißt schon, ein bisschen Sonne tanken und Spaß haben.«

»Sonne ist schlecht für die Haut und du weißt das«, konterte er.

Sie lachte. »Na, ich hab ja nicht gesagt, dass wir ohne Hut und Sonnencreme verreisen.« Sie kam zu ihm und legte die Arme um seinen Hals, obwohl er noch das Glas Orangensaft in der Hand hatte.

»Das wird nicht gehen. Ich habe zu viel Papierkram, den ich vor mir hergeschoben habe. Ich habe vor, die Zeit zu nutzen, um das aufzuholen.«

Sunny versuchte, ihre Enttäuschung nicht zu zeigen. Sie ließ ihren Mann los und trat ein paar Schritte zurück. »Wie wär's dann mit Weihnachten? Wir könnten etwas Besonderes machen. Vielleicht eine Woche Urlaub nehmen.«

»Was glaubst du eigentlich, wie wir das alles bezahlen?«, fragte er. »Ich muss arbeiten, Sunny. Das Geld fällt nicht einfach von den Bäumen.«

»Das weiß ich, Brian, aber Gesundheit auch nicht. Du verausgabst dich. Außerdem hast du es mir versprochen. Du hast mir versprochen, dass du mehr Zeit zu Hause mit Lucy und mir verbringen würdest.«

Er verzog das Gesicht. »Ja, und du hast mir mehr Kinder versprochen. Ich sehe nicht, dass du versuchst schwanger zu werden.«

Das war seit Lucys erstem Geburtstag ein ständiges Streitthema. Brian wollte einen Sohn. Genau genommen wollte er mehrere Söhne. Sunny hatte nichts gegen mehr Kinder, aber sie fand es unfair, sie in ein Zuhause zu setzen, in dem der Vater nie anwesend war.

»Brian, ich habe versucht, mit dir darüber zu reden. Du bist nie daheim. Ich habe das Gefühl, das ist seit Wochen das erste Mal, dass ich dich sehe. Selbst wenn du hier bist, bist du so erschöpft, dass du nicht weißt, wo hinten und vorn ist. Du gehst schwimmen oder Gewichte stemmen, duschst und liest, und dann gehst du ins Bett. Ich weiß nicht einmal, wann wir noch ein Baby zeugen wollten, selbst wenn ich das für eine gute Idee hielte.«

Er knallte das Glas auf den Tresen. »Vielleicht wäre ich mehr zu Hause, wenn ich der Meinung wäre, dass hier etwas wäre, weswegen ich zu Hause sein sollte.« Er stürmte hinaus und machte sich nicht einmal die Mühe zurückzuschauen.

Sunny fand seine Haltung verwirrend. Sie hatte nichts anderes gemacht, als ihn von hinten bis vorne zu verwöhnen, seit sie verheiratet waren. Sie versuchte immer, Rücksicht auf seinen Terminplan zu nehmen. Vielleicht hatte sie zu viel Rücksicht genommen.

Drei Wochen später, als Weihnachten und Lucys Geburtstag herankamen, fand sich Sunny in einem weiteren Streit wieder. Sie hatte Brian in die Enge getrieben, während er sich für die Arbeit fertig machte. Sie war fest entschlossen, ihm das Versprechen abzunehmen, dass er zu Lucys Geburtstagsfeier da sein würde.

»Es ist nur ein Tag. Weihnachten und der Geburtstag deiner Tochter. Alle nehmen sich Weihnachten frei.«

»Ärzte können das nicht. Die Menschen sind trotzdem krank und verletzt. Du weißt, wie es ist, Sunny. Die schlimmsten Unfälle, die wir sehen, passieren anscheinend immer zu den Feiertagen. Ich kann keine großen Pläne machen, weil ich versprochen habe, auf Abruf zu sein, falls es Notfälle gibt. Lucy ist ein Kleinkind. Ihr ist es egal, an welchem Tag wir ihren Geburtstag feiern.«

»Gut. Dann sag mir, welchen Tag du freinimmst, und ich werde ihre Party für diesen Tag planen.«

Brian band seine Krawatte fertig und schüttelte den Kopf. »So läuft das nicht, und du weißt es. Schau mal, Sunny, meine Patienten brauchen mich.«

»Deine Familie auch«, erwiderte Sunny und ihre Stimme wurde beinahe hysterisch. »Es kümmert dich nicht einmal, dass wir dich brauchen. Es kümmert dich nicht, wie oft wir gern Zeit mit dir verbringen würden. Ich habe schon überlegt, Sprechstundentermine für Lucy und mich zu machen, damit wir wenigstens fünfzehn Minuten deiner ungeteilten Aufmerksamkeit bekommen.«

Er verdrehte die Augen. »Du bist so melodramatisch. Warum kannst du nicht mit dem zufrieden sein, was du hast? Geh einkaufen – bring Lucy in den Kindergarten und such dir eine Arbeit. Es ist mir egal. Such dir nur etwas, an dem ich nicht beteiligt sein muss.«

»Aber ich habe dich geheiratet, weil ich an deinem Leben beteiligt sein will«, hielt Sunny dagegen. Tränen begannen zu fließen und sie wusste, dass Brian sie deswegen verachten würde. Er war der Ansicht, dass Tränen ein Mittel der Frauen waren, um die Männer zu kontrollieren. Er sagte, dass seine Mutter immer ihre Tränen benutzt hatte, um seinen Vater zu manipulieren – bis sie religiös geworden war.

»Hör mal, ich werde mich nicht mehr mit dir darüber streiten. Ich kann nicht freinehmen, und du musst das akzeptieren.«

»Dann musst du akzeptieren, dass es keine weiteren Kinder geben wird. Ich werde nicht noch ein Baby in dieses Haus setzen.«

»Drohst du mir?«, fragte Brian und durchquerte den Raum mit drei Schritten. Sunny duckte sich instinktiv, was ihn zu überraschen schien. Dann wurde er wütend. »Ich habe dich nie im Zorn angefasst. Warum weichst du mir aus, als würde ich dich gleich schlagen? Du solltest das besser wissen.«

»Warum stampfst du dann durchs Zimmer wie eine Naturgewalt, mit der man rechnen muss?« Sunny richtete sich auf und wischte ihre Tränen weg.

Er schüttelte den Kopf und winkte ab, als sei sie ein lästiges Ärgernis. »Du bist ein Kind, Sunny. Werd erwachsen und sieh ein, dass du weder die Welt noch mich regieren kannst. Wenn du verreisen willst, mach das, aber lass mich da raus.«

Sunny folgte ihm aus dem Zimmer und ihre Wut war ausreichend entfacht. »Vielleicht werde ich verreisen. Eine schöne lange Reise – nur Lucy und ich.«

»Lass Lucy aus dem Spiel«, sagte er über die Schulter hinweg, während sie die Treppe hinuntergingen.

»Warum sollte ich? Ich bin der einzige Elternteil, den sie kennt.« Sunny war dankbar, dass ihre Schwiegermutter Lucy zum Übernachten zu sich geholt hatte, damit sie einmal etwas mehr Zeit mit ihr verbringen konnte. Sie musste nicht Zeugin ihrer wütenden Worte werden.

»Lucy weiß, dass ich sie liebe, ganz anders als du. Du bist so unsicher, dass man dich ständig loben und dir Komplimente machen muss.« Er fluchte und ging in der Diele von Tisch zu Tisch. Er suchte etwas; wahrscheinlich seinen Autoschlüssel.

Sunny zuckte bei dieser Beleidigung zusammen, wusste aber, dass etwas Wahres daran war. Sie kämpfte darum, nicht zu weinen, aber es war unmöglich, so, wie er sich verhielt.

»Weißt du, Sunny, ich hatte mir schon gedacht, dass du schwierig bist. Drogenabhängige sind das immer.«

»Ich bin wieder gesund!«, protestierte sie.

»Einmal abhängig, immer abhängig. Du bist schwach, Sunny. Deshalb bist du von zu Hause weggelaufen. Deshalb hast du einen Frauenschläger geheiratet. Du ziehst das Unglück an wie Eiscreme Ameisen. Ich hasse das, und du weißt das.«

»Hör auf, mir die Vergangenheit an den Kopf zu werfen. Du hast auch Probleme«, sagte Sunny und ihre Stimme brach. »Ich … ich tue mein Bestes. Ich dachte, meine Bedürfnisse sind dir wichtig.«

»Vielleicht wären sie mir wichtiger, wenn es nicht so viele wären.« Endlich fand er das, was er gesucht hatte, und machte sich auf den Weg zur Garage.

Sunny konnte nicht anders. Sie folgte ihm wie ein verlorenes Hündchen – ein geschlagenes, verlorenes Hündchen.

»Jetzt hör mal gut zu. Hör auf mich zu erdrücken und Forderungen an mich zu stellen, die ich nicht erfüllen kann. Ich werde das nicht mehr mitmachen. Ich lasse mich von dir scheiden, bevor ich mich mit noch mehr herumschlagen muss.«

Seine Ankündigung stoppte Sunny. Brian jedoch ging weiter zur Garage. Sie hörte, wie sein Jaguar röhrend ansprang und dann, wie er aus der Garage und über die Einfahrt raste.

Heftig schluchzend sank Sunny auf den Küchenboden. Warum musste er so gemein sein? Wie konnte er nur solche Dinge sagen, wenn er sie liebte?

Kaum zehn Minuten waren vergangen, als es klingelte. Sunny erhob sich langsam vom Boden, wollte das Klingeln aber ignorieren. Sie hatte nicht das Bedürfnis, irgendjemanden zu sehen. Dann hatte sie Sorge, dass es Nancy war, die Lucy nach Hause brachte. Es konnte ja sein, dass irgendetwas nicht stimmte. Sunny fasste sich, so gut sie konnte, und ging zur Tür, als es zum dritten Mal läutete.

»Ich dachte schon, es wäre niemand zu Hause.« Es war Rick Anniston, Brians Praxispartner. Das heißt, wenn man überhaupt das Wort *Partner* benutzen konnte, um die Beziehung der beiden Männer zu beschreiben.

Rick runzelte die Stirn. »Du hast geweint. Was ist los?«

Sunny trat zurück und schüttelte den Kopf. »Es ist nichts.« Sie zog den Gürtel ihres Bademantels fester. »Brian ist schon weg.«

»Im Ernst, Sunny. Was ist los?«

»Wir haben uns gestritten. Das ist alles.«

»Ich bin ein guter Zuhörer, wenn du darüber reden willst.« Er lächelte ihr zu.

»Das weiß ich zu schätzen, aber du kannst das nicht in Ordnung bringen. Es ist immer die gleiche alte Geschichte. Brian will sich nicht freinehmen, um bei Lucy und mir zu sein. Ich habe es ihm vorgehalten und er ist in die Luft gegangen.« Sie zuckte die Schultern. »So einfach ist das.«

»Es tut mir leid, Sunny. Ich schätze, wir leiden beide unter Brians Zwang, es jedem recht machen zu wollen. Ich habe mich der geistlichen Erneuerung zugewandt, um meinen Seelenfrieden zu bekommen. Vielleicht solltest du einmal darüber nachdenken, ob du das nicht auch willst.«

»Ich wurde religiös erzogen«, sagte Sunny. »Für die Heuchelei hatte ich nichts übrig. Ich brauche mir ganz sicher nicht noch einen Vortrag darüber anzuhören, wie schlecht ich bin.«

»Das hat er gesagt?« Rick trat einen Schritt auf sie zu. »Er hat gesagt, dass du schlecht bist?«

»Er hat mir meine Vergangenheit an den Kopf geknallt und mir verschiedene Sachen vorgeworfen.« Sunny begann wieder zu weinen. »Das ist alles so unfair. Ich liebe ihn so sehr, und er behandelt mich wie Dreck. Ich verstehe das nicht. Am Anfang schien ich ihm wirklich wichtig zu sein. Ich schätze, jetzt bin ich nur noch das Vorzeigeweibchen.« Blind vor Tränen drehte sie sich um, um ein Taschentuch zu suchen, aber stattdessen fand sie sich in Ricks starken Armen wieder.

»Es tut mir so leid, Sunny. Du bist eine gute Frau und er hätte dich niemals so verletzen dürfen.«

Sunny wehrte sich gegen seine Berührung, aber dann gab sie nach. Es war so lange her, seit jemand sie in den Armen gehalten hatte – sie einfach umarmt oder ihr ermutigende Worte gesagt hatte. Jetzt war Rick hier und er schien all die richtigen Dinge zu sagen.

Sunny dachte nicht daran, dass sie seinen Anzug mit ihren Tränen durchnässte, und ließ ihren Gefühlen freien Lauf. Sie beide sagten kein Wort. Rick hielt sie einfach fest und ließ sie weinen. Etwas beinahe väterliches lag in seiner Berührung. Sunny dachte an ihren Vater und weinte nur noch heftiger.

»Ich hätte wissen sollen, dass so etwas vor sich geht.«

Brians wütende Worte ließen sowohl Rick als auch Sunny zusammenfahren. Keiner von ihnen hatte gehört, dass er zurückgekommen war. Sunny hob ihr tränenverschmiertes Gesicht zu ihrem Ehemann. Sein Zorn war offensichtlich. Er bedachte sie mit einer langen Reihe hässlicher Beleidigungen, dann packte er ihren Arm, schob sie zur Seite und trat Rick gegenüber.

»So dankst du mir also die Unterstützung, die ich dir gegeben habe? Dass ich dir erlaubt habe, in meine Praxis zu kommen und unter meinem guten Ruf und Namen in dieser Gegend zu praktizieren?«

»Du erlaubst mir in deiner Praxis nicht besonders viel«, erklärte Rick. »Du verkennst diese Situation, so wie du in der Regel alles falsch erkennst. Sunny hat nichts Falsches getan. Ich bin vor ein paar Minuten gekommen und habe sie weinend vorgefunden. Ich bin nicht wegen einer verbotenen Affäre gekommen.«

»Warum bist du dann hier?« Brians Gesicht wurde knallrot. »Warum bist du hier, wenn sie so angezogen ist?« Sunny zog beschämt ihren Bademantel zusammen.

Rick griff in seine Tasche. »Ich bin gekommen, um dir das hier zu geben. Das ist meine Kündigung. Ich habe meinen Anwalt die Papiere aufsetzen lassen. Du kannst mich ausbezahlen. Ich habe beschlossen, mich einer anderen Praxisgemeinschaft anzuschließen.«

»Raus hier. Ich hätte wissen sollen, dass du so etwas abziehen würdest. Du warst es nie wert, dass man dir vertraut – darum habe ich dir auch nicht meine Patienten überlassen.«

»Ich war vollkommen vertrauenswürdig, Brian. So wie deine Frau auch.«

»Ich sagte, raus hier. Beide. Ich will, dass ihr beide aus meinem Haus verschwindet.«

»Das ist auch mein Haus«, schoss Sunny zurück. Sie trat einen Schritt vor und hielt dem Blick stand, den Brian ihr zuwarf.

»Nicht mehr. Ich will, dass du verschwindest. Zieh dich an und pack deine Sachen.«

»Du kannst sie nicht einfach hinauswerfen«, protestierte Rick. »Sie hat nichts Falsches getan.«

Brians Faust raste auf Rick zu und verfehlte seine Nase nur knapp. »Wenn du nicht von allein gehst, werde ich dich höchstpersönlich vor die Tür setzen.«

»Schlagt euch nicht. Bitte«, sagte Sunny. In ihrem Kopf war ein einziger Nebel von unbeantworteten Fragen. »Ich werde ein paar Sachen holen und gehen. Ich möchte nur nicht, dass ihr miteinander kämpft.« Die Verzweiflung schnürte ihr fast die Stimme ab und sie wusste, dass an jenem Tag etwas passiert war, das nie wieder in Ordnung gebracht werden konnte. Nie überwunden werden konnte. Es war das Ende eines Märchens und niemand würde glücklich bis an sein Ende leben.

20

Ein lauter Donnerschlag brachte Sunny in die Gegenwart zurück. Sie schaute zum bedrohlich aussehenden Himmel auf und schüttelte den Kopf. »Ich glaube, wir sollten besser nach Hause fahren, hm?«

Kathy schaute hoch, als sähe sie es zum ersten Mal. »Ich war so gefesselt von deiner Geschichte, dass ich ganz das Wetter vergessen habe. Ich denke, du hast recht. Wir sollten lieber hier weg.«

Sie eilten zu ihren Autos und fuhren den gleichen Weg zurück, den sie gekommen waren. Der grünliche Himmel brodelte vor dicken, wabernden Wolken. Sunny wusste aus ihrer Kindheit, dass das normalerweise Hagel bedeutete – und wahrscheinlich auch Wind. Tatsächlich, gerade als sie die Farm erreichten, begann der Himmel, erbsengroße Hagelkörner zu speien. Die orangefarbenen und gelben Ringelblumen, die den Weg säumten, knickten bereits unter dem himmlischen Sperrfeuer ein.

Sunny stieg aus ihrem Auto aus und wollte zur Veranda rennen, aber Kathy rief nach ihr. »Wir müssen in den Schutzraum. Hast du's nicht gehört? Wir haben eine Tornadowarnung.«

Sunny spürte, wie ein Schauer sie durchlief. Ihre ganze Kindheit lang hatten sie mit der Bedrohung durch extreme Wetterverhältnisse gelebt. Sie musste zugeben, dass sie das in den ersten Jahren in Kalifornien nicht vermisst hatte. Gelegentlich war die Gefahr von Erdbeben nervenaufreibend, aber die Tornados waren entsetzliche Stürme, die Sunny nie wieder zu erleben gehofft hatte.

»Ich hatte das Radio nicht an«, erklärte Sunny ihrer Schwester.

Sie rannten zum Hof, während die Hagelkörner größer wurden. Kathy öffnete die Tür des Schutzraums und winkte Sunny herein. »Unten an der Treppe ist eine Taschenlampe«, rief sie und zog die Tür zu, gerade als Sunny die Lampe fand.

Sunny schaltete sie ein und spürte, wie ein unheimliches Gefühl sie durchströmte. Über ihnen schlug der Hagel auf die Metalltür, doch abgesehen davon war kein Geräusch zu hören.

»Es war mir nicht klar, dass das Gewitter so nah war – oder so schlimm.« Kathy schob den Riegel vor, bevor sie die Treppe herunterkam und die batteriebetriebene Laterne suchte. »Hier, das sollte helfen«, sagte sie, als sie das Licht anschaltete. »Du kannst die Taschenlampe ausmachen. Und jetzt das Radio.« Sie ging zu dem kleinen Schrank und nahm den Wetteralarmempfänger herunter, den sie schon jahrelang nutzten.

»Ich hatte schon beinahe vergessen, wie das ist«, sagte Sunny und schaltete die Taschenlampe aus. Sie legte sie wieder an den Platz, wo sie sie gefunden hatte. »Wenigstens habe ich versucht, es zu vergessen. Dieser Ort hat mir immer Angst gemacht. Du hast es schön hier drin eingerichtet – na ja, zumindest schöner, als ich es in Erinnerung habe.« Sie deutete auf einen Schaukelstuhl aus Metall mit einem Kissen mit Plastikbezug. »Der ist definitiv neu. Besser als die alten Holzbänke.« Sie bemerkte, dass diese verschwunden waren. Andere Metallstühle mit Sitzkissen standen an ihrer Stelle.

»Wir waren wahrscheinlich mindestens einmal pro Jahr hier unten, seit du weggegangen bist. In einem Jahr, ich kann mich nicht mehr erinnern in welchem«, sagte Kathy, »waren wir von April bis Juni beinahe jede Nacht hier. Es kam ein Sturm nach dem anderen und die meisten waren tornadoartig. Dad hat hier unten sogar Liegen aufgestellt, weil es Nächte gab, in denen es einfach eine gute Idee war, ein bisschen Schlaf zu bekommen, während der Sturm tobte.«

Sunny hörte, wie draußen der Wind stärker wurde, und seufzte. »Ich nehme an, es wäre keine richtige Reise nach Hause gewesen, wenn ich nicht auch einen guten alten Kansas-Sturm mitgemacht hätte.«

»Was ist mit –«

Das Funkgerät schnitt Kathy das Wort ab. Das dumpfe Dröhnen der Computerstimme des Wetterdienstes verkündete, dass gleich eine wichtige Durchsage erfolgen würde.

Die Neuigkeiten waren nicht gut. Der Sheriff hatte einen Tornado gesichtet, der etwas südwestlich von Slocum entstand. Wenn er auf dem bisherigen Kurs blieb, würde er sehr dicht an der Farm vorbeiziehen. Sunny flüsterte ein Gebet für ihre Sicherheit.

»Weißt du noch, dass Mom immer ›Shelter in the Time of Storm‹[1] gesungen hat, wenn wir hier herunterkommen mussten?«, fragte sie ihre Schwester.

Kathy nickte. »Ja. Das ist inmitten von allem anderen eine schöne Erinnerung.«

»Klingt, als hätte der Hagel aufgehört.«

»Darüber bin ich froh«, erwiderte Kathy. »Die Farm wird noch schwerer zu verkaufen sein, wenn zu viel beschädigt ist. Ich würde nur sehr ungern das Dach ersetzen müssen. Dad und ich haben das erst vor ein paar Jahren gemacht. Wir hatten einen Sturm, der mit tennisballgroßen Hagelkörnern durchzog. Der hat die Fenster komplett zerstört und das Dach ziemlich mitgenommen.«

Stille umhüllte die beiden mehrere Minuten lang. Sunny verspürte eine nervöse Anspannung, die immer mit Stürmen einherging, während Kathy ruhig wirkte. Oder vielleicht war sie auch nur gelangweilt. Immerhin konnten sie nichts anderes tun, als den Sturm abzuwarten. Vielleicht war das das Nervenaufreibendste daran. Sie konnten nichts tun, als dazusitzen und zu warten, welches Ausmaß der Zerstörung sie erwartete.

»Was wolltest du sagen, bevor das Funkgerät anging?«, fragte Sunny.

Kathy sah etwas unangenehm berührt aus. »Ich glaube … na ja … ich hatte gehofft, dass du mir erzählst, was passiert ist, nachdem du Brian verlassen hast. Wenn es dir nichts ausmacht.«

Sunny nickte. Tatsächlich war sie froh, sich auf etwas anderes konzentrieren zu können. »Die Situation hat sich ein bisschen beruhigt, aber mir wurde klar, dass sich alles geändert hatte. Ich bin zu seiner Mutter gezogen, weil ich sonst nirgendwo hinkonnte. Was mich am traurigsten machte, war, dass Lucy nie nach Brian fragte. Er war nicht oft genug zu Hause gewesen, als dass sie ihn vermisst hätte. Sie fand, dass bei Grandma zu wohnen toll war, und eigentlich zählte nichts anderes.

Ich wurde es leid, darauf zu warten, dass er sich meldet, also habe ich Lucy genommen und bin am Weihnachtsmorgen nach Hause gegangen.

---

1 Schutz im Sturm

Er war da – ruhig, aber wenigstens nicht wütend. Ich nahm an, dass es, wenn ich Lucy dabei hatte, eher unwahrscheinlich war, dass er mir eine Szene machte, aber ich hatte kein gutes Gefühl dabei, ihr Wohlbefinden aufs Spiel zu setzen. Wir haben nicht viel gesagt. Er hatte ein großes rotes Schaukelpferd für Lucy gekauft und sie fand, das war das Beste auf der ganzen Welt. Sie hat sich quasi in den Schlaf geschaukelt. Nachdem ich sie ins Bett gebracht hatte, versuchte ich, mit Brian zu reden, aber er wollte nicht reden. Er sagte, das würde nicht in Ordnung bringen, was bei uns nicht stimmte.«

»Das tut mir leid. Es muss sehr frustrierend gewesen sein – einer Sache beschuldigt zu werden, die du nicht getan hattest.«

Sunny spürte, wie der Schmerz der Erinnerung sie zu ersticken drohte. »Egal was ich sagte, er wollte nicht zuhören oder reden. Seine Mutter versuchte auch, mit ihm zu sprechen. Das machte ihn nur wütend. Er warf mir vor, ich hätte sie dazu angestiftet, aber ich sagte ihm, ich hätte ihr kaum etwas über irgendetwas erzählt.«

»Was wurde aus Rick?«

»Brian hat ihn ausbezahlt und er hat sich einer Praxis in Houston angeschlossen. Bevor er ging, kam er eines Abends zu uns, um mit Brian zu reden. Ich war schon in mein Zimmer gegangen – Brian und ich hatten inzwischen getrennte Schlafzimmer. Wie dem auch sei, ich war schon nach oben gegangen, aber ich hörte das Geräusch von Stimmen und ging nachsehen. Rick sagte Brian, er hätte alles missverstanden. Da habe ich von Anita erfahren.«

»Wer ist Anita?«

»Sie ist Brians Chefsekretärin. Es scheint, als wäre sie eifersüchtig auf mich gewesen. Sie hatte gedacht, sie hätte eine Chance bei ihm, bevor er mich heiratete. Von dem, was ich heraushören konnte, hatte sie schon alles Mögliche geplant, aber dann lernte Brian mich kennen und wir heirateten sehr schnell.«

»Hatte Brian eine Affäre mit ihr?«

Der Wetteralarmempfänger meldete sich wieder. Dieses Mal klangen die Nachrichten besser. Die Tornadowarnung galt noch, aber das Sturmtief verlagerte sich nach Norden und der Tornado, der zuvor gesichtet worden war, war nicht mehr in Bodennähe.

»Tja, wenigstens wird der Sturm größtenteils über freie Flächen hinwegziehen«, sagte Kathy und schaltete das Funkgerät leiser. Sie wandte sich wieder Sunny zu. »Also, hat er dich betrogen?«

»Brian hatte keine Affäre, soviel ich weiß. Aber Anita hatte Brian diese Gedanken in den Kopf gesetzt und er dachte, ich hätte eine Affäre mit Rick. Sie hatte ihm schon monatelang, vielleicht jahrelang erzählt, dass wir beiden hinter seinem Rücken rummachten.«

»Das erklärt wahrscheinlich seine Reaktion, als er nach Hause kam und euch zusammen fand.«

Sunny nickte. »Ich weiß, dass er das Schlimmste dachte. Nancy kam eines Tages zu Besuch und wir redeten über alles. Ich sagte ihr, dass ich Brian nicht betrogen habe – dass ich ihn liebe. Sie glaubte mir, und das hat mich so getröstet, dass ich es gar nicht erklären kann. Ich hatte das Gefühl, dass alle mich des Schlimmsten verdächtigten, nur Nancy nicht. Genauer gesagt hat sie mir erzählt, dass sie sich sorgte, Brian könnte auf dem gleichen Weg landen wie sein Vater. Brians Vater hatte sich von Nancy scheiden lassen, als Brian etwa fünfzehn war. Er hat sie für eine andere Frau verlassen und kurz nachdem die Scheidung rechtskräftig war geheiratet. Genau genommen war er schon das vierte Mal verheiratet, als ein Herzinfarkt ihn umbrachte.«

»Und du bist nun geschieden?«, fragte Kathy.

»Noch nicht. Es ist alles so in einem seltsamen stillen Einvernehmen abgelaufen. Wir haben über gar nichts geredet. Wir haben nicht zusammen gegessen und auch keine Zeit miteinander verbracht. Ich wohnte im Haus, aber in einem separaten Zimmer. Ich kümmerte mich um Lucy wie immer, aber Brian wollte weder mit mir noch mit ihr etwas zu tun haben.

Dann, am Valentinstag, klingelte es an der Haustür. Ich dachte, dass Brian mir vielleicht etwas geschickt hätte – du weißt schon, eine Art Versöhnungsgeschenk. Es war kalt und regnerisch an diesem Tag – seltsames Wetter, wenn ich mich recht entsinne. Es war beinahe wie ein

Winter hier, nicht wie in Südkalifornien. Ich erinnere mich, dass ich schrecklich zitterte, noch bevor der Mann mir die Scheidungspapiere übergab. Brian hatte die Scheidung eingereicht und verlangte das alleinige Sorgerecht für Lucy.«

»Das alleinige Sorgerecht? Was bringt ihn zu der Ansicht, dass er darauf ein Recht hätte?«

»Wahrscheinlich, weil er reich ist und sich mächtig fühlt.«

Der Wetterbericht verkündete, dass die Gefahr vorüber war, aber keine der beiden Schwestern machte Anstalten, den Schutzraum zu verlassen. Sunny versuchte, bei der Erinnerung an jene Nacht nicht emotional zu werden.

»Brian kam früh nach Hause, mit einer älteren Frau, vielleicht Mitte fünfzig. Ihr Name war Mrs. Cartwright. Er hatte sie als Kindermädchen eingestellt. Er sagte mir vor ihr, dass ich meine Sachen packen und das Haus verlassen sollte. Er erklärte mir, Mrs. Cartwright würde für Lucy sorgen und dass er das alleinige Sorgerecht einklagen wollte. Ich sagte ihm, dass er es auf keinen Fall verdiente und dass ich mich mit Händen und Füßen dagegen wehren würde.«

»Was ist dann passiert?« Kathy war vollkommen gefesselt.

»Er bat Mrs. Cartwright, im Wohnzimmer zu warten, während wir nach oben gingen. Lucy hatte fröhlich in ihrem Zimmer gespielt, aber als sie uns hörte, kam sie nachschauen. Brian fragte sie, ob sie eine Weile bei ihm wohnen wollte – nur sie beide. Lucy sagte Nein. Sie kam zu mir und schlang die Arme um mich. Ich habe Brian noch nie wütender gesehen. Er warf mir vor, ich hätte Lucy gegen ihn aufgehetzt. Er sagte, ich würde ihm nichts als Scherereien machen.

Lucy begann zu weinen und Brian rief nach Mrs. Cartwright. Die Frau kam nach oben und man sah, dass ihr die Situation unangenehm war. Er befahl ihr, Lucy in ihr Zimmer zu bringen. Lucy schrie, als er sie mir aus den Armen riss. Sie rief immer wieder nach mir.« Sunnys Stimme brach. »Ich wollte sie wieder nehmen und weglaufen. So weit weglaufen, wie ich konnte. Aber als ich einen Schritt auf ihr Zimmer zu machte, hielt Brian mich fest und drückte mich gegen die Wand. Er sagte, dass er, wenn ich ihm oder seinen Plänen irgendwie in die Quere kam, dafür sorgen würde, dass ich Lucy nie wieder sah. Er sagte mir, dass er alles in der Hand hatte, um seine Wünsche durchzusetzen – dass allein meine Vergangenheit genug wäre, den Richter davon abzuhalten, mir irgendeine Art von Sorgerecht zuzugestehen.«

»Das tut mir so leid, Sunny. Das muss entsetzlich gewesen sein.«

»Du kannst es dir nicht einmal ansatzweise vorstellen. Brian war überhaupt nicht mehr der Mann, den ich geheiratet hatte. Er wirkte so verändert. Seine Haltung war mir völlig fremd. Ich hatte Sorge, dass er vielleicht auf Drogen war, weil er so verändert war.«

»Das ist so seltsam«, sagte Kathy und wurde nachdenklich. »Ich habe all die Jahre hier gesessen und geglaubt, dass du entweder tot bist oder dir ein schönes Leben machst. Für beides habe ich dich gehasst. Jedes Mal, wenn jemand über dich sprach, habe ich mich systematisch davon distanziert. Ich sagte mir, dass nichts zu fühlen besser wäre als der Schmerz.«

»Ich habe das ganz sicher oft genug selbst getan«, gestand Sunny. Sie konnte sehen, dass Kathy alle Schutzschilde hatte sinken lassen, und sehnte sich danach, die Situation unter Kontrolle zu halten. Ihr Kopf pochte von dem ganzen Weinen. Der Sturm draußen war nichts im Vergleich zu dem, der in ihrem Herzen tobte.

»Du hast mich gefragt, warum ich hier bin und nicht bei ihnen«, fing Sunny wieder an. »Das ist der Grund. Brian sagte, dass er, wenn ich gehe und mit ihm kooperiere, dafür sorgen würde, dass ich Lucy regelmäßig besuchen darf und Unterhalt bekomme – einen sehr großzügigen Unterhalt.

Ich wusste nicht, was ich sonst tun sollte. Ich konnte Lucy nicht das Elend antun, um sie zu kämpfen. Ich schlug Brian vor, dass wir zur Eheberatung gehen und unsere Probleme lösen, aber er wollte nicht einmal darüber reden. Ich glaube, Anita hatte ihn voll und ganz davon überzeugt, dass Rick und ich hinter seinem Rücken intrigieren. Offenbar hatte sie Brian erzählt, dass Rick vorhatte, seine Praxis und Patienten zu übernehmen. Darum wollte Brian keine seiner Patienten abgeben oder sich freinehmen. Da bin ich mir heute sicher.«

»Was für eine schreckliche Frau. Und alles, weil sie etwas, das sie wollte, nicht bekommen konnte.« Kathy schüttelte den Kopf. »Eine Ehe zu zerstören – eine Familie. Wie in aller Welt kann diese Frau überhaupt mit sich selbst leben?«

»Manchen Leuten ist es egal, wem sie wehtun. Sie wollen nur das bekommen, was sie sich wünschen – um jeden Preis. Ich weiß das, denn ich war genau so ein Mensch. Ich habe mir immer und immer wieder gesagt, dass ich nur bekommen habe, was ich verdiente, weil ich andere Menschen genauso behandelt hatte.«

»Das glaube ich nicht. Ich glaube nicht, dass Gott so arbeitet. Ja, wir müssen die Folgen unseres Handelns tragen, aber ich kann nicht glauben, dass er dabei einem kleinen Mädchen wehtun will.«

»Ich habe heute mit Lucy gesprochen. Ich habe meine Schwiegermutter angerufen und Lucy war zufällig da. Nancy macht mich für nichts von alledem verantwortlich, und dafür bin ich sehr dankbar. Sie hat mich mit Lucy reden lassen.« Sunny wischte ihre Tränen weg. »Sie … sie … hat gebettelt … Nein, sie hat verlangt«, sagte Sunny mit einem harten Lachen, »dass ich nach Hause komme.«

»Nancy?«

»Nein. Lucy.« Sunny konnte immer noch das Flehen in der Stimme ihrer Tochter hören. »Ich sage dir, Kathy, das hat mich beinahe umgebracht.«

21

Kathy kämpfte mit ihren Gefühlen. Eine Seite von ihr hatte großes Mitleid mit Sunny, aber die andere Seite hatte das Gefühl, dass Sunny wahrscheinlich einen Teil ihrer Probleme selbst verursacht hatte. *Erinnere dich,* dachte Kathy, *welche Probleme sie unserer Familie gemacht hat.*

Sunny sagte mehrere Minuten lang nichts. Der Wetteralarmempfänger sprang wieder an. Dieses Mal hieß es, dass sich im östlich angrenzenden Landkreis ein weiterer Tornado gebildet hätte. Offenbar bewegte sich der Wirbelsturm mit großer Geschwindigkeit fort. Kathy wusste nicht, ob eine weitere Sturmfront auf sie zukam, aber sie war den Schutzraum leid.

»Gehen wir doch hoch und schauen nach, ob irgendetwas beschädigt wurde«, schlug sie vor. »Ich brauche ein bisschen frische Luft.«

Sie stand auf und ging zur Tür. »Machst du die Laterne aus, wenn ich die Tür offen habe?«

Sunny nickte, während Kathy den Riegel von der Tür des Schutzraums zurückschob. Sie stiegen die Treppe hinauf und sahen, dass der Himmel über ihnen klar war. Die Sonne schien bereits wieder und alles wirkte sauber und erfrischt vom Regen. Kathy sah keine Schäden und seufzte erleichtert auf. Das Letzte, was sie wollte, war eine Verzögerung beim Verkauf der Farm. Sie wollte diesen Teil ihres Lebens endlich zu den Akten legen.

So sehr sie es bereute, Kansas und das einzige Zuhause zu verlassen, das sie je gekannt hatte, so sehr verspürte sie eine wahre Rastlosigkeit, die sie vorwärts trieb. Die letzten zwölf Jahre erschienen ihr immer undurchsichtiger. Was sie einst für einen Akt selbstloser Liebe gehalten hatte, war jetzt irgendwie überschattet von dem Gedanken, dass sie sich aus einer Gefangenschaft befreite. *Warum empfinde ich nur so? Ich habe Mom und Dad geliebt und wollte ihnen helfen.* Sie runzelte die Stirn und öffnete die Tür der hinteren Veranda.

Sie schalteten den Fernseher an und sahen, dass das Wetter sich von Westen her beruhigt hatte. »Setzen wir uns doch auf die Veranda und du erzählst mir den Rest über Kalifornien und die Scheidung«, schlug Kathy vor. Irgendwie wirkte Sunnys Geschichte noch unvollendet und Kathy wollte wissen, was ihrer Schwester zugestoßen war, nachdem Brian sie aus dem Haus geworfen hatte.

Sunny folgte ihr recht widerstrebend nach draußen. Sie setzten sich, Kathy auf die Schaukelbank und Sunny auf einen Schaukelstuhl. Kathy wusste, dass Sunny das Gespräch mit ihrer Tochter tief aufgewühlt hatte. Kathy versuchte, sich das Kind als eine Miniaturausgabe von Sunny vorzustellen. Es erschien ihr so verrückt, dass Sunny eine Tochter hatte – dass Kathy eine Nichte hatte. Kathy schüttelte den Kopf.

»Hast du mit Brian gesprochen, seit du gegangen bist?«

»Nein.« Sunny richtete ihren Blick in die Ferne. »Ich bezweifle, dass er meinen Anruf überhaupt annehmen würde. Ich habe immer und immer wieder versucht, mit ihm zu reden, bevor ich gegangen bin, aber er wollte nicht mit mir sprechen. Seine Mutter sagt, dass sein Stolz verletzt ist. Sie glaubt, dass er die Wahrheit kennt, aber zu stolz ist, es zuzugeben.«

»Also zerstört er seine Familie nur um seines Stolzes willen? Das ist ein bisschen lächerlich, findest du nicht?«

Sunny runzelte die Stirn, schaute Kathy aber immer noch nicht an. »Ich finde eine Menge Dinge lächerlich.« Sie begann zu schaukeln. »Ich habe so lange geglaubt, dass ich nicht das Recht hätte, irgendjemanden oder irgendetwas zu hinterfragen. Ich hatte das Gefühl, dass die Fehler, die ich gemacht habe, so schwer wiegen, dass ich jedes Recht verloren hatte, das ich einmal besessen hatte. Ich glaubte, dass sie so schlimm wären, dass nicht einmal Gott mich noch lieben könnte. Aber Lana meint, das sei typisch für Menschen, die misshandelt wurden. Sie reden sich ein, dass sie nur bekommen haben, was sie verdienen, und dass sie kein Recht auf etwas Besseres haben. Ich versuche immer noch daran zu arbeiten, aber manchmal ist das wirklich schwer.«

Kathy war das Thema unangenehm. Hatte sie sich nicht selbst gesagt, dass Sunny nichts Besseres verdiente? Hatte sie selbst nicht die Situation hart beurteilt, überzeugt, dass Sunny, weil sie schlechte Entscheidungen getroffen hatte, es verdiente, die Konsequenzen zu tragen – egal wie schmerzlich diese waren? *Wie konnte ich nur so grausam sein?* Sie verspürte plötzlich eine Mischung aus Scham und Schuld.

»Erzähl mir von Lana.« Sie hoffte, dass Sunnys Worte sie von den negativen Gedanken ablenken würden.

»Lana ist eine wunderbare Frau. Sie ist Witwe und arbeitet im Krankenhaus von Anaheim. Sie ist Krankenschwester und auch die beste Freundin von Nancy, Brians Mutter.« Sunny verlagerte das Gewicht und schlug die Beine übereinander. »Sie sind eine lustiges Paar. Nancy ist so wohlhabend, dass sie sich nie um etwas Sorgen machen muss, und Lana verdient kaum genug, um sich gelegentlich ein Abendessen außer Haus leisten zu können. Ja, sie sind ein seltsames Paar, aber sie stehen sich näher als alle Freunde, dich ich je kennengelernt habe.

Als Brian verlangte, dass ich gehe, ging ich zu Nancy. Ich hatte niemanden sonst. Es ist komisch, aber ich habe in Kalifornien keine echten Freundschaften geschlossen. Wir kannten natürlich viele Leute, aber sie waren nicht das, was ich Freunde nennen würde. Es gibt diese Menschen auf der Welt, die dir gern nahestehen, wenn alles prima läuft, aber lass mal etwas schiefgehen oder etwas Schlimmes passieren, und sie verlassen dich oder bleiben gerade noch lange genug, um zu sehen, wie schlimm du abstürzt.«

Kathy nickte. »Diese Sorte kenne ich.«

»Tja, ich hatte niemanden, zu dem ich hätte gehen können und von der Situation erzählen mögen. Also ging ich zu Nancy. Ich erzählte ihr, was geschehen war. Ich sagte ihr, dass ich wusste, dass ich nicht bei ihr bleiben kann – immerhin ist Brian ihr Sohn und er würde sich nicht frei fühlen, zu ihr zu kommen, wenn ich dort wäre. Nancy stimmte mir zu, schlug aber vor, dass ich doch bei einer Freundin von ihr wohnen könnte. Sie rief Lana an und erklärte ihr die Situation. Lana nahm mich gern bei sich auf. Sie hat ein Haus mit drei Zimmern, Küche und Bad für sich ganz allein und war ziemlich einsam. Ich bin zu ihr gezogen, hatte aber keine Ahnung, auf was ich mich da eingelassen hatte.«

»Was meinst du damit?« Kathys Neugier war wieder geweckt.

»Lana ist eine Frau mit einem starken Glauben an Jesus. Sie lebt ihren Glauben wie niemand sonst, den ich bisher kennengelernt habe.«

»Was ist mit Mom und Dad?« Kathy fühlte sich angegriffen und verschränkte die Arme. »Sie hatten auch einen starken Glauben.«

»Ja, den hatten sie, aber das ging über alles hinaus, womit wir aufgewachsen waren. Lana lebt so, dass man meinen könnte, sie hätte Gott tatsächlich von Angesicht zu Angesicht gesehen. Ich weiß, dass das nicht im wörtlichen Sinn der Fall ist, aber ganz sicher im geistlichen Sinn. Sie hat immer Frieden. Sie bezweifelt nie Gottes Fähigkeit, ein Problem zu lösen oder mit Dingen gerecht umzugehen. Sie macht niemandem vor, dass mit Gott ins Reine zu kommen bedeutet, von Schmerzen und Problemen frei zu werden. Aber es wird einfach klar, dass sie aus Erfahrung weiß, dass Nähe zu Gott einen Seelenfrieden bedeutet, der nirgendwo sonst zu finden ist.«

Der rhythmische Takt der Schaukelbank, die vor und zurück schwang, war mehrere Minuten lang das einzige Geräusch. Sunny schien ihre Worte sorgfältig abzuwägen, beinahe als wüsste sie, dass Kathy ein wenig angespannt wegen der unausgesprochenen Andeutung war, dass Lana etwas hatte, das der Rest von ihnen nicht besaß.

»Mom und Dad haben Gott ganz sicher vertraut. Sie haben uns als Kinder immer ermuntert, die Bibel zu lesen und zu beten. Sie wollten, dass wir in die Kirche gehen und wissen, wer Gott ist und was Jesus für uns getan hat, als er am Kreuz starb. Ich wusste all das und bin trotzdem weggelaufen. Ich kannte die Geschichten. Ich kannte die Abläufe. Ich bin sogar, als ich zwölf Jahre alt war, in der Kirche aufgestanden und habe Gott gebeten, mich von meinen Sünden zu erretten. Ich habe alles getan, was die Tradition verlangte.«

»Du meinst, wozu uns die Bibel aufruft, nicht?«

»Ein Teil davon war das, wozu die Bibel uns aufruft. Ein Teil davon war das, was wir Leute in der Kirche damit verbunden haben. Ist dir klar, wie schwer wir es den Menschen machen zu akzeptieren, dass Jesus für ihre Sünde gestorben ist und dass sie für alle Ewigkeit gerettet werden können, indem sie sein Opfer annehmen?«

»Was willst du damit sagen?« Kathy schüttelte den Kopf. »Bei dir klingt es so, als ob die Christen nicht wollen, dass die Menschen gerettet werden.«

»Tja, ich weiß nicht, ob die Christenheit als Ganzes das will oder nicht. Ich erinnere mich nur daran, wie hart Menschen miteinander umgehen können. Ich weiß, wie schwer sie es mir gemacht haben. Ich möchte doch nur Vergebung und mit meinem Leben vorangehen können. Stattdessen ernte ich negative Reaktionen und hässliche Kommentare.«

»Moment, Moment.« Kathy hielt die Schaukelbank an und beugte sich vor. »Du kannst im Leben nicht einfach tun, was du willst, und dann erwarten, dass die Leute darüber hinwegsehen.«

»Das wollte ich damit nicht sagen. Es gibt immer Konsequenzen, gute und schlechte. Lana half mir zu erkennen, dass Gottes Liebe bedingungslos ist, während die meisten Menschen ihre Liebe unter Bedingungen stellen. Sie nehmen dich an oder kümmern sich um dich, solange du alles so machst, wie sie es wollen. Manche Leute tun, was sie können, selbst zu ihrem Nachteil, und das alles nur, um jemand anderen zufriedenzustellen und sich seine Anerkennung zu verdienen. Das habe ich bei Brian gemacht. Ich habe ihn wirklich geliebt – ich liebe ihn immer noch –, aber ich war nicht ich selbst. Ich habe so gelebt, wie ich dachte, dass es ihn zufriedenstellen würde, bis ich sah, was das für unsere Tochter bedeutete. Als er anfing, mich wegen weiterer Kinder unter Druck zu setzen, wusste ich, dass ich ihn nicht zufriedenstellen konnte, ohne die Kosten zu überschlagen. Lana vermutet, dass die Tatsache, dass ich mich ihm entgegengestellt habe, zu einer der Geschichten passt, die Anita ihm in der Praxis untergeschoben hat.«

»Wie kommt sie darauf?« Es erschreckte Kathy zu erkennen, dass sie ihre Schwester bei jedem Schritt hinterfragen wollte.

»Tja, wenn Anita ihm gesagt hat, dass ich eine Affäre mit Rick habe, hat sie wahrscheinlich auch behauptet, dass ich keine weiteren Kinder mehr haben oder die Pille absetzen will – ich hatte darauf bestanden, dass ich die Pille nehme –, aus Angst, dass ich während meiner Affäre schwanger werde.«

»Seltsam, dass Brian Anita sogar anvertraut haben soll, dass er noch mehr Kinder wollte.«

»Ich weiß, aber ich bin mir sicher, er sieht das nicht so.« Sie seufzte.

»Lana klingt nach einer guten Freundin«, sagte Kathy nach mehreren schweigsamen Minuten.

Sunny stand auf und lehnte sich so an das Verandageländer, dass sie Kathy ansehen konnte. »Lana hat mir geholfen, die Dinge anders zu betrachten, aber ich nehme nicht an, dass mich je gekümmert hätte, was sie sagte, wenn ich nicht aus erster Hand erlebt hätte, wie sie ihre Überzeugungen lebt. Sie ist nicht nur eine Sonntagschristin – sie lebt ihren Glauben wirklich täglich.«

»Mom und Dad waren auch keine Sonntagschristen. Und das bin ich auch nicht.« Kathy wusste, dass Verärgerung in ihrem Ton mitschwang, aber sie versuchte nicht, sie zu verstecken.

»Ich werde keinen verurteilen«, sagte Sunny verteidigend. »Ich habe nur gesehen, dass Lana ihren Glauben auslebt, statt darüber zu reden. Sie half mir zu sehen, dass ich auch etwas anderes haben könnte. Es ist mehr als das, was ich hatte, als ich als Kind in die Kirche ging. Es geht so tief und ist so echt. Ich bin mir sicher, dass du recht hast, dass Mom und Dad es auch hatten, dass du es hast, aber du erinnerst dich … ich bin gegangen und habe mir nicht die Mühe gemacht, diese Art Verhalten in ihnen zu sehen. Ich versuche nicht zu sagen, dass Lana besser ist als andere, aber sie hat eine Freundschaft mit Jesus – eine tief verwurzelte Liebe und Vertrauen zu ihm, das sie fest stehen lässt, wenn alles um sie herum beinahe bis zum Einsturz zu schwanken scheint. Das möchte ich für mich selbst – mehr als alles andere.«

»Mehr als Brian und Lucy?«

Sunny stand da und biss sich einen Moment lang auf die Lippe, dann nickte sie. »Ja. Denn jetzt sehe ich, dass der ganze Rest nicht zählt, wenn ich nicht diese echte Beziehung zu Gott habe. Nichts davon wird Bestand haben. Ich werde kein festes Fundament haben, auf das ich aufbauen kann.«

Endlich begriff Kathy, was Sunny sagen wollte. »Ich glaube, ich verstehe, was du sagen möchtest. Es ist diese Stelle, an der das Leben dich nicht mehr erschüttern kann. Da will ich auch hin.«

Ein großes Allradfahrzeug kam auf der Straße vor der Farm entlang. Kathy erkannte es als Sylvias und Tonys Geländewagen. Sie winkte und sah, dass Sylvia vom Beifahrersitz aus winkte, als sie an der Farm vorbeifuhren. Sunny winkte auch.

Schweigen umhüllte sie mehrere Minuten lang. Sunny setzte sich wieder in ihren Schaukelstuhl, während Kathy über alles nachdachte, über das sie gesprochen hatten. Es war, als hätte sich eine Tür ein wenig weiter geöffnet. Sie machten Fortschritte, aber nur in winzigen Schritten.

»Ich wusste, dass es schwer werden würde, zurückzukommen. Ich dachte, ich würde es mit Mom und Dad schwer haben«, sagte Sunny leise. »Lana half mir zu sehen, dass ich die Vergangenheit in Ordnung bringen muss, bevor ich weitergehen kann, und ich wollte das wirklich tun. Ich glaube, größtenteils habe ich es auch. Ich habe Moms und Dads Vergebung. Ich dachte, dass ich mir die schwer verdienen müsste, aber stattdessen kam sie auf so unerwartete Weise. Moms Brief. Dads offenes Willkommen.« Sunny drehte sich um und schaute Kathy an. »Aber was ich nicht habe, ist deine Vergebung. Und, so seltsam das klingt, ich hätte nie gedacht, dass ich dafür derart schwer arbeiten muss.«

»Was meinst du damit, ›dafür arbeiten‹? Ich lasse dich für nichts arbeiten.«

»Du denkst vielleicht nicht, dass du irgendetwas machst, aber du tust es trotzdem. Du hast dich mir in vielerlei Hinsicht vorenthalten. Ich habe mir immerzu gesagt, dass ich kein Recht habe, mit dir darüber zu reden – dich Auge in Auge daraufhin anzusprechen, aber ich kann nicht mehr schweigen. Du behandelst mich wie eine Fremde. Als ob du dich vor mir und dem, was ich tue, in Acht nehmen musst.«

Kathy erstarrte. »Warum sollte ich anders sein als alle anderen? Du hast mich verletzt.«

»Aber ich dachte, wir hätten etwas anderes gehabt.«

»Das dachte ich auch, aber dann bist du weggelaufen.« Kathy fühlte, wie ihre Schutzschilde sich hoben. »Ich hatte das Gefühl, dass alles, was ich geglaubt hatte, eine Lüge war.«

»Aber warum? Ich war diejenige, die es vermasselt hat.«

»Aber ich habe mich betrogen gefühlt. Du hast mich gefragt, was ich von dir brauche, und heute Morgen habe ich es herausgefunden. Ich brauche Ehrlichkeit. Ich brauche Wahrheit, denn, Sunny … Amy, ich dachte, ich hätte die Wahrheit, als wir noch Mädchen waren. Ich dachte, wir würden uns nahestehen – und was du getan hast, als du so gegangen bist, als du zwölf Jahre ohne ein einziges Wort weggeblieben bist … tja … es hat die Beziehung verleugnet, die ich glaubte, zu dir zu haben.«

Kathy kämpfte darum, ihre Tränen zurückzuhalten. Sie wollte nicht, dass Sunny dachte, sie wäre schwach. »Alles, das ich für wahr gehalten hatte, veränderte sich beinahe über Nacht. Manches durch mich selbst, aber größtenteils deinetwegen. Die Familie veränderte sich. Meine Beziehung zu Kyle änderte sich. Ich veränderte mich. Die einzige Konstante, die ich hatte, war Gott. Ich habe mich an ihn geklammert wie eine ertrinkende Ratte, und obwohl ich vielleicht nicht ganz verstehe, was es bedeutet, völligen Frieden mit ihm zu haben, versuche ich es doch.«

»Und das ist auch alles, was wir tun können. Lana hat mir erzählt, dass ihre Beziehung zu Gott auch nicht über Nacht gekommen ist. Sie hat sich über viele Jahre entwickelt, in denen sie Gott besser kennenlernte und lernte, dass er treu ist – dass wir darauf vertrauen können, dass er uns nicht wehtun wird, wie wir einander wehtun.«

»Das glaube ich«, sagte Kathy und beruhigte sich ein bisschen. »So ist es auch mit unseren menschlichen Beziehungen. Wenn wir unseren Glauben und unser Vertrauen in jemanden setzen und derjenige sich als unaufrichtig erweist, tut das weh.« Sie spürte, wie die Tränen über ihre Wangen rannen. »Du hast mir wehgetan, Sunny. Du hast mir mehr wehgetan, als ich es sagen kann.«

Sunny nickte und ihr Gesichtsausdruck verriet, dass auch sie den Tränen nahe war. »Aber warum lässt du es mich nicht in Ordnung bringen?«

»Du kannst es nicht in Ordnung bringen!«, erklärte Kathy etwas lauter, als sie beabsichtigt hatte. »Du kannst mir die vergeudeten Jahre nicht zurückgeben – die verlorenen Beziehungen und das Leben, das ich hätte haben können – das wir hätten haben können.«

»Nein, das kann ich nicht. Ich kann nichts an der Vergangenheit ändern als zu sagen, dass es mir leidtut – und es tut mir ehrlich leid. Hoffentlich kann ich etwas an der Gegenwart ändern – an der Zukunft.« Sunny stand auf. »Aber zuerst, Kathy, musst du mir vergeben.«

22

Kathy schwieg sehr lange. Vergebung war das Richtige, und wirklich, Kathy wusste, dass sie vergeben wollte. Sie starrte an Sunny vorbei auf die Straße. Das Tageslicht verblasste und war schon beinahe verschwunden.

So viele Jahre standen zwischen ihnen. Die Vergangenheit schien eine riesige Wüste zu sein, die zu durchqueren unmöglich schien. Trotzdem wusste Kathy, dass mit Gott alle Dinge möglich waren. Entweder glaubte sie das oder es war nicht mehr als ein nettes Sprichwort und sein Versprechen hohl.

Sie schaute Sunny an und sah nichts als Ernsthaftigkeit in ihrem Gesicht. »Ich möchte dir vergeben. Ich weiß, dass es das Richtige ist, aber mein Herz schreit nach Schutz. Ich möchte dir wieder vertrauen«, sagte Kathy endlich. »Bitte versteh aber, dass ich das nicht über Nacht kann. Ich meine, ich kann die Worte aussprechen, aber es wird ein Prozess – eine Reise.«

»Das sind die meisten Dinge im Leben«, erwiderte Sunny. »Es macht mir nichts aus zu warten, Kathy. Ich möchte nur, dass du mir vergibst, damit wir neu anfangen können.«

Kathy nickte. »Das möchte ich auch. Wirklich.« Und doch sprach sie die Worte nicht aus. Was war nur mit ihr los? Warum war ihr Herz so verhärtet dagegen, Sunny ihre Vergebung zu schenken? Lag es daran, dass Kathy dachte, Vergebung wäre irgendwie das Gleiche wie Billigung? Bedeutete Vergebung zu sagen, dass es egal war, was Sunny getan hatte – dass sie sich wegen der Probleme, die sie verursacht hatte, nicht schlecht oder verantwortlich fühlen sollte? Kathy spürte, wie ihr Kopf anfing zu hämmern. Sie dachte daran, was Paulus in Römer sieben gesagt hatte: *Ich begreife mich selbst nicht, denn ich möchte von ganzem Herzen tun, was gut ist, und tue es doch nicht. Stattdessen tue ich das, was ich eigentlich hasse.*

Sunny zu hassen war nicht das, was sie tun wollte. Sie wollte auch keinen Groll hegen und sich auf die bittere Vergangenheit konzentrieren. Doch den größten Teil ihres Lebens als Erwachsene hatte Kathy sich genau darauf konzentriert.

Doch welches Kind Gottes – welche wirklich gute christliche Frau – würde jemandem die Vergebung vorenthalten, wenn er darum bat?

Dieser Gedanke rüttelte sie auf. Sie enthielt Sunny doch nicht die Vergebung vor – oder? Aber sie nutzte die Ausrede, dass es Zeit brauchte – dass Sunny sich beweisen musste. *Es ist nur gut, dass Gott mich nicht so behandelt*, dachte Kathy. *Wie wäre es, wenn ich Gott um Vergebung bäte und er sagte: »Ich möchte dir vergeben, aber es wird Zeit brauchen«?*

Am nächsten Morgen erwachte Kathy und dachte immer noch über Sunnys Geschichten über die Vergangenheit nach. Sie dachte auch über Sunnys Wunsch nach Vergebung nach. Sunny hatte viel Mut gebraucht, um wieder nach Hause zu kommen.

»Und ich habe es ihr keineswegs leicht gemacht.« Sie dachte daran, wie sie Sunny an jenem ersten Tag die Tür vor der Nase hatte zuschlagen wollen. Dad hatte Sunny mit offenen Armen empfangen und Gott für das erhörte Gebet gedankt und gelobt. Aber nicht Kathy. Kathy war wütend und frustriert über die ganze Situation gewesen.

Warum? *Warum konnte ich nicht einfach auch meine Arme ausbreiten? Sylvia muss wohl recht haben. Meine Liebe zu Sunny ist flach – darauf gegründet, dass sie das tut und ist, was ich von ihr brauche.*

Kathy streckte sich und warf die Decke zurück. Sie hatte heute viel zu erledigen und sie wusste, dass sie keine Zeit vergeuden durfte. Sie warf einen Blick auf die Uhr und war überrascht festzustellen, dass es bereits viertel vor acht war. Die Gedanken an Sunny verflogen.

»Du meine Güte!« Sie sprang vom Bett auf und suchte fieberhaft ihre Arbeitssachen. Sie wusste, dass der Tag wahrscheinlich warm werden würde, also zog sie Caprihosen und ein Trägertop an.

Kathy griff nach ihrer Haarbürste und verbrachte mehrere Minuten damit, ihr Haar zu bändigen. Für die Arbeit, an die sie sich begeben musste, war es am besten, es zurückzukämmen und zu flechten. Endlich zufrieden, schlüpfte sie in Sandalen und ging dann nach unten.

»Ich dachte, ich würde dich bereits bei der Arbeit finden«, sagte Sunny, als Kathy die Küche betrat. Sie war dabei, Kaffee zu kochen. »Ich bin gerade erst heruntergekommen.«

»Ich habe letzte Nacht unruhig geschlafen. Ich habe tief geschlafen, dann bin ich wieder aufgewacht, dann bin ich wieder eingeschlafen. Ich glaube, es liegt an dem Stress und der Aufregung. Es muss so vieles erledigt werden.«

»Ja, die Zeit vergeht wirklich schnell.«

»Wir müssen heute und morgen die Sachen für die Auktion fertig sortieren.« Kathy ging zum Kühlschrank und nahm einen Becher Joghurt heraus. »Und natürlich gibt es jede Menge zu putzen.«

»Natürlich«, sagte Sunny mit einem Lächeln. »Ich glaube, wir kaufen uns auch ein paar dieser Lagerboxen. Du weißt schon, die aus Plastik.«

»Ja, die lassen sich leichter bewegen. Weißt du, ich habe schon mehr oder weniger beschlossen, nicht viel mitzunehmen. Ich werde meine Sachen mitnehmen und allen Kleinkram und alle Möbel, die ich wichtig finde.«

Sunny nickte. »Das klingt vernünftig. Neu anzufangen wird gut sein.«

»Wir haben immer in einer Art zusammengewürfeltem Haushalt gelebt. Ich hoffe, dass der ganze Kram beim Verkauf etwas bringt. Die Auktionsleute haben mir gesagt, dass wir natürlich das meiste Geld von den Farmgeräten erwarten könnten und dann von den Werkzeugen und dem alten Geschirr und den Sammlerstücken.« Sie aß eine Minute lang, während sie am Küchentresen lehnte. »Bist du dir sicher, dass du nichts von dem alten Pressglas willst?«

Sunny schüttelte den Kopf. »Nein. Das wird gutes Geld bringen und du verdienst es, das zu bekommen. Außerdem weiß ich nicht, was ich damit anfangen sollte. Momentan habe ich ja nicht mal ein Zuhause.«

Kathy runzelte die Stirn und versuchte, Sunny ihre Reaktion nicht sehen zu lassen. Sie hatte keine Ahnung, wie sie Sunny in dieser Situation trösten sollte. Kathy wusste, dass, wenn sie an Sunnys Stelle wäre, kein Mitleid erwarten würde.

»Soll ich nach Hays fahren und ein paar Plastikboxen kaufen? Ich kann gleich fahren und bald zurück sein. Ich kann auch noch ein paar Pflanztöpfe für die Rosen mitbringen.«

»Das ist eine tolle Idee. Wir brauchen auch noch Müllbeutel, Putzzeug und mehr Kartons, wenn du welche bekommen kannst. Der Supermarkt war immer sehr entgegenkommend, aber du musst sie erwischen, bevor sie die Pappkartons zerschneiden.«

»Dann mache ich das.« Sunny schaute nach der Kaffeemaschine. »Der Kaffee ist fertig. Ich nehme mir eine Tasse voll mit.«

»Unter der Spüle sind ein paar Reisebecher. Dad und ich haben sie manchmal genommen, wenn wir zum Arzt unterwegs waren. Der rote war sein Lieblingsbecher.«

Sunny öffnete den Schrank und holte den Plastikbecher heraus. Sie hielt ihn mit einem Gesichtsausdruck in der Hand, der etwas zwischen Liebe und Reue zeigte. Kathy tat ihre Schwester leid.

»Du kannst ihn haben, wenn du ihn willst. Ansonsten geht er in die Auktion.«

»Ich würde ihn gern behalten. Wenigstens für eine Weile.« Sunny öffnete den Deckel und goss Kaffee in den Becher. »Ich kann mir so richtig vorstellen, wie Dad damit im Auto sitzt.« Sie lächelte. »Ich nehme an, dass er sich jedes Mal, wenn ihr irgendwo wart und Kaffee getrunken habt, beschwert hat, dass er nicht so gut ist, wie der von zu Hause.«

»Oder aus den alten Kaffeemaschinen«, sagte Kathy mit einem Lachen.

»Ach, die guten alten Zeiten.«

Fünfzehn Minuten später war Sunny auf dem Weg nach Hays und Kathy wieder an der Arbeit im Zimmer ihrer Eltern. Sie hatte ihre Stapel sortiert. Bücher, Kleidung, Kleinkram, Fotoalben und gerahmte Bilder, dies und das, das in keine bestimmte Kategorie zu passen schien. Es war der Stoff ihres Lebens.

Während sie sich durch den Schrank ihrer Eltern grub, war Kathy überrascht, viele Dinge zu finden, von denen sie nicht einmal gewusst hatte, dass sie existierten. Alte Fotoapparate, einen Diaprojektor, zwei Schrotflinten, drei abgenutzte Lederkoffer, alte Hutschachteln. Sie war noch überraschter, dass letztere auch noch Hüte enthielten.

Das meiste konnte sie innerhalb von kurzer Zeit einpacken und markieren. Bald würde Sunny zurückkommen und sie konnten zusammen das Bett zerlegen. Mit einem Seufzen erhob Kathy sich und beschloss, den Boden des kahlen Raumes zu säubern. Sie ging in Sunnys Zimmer. Dort hatten sie, wie sie sich erinnerte, den Staubsauger verstaut.

Als sie den Raum durchquerte, konnte Kathy nicht umhin zu bemerken, dass Sunnys Bibel offen auf dem Bett lag. Ein Brief lag daneben. Sie wusste, dass es falsch war zu schnüffeln, aber sie fühlte sich fast gezwungen nachzusehen, was für ein Brief das war. Langsam faltete sie das Blatt auseinander und erkannte die Schrift ihrer Mutter. Das war der Brief, den sie an Sunny geschrieben hatte.

Ein Schmerz wuchs in Kathys Herz. Sie hatte keinen solchen Brief, den sie lesen und in dem sie Trost finden konnte. Sie war eifersüchtig. Mom hatte Kathy oft viele der gleichen Dinge gesagt, die in Sunnys Brief standen, aber Kathy hatte keinen Beweis dafür wie Sunny.

»Nur den Beweis in meinem eigenen Herzen.«

Sie faltete den Brief wieder zusammen und setzte sich aufs Bett. »Ich möchte nicht neidisch auf sie sein. Sie hat mehr gelitten als ich. Ich hatte Mom bis zum Ende. Ich muss daran denken, dass ich Zeit mit Mom und Dad hatte, die Sunny für immer verspielt hat.«

Aber die Vergangenheit verfolgte sie immer noch. Vorwürfe gegen Sunny schossen ihr ins Gedächtnis – Vorwürfe, die Kathy noch vor wenigen Wochen als willkommene Begleiter genossen hätte. Jetzt wollte sie nur, dass sie sie in Ruhe ließen.

Kathy schaute auf die Bibel und sah, dass sie im dreiundvierzigsten Kapitel des Buches Jesaja aufgeschlagen war. Ihr Blick fiel auf den achtzehnten und neunzehnten Vers und es war ihr, als spräche Gott durch diesen Abschnitt direkt zu ihr.

Denkt nicht mehr daran, was war und grübelt nicht mehr über das Vergangene. Seht hin; ich mache etwas Neues; schon keimt es auf. Seht ihr es nicht? Ich bahne einen Weg durch die Wüste und lasse Flüsse in der Einöde entstehen.

Sie dachte eine Weile über die Verse nach. »›Denkt nicht mehr daran, was war‹«, murmelte sie. »Haltet euch nicht bei der Vergangenheit auf.«

Kathy schaute sich im Zimmer um. Sie dachte an das Haus und alles, was es enthielt – Relikte einer Vergangenheit, die schon lange ihren Sinn verloren hatte. Es ging nicht mehr um Dinge. Es ging nicht um die Farm und das Land, auf dem sie aufgewachsen war. Plötzlich wirkte alles um sie herum abgenutzt und müde.

»Er macht etwas Neues«, sagte sie und legte die Bibel wieder hin. »Ein Weg in der Wüste und Flüsse in der Einöde.«

Kathy hörte, wie ein Auto in die Einfahrt einbog. Sie schaute auf die Uhr. Es war zu früh, als dass Sunny schon zurück sein konnte. Kathy eilte hinunter und erreichte die letzte Stufe gerade, als es an der Haustür klopfte. Es war definitiv nicht Sunny.

Sylvia stand vor der Tür, eine Auflaufform in der Hand. »Ich wusste, dass du, wenn du meine Hilfe schon nicht beim Putzen brauchst, sie wahrscheinlich fürs Abendessen gebrauchen könntest.«

Kathy lachte. »Selbstverständlich. Ich liebe deine Kochkünste.« Sie nahm die in ein Handtuch gewickelte Glasform. »Was hast du gekocht?«

»Hühnchen mit dieser Mischung aus Reis und Füllung, die du so gern magst.«

»O, ich kann's kaum erwarten. Vielleicht esse ich schon zu Mittag davon.«

»Dafür geht es auch.« Sylvia schaute sich um. »Es sieht aus, als würdet ihr Fortschritte machen. Bei jedem Besuch sieht es etwas steriler aus.«

»Ja. Sunny ist nach Hays gefahren, um ein paar Plastikboxen und Putzmittel zu kaufen. Als du kamst, dachte ich schon, dass es vielleicht sie ist, aber es kam mir zu früh dafür vor.« Sie gingen zurück in die Küche und Kathy stellte die Auflaufform auf den Ofen und wickelte sie aus dem Handtuch. »Du kannst das Tuch ebenso gut gleich wieder mitnehmen, damit ich es nicht aus Versehen in die Auktion gebe.«

Sylvia nickte. »Wie geht es denn voran?«

»Wirklich viel besser. Wir hatten einen guten Durchbruch.« Kathy erzählte von den Ereignissen des Vortages. »Ich glaube, dass wir in dem Schutzraum gesessen haben, hat uns gezwungen, uns miteinander auseinanderzusetzen, aber es war mehr als nur das. Ich habe wirklich angefangen, mit ihr mitzufühlen. Das war ein gutes Gefühl.«

»Das sind wunderbare Neuigkeiten. Es wird euch helfen, all das Schlimme zu überwinden.«

»Ich weiß, dass es so sein wird«, stimmte Kathy zu. »Sunny hat mich gebeten, ihr zu vergeben, und ich habe nicht gelogen. Ich habe ihr gesagt, dass ich es will, aber dass es nur Schritt für Schritt geht. Ich denke, das Vergeben nicht so sehr. Ich kann ihr vergeben … das ist mir jetzt klar. Aber ihr zu vertrauen und unsere Beziehung wieder aufzubauen – das wird Zeit brauchen.«

»Und hast du sie gebeten, dir zu vergeben?«, fragte Sylvia sachlich.

Kathy spürte, wie ihr Stolz sich meldete. »Wofür müsste ich Sunny um Vergebung bitten? Ich habe nichts falsch gemacht.«

Sylvia warf ihr ein Grinsen zu, das Kathy bei ihr bisher nur ihren Kindern gegenüber gesehen hatte. Normalerweise war es die Reaktion darauf, wenn sie ihre Mutter wegen etwas belogen oder versuchten, sie hinters Licht zu führen.

»Habe ich nicht!«, verteidigte sich Kathy.

Sylvia verschränkte die Arme. »Kathy, mach es jetzt nicht kaputt. Du bist so weit gekommen.«

»Was habe ich getan, wofür ich sie um Vergebung bitten sollte?«

»Was ist mit deiner negativen Haltung? Was ist mit der verbitterten, hasserfüllten Reaktion, als sie nach Hause kam? Was ist mit –«

»Jetzt mal halblang.« Kathy packte die Lehne eines der Küchenstühle. »Alles, was ich gefühlt und getan habe, war der Reaktion auf Dinge geschuldet, die Sunny getan hatte. Meine Haltung war nur deswegen negativ, weil sie weggerannt ist und keinem von uns mitgeteilt hat, ob sie tot oder lebendig ist.«

»Natürlich, das ist eine unverzeihliche Sünde.« Der Sarkasmus in Sylvias Stimme wurde durch das leichte Lächeln auf ihrem Gesicht abgemildert. »Hol mal tief Luft, Kathy, und denk nach. Du weißt, dass es nicht Sunnys Schuld ist, dass du so reagiert hast. Das musst du dir selbst ankreiden.«

Kathy wusste nicht, was sie sagen sollte. Sie hatte nicht so explodieren wollen. Also holte sie tief Luft und versuchte, einen rationalen, nüchternen Gedanken zu fassen. »Na schön, okay, meine Reaktionen waren meine Sache, aber ich verstehe immer noch nicht, warum ich deswegen um Vergebung bitten sollte. Ich meine, ich habe den Schmerz und das

Leid von zwölf Jahren beiseitegeschoben und eingewilligt, ihr zu vergeben – ist das nicht genug?«

Sylvia zog eine Augenbraue hoch. »Ist es das? Ist es genug?«

Sunny hatte ein gutes Gefühl in Bezug auf ihre Situation mit Kathy. Ihr Herz war leichter als seit Wochen, trotz der ständig wachsenden Sehnsucht, Lucy zu sehen. In ihren Träumen sah sie sich, wie sie nach Kalifornien zurückkehrte und Brian verzweifelt bereit zur Versöhnung vorfand. Sie stellte sich gern vor, dass er sie in die Arme nahm und sich für die Vergangenheit entschuldigte. Aber in Wirklichkeit wusste sie, dass das nicht passieren würde. Ihre Scheidung wurde im August rechtskräftig – vielleicht im September. Er würde ihr Lucy wegnehmen, wie er es bereits getan hatte. Er würde den letzten Anschein wegnehmen, dass sie eine Familie waren.

Sie hatte noch einmal mit Nancy gesprochen und sie um einen Gefallen gebeten. Als sie die Situation erklärt hatte, war ihre Schwiegermutter mehr als großzügig gewesen. Nancy hatte sich bereit erklärt, die Farm zu kaufen. Sunny hatte die Lage erläutert und wie dringend ihre Schwester Grundstück und Haus verkaufen musste. Nancy verstand und versprach, sich sofort mit dem Maklerbüro in Verbindung zu setzen. Egal, was der Preis war, sie würde es kaufen und dafür sorgen, dass der Verkauf so schnell wie möglich abgewickelt wurde. Sie versprach zudem, die Transaktion geheim zu halten. Sunny hoffte, dass Kathy sich freuen würde. Sicher würde es die Sorgen ihrer Schwester geringer machen.

Sunny schaute hinaus auf die weiten, freien Felder mit den Weizenstoppeln und fand, dass sie ein passendes Bild für ihr Leben waren. Nur die guten Teile waren weggenommen worden. Jetzt war nichts weiter übrig als die Überreste dessen, was einst eine hoffnungsvolle Ernte gewesen war. Nichts als Krumen für die Vögel und das Wild. Nach einer Weile würde auch das untergepflügt und die Felder für eine neue Ernte bestellt werden.

Der Zeitpunkt, wenn Sunny Kansas und das Zuhause ihrer Kindheit hinter sich lassen musste, näherte sich unaufhaltsam. Sie musste für die Scheidung zurück nach Beverly Hills. Sie fand es seltsam, dass ihr Anwalt noch keinen Kontakt mit ihr aufgenommen hatte, um ihr mitzuteilen, wann der Gerichtstermin war. Sunny dachte sich, sie sollte ihn vielleicht anrufen und herausfinden, was los war.

Die Straße nach Hause kam in Sicht und Sunny bremste und bog ab. Alles würde jetzt anders werden, dachte sie. Alles würde hier auslaufen und zu Ende gehen. Sie und Kathy würden sich voneinander verabschieden, versprechen zu schreiben oder zu telefonieren, und dann getrennte Wege gehen.

»Und was dann?«, fragte Sunny. »Was tue ich dann?«

23

»Was hältst du von dem hier?«, fragte Kathy und hielt einen Schnappschuss hoch. Sie und Sunny brüteten schon seit über einer Stunde über alten Fotos.

»Das war das Frühlingsspiel in der Kirche, als ich elf war«, erinnerte sich Sunny. »Die Kindergruppen haben ein Stück über Ostern aufgeführt. Hieß es nicht ›Wie der Osterhase Ostern stahl‹ oder so?«

Kathy lehnte sich zurück. »Ja, ich glaube, so war es. Ich erinnere mich dunkel daran.«

»Ich glaube nicht, dass du mitgemacht hast. Du warst damals dreizehn und sicher in der Teenagergruppe.«

Kathy nickte und legte das Bild auf Sunnys Stapel. »Dann kannst du es auch bekommen.«

»Hier ist eines von uns am See.« Sunny hielt das Bild hoch und lächelte. »Weißt du noch, wie Mom und Dad immer mit uns an den See gefahren sind?«

»Ja. Wir mussten alle unsere Hausarbeiten erledigen, oder wir konnten nicht gehen. Also sind wir freitags schnell von der Schule heimgekommen und haben wie die Verrückten gearbeitet und alles in einer halben Stunde erledigt.«

Sunny lachte. »Mom hat immer gesagt, wenn wir das jeden Tag machen würden, würden wir uns nicht bis zum Abendessen mit unseren Hausarbeiten herumdrücken.«

»Ja, ich weiß.« Kathy schaute auf das Bild. »Ich kann mich noch gut an diesen Ausflug erinnern. Ich glaube, ich war erst neun oder zehn.«

Kathy und Sunny beobachteten ihren Vater, wie er an einem großen Drachen arbeitete. Die Mädchen waren so voll und ganz auf ihren Vater konzentriert, dass es ihre Mutter wohl genug amüsiert hatte, um das Foto zu machen.

»Ich erinnere mich, dass Dad versuchte, diesen blöden Drachen zum Fliegen zu bekommen. Er ist gerannt und gerannt und nichts ist passiert. Ich habe so darüber gelacht«, gestand Sunny.

»Und ich habe mit dir geschimpft, weil ich Angst hatte, dass Dads Gefühle verletzt werden könnten.«

»Du hast dir immer Sorgen über die Gefühle anderer Leute gemacht.« Sunny nahm ein weiteres Foto zur Hand. »Ich nicht. Ich war einfach ein schlechter Mensch.«

Kathy schaute sie seltsam an. »Das glaube ich nicht.«

Sunny zuckte die Schultern. »Nun ja, es war mir immer egal. Wenn ich etwas wollte, habe ich es mir geholt und mich nie um jemand anderen gekümmert. Wir beide wissen, dass das wahr ist. Ich habe jedem in meiner Umgebung meinen Willen aufgezwungen. Wie du vor einer Weile gesagt hast, ich habe sogar den Klavierlehrer dazu gebracht, das Vorspiel zu verlegen. Ich wusste, dass das für alle anderen ungünstig war, aber es war mir egal. Ich war der Ansicht, dass meine Bedürfnisse wichtiger sind.«

»Wie damals, als du von zu Hause weggegangen bist.«

Sunny legte das Bild weg. »Ja. Genau. Aber vergiss nicht, ich habe Moms Tränen wirklich nicht verstanden. Ich dachte, sie und Dad waren aufgebracht, weil sie die Kontrolle über mich verloren. Ich hatte das Gefühl, dass jeder in meinem Leben versuchte, mich zu kontrollieren.«

»An welcher Stelle ist es schiefgegangen? Wie kam es, dass aus glücklichen kleinen Mädchen, deren einzige Sorge es war, einen überdimensionalen Drachen zum Fliegen zu bekommen, das geworden ist, was wir heute sind?«

Sunny atmete tief aus. »Ich weiß nicht. Ich weiß nur, dass ich mehr brauchte, als ich meinem Empfinden nach bekam. Seit ich ein Teenager war, hatte ich eine Rastlosigkeit in mir, die ich nicht erklären kann. Vielleicht hätte ich irgendwelche Medikamente nehmen oder eine Therapie machen sollen. Ich weiß nicht. Manchmal war der Schmerz so groß. Ich habe mich wie ein Außenseiter gefühlt.«

»Aber warum? Mom und Dad haben dich heiß und innig geliebt. Ich war manchmal so eifersüchtig darauf, wie sie dich vorgezogen haben. Du warst so begabt. Du hast alles perfekt gemacht.«

Sunny lachte. »Ich schwöre, dass du von einer anderen Schwester redest.«

»Manchmal glaube ich das auch«, sagte Kathy mit einem Lächeln. »Du wirkst wie zwei verschiedene Menschen.«

Sunny dachte an ihre Kindheit zurück. »Es ging nur darum, alles zu kontrollieren und allen überlegen zu sein. Damit fühlte ich mich sicher. Wenn ich etwas gut machte, war es so, als könnte mich keiner antasten. Ich wollte ein Mädchen sein, das die Führung übernahm. Ich schätze, in der Highschool war es am schlimmsten. Ich sah, wie meine Freundinnen sich verliebten und Pläne für eine Zukunft in Slocum oder Hays schmiedeten. Ich habe zugehört, wie sogar du solche Pläne geschmiedet hast.«

»Was war falsch daran, Pläne zu schmieden?« Kathy wirkte ehrlich verwirrt.

»Es war nichts falsch daran, Pläne zu schmieden«, erwiderte Sunny. »Es lag daran, dass ihr sie für diesen Ort gemacht habt. Ich hasste Slocum. Ich hasste die Farm. Ich bin noch immer nicht verrückt danach. Der einzige Grund, warum ich überhaupt zurückgekommen bin, warst du und Mom und Dad. Ich bin kein Farmmädchen. Ich liebe die Stadt, die Energie dort. Ich wollte weg von hier, während du offensichtlich deine Initialen ins Holz schnitzen und dauerhaft hier wohnen wolltest. Ich konnte mich damit nicht identifizieren und ich denke, das hat einen Keil zwischen uns getrieben.«

»Du hättest mit mir darüber reden können.«

»Ich habe es versucht. Weißt du nicht mehr, wie oft wir über die Zukunft gesprochen haben? Besonders, als du ans College gegangen bist. Du wolltest Dad helfen, diese fantastische Farm aufzubauen. Du und er, ihr habt davon geredet, Pferde zu halten und zu züchten, zusätzlich zur Landwirtschaft. Ich hätte am liebsten losgeschrien. Ich hasste den Geruch dieser Farm – ich hasste dieses Haus.«

»Warum dieses Haus?« Kathys Verwirrung schien immer größer zu werden.

»Es ist alt und abgewohnt. Du hast nie etwas anderes als dieses Haus kennengelernt, also kann ich irgendwie verstehen, warum du hier Trost findest, aber für mich war es wie ein Grab.«

»Ich finde Trost hier, weil es mich an gute Zeiten erinnert – auch an schlechte Zeiten, aber größtenteils an gute. Es erinnert mich an Mom und Dad. Sogar an unsere Großeltern. Ich denke an all die Familienfeiern, die wir hier hatten, als wir noch klein waren, und das ist ein schönes Gefühl.«

»Wenn ich an dieses Haus denke, denke ich an die Mäuse, die die Wand hochrannten. Ich denke an den unebenen Fußboden oben. Ich denke an die Verzweiflung, aus der heraus ich diese Küchenschränke weiß gestrichen habe, nur um einmal etwas in diesem Haus zu verändern. Ich habe sie nicht für Mom gestrichen, sondern für mich.«

»Das wusste ich nicht.« Kathy schüttelte den Kopf. »Es ist schwer zu glauben, dass wir so unterschiedliche Meinungen über die gleiche Sache haben können.«

»Ich weiß. Ich dachte immer, du bist verrückt, aber dann wurde mir klar, dass mit dir alles in Ordnung war.«

»Herzlichen Dank!« Kathy lachte, aber es klang steif.

Sunny wollte nicht, dass die Situation auf den falschen Kurs geriet, also dachte sie, es wäre vielleicht das Beste, das Thema fallen zu lassen. »Ach, schau mal, hier ist ein Foto von dir und Sylvia, als ihr in der Highschool wart.«

Kathy nahm das Bild, warf aber nur einen flüchtigen Blick darauf. »Sunny, wechsle nicht das Thema. Das ist unser bestes Gespräch, seit du angekommen bist.«

»Ich habe Angst, dass ich das Falsche sage, wie gerade eben.«

»Du hast nichts Falsches gesagt. Ich bin froh zu erfahren, was du dachtest. Ich versuche wirklich, meine Wut loszulassen.«

Sunny lächelte. »Danke. Dafür bin ich dankbarer, als du es jemals wissen wirst. Ich muss mich mit so vielem auseinandersetzen. Es würde mich wirklich trösten und mir helfen, wenn ich wüsste, dass ich wenigstens etwas aus meiner Vergangenheit gelöst habe.«

»Sprich weiter über das, wovon du gerade geredet hast. Dass du gedacht hast, ich sei verrückt und so.«

Sunny schaute an Kathy vorbei auf die Uhr an der Küchenwand. Es war die gleiche Uhr, die dort in den letzten zwanzig Jahren gehangen hatte. »Nichts hat sich hier jemals verändert. Ich hatte das Gefühl, hier zu sterben. In der Schule haben wir über fremde Orte gesprochen.

Erinnerst du dich noch an den Kurs über Weltkulturen, den wir in der Highschool hatten?«

»Klar. Der, den Ms. Daniels gegeben hat.«

»Ms. Daniels. Sie war eine Emanze, weißt du noch?« Sunny lachte leise in sich hinein. »Wie sie hier hängen geblieben ist, ist mir immer ein Rätsel gewesen. Egal; sie war ziemlich weit herumgekommen, erinnerst du dich?«

Kathy nickte. »Sie war diejenige, die mich auf die Idee gebracht hat, nach Europa zu reisen. Ich sagte Kyle, dass ich mehr als alles andere einmal nach London wollte. Wir machten sogar Pläne dafür. In den letzten Wochen ist er dort gewesen. Er dachte, er müsse nur für zwei Wochen hin, aber ich habe gerade erst eine Postkarte von ihm bekommen, auf der stand, dass er vielleicht sogar vier Wochen bleiben muss.«

»Ms. Daniels war der Anlass, dass ich über ein Leben außerhalb von Slocum nachgedacht habe. Es war, als hätte sie etwas geweckt, das in mir geschlafen hatte. Etwas, das schon immer da gewesen und nur noch nicht geweckt worden war. Ich habe ihr zugehört, wie sie über große Städte gesprochen hat, und ihre Begeisterung dafür hat mich angesteckt. Ich wollte all diese Städte sehen – besonders Los Angeles. Aber ich wollte nicht nur zu Besuch dorthin – ich wollte dort wohnen. Ich wollte meine gesamte Welt davon einschließen lassen. Danach wuchs diese Rastlosigkeit in mir. Ich hatte das Gefühl, dass alles hier blöd ist – mein Name, mein Leben, mein Freund. Als Todd mir sagte, dass er hierbleiben und für immer eine Farm bewirtschaften wollte, wusste ich, dass ich so nicht weitermachen kann. Er war mir wirklich wichtig. Vielleicht war er meine erste wahre Liebe, aber ich wusste, dass ich mit dieser Liebe niemals glücklich werden konnte, solange das bedeutete, in die Fußstapfen meiner Mutter zu treten.«

»Das tut mir leid, Sunny. Ich habe das nie richtig verstanden.«

»Das hat keiner. Ich habe einmal versucht, mit Mom darüber zu reden. Sie war total beleidigt, weil sie dachte, ich würde sie und die Entscheidungen, die sie getroffen hat, herabsetzen. Sie hat nie verstanden, dass es nicht sie war, mit der ich ein Problem hatte. Ich war es selbst. Ich war einfach so unglücklich.«

»Und hat all das Reisen etwas geändert?«

Sunny schüttelte den Kopf und blätterte durch mehrere Bilder. »Nein, Kathy. Ich brauchte Gott, nicht Los Angeles. Ich musste die Wahrheit von Jesus kennenlernen, nicht die Fassaden von Beverly Hills.«

»Du hast gestern von Lanas Beziehung zu Gott gesprochen. Ich habe seitdem darüber nachgedacht. Mir ist klar, dass einige glücklich damit sind, einfach die Wahrheit zu kennen und in die Kirche zu gehen und gelegentlich die Bibel zu lesen. Sie sind damit zufrieden, einfach vor dem Feuer der Hölle gerettet zu sein. Dann gibt es noch die anderen, die mehr wollen.«

»Und es nicht nur wollen«, warf Sunny ein. »Sie fordern es ein, weil sie so verzweifelt sind.«

»Genau. Mom und Dad waren zufrieden hier. Ihre Welt war nicht unbedingt voller Dinge, die für Aufregung gesorgt haben.«

»Bis zu meinen Eskapaden«, sagte Sunny traurig. Sie hasste es, dass sie irgendwie die Blase zum Platzen gebracht hatte, die die perfekte Welt ihrer Eltern war.

»Es hat sie schockiert. Uns alle«, gestand Kathy. »Es hat uns das Gefühl gegeben, verletzlich zu sein. Es hat uns gezeigt, dass die Welt, die wir uns erschaffen hatten, nicht so stabil war, wie wir geglaubt hatten.«

»Nichts ist stabil.« Sunny nahm ein Bild ihrer Mutter zur Hand. Sie sah jung und hübsch aus und hielt Kathy in den Armen, die kaum älter als drei Jahre alt sein konnte. Augenblicklich dachte Sunny an Lucy. Wie das kleine Kind sich in ihren Armen anfühlte. Der Geruch ihres Haares nach einem Bad. Das Gefühl der kleinen Arme, die fest um ihren Hals geschlungen waren.

Der Schmerz war so heftig, dass er ihr beinahe den Atem raubte, doch trotzdem weigerte sich Sunny, die Erinnerungen beiseitezuschieben. Vielleicht war sie lange genug davongelaufen. Vielleicht war es an der Zeit zu erkennen, dass es immer wehtun würde. Der Verlust ihrer Tochter und ihres Ehemannes würde immer, mit jeder Erinnerung, jedem Nachdenken ein weiteres kleines Stück aus ihrem Herzen reißen.

»Ich hatte diese Bilder hier ganz vergessen«, sagte Kathy und reichte Sunny einen Stapel. »Sie wurden einige Monate vor Moms Tod aufgenommen. Wir haben uns so sehr bemüht, so zu leben, als wäre alles in Ordnung. Irgendwie war das, wie in einem Zimmer zu wohnen, in dem eine tote Maus liegt. Du weißt, dass du sie wegschaffen solltest, bevor sie zu stinken anfängt, aber du möchtest dich einfach nicht darum kümmern.«

»Junge, ich weiß genau, wie das ist.« Sunny nahm das Foto und schnappte nach Luft. Ihre Mutter war nur noch ein Skelett, ein Schatten ihres früheren Selbst. Ihre Haut hing gelblich und lose um ihre zarte Figur. Ihre Augen waren eingesunken und von dunklen Ringen umgeben, sodass sie beinahe aussah, als hätte sie einen Faustschlag auf jedes Auge erhalten.

»Sie hat so schlecht ausgesehen«, murmelte Sunny.

»Es ging ihr auch schlecht. Ihr Herz arbeitete nicht ausreichend, um den Kreislauf richtig aufrechtzuerhalten. Ihre Leber und Nieren verfielen sehr schnell. Sie konnte nicht gut atmen, weil sich Flüssigkeiten um ihr Herz ansammelten. Es war ziemlich entsetzlich.«

Sunny schüttelte den Kopf, als sie die Bilder durchblätterte. Ein Foto von ihrer Mutter und Kathy ließ sie innehalten. Kathy sah darauf auch mehr tot als lebendig aus. Ihr Gesicht war abgehärmt, so als hätte sie Schmerzen. »Wo wurde das aufgenommen?«

Kathy beugte sich herüber. »Im *University of Kansas Medical Center* in Kansas City. Der Arzt hatte uns an dem Tag gesagt, dass Mom schon zu krank für eine Transplantation war. Da begriffen wir, dass es nur eine Frage der Zeit war – dass all unsere schwere Arbeit vergeblich gewesen war. Das ganze Salzabwiegen und das besondere Essen, die ganzen Medikamente und Behandlungen waren vergeblich gewesen. Moms Körper konnte es einfach nicht leisten, was nötig war, um sie am Leben zu erhalten.«

»Wie schrecklich.«

»Das war es. An jenem Tag starb ein Teil von uns allen.«

»Wie du mich da gehasst haben musst.«

Kathy schaute auf und schüttelte den Kopf. »Nein. Da nicht. Das kam später. Damals habe ich dich mehr als alles andere beneidet. Innerlich schrie ich um den Mut, so schnell und so weit wegzurennen, wie ich konnte. Den Tod und das Sterben hinter mir zu lassen.« Sie unterbrach sich und schaute Sunny ins Gesicht. »Ich habe dich in jenem Augenblick nicht gehasst. Ich wollte du sein.«

In diesem Augenblick klingelte das Telefon. Kathy stand auf und warf einen Blick auf ihre Uhr. »Ich frage mich, wer anruft.« Sie nahm ab. »Hallo?«

»Kathy, ich bin's, Marion.«

Kathy hielt eine Hand über den Hörer und drehte sich zu Sunny um. »Es ist die Immobilienmaklerin.«

»Kathy, ich habe tolle Neuigkeiten. Ich habe die Farm verkauft.«

»Was? Aber es war keiner hier, um sich das Grundstück auch nur anzuschauen. Wie weit mussten Sie mit dem Preis heruntergehen?«

»Das ist das Witzige. Ich habe unseren ursprünglichen Preis bekommen. Ich habe dem Agenten gesagt, dass wir den Preis gesenkt haben, aber er meinte, dass die Frau, für die er arbeitet, gesagt hat, sie wolle die Farm für den ursprünglichen Preis kaufen. Aber jetzt kommt der echte Knaller. Sie bezahlt den ganzen Betrag auf einmal. Wir können den Vertrag sofort abschließen.«

»Was? Niemand hat solch eine Menge Geld. Oder?« Kathy fühlte sich, als würde sie wirklich gleich in Ohnmacht fallen. Sie rieb sich die Stirn. »Ich kann das einfach nicht glauben.«

»Ich auch nicht. So etwas habe ich noch nie erlebt. Hören Sie, ich besorge alle nötigen Papiere und wir können uns in Hays zur Unterzeichnung treffen. Ich teile Ihnen das Datum noch mit.«

»Danke, Marion.« Kathy legte auf. »Jemand hat die Farm gekauft. Unbesehen – zum ursprünglichen Preis.«

»Das ist großartig«, sagte Sunny lächelnd. »Gott hat deine Gebete erhört.«

Kathy nickte. »Ich kann's kaum glauben. All meine Sorgen sind verschwunden.« Sie schaute auf und in Sunnys fröhliches Gesicht. »Ich schätze, mein Glaube ist nicht das, was er sein sollte.«

»Warum sagst du das?«, fragte Sunny.

»Wenn er größer wäre, hätte mich das alles nicht so schockiert. Wenn ich Glauben wie ein Senfkorn gehabt hätte, hätte ich das stattdessen erwartet.«

Sunny wurde ernst. »Wir können schlimme Dinge immer so leicht akzeptieren – als ob wir nichts anderes verdienten. Warum ist es so schwer, die Segnungen anzunehmen, die Gott uns anbietet, aber noch schwerer zu lernen, sie zu erwarten?«

24

Der Tag der Auktion kam mit freundlichem Wetter und überraschend kühlen Temperaturen für Kansas im Juli. Die Schwestern frühstückten von Papptellern und benutzten Plastikmesser und -löffel, die sie ein paar Tage zuvor in Hays gekauft hatten, und sie machten Witze darüber, dass sie aus dem Koffer lebten. Bis die Auktion vor der Tür stand, war ihnen nicht gedämmert, dass die meisten der Haushaltsgegenstände, die sie für gegeben hinnahmen, verkauft werden würden.

Nach dem Frühstück, das aus Bagels, Joghurt und Bananen bestand, ging Kathy hinaus, um festzustellen, dass die Arbeiter bereits eingetroffen waren. Sie arbeiteten angestrengt daran, die Tische aufzubauen, auf denen die Waren ausgestellt werden sollten. Kathy und Sunny hatten die meisten Kisten in die vorderen Räume des Hauses gebracht, damit sie einigermaßen leicht hinauszuholen waren. Schweigend sahen sie zu, während über fünfzig Jahre von Erinnerungen und Gefühlen zur Tür hinausgingen.

Die ganze Farm summte vor Geschäftigkeit. Zwei Frauen bauten den Bereich auf, wo die Käufer bezahlen würden, während mehrere junge Männer eine kleine Bühne aufbauten. Einige andere Männer brachten die Farmgeräte aus der Scheune.

Kathy schreckte zusammen, als ein älterer Mann den Traktor hinausfuhr. Er sah ihrem Vater so ähnlich, dass sie zweimal hinschauen musste. Der Mann lächelte und winkte und Kathy konnte sich beinahe vorstellen, dass es ihr Vater war, der auf dem Weg auf die Felder war. Er hatte diesen Traktor geliebt. Kathy musste gegen das Gefühl ankämpfen, dass der Verkauf der Maschine dem Verkauf der Erinnerung an ihren Vater gleichkam.

»Die wissen auf jeden Fall, wie man Sachen erledigt«, sagte Sunny.

»Ja. Es wird nicht leicht sein zuzusehen, wie alles durch die Tür hinausgeht – und von der Farm.«

Sunny streckte die Hand aus und nahm Kathys Arm. »Ich weiß, aber ich werde für dich da sein. Das ist nicht viel, aber du musst das nicht allein tragen.«

»Danke, Sunny. Das ist mir mehr wert, als du dir vorstellen kannst.«

Halb zehn war alles an Ort und Stelle. Als der Auktionator begann, waren ungefähr hundert Leute da. Bei jedem Stück, das verkauft wurde, dachte Kathy an ihre Eltern. Wären sie mit dem Ausgang zufrieden? Entsprach der finanzielle Wert dem sentimentalen Wert, den ihre Familie auf die verschiedenen Stücke gelegt hatte?

Teile des Pressglases aus der Zeit der Weltwirtschaftskrise wurden zu solch astronomischen Preisen verkauft, dass Kathy befürchtete, jemand hätte einen Fehler gemacht. Die Frau, die beinahe jedes Stück kaufte, vertrat einen wohlhabenden Sammler von der Ostküste. Wie sie von dem Verkauf erfahren hatte, war Kathy schleierhaft.

Einige andere Stücke verkauften sich ebenfalls für weit mehr, als Kathy eingeschätzt hatte. Die Schrotflinten stellten sich als wertvolle alte Stücke heraus, die einen ziemlichen Sammlerwert hatten, ebenso wie die alten Fotoapparate. Die Porzellansammlung ihrer Mutter war ebenfalls ein bemerkenswerter Fund für eine Frau. Sie erklärte, es wäre eines der besten Doulton-Services aus dem zwanzigsten Jahrhundert, das zu finden wäre. Eine kleine Tasse mit zwei Henkeln brachte allein beinahe dreihundert Dollar, als zwei verschiedene Antiquitätenhändler sich ein Kopf-an-Kopf-Rennen um das Stück lieferten. Das gesamte Service für acht Personen erzielte mehrere tausend Dollar. Kathy war sprachlos. Woher hatte ihre Mutter so wertvolles Porzellan?

»Sie sehen aus, als hätten Sie einen Geist gesehen«, sagte Jason Bridger, einer der Männer vom Auktionshaus, zu Kathy, während der Auktionator die Farmmaschinen verkaufte.

»Ich glaube, ich stehe unter Schock. Ich hatte keine Ahnung, dass dieses Porzellan so wertvoll ist.«

Er lachte. »Ich nehme an, jemand hat Ihnen gesagt, dass es ein außergewöhnliches Service ist. Ich hoffe, es war ein angenehmer Schock.«

»Ja, aber … na ja … ich habe keine Ahnung, wie so teures Geschirr bei meiner Mutter gelandet ist.«

»Sie wären überrascht, welche Wertgegenstände wir im ländlichen Kansas so aufstöbern. Früher dachten die Leute, ›Ach, es ist doch nichts weiter als ein alter Farmverkauf. Kann nicht viel wert sein.‹ Dann erkannten Antiquitätenhändler, dass einige dieser alten Farmer auf sehr vielen Antiquitäten saßen, die von der Mutter an die Tochter, von der Großmutter an die Enkelin, vom Vater an den Sohn und so weiter vererbt wurden. Wir haben hier Antiquitäten aus der Kolonialzeit entdeckt und auch ein paar Stücke, die sogar noch älter sind.«

»Ich hatte keine Ahnung.«

Kathy sah zu, wie der Auktionator den Hammer fallen ließ und die endgültigen Zahlen für den Verkauf des Mähdreschers verkündete. Es war ein sehr guter Preis. Wenn es so weiterging, würde mit der Auktion und dem Verkauf der Farm mehr als genug Geld erzielt werden, um alle Schulden zu begleichen und ein hübsches kleines Erbe für sie selbst übrig zu haben.

Kathy hatte Sunny aus den Augen verloren. In den ersten Stunden des Verkaufs war ihre Schwester nahe an ihrer Seite gewesen, aber im Lauf des Tages war Sunny verschwunden. Kathy war zufrieden mit den Gesprächen, die sie geführt hatten. Gestern Abend waren sie nach Hays gefahren und hatten in einem Restaurant Steaks gegessen, und Kathy hatte die Gesellschaft ihrer Schwester wirklich genossen. Es war ein Anfang für eine neue Beziehung, sagte sie sich. Etwas Neues, auf das sie die Zukunft aufbauen konnten.

»Wie hältst du durch?«, fragte Sylvia, als sie sich unter dem großen Walnussbaum im Vorgarten der Halberts zu Kathy gesellte.

»Gar nicht so schlecht. Es ist schwer, alles fortgehen zu sehen«, sagte sie mit einem Seufzen. »Es ist so, als würde ich ein Stück von Mom und Dad verlieren.«

Sylvia schaute über den Garten. »Das kann ich verstehen. Ich hoffe, du hast die Dinge behalten, die dir am wichtigsten waren.«

»Das habe ich. Sunny auch.« Kathy schüttelte den Kopf. »Hast du gesehen, welchen Preis Moms altes Porzellan erzielt hat?«

»Ich war verblüfft, das muss ich dir sagen. Da möchte ich doch gleich meine Schränke durchgehen und sehen, was ich habe. Vielleicht habe ich Geschirr im Wert von Tausenden von Dollar und weiß es nicht einmal. Wahrscheinlich werde ich jedes Mal zusammenzucken, wenn die Kinder etwas kaputt machen, und mich fragen, was es wert war.«

»Ich sehe es schon vor mir«, neckte Kathy sie. »Alle werden von Papptellern essen.«

Sylvia lachte. »Ich war auch überrascht vom Wert der alten Einweckgläser.«

»Ich schätze, manchmal können die Sachen, die nicht nach viel aussehen, die wertvollsten sein. Manche von Dads Werkzeugen haben sich als so alt herausgestellt, dass sie seinem Großvater und Urgroßvater gehört haben könnten. Kleine Dinge, für die ich keine Verwendung hatte und wahrscheinlich weggeworfen hätte, brachten Hunderte von Dollar. Das erscheint mir verrückt. Sunny fand das auch, und sie hat in Kalifornien gewohnt, wo hohe Preise die Regel sind.«

»Wahrscheinlich hat sie nie antiquarische Werkzeuge gekauft«, sagte Sylvia mit einem Grinsen. »Aber da du Sunny gerade erwähnst, wie geht es denn mit ihr?«

Kathy hielt inne und drehte sich zu Sylvia um. »Wirklich gut. Ich habe über vieles von dem nachgedacht, was du gesagt hast – darüber, ob es genug ist, einfach zu sagen, dass ich vergeben will. Ich habe darüber nachgedacht, wie ich behandelt werden wollte, und ich habe darüber nachgedacht, wie Gott mich behandeln würde, wenn ich an Sunnys Stelle wäre.«

»Und zu welchem Schluss bist du gekommen?«

Ein Lachen entfuhr Kathy, als sie antwortete. »Ich bin zu dem Schluss gekommen, dass ich sehr froh bin, dass Gott sich nicht wie ich verhält.«

Sylvia lachte auch. »Das habe ich auch schon gelegentlich über mich selbst gedacht.«

»Sunny und ich hatten einige wirklich gute Gespräche. Mir ist klar, dass sie im Leben sehr viel erlitten hat. Ich weiß nicht, warum diese Farm für sie so schwer zu ertragen war, aber ich habe wirklich versucht, mich an ihre Stelle zu versetzen und die Dinge aus ihrer Perspektive zu betrachten.«

»Sie wirkt, als hätte sie sehr viel mehr Frieden«, sagte Sylvia. »Irgendetwas hast du wohl richtig gemacht.«

»Nicht ich ... Gott. Ich denke an diese letzten Wochen zurück und weiß, dass ich nichts habe, was ich mir in dieser Situation zuschreiben kann. Ich war nicht freundlich oder liebevoll. Ich war nicht einmal höflich. Ich schäme mich, wie ich reagiert habe – besonders als sie um Vergebung gebeten hat.«

»Wir alle machen Fehler. Sunnys Fehler waren nur sehr viel sichtbarer.«

»Ist das nicht die Wahrheit?«, murmelte Kathy. »Ich tröste mich mit der Tatsache, dass viele meiner Fehler oder Misserfolge vor dem Auge der Öffentlichkeit verborgen waren.«

Sie verstummte und sah, dass eine weitere Person, die sie nicht kannte, das Bett ihrer Eltern kaufte. Persönlich hatte Kathy nie viel für das Stück übrig gehabt, aber in diesem Augenblick fühlte sie sich wie eine Verräterin, weil sie es aufgab.

Sie wollte gern von ihren trüben Gedanken loskommen und wandte sich wieder Sylvia zu. »Ich habe eine Postkarte von Kyle bekommen. Er ist noch in England; tatsächlich muss er noch zwei Wochen dort bleiben. Aber er wollte mich wissen lassen, dass sein ganzes Leben viel glücklicher ist, seit ich angerufen habe. Er sagte, er hätte das Gefühl gehabt, all die Jahre in Wartestellung zu sein und dass er sich jetzt endlich wieder voranbewegen könnte. Er sagte, dass er sich auf unsere gemeinsame Zukunft freut.« Kathy konnte das mädchenhafte Kichern nicht verhindern, das ihr entfuhr. »Unsere gemeinsame Zukunft.«

»Es ist erstaunlich, Kathy. Ich wusste immer, dass Kyle dich liebt, aber er hat die Tiefe seiner Liebe mehr als bewiesen. Jetzt kannst du sie nie wieder anzweifeln.«

»Ich weiß. Ich hatte so unrecht, Sylvia. Die Art und Weise, wie ich ihn behandelt habe, war falsch, und so habe ich mir nur noch mehr Leid zugefügt als nötig. Du hattest damit so recht. Ich wünschte, ich hätte das früher erkennen können.«

»Verbitterung und Wut machen uns oft blind, Kathy. Das ist eine schwer erlernte Lektion, aber hoffentlich eine, die keiner von uns so schnell vergisst.«

»Das hoffe ich auch.«

»Hast du noch etwas über den Verkauf der Farm gehört? Wer hat sie gekauft?«

»Nein. Ich weiß nur, dass es eine Frau ist und dass sie morgen ihren Agenten schickt, um den Papierkram zu erledigen und bar zu bezahlen, damit wir nicht erst die Bankprozeduren abwarten müssen. Das spart uns erheblich Zeit.«

»Das ist unglaublich. Ich frage mich, ob sie hierherziehen wird.«

»Ich weiß nicht. Das werde ich den Agenten fragen, den sie schickt. Ich möchte ihn wissen lassen, dass Tony das Land bewirtschaften könnte, wenn sie das wollten.«

»Tja, sag uns Bescheid. Er wird den Boden für den Winterweizen vorbereiten wollen.«

»Ich verspreche, sobald ich etwas weiß, lasse ich es euch wissen.«

Sylvia warf einen Blick auf die Uhr. »Ich sollte lieber gehen. Ihr zwei kommt doch immer noch zum Abendessen, oder?«

Kathy drehte sich wieder um, um zu sehen, welches Stück der Auktionator gerade anbot. Es war ein Satz der moderneren Werkzeuge. Die Leute von der Auktion hatten mehrere Dinge für den optimalen Verkauf zusammengestellt, und das war eins dieser Sets. »Wir werden da sein«, sagte sie, die Gedanken mehr auf die Werkzeuge gerichtet als auf das Essen. In Gedanken sah sie ihren Vater, der irgendetwas auf der Farm herstellte oder reparierte.

Ich werde dich vermissen, Dad.

Sylvia schaute noch einmal auf die Uhr. »Ich fahre nach Hause und fange mit dem Abendessen an. Kommt, sobald ihr wollt. Und vergesst nicht – wenn ihr eure Meinung ändert und bei uns übernachten wollt, bis der Hausverkauf perfekt ist, seid ihr uns herzlich willkommen.«

»Es ist doch nur die eine Nacht.«

»Tja, es könnte etwas schiefgehen. Das ist schon vorgekommen. Meine Schwester dachte, sie würde ihr Haus zu einem bestimmten Zeitpunkt verkaufen, und am Ende gab es zwei Wochen Verspätung, weißt du noch?«

»Wir kommen schon klar. Sunny und ich werden fertig sauber machen und unseren Kram in die Autos laden. Wir werden am Morgen abfahren können, zum Immobilienverwalter in Hays fahren, und das war's.« Sie schüttelte den Kopf. »Das wird seltsam.«

Sylvia umarmte sie. »Nein«, sagte sie, trat einen Schritt zurück und schaute Kathy in die tränenverschleierten Augen. »Es wird wunderbar.«

Sunny wanderte ein letztes Mal um das Grundstück. Sie wusste, dass sie und Kathy morgen nach Colorado Springs aufbrechen würden. Tante Glynnis hatte vorgeschlagen, dass Sunny auf ihrem Rückweg nach Kalifornien dort übernachtete.

Obwohl sie froh über die Einladung war und über die Entscheidung zurückzufahren, nagte an Sunny eine Angst, die sie nicht loslassen wollte. Was erwartete sie in Kalifornien?

Sunny trat in die Scheune und schaute sich um, während sie das volle Aroma von Heu einatmete. Wie viele Mädchenabenteuer hatte sie hier erlebt? Sie und Kathy hatten sich immer von Dad helfen lassen, mit den Heuballen Tunnel zu bauen. Die Mädchen krochen dann stundenlang im Heu herum und machten sich sogar einen kleinen Platz, wo sie einige ihrer Sachen aufbewahren konnten. Sie nannten es ihr Versteck, obwohl Dad und Mom genau wussten, wo es war.

Sie kam an den Boxen vorbei, wo sie ihre beiden Kühe, Numeri und Deuteronomium, gemolken hatten. Die Kühe waren von ihrem Großvater benannt worden, der Genesis, Exodus und Levitikus für sich selbst behalten hatte. In vielen kalten Morgenstunden war sie hier herausgekommen, um diese Kühe zu melken. Ihre Hände schmerzten immer von der Anstrengung, und sie bekam unweigerlich einen Tritt ab. Numeri hatte ihr sogar einmal den Finger gebrochen. Behutsam rieb sie den Ringfinger ihrer rechten Hand, als sie sich daran erinnerte.

»Es gibt gute Erinnerungen hier«, flüsterte sie. »Es war nicht alles schlecht.«

Sie warf einen Blick zur Dachbodentür hinauf und erinnerte sich, wie sie manchmal die Strohballen auseinandergerissen hatten und vom Dachboden aus heruntergesprungen waren. Das Stroh zerkratzte ihnen immer Arme und Beine, aber der Spaß, durch die Luft zu fliegen, ließ sie den Schmerz vergessen.

»Ich hatte mich schon gefragt, wo du hingegangen bist«, sagte Kathy und trat hinter ihr in die Scheune.

Die Schatten des dunklen Raumes spielten Sunnys Augen einen Streich. Sie sah ihre Mutter in Kathy, obwohl die meisten Leute sagten, dass sie selbst ihrer Mutter ähnlicher sah. Mom hatte sie beide sehr beeinflusst, entschied Sunny.

»Ich brauchte ein bisschen Zeit allein. Das alles fing an, mir nahezugehen.«

Kathy lächelte traurig. »Ein bisschen, als würde man zusehen, wie sie Stück für Stück alles auseinanderreißen.«

Sunny nickte. »Wahrscheinlich hätten wir den Rat des Auktionators befolgen und den Tag in Hays verbringen sollen.«

»Vielleicht. Aber ich denke, das hätten wir bereut.«

Sunny seufzte. »Vermutlich. Ich dachte nur gerade an die vielen schönen Zeiten, die wir hier hatten.«

»Ach, wie zum Beispiel Ställe ausmisten?«, neckte Kathy sie.

Sunny war dankbar für den unbeschwerten Kommentar ihrer Schwester. Es war sinnlos, zu sentimental zu werden. »Ja, genau das, und die ganze Nacht bei kranken Tieren zu wachen.«

»Oder wie wär's mit Walnüsse schälen?«

Jedes Jahr, wenn der Baum Nüsse trug, gab es die unausweichliche Aufgabe, die grünen Schalen zu entfernen und die Nüsse zum Trocknen auszulegen. Die Schalen machten alles fleckig, und wenn die Mädchen keine Handschuhe trugen, waren ihre Hände auf Wochen verfärbt.

Sunny schlang die Arme um die Brust. »Ich bin so froh, dass ich nach Hause gekommen bin. Es hätte mich umgebracht, nicht diesen Ort zu haben, an den ich kommen kann.«

»Warum? Ich dachte, du hasst hier alles?«

»Das war auch so. Aber heute wohl nicht mehr so sehr.« Sunny spürte, wie ihre Augen feucht wurden. »Ich habe einige gute Erinnerungen, aber ich habe sie so weit von mir geschoben, dass ich mir selbst eingeredet habe, dass es nur schlechte Zeiten gab.«

»Das Schlechte kommt mit dem Guten. Es ist einfach ein Teil des Lebens.« Kathy warf einen Blick an die Decke und dann auf den Heuboden. »Ich habe mir eingeredet, dass es nur gute Zeiten gab, aber dich zu sehen erinnert mich an Zeiten, die alles andere als perfekt waren.« Sie runzelte die Stirn und schob rasch eine Erklärung nach. »Ach Sunny, das klingt furchtbar und ich wollte ganz sicher nicht, dass es so klingt.«

Sunny verstand. Sie wusste, wie es war, sorgfältig jedes Wort abzuwägen, bevor es ihre Lippen verließ. Sie hasste Wortspielereien, aber offenbar wollte jeder sie hin und wieder einmal spielen. Doch dieses Mal wollte Sunny nicht, dass die Regeln dieses Spiels angewandt wurden. »Ich verstehe ganz genau, was du meinst.«

»Da bin ich froh. Ich möchte dir nicht mehr wehtun. Mir ist klar geworden, wie falsch ich gelegen habe. Du hast mich um Vergebung gebeten und ich habe dir gesagt, dass du warten müsstest. Das war dumm – herzlos. Ich hatte Angst, nichts weiter. Ich muss Gott vertrauen, dass er bei all dem einen Plan hat und dass seine Gnade für uns beide reicht. Ehrlich gesagt muss ich dich um Vergebung für mein schreckliches Verhalten bitten. Kannst du mir vergeben, Sunny?«

Dieses Geständnis machte Sunny völlig sprachlos. Sie hatte nicht erwartet, dass ihre Schwester eine solche Äußerung von sich gab. »Du weißt, dass du meine Vergebung hast, aber ich glaube nicht, dass es viel zu vergeben gibt. Ich glaube, selbst als du auf mich wütend warst, hast du mich geliebt. – Hör mal, es gibt da etwas, das du wissen solltest. Ich hoffe, du wirst deswegen nicht wütend.«

Kathys Stirn legte sich in Falten. »Was denn?«

»Meine Schwiegermutter ist diejenige, die die Farm kauft.«

»Was?«

Sunny nickte. »Ich wusste, dass du dir Sorgen machst, und ich wollte dir helfen. Alles, was ich besitze, ist eingefroren, und bis zur Scheidung weiß ich nicht, auf wie viel davon ich Zugriff haben werde. Nancy ist reich und ich wusste, dass es nicht einmal ein Loch in ihrer Kasse bedeutet. Ich habe ihr erzählt, was los ist und dass du die Farm dringend verkaufen musst. Ach Kathy, es tut mir leid, wenn ich meine Grenzen übertreten habe. Ich wollte dir nur so gern helfen. Ich habe dir über die Jahre so viel Kummer zugefügt, dass ich dir etwas Gutes tun wollte. Bitte hasse mich nicht dafür.«

Kathy begann zu weinen. »Ach Sunny, ich hasse dich doch nicht. Ich kann kaum glauben, dass du etwas so Großzügiges getan hast. Die Sorge um die Farm hat mich innerlich aufgefressen. Ich wollte nicht, dass Dad deswegen beunruhigt ist, weil er wusste, dass wir die Farm schon letztes Jahr hätten auf den Markt bringen sollen. Ich wollte nicht, dass du dir darüber Sorgen machst, weil ich … die Starke sein wollte. Das ist so lieb von dir. Wie könnte ich dich denn jemals dafür hassen?«

Sie umarmten sich und hielten sich mehre Minuten lang fest. Tränen strömten über Sunnys Gesicht. Sie wusste nicht, was in Zukunft passieren würde, aber sie wusste, dass der Bedeutung dieses Augenblicks nichts so leicht gleichkommen konnte.

Sunny hörte, wie jemand in die Scheune trat, und schob sich von ihrer Schwester zurück, um sich die Augen zu wischen. Sie wollte nicht weinend gesehen werden.

»Es tut mir leid«, sagte Kathy bestimmt, »die Scheune gehört nicht zum Verkaufsgelände. Sie werden zur Auktion zurückgehen müssen.«

»Ich bin gekommen, um Sunny zu sehen«, erklärte der Mann.

Sunny erkannte die Stimme auf der Stelle. Sie schaute auf und wusste, dass ihr der Schock wohl ins Gesicht geschrieben stand.

Er trat vor und mit ihm kam ein Schwall von Gedanken und Gefühlen, der zu überwältigend für Sunny war, als dass sie gewusst hätte, was sie sagen soll. Sie konnte nur ein Wort hauchen.

»Brian.«

25

Kathy sah, wie alle Farbe aus Sunnys Gesicht wich. Ihre Schwester sah aus, als ob sie gleich in Ohnmacht fallen würde. »Gehen wir doch ins Haus«, schlug Kathy vor.

Sie nahm Sunny mit einer besitzergreifenden Geste beim Arm. »Komm, Sunny.«

Sunny bewegte sich zögernd, aber Kathy zog sie mit sich. »Wir haben nicht mehr viele Möbel, aber in der Küche sind noch ein kleiner Tisch und Stühle.« Die hatte Kathy schon lange Sylvia versprochen und plante, sie ihr heute zum Abendessen mitzubringen. Alles andere war schon in den Hänger gepackt, den Kathy mitnehmen wollte.

Es war seltsam, dass ihr Schwager aufgetaucht war. Sie warf einen verstohlenen Blick auf ihn. Er sah ziemlich gut aus. Sunny hatte schon immer ein Händchen bei der Auswahl von Männern gehabt. Zweifellos hatten Mitch und Randy auch gut ausgesehen, aber Brian hatte fast das Aussehen eines Filmstars. Angefangen bei seinem welligen blonden Haar über seine Schultern bis hin zu seiner athletischen Figur schien der große Mann beinahe perfekt zu sein. Sie schaute ihre Schwester an und wieder Brian. Sie gaben ein sehr hübsches Paar ab.

Kathy schob Sunny durch die offene Hintertür. »Sunny, warum gehst du dir nicht das Gesicht waschen und machst dich ein bisschen frisch?« Sie beugte sich näher an das Ohr ihrer Schwester. »Vielleicht hilft dir das, dich ein bisschen besser zu fühlen. Ich kümmere mich um Brian.«

Sunny begegnete dem Blick ihrer Schwester und nickte. »Ich bin gleich zurück.«

Als Sunny gegangen war, wandte sich Kathy Brian zu. »Ich bin Kathy, Sunnys Schwester. Setzen Sie sich doch und erzählen mir, was Sie herführt.«

Brian nahm sich einen Stuhl und schaute sich in dem kahlen Raum um. »Ich … na ja … ich bin wegen Sunny gekommen. Meine Mutter hat mir gesagt, wo sie ist.«

Kathy runzelte die Stirn. »Verstehe. Tja, Sie sollten wissen, dass dieser

Tag für uns beide ziemlich schwer war. Ich hoffe, Sie sind nicht hier, um ihn noch schwerer zu machen.«

»Ich verspreche Ihnen, das ist nicht der Fall.«

»Warum sind Sie dann hier?« Kathy versuchte, nicht vorwurfsvoll zu klingen, aber sie sorgte sich, was dieser Besuch für ihre Schwester bedeuten könnte.

»Ich muss mit meiner Frau reden«, sagte er ziemlich verteidigend.

Kathy verschränkte die Arme. »Sie werden ihr nicht noch mehr von diesem Unsinn an den Kopf werfen, dass sie Sie betrogen hat, oder?« Kathy war überrascht, dass sie plötzlich erkannte, dass sie Sunnys Geschichte voll und ganz glaubte. Ihre Schwester hätte diesen Mann niemals betrogen – dessen war sie sich sicher.

»Ich nehme an, dass sie Ihnen alles erzählt hat?« Er begegnete ihrem Blick in einer Weise, der von Scham zeugte.

»Ja. Oder zumindest genug.«

»Sie müssen eine schlechte Meinung von mir haben.« Er schaute ihr fast flehend in die Augen.

Es war leicht zu erkennen, dass er sich entsetzlich fühlte, und Kathy wusste nicht, was sie denken sollte. Sunny kam aus dem Badezimmer zurück und sah ein bisschen besser aus – wenigstens nicht mehr so blass.

»Ich habe noch Sachen zu erledigen. Ihr zwei könnt euch gern hier unterhalten. Es sollte euch keiner stören.« Kathy wandte sich an Sunny. »Es sei denn, ich soll bleiben?«

»Nein ... ich ... es geht schon.« Sie holte tief Luft und atmete langsam wieder aus. »Danke.«

Kathy verließ das Zimmer lässig und ohne Eile. Sie hoffte eigentlich, dass sie noch einen Teil des Gesprächs zwischen dem Ehepaar hören konnte, aber niemand sagte etwas. Als sie die Veranda erreichte, blieb Kathy stehen, um ein Gebet zu flüstern.

Herr, Sunny braucht dich – vielleicht mehr denn je. Brian braucht dich auch. Ich weiß nicht, was du für diese Familie geplant hast, aber ich weiß, dass du Scheidung und Lügen hasst. Bitte hilf uns, Herr, über beides hinauszukommen.

Sunny hielt die Lehne des Küchenstuhls fest umklammert. Sie hatte sich im Bad immer und immer wieder gesagt, dass sie mit der Situation umgehen könnte, aber jetzt, da sie ihm Auge in Auge gegenüberstand, wusste Sunny genau, dass sie es nicht konnte. Tränen traten ihr in die Augen und jeder rationale Gedanke floh von ihr. Wenn sie Brian ansah, sah sie nichts als den Verlust. Den Verlust ihrer Ehe – ihres Glücks – Lucy. Es war mehr, als sie ertragen konnte. Sie senkte den Kopf und begann hemmungslos zu weinen, obwohl sie wusste, dass ihn das wahrscheinlich unendlich ärgern würde.

Brian tadelte sie nicht für ihre Tränen. Stattdessen hörte sie, wie er von seinem Stuhl aufstand. Eine Augenblick lang fürchtete Sunny, dass er gehen würde, aber sie hatte keine Kraft, ihn aufzuhalten. Sie konnte kaum atmen, so zusammengeschnürt war ihre Brust.

Ohne Vorwarnung zog Brian sie an sich und drehte sie sanft um, sodass sie ihr Gesicht an seine Brust legen konnte. »Sunny, ich hatte unrecht.«

Die Worte ergossen sich über sie wie ein erfrischender Regen. Es war alles, auf das sie gehofft hatte, aber sie konnte sich nicht dazu überwinden zu glauben, dass es tatsächlich passierte. Sie schob sich zurück, um ihm in die Augen zu schauen.

Er nahm ihr Gesicht in seine Hände. »Ich hatte unrecht. Ich hatte so schrecklich unrecht. Ich weiß, dass du keine Affäre hattest. Ich weiß, dass ich mehr Zeit mit dir und Lucy hätte verbringen sollen. Ich habe dir in so vielerlei Hinsicht unrecht getan. Sunny, bitte vergib mir.«

»Ich kann kaum glauben, dass das hier wirklich passiert. Was hat sich verändert?«

Er wischte mit seinen Daumen über ihre feuchten Wangen. »Ich. Ich habe endlich erkannt, wie dumm ich mich verhalten habe. Sag mir nur, dass ich nicht zu spät komme.«

»Natürlich nicht.« Sunny spürte, wie die Tränen von Neuem kamen. »Erzähl mir, was geschehen ist.«

Brian ließ sie los. »Ich glaube, das Wichtigste war, dass ich die Wahrheit erfahren habe. Eines Abends habe ich länger gearbeitet und zufällig einen Anruf mitgehört. Erinnerst du dich an Anita?«

Sunny nickte. »Ja.«

»Tja, sie hat mir monatelang erzählt, dass zwischen dir und Rick etwas laufen würde.« Er hob beide Hände. »Ich kann kaum glauben, dass ich auf ihre grauenhaften Geschichten hereingefallen bin. Anita deutete an, dass du und Rick euch verschworen hättet, um mich zu zerstören. Sie sagte mir, dass Rick meine Praxis übernehmen wolle und weil ihr mir beide zugesetzt habt, Patienten abzugeben, nahm ich an, das sei die Wahrheit.«

»Es tut mir leid. So habe ich das nie gesehen.« Sie deutete auf den Tisch. »Setzen wir uns.«

Brian nickte und hielt ihr den Stuhl. Als beide saßen, fuhr er fort. »Anita sagte, dass du und Rick eine Affäre hättet und dass ich sogar anzweifeln sollte, ob Lucy von mir sei. Ich hatte ihr anvertraut, dass ich gern noch mehr Kinder hätte und dass du noch kein weiteres Baby möchtest. Sie sagte mir, das läge daran, dass Lucy Ricks Kind sei und du nur Kinder von ihm wolltest.«

»Das ist furchtbar! Warum sagte sie das? Ich meine, ich weiß, dass sie eifersüchtig auf mich war, aber trotzdem hätte sie wissen sollen, dass man einen Vaterschaftstest für Lucy machen könnte.«

»Sunny, ich schäme mich so, das zu sagen, aber ich habe sie testen lassen.«

»Ach Brian.«

»Ich war so verrückt. Am Ende hatte ich nur noch das Gefühl, dass ich den Verstand verliere. Ich wollte mit dir reden, aber du warst weg. Mom wusste nicht, wo du hingefahren warst. Lana wusste es, wollte es aber nicht sagen. Mom hat sich schließlich mit mir hingesetzt und angefangen, mit mir über die Vergangenheit zu reden. Sie hat mir Dinge über meinen Vater erzählt, die ich nie verstanden habe. Sie hat mir auch von sich selbst erzählt. Sie fing an, über ihren Glauben an Gott zu reden und wie sich an dem Tag alles verändert hat, an dem sie erkannte, dass sie mit ihrem Leben allein nicht zurechtkommt – an dem Tag, als sie sich Jesus anvertraut hat.«

Sunny saß bewegungslos da und konnte kaum glauben, dass Brian offen für eine solche Botschaft war. Wenigstens nicht der alte Brian. *Der alte Brian hätte auch nie zugegeben, dass er unrecht hatte.*

»Mom sagte mir, sie wüsste, dass es mir elend geht, weil ich dich wirklich liebe und eigentlich wüsste, dass ich dich fälschlicherweise beschuldigt habe. Aber noch mehr wusste sie, dass es mir elend geht, weil ich Gott selbst finden musste.«

»Ich musste ihn auch finden«, sagte Sunny.

Brian streckte den Arm aus und nahm ihre Hand. »Zuerst wollte ich nichts davon hören. Ich hatte das Gefühl, dass ich dem nicht mehr Sinn abgewinnen konnte als dem Rest meines Lebens. Ich bat Mom, sich eine Weile um Lucy zu kümmern, weil ich ehrlich gesagt das Gefühl hatte, ich konnte nichts von dem sein, was sie von mir brauchte. Die Wochen zogen sich hin und ich spürte, wie mein Elend immer größer wurde. Ich wusste, dass irgendetwas sterben musste. Ich dachte sogar an Selbstmord.«

»Nein!«, hauchte Sunny und drückte seine Hand noch fester. »Das könnte ich nicht ertragen.«

»Ich konnte einfach keine Hoffnung sehen – kein Licht. Als ich wirklich am verzweifeltsten war, rief ich Mom an und sie ihren Pastor. Er kam mich besuchen.«

»Pastor James?«

Er nickte und lächelte. »Genau der. Er war kein bisschen nachsichtig. Ich dachte, er würde mich bedauern und Mitgefühl haben, aber stattdessen fragte er mich geradeheraus, ob ich will, dass alles ins Reine kommt. Nicht, dass es besser wird. Dass es ins Reine kommt.«

»Ich weiß. Mich hat er dasselbe gefragt.«

»Ich sagte ihm, dass die ganze Situation so verfahren wäre, dass sie nur noch ins Reine kommen konnte. Er sagte mir, ich läge falsch – dass sie noch viel schlimmer werden konnte. Ich glaube, das hat mir mehr Angst eingejagt als alles andere.«

Brian ließ ihre Hand los und lehnte sich zurück. »Ich habe mich treu und brav zwei Wochen lang jeden Tag mit ihm getroffen. Er hat mich kein einziges Mal mit Glacéhandschuhen angefasst. Er war bestimmt, hat mir die Wahrheit gesagt und mir zugehört, aber er hat mir nicht erlaubt, mich in Selbstmitleid zu suhlen.« Er unterbrach sich einen Moment. »Ich habe gehört, dass deine Eltern tot sind. Es tut mir wirklich leid, dass ich nicht für dich da war.«

»So schwer es war, sie zu verlieren, war es doch nichts verglichen mit dem, dich und Lucy zu verlieren. Ach Brian, wie geht es ihr? Ich vermisse sie so.«

»Es geht ihr ganz gut, aber sie vermisst dich. Sie will einfach nicht aufhören, über dich zu reden. Ich habe sie bei Mom gelassen, weil … na ja, ich wusste nicht genau, ob du mich überhaupt sehen willst.«

»Natürlich will ich dich sehen. Du warst derjenige, der nichts mit mir zu tun haben wollte, weißt du noch?«, fragte sie ihn in einem neckenden Ton. Sie spürte plötzlich, dass, egal worüber sie noch sprachen, alles in Ordnung kommen würde. Der Frieden, der sie überflutete, war wie kein anderer Trost, den sie je erfahren hatte.

»Ich habe das Scheidungsverfahren einstellen lassen, Sunny.«

»Wirklich?«

»Ich möchte keine Scheidung. Ich möchte dich nicht verlieren.«

»Was willst du?« Sie zögerte, diese Frage zu stellen, aber sie wusste, dass sie eine Antwort brauchte. Wenn Brian wollte, dass das Leben so weiterging wie bisher, hatten sie noch eine Menge Schwierigkeiten zu überwinden.

»Ich möchte, dass alles anders wird. Ich glaube, wir sollten sogar Beverly Hills verlassen.«

»Wirklich? Wo wollen wir dann hinziehen?« Sunny hatte nie in Betracht gezogen, dass er zu einem Ortswechsel bereit wäre. Natürlich hatte sie auch nie in Betracht gezogen, dass Brian seine Fehler zugeben und sie suchen kommen würde. Sie spürte, wie die Last weiter von ihr abfiel.

»Ich weiß nicht. Es ist auch egal, solange wir eine Familie sein können. Du weißt, dass Geld kein Problem ist. Ich denke, wir könnten einfach neu anfangen. Ich könnte sogar einen Monat Urlaub nehmen, damit wir an unserem Familienleben arbeiten können.«

»Das klingt zu gut, um wahr zu sein.« Sunny erhob sich vom Tisch. Ihre Nervosität ließ sie nicht mehr still sitzen. »Ich habe so sehr darum gebetet. Ich wusste, dass Gott es tun konnte, aber ich war nicht überzeugt, dass er es tatsächlich tun würde.«

Brian stand auf und kam um den Tisch herum, wo Sunny stand. »So, wie deine Schwester mich bewacht hat, wusste ich nicht, ob sie irgendetwas anderes als meine Abreise zulassen würde.«

Sunny lachte. »Wir haben diesen Sommer eine Menge durchgemacht. Sie war so wütend auf mich. Sie hatte mich für tot gehalten und doch war ich da und verlangte, anerkannt zu werden.«

»Vor ein paar Minuten schien sie dich sehr beschützen zu wollen.«

»Wir haben gerade erst angefangen, alles aufzuarbeiten.«

»Ich hatte nicht erwartet, eine Auktion zu erleben«, erzählte er ihr. »Was ist los?«

»Kathy zieht nach Colorado Springs, wo sie hoffentlich an ihr früheres Leben anknüpfen kann. Der Bursche, den sie vor zwölf Jahren aufgegeben hat, wartet immer noch auf sie.«

»Wow. Das ist echt unglaublich. Muss wohl wahre Liebe sein.«

Sunny dachte an ihre Schwester und Kyle. »Ja, das glaube ich. Er hat all die Jahre an seiner Karriere gearbeitet und auf sie gewartet.«

»Was macht er in Colorado Springs?«

»Arbeitet für ein Pharmaunternehmen. Ich weiß nicht genau, was er da macht. Mein Onkel hat dort in der Forschung gearbeitet. Egal; wir verkaufen alles, was wir nicht behalten wollten, weil es Zeit ist, dass Kathy ihr Erbe bekommt. Sie schließt morgen den Verkauf der Farm ab und dann fahren wir los.«

»Du wolltest auch nach Colorado Springs?«

»Nur für eine Nacht oder zwei. Meine Tante und mein Onkel wohnen dort und haben mich eingeladen.«

»Was wolltest du dann machen?«

Sunny schaute auf in die Augen ihres Mannes. »Das wusste ich noch nicht. Ich wusste, dass ich Lucy sehen musste, also dachte ich mir, ich müsste wohl zurück nach Los Angeles kommen. Darüber hinaus hatte ich absolut keine Hoffnungen.«

»Es tut mir so leid, Schatz. Ich weiß, das war meine Schuld.« Er streckte wieder die Hand aus, um ihr Gesicht zu berühren. »Ich habe dich so vermisst. Ich habe in den letzten Jahren eine Menge versäumt.«

»Das hast du, aber wir können nicht in der Vergangenheit leben. Es ist an der Zeit, dass wir sie hinter uns lassen und neu anfangen«, sagte Sunny.

»Dann wirst du dich von mir nach Hause holen lassen?«

Sie lächelte, als Wärme ihr Herz umschloss. Zuhause. Dieses eine, einzige Wort hatte so viel Macht. Ihr ganzes Leben lang hatte sie sich nach dem Gefühl einer Heimat gesehnt, und erst als sie ihren Weg zu Gott gefunden hatte, war ihr klar geworden, dass er das einzige Zuhause war, das bleiben würde.

Sunny kam in die Arme ihres Ehemannes und seufzte. »Ja. Bitte hol mich nach Hause. Hol mich dahin, wo mein Herz hingehört.«

Kathy stand auf der hinteren Veranda und weinte. Sie war erst wenige Minuten zuvor wiedergekommen, aber die Worte, die sie gehört hatte, hielten sie davon ab, sich umzudrehen und zu gehen. Für Sunny würde alles gut werden. Brian liebte sie noch und sie liebte ihn. Alles war so, wie es sein sollte.

Kathy fasste sich, schnüffelte gegen ihre Tränen an und klopfte leise an die offene Küchentür. Sunny und Brian lösten sich aus einem leidenschaftlichen Kuss, und Kathy war es peinlich, dass sie ihn gestört hatte.

»Wir sollten zum Abendessen zu Sylvia fahren«, sagte sie verlegen. »Ich muss auch noch den Tisch und die Stühle mitnehmen.«

»Glaubst du, sie hat noch Platz für einen mehr?«, fragte Sunny. So, wie sie lächelte, wusste sie, dass Kathy die Situation ohne Erklärung verstand.

»Sylvia hätte Platz für fünfzehn Leute mehr. Diese Frau hat immer Platz für Gäste.« Kathy schaute Brian an und erinnerte sich daran, aus welch reichem Haus er kam. »Allerdings wird es nichts Ausgefallenes. An der Tür und bei Tisch muss man sich mit Clancy arrangieren.«

»Wer ist Clancy?«

»Ihr Irischer Setter«, grinste Kathy. »Sie liebt Leute und Leckerlis.«

Er lachte und Sunny auch. »Ich denke, damit komme ich klar.«

»Ja, ich glaube, das wirst du wohl.« Kathy schaute Sunny in die Augen und lächelte. »Und ich glaube, du hast jetzt auch Platz für die Rosen.«

Ihre Schwester nickte, aber Brian sah verwirrt aus. Sunny nahm seine Hand und drückte sie. »Das erklär ich dir nach dem Abendessen.«

26

»Also, ich freue mich ja so, dich kennenzulernen«, sagte Sylvia, als sie Brian eine große Schüssel Kartoffelsalat reichte.

»Ich bin nur froh, dass ich auch mitkommen durfte«, erwiderte Brian. Er nahm sich eine große Portion von dem Salat, bevor er ihn an Sunny weitergab.

»Ich wäre beleidigt gewesen, wenn du irgendwo anders hingegangen wärst«, gestand Sylvia.

»Das schmeckt so gut«, sagte Sunny, als sie das Brathähnchen probierte. »Wie kommt es nur, dass es nie genauso schmeckt, wenn ich probiere, das zu kochen?«

Sylvia lachte. »Wahrscheinlich, weil ich es beinahe jeden Tag gemacht habe, seit ich zehn war.«

Kathy nahm Sunny die Schüssel ab. »Ja, Sunny hat noch nie gern gekocht. Mom versuchte, ihr etwas in der Küche beizubringen, und jedes Mal endete das mit einer kleinen Katastrophe. Einmal hat sie sogar die Küche in Brand gesetzt, aber Mom war darauf vorbereitet.«

»Das hat sie mir erzählt«, sagte Brian und griff nach dem Eistee, den Sylvia vor wenigen Minuten in die Gläser gegossen hatte. »Darum habe ich eine Köchin eingestellt.«

»Andernfalls wären wir verhungert«, setzte Sunny hinzu.

»Oder ausgeräuchert«, neckte Brian sie.

Sie alle lachten, aber Kathy konnte sich das Leben, das Sunny in Kalifornien geführt hatte, nicht vorstellen. Kindermädchen, Köchinnen, Gärtner und Hausmädchen. Der Gedanke an so viele Fremde im eigenen Haus reizte Kathy überhaupt nicht. Natürlich, dachte sie, bleiben diese Leute nicht lange Fremde. Trotzdem war das kein Leben, das sie haben wollte. Das Eindringen in ihre Privatsphäre würde sie unendlich stören.

»Fahrt ihr beiden denn jetzt gleich nach Los Angeles zurück?«, fragte Tony.

Brian schüttelte den Kopf. »Sunny hatte geplant, über Nacht in Colorado Springs zu bleiben. Ich habe gefragt, ob ich mit ihr dorthin darf.«

Kathy griff nach einer Scheibe von Sylvias selbstgebackenem Brot.

»Tante Glynnis und Onkel Will werden sich riesig freuen. Wir haben beschlossen, sie einfach zu überraschen.«

»Ich bin mir sicher, dass deine Tante begeistert sein wird. Das ist wirklich die bestmögliche Gebetserhörung für uns alle.« Sylvia wandte sich an Brian. »Ich bin froh, dass du hier bist und dass wir dich kennenlernen konnten.«

Brian griff nach Sunnys Hand. »Ich habe nicht viel über Sunnys Leben hier in Kansas gewusst, also bin ich froh, es mit eigenen Augen zu sehen.«

»Das ist kein Leben für jeden«, sagte Tony in ernstem Ton. »Meine Jungs haben wenig Interesse daran hierzubleiben, und offen gesagt, so wie es hier mit der Landwirtschaft steht, wäre ich froh, wenn sie etwas anderes machen würden.«

»Was möchten sie denn werden?«, fragte Kathy. Sylvia hatte nie viel darüber erzählt, dass die Jungs die Farm verlassen wollten.

Tony legte seine Gabel hin. »Tim möchte zu den Marines. Er hat das ganze Jahr von nichts anderem geredet. Er wird erst vierzehn, aber er scheint sich entschieden zu haben. Justin weiß noch nicht genau, was er will, aber in der Schule ist er im Debattierklub. Der Lehrer hat erwähnt, dass er vielleicht die juristische Richtung einschlagen sollte, also redet er davon, dem einmal nachzugehen.«

»Und Missy möchte eine Ballerina-Feuerwehrfrau werden«, sagte Sylvia mit einem Grinsen.

Kathy lachte. »Davon kann man nie genug haben.«

»Wo sind die Kinder?«, fragte Sunny.

»Ach, du warst noch draußen, als ich Kathy erzählt habe, dass sie den Abend bei Tonys Mom verbringen. Wir wollten euch für uns haben.«

Kathy spielte mit ihrem Glas Eistee. »Aber was ist damit, die Tradition fortzuführen? Die Familienfarm und so weiter. Meinst du nicht, dass sie das Gefühl der Verbundenheit verlieren werden?«

Tony schüttelte den Kopf. »Ich hoffe, wir haben ihnen dieses Gefühl durch unsere Familie vermittelt. Ich möchte, dass die Kinder immer einander nahestehen – nicht einem Ort.«

Seine Aussage rüttelte Kathy mit ihrer einfachen Weisheit auf. Sie verstand jetzt, dass die Farm – das Zuhause – nicht annähernd so viel bedeutete wie der Versuch, eine starke Verbindung zu ihrer Schwester aufzubauen.

»Du darfst nicht vergessen, Kathy, dass dein Vater nie etwas gegen den Gedanken hatte, dass du die Farm verlässt oder Sunny sich irgendwo anders ein Leben aufbaut«, erinnerte Sylvia sie.

»Das ist wahr. Dad wollte immer, dass ich zurück ans College gehe und meinen Abschluss mache. Ich brauchte nicht mehr so viele Scheine für den Abschluss und er war immer traurig, dass das Leben dazwischengekommen war.«

»Tja, vielleicht kannst du das in Colorado Springs nachholen«, schlug Sylvia vor.

»Was waren denn deine Hauptfächer?«, fragte Brian.

Kathy lächelte. »Viehzucht und Wirtschaft. Dad wollte schon immer weg von der reinen Landwirtschaft. Er wollte ein Gestüt aufbauen – mit Tieren mit einem edlen Stammbaum für eine hervorragende Zucht.«

»Würdest du das immer noch wollen?« Dieses Mal kam die Frage von Sunny.

Kathy dachte einen Moment darüber nach und schüttelte schließlich den Kopf. »Nein. Ich habe es nur für Mom und Dad gemacht. Ich wusste, dass Dad diesen Traum hatte, und ich wollte helfen, ihn zu verwirklichen. Das war alles, worum es je ging.«

»Wenn du also ans College zurückgehen würdest, was würdest du studieren wollen?«

Brians Frage durchbohrte ihr Herz. Was sie wirklich wollte – alles, was sie je gewollt hatte – war, Kyle zu heiraten und eine Familie zu gründen. »Ich weißt nicht genau … ich würde gern … irgendwas studieren«, sagte sie zögernd. Sie schaute in die Runde aus Freunden und Verwandten. »Ich glaube, ich möchte mich einfach nur häuslich niederlassen, heiraten und eine Familie gründen. Alles andere kann irgendwann kommen.«

Sunny nickte und streckte den Arm aus, um Kathys Hand zu tätscheln. »Ich finde, das klingt fantastisch. Du wirst bestimmt eine tolle Ehefrau und Mutter.«

»Ach, das hätte ich fast vergessen.« Tony kramte in seiner Tasche und zog ein zusammengefaltetes Stück Papier heraus. Er öffnete es und versuchte es zu glätten. »Hier ist dein Anteil am Weizengeld. Gary sagte, ich sollte den Scheck an dich ausstellen lassen, da es Teil deines Erbes wird.«

Kathy nahm den Scheck und warf einen Blick auf den Betrag. »Wow. Das ist viel mehr als letztes Jahr.«

»Wir hatten eine großartige Ernte. Das Wetter war im letzten Winter und Frühjahr gut. Es war eine der besten Ernten, die wir jemals hatten. Sogar deinem Vater ist das aufgefallen. Er war ziemlich begeistert.«

»Ich wette, das war er.« Kathy schob den Scheck in ihre Tasche.

»Ist dann alles abgerechnet, wenn du morgen den Verkauf der Farm abschließt, oder wirst du noch dies und jenes bezahlen müssen?«, fragte Sylvia, während sie Brian einen Nachschlag von dem Grüne-Bohnen-Auflauf anbot.

»Alles wird erledigt sein. Dad hat die Farm belastet, um Moms und seine Arztrechnungen zu bezahlen. Auch alle anderen Rechnungen hat er mit diesem Darlehen bezahlt. Ich werde nicht superreich sein, aber ich werde sehr angenehm leben können.« Kathy schaute Sunny an und lächelte. »Darf ich es ihnen sagen?«

Sunny lachte. »Ich denke schon. Denn immerhin wirst du Tony wahrscheinlich dazu bringen müssen, die Farm mindestens noch ein Jahr weiter zu bewirtschaften.«

»Wovon redet sie?«, fragte Sylvia.

»Sunny wusste, dass ich besorgt war, dass die Farm sich nicht verkaufen lässt, also hat sie ihre Schwiegermutter angerufen und um Hilfe gebeten. Brians Mutter ist diejenige, die die Farm kauft.«

Sylvia klatschte in die Hände. »Wie wunderbar! Also wird sie in der Familie bleiben?«

»Ich weißt nicht genau, was diesbezüglich passiert«, sagte Sunny und schaute zu Brian.

Er zuckte die Schultern. »Wäre sicher schön, sie als einen Ort zum Abtauchen zu haben. Vielleicht können wir ein paar gute Erinnerungen mit einer neuen Generation schaffen.«

»Kannst du dir Lucy dort vorstellen?«, lachte Sunny. »Sie wird überall herumrennen. Und zweifellos wird sie ein Pony wollen.«

»Sie will sowieso eins, und wir wohnen in Beverly Hills.«

»Ach, ich bin so glücklich, das zu hören«, sagte Sylvia und schaute zu ihrem Ehemann. »Natürlich werden wir die Farm weiter für sie bewirtschaften. Oder?«

»Ich sehe keinen Grund, warum wir das nicht tun sollten«, sagte Tony mit einem Schulterzucken.

»Also haben wir ein glückliches Ende«, sagte Kathy und spielte mit ihrem Glas.

»Nun, du verdienst sehr viel mehr als das«, warf Sunny ein. »Ich für meinen Teil weiß das, was du getan hast, mehr zu schätzen, als ich Worte dafür finden kann.«

Kathy wandte sich ihrer Schwester zu. »Danke.« Sunnys Anerkennung bedeutete ihr sehr viel. Ihre Schwester hatte sich wahrlich geändert; das war leicht zu sehen, jetzt, da Kathy sie anschauen konnte, ohne dass ihre Wut das Bild überschattete.

»Wirst du dir jetzt gleich ein eigenes Haus kaufen?«, fragte Tony.

Kathy schüttelte den Kopf. »Ich hatte gedacht, dass ich das tun würde, aber jetzt liegen die Dinge anders.«

»Wegen Kyle«, sagte Sylvia grinsend.

Kathy nickte und verspürte eine schwindelerregende Vorfreude. »Ja.«

»Hat er schon ein eigenes Haus?«, fragte Brian.

»Soweit ich weiß«, begann Kathy, »hat er all die Jahre in einem sehr kleinen Haus gewohnt. Er hat vor, es zu vermieten, falls wir … nun ja, wenn wir …« Ihre Stimme verlor sich. Es war ihr unangenehm, über etwas zu sprechen, das immer noch mehr wie eine Hoffnung als wie eine Wirklichkeit wirkte.

»Wenn sie heiraten«, sagte Sunny lachend. »Das ist immer noch zu viel für sie, als dass sie Worte dafür finden könnte.«

Wieder auf der Farm gingen Sunny und Brian um das Grundstück. Sunny wollte ihrem Mann einige der verschiedenen Plätze zeigen, die ihr etwas Besonderes bedeuteten.

»Hier haben mein Vater und Großvater immer Hufeisenwerfen gespielt«, erklärte sie. »Ich kann mich noch daran erinnern, wie ich das dumpfe Klirren, wenn die Hufeisen den Pfosten trafen, bis spät in den Abend hören konnte. Großmutter fragte dann immer, ob sie überhaupt noch etwas sehen könnten, und Großvater antwortete, dass sie nichts zu sehen brauchten, sondern nur zu hören. Dann sagte sie immer, dass er das auch nicht besonders gut konnte.« Sie lachte bei der Erinnerung. »Sie passten so gut zueinander. Er nannte sie ›streitlustige Herzallerliebste‹ und sie ihn ›sturer Liebling‹. Ich habe sie immer so gern zusammen gesehen.«

»Ich nehme an, sie sind gestorben, bevor du von zu Hause weggegangen bist?«

»Ja. Alles kam mir ohne sie so anders vor.« Sie seufzte. »Es war eine Menge Ehrlichkeit nötig, um zu erkennen, dass es ebenso gute wie schlechte Zeiten gab. Ich habe das alles so sehr gehasst, aber jetzt sehe ich, dass ich einfach von vornherein sehr viel Hass in mir hatte.«

»Oder vielleicht sehr viel Ehrgeiz. Etwas mehr zu wollen als das, was du hast, muss nichts Schlechtes sein. Manchmal treibt uns das in eine Richtung, die der Herr die ganze Zeit schon für uns vorgesehen hat. Mom hat mir das gesagt.«

»Ich war damals kein netter Mensch. Ich habe viele Leute verletzt, aber ich weiß, dass ich nicht ständig in Reue leben kann. Ich möchte mehr für uns – für Lucy – und für jeden anderen, der vielleicht noch dazukommt.«

Er zog sie in seine Arme. »Ich habe über etwas nachgedacht und ich würde gern deine Meinung hören.«

Sunny erkannte eine Eindringlichkeit in seinem Gesichtsausdruck, die sie schon lange nicht mehr gesehen hatte. »Was denn?«

»Weißt du noch, wie ich gesagt habe, wir könnten umziehen und woanders neu anfangen?«

»Ja. Mir gefällt die Idee … außer, dass wir nicht mehr so nah bei deiner Mutter leben würden. Es war schön, die Familie in der Nähe zu haben.«

»Tja, wie wär's mit Colorado Springs?«

Sunny legte den Kopf auf eine Seite. »Was sagst du da?«

»Ich finde, dass Colorado Springs ein guter Ort ist, um neu anzufangen. Deine Schwester wird dort sein. Es wäre schön für Lucy, ihre Tante kennenzulernen. Ich selbst würde sie auch gern näher kennenlernen. Außerdem scheint mir, als könntet ihr beiden euch wirklich Halt geben und einander in den kommenden Jahren helfen. Und dann sind da noch deine Tante und dein Onkel. Ich glaube, es wäre schön für sie, wenn sie auch den Rest deiner Familie kennenlernen könnten, oder?«

»Aber was ist mit deiner Mutter und deiner Praxis?«

»Ich habe so ein Gefühl, dass Mom Colorado Springs erfrischend finden könnte. Wenn sie nicht ganz dorthin zieht, dann vielleicht auf einen Sommersitz. Natürlich ist da auch noch diese Farm. Es könnte Spaß machen, alles zu reparieren und ein bisschen Zeit hier zu verbringen.«

»Tja ... ich muss sagen, das ist eine große Überraschung. Ich habe noch nie darüber nachgedacht. Ich frage mich, was Kathy dazu sagen würde. Vielleicht hat sie dann das Gefühl, dass ich mich schon wieder in ihren großen Augenblick im Rampenlicht dränge. Als ich von zu Hause weggelaufen bin, war es an dem Tag ihrer Verlobung mit Kyle vor zwölf Jahren.«

»Sunny ... warum bist du eigentlich gegangen?« Das Tageslicht verblasste langsam, aber Sunny konnte sehen, wie er sie studierte, als ob er versuchte, die Antwort in ihrem Gesicht zu lesen.

»Ich bin gegangen, weil ich es konnte. Ich wollte meine Rechte als junge Erwachsene ausüben und am Ende habe ich die Decken und alles andere heruntergerissen, als ich ging.«

»Was?« Sein Gesichtsausdruck verriet Verwirrung.

Sunny lachte. »Als wir noch kleine Mädchen waren, hat uns unsere Mutter Festungen mit Decken über dem Küchentisch und anderen Sachen bauen lassen. Manchmal haben wir mehrere Stühle aneinandergereiht und den Couchtisch aus dem Wohnzimmer geholt und uns in der Küche eine große Festung errichtet. Wir haben Decken über die Möbel gelegt, sind dann darunter gekrochen und haben stundenlang gespielt. Wenn wir von einem kleinen Raum in den nächsten gingen, mussten wir auf die verschiedenen Decken aufpassen. Das Einzige, was sie an Ort und Stelle hielt, war das, was wir auf den Tisch gelegt hatten. Normalerweise war das ein Paar von Dads Arbeitsstiefeln, einige von Moms schweren Pfannen und Stapel von alten Zeitschriften oder Büchern. Wenn wir nicht vorsichtig waren, zogen wir die Decken herunter und alles andere mit ihnen. Manchmal haben wir ganz schön etwas auf den Kopf bekommen.«

Brian zog sie näher an sich und lächelte. »Trotzdem klingt es, als hattet ihr viel Spaß. So etwas habe ich nie gemacht.«

»Als reiches Kind konnten deine Eltern dir ein richtiges Spielhaus kaufen. Natürlich will ich damit nicht sagen, dass wir keine tollen Zeiten erlebt haben. Erst heute Nachmittag musste ich wieder daran denken, dass wir immer draußen in der Scheune gespielt haben. Wir haben Heuballen aufgestapelt und Tunnel gebaut.«

»In die Scheune würde ich gern noch einmal gehen.« Er küsste sie sanft. »Es macht bestimmt Spaß, mit dir Tunnel im Heu zu bauen.« Ein neckisches Lächeln überzog sein Gesicht. »Vielleicht könnten wir heute Nacht da draußen schlafen?«

»Schlaf dort, wenn du willst«, sagte Sunny mit gespieltem Abscheu, »aber ohne mich. Da draußen gibt es Ratten und Schlangen, die auch gern Tunnel bauen.«

Er küsste sie von der Wange bis zum Ohrläppchen. »Ich würde dich beschützen.«

Sunny seufzte und lehnte sich in seine Umarmung. »Ich weiß, das würdest du.« Sie schloss ihre Arme fester um ihn. »Ich weiß, das *wirst* du.«

Kathy hatte gerade ihr Scheckbuch abgerechnet, als das Telefon klingelte. Aufgeschreckt erhob sie sich vom Fußboden, wo sie gesessen hatte, und hob endlich beim fünften Klingeln ab.

»Ich dachte, ihr wärt vielleicht schon fort«, begann Tante Glynnis. »Ich wusste nicht mehr genau, ob ihr nicht in Hays übernachtet.«

»Nein, obwohl ich daran gedacht hatte. Ich meine, alle Möbel sind weg. Wir haben noch ein paar Schlafsäcke übrig, aber das ist auch schon alles.«

»Meine Güte, da werdet ihr aber nicht besonders bequem schlafen. Ihr seid doch dann ganz erschöpft, wenn ihr hierher fahrt.«

»Ich glaube, das geht schon. Es sind doch nur vier oder fünf Stunden. Wie geht es dir denn?«

Glynnis erzählte ihr von ihrer Genesung nach dem Sturz. Ihrem Rücken ging es schon viel besser, und die Beschwerden, die ihr die Hüften gemacht hatten, waren auch schon fast abgeklungen. Ihr Garten war in bestem Zustand, dank eines Nachbarmädchens, das sich in diesem Sommer etwas Geld hinzuverdienen wollte.

»Ich sitze nur da und schaue zu, wie sie Unkraut jätet und welke Blüten auspflückt. Ich sage dir, so sollte Gartenarbeit in meinem Alter aussehen.«

Kathy lachte, obwohl sie sehr genau wusste, dass es ihre Tante wahrscheinlich verrückt machte dazusitzen, während jemand anderes in ihrem Garten werkelte.

»Sunny hat nicht ihre Meinung geändert, dass sie mit hierherkommt, oder?«

Kathy wählte ihre Worte sorgfältig, damit sie nicht die Überraschung verdarb, dass Brian mit ihnen kam. »Nein. Sie ist schon ganz aufgeregt.«

»Das ist gut. Ich habe beide Gästezimmer vorbereitet. Es ist so schön, dass endlich mal wieder Besuch kommt. Hast du etwas von Kyle gehört?«

»Nein, nicht seit er mir eine Postkarte geschickt hat. Er hat sie per internationalem Express geschickt. Das ist doch eine Menge Geld, nur um sicher zu gehen, dass sie ankommt, bevor er wieder nach Hause kommt.«

»Tja, das ist wahre Liebe.«

»Es wäre schön, wenn wahre Liebe sich auch einen internationalen Anruf leisten könnte«, neckte Kathy.

»Vielleicht kommt das ja noch. Weißt du, dein Onkel hat gesagt, dass Kyle darauf vorbereitet wird, einen der Unternehmensbereiche zu übernehmen. Er wird stellvertretender Direktor ... einer von mehreren, aber trotzdem ist es ein wichtiger Posten.«

»Wow. Ich hatte ja keine Ahnung.«

»Persönlich glaube ich, dass es ihm sehr gutgetan hat, dass er all die Jahre hatte, um seine Karriere aufzubauen. Natürlich hat er sich jeden Tag nach dir gesehnt. Wenn ich ihn nicht ständig mit Fotos und Informationen versorgt hätte, hätte er wahrscheinlich euer Haus gestürmt.«

»Fotos? Du hast ihm Fotos gegeben?«

»Das habe ich tatsächlich. Weißt du noch, wie oft ich dich bei unseren Besuchen gezwungen habe, für Fotos zu posieren?«

»Oder sie bei jeder Gelegenheit geschossen hast, wenn ich wie ein Wrack aussah. O bitte, sag mir, dass du das nicht getan hast.« Kathy war plötzlich die Vorstellung sehr peinlich, dass Kyle sich diese Bilder angeschaut hatte.

»Sie waren charmant. Ich versichere dir, er hat sie geliebt.«

Kathy dachte an die vielen Jahre, die zwischen ihnen lagen. Sah Kyle jetzt sehr verändert aus? Sie konnte ehrlich sagen, dass sie immer noch beinahe so aussah wie in ihren Collegetagen, aber er?

»Wie ist er denn jetzt … wie sieht er aus?«

Glynnis lachte. »Wie ein verliebter Mann. Ach Kathy, ich bin froh, dass du ihm endlich eine Chance gibst. Er ist verrückt nach dir – und das war er schon immer.«

»Und ich … ich habe nie aufgehört, ihn zu lieben«, gestand Kathy. »Und eines der Dinge, die ich an ihm am meisten geliebt habe, war seine unerschütterliche Loyalität zu Menschen, die ihm wichtig waren.«

»Du lässt ihn am besten nicht ein zweites Mal fort.« Einen Augenblick lang schwieg Tante Glynnis. »Meine Güte, wir machen besser Schluss. Du weißt ja, dass dein Onkel am liebsten bei Morgengrauen aufsteht. Manchmal sogar noch vor Morgengrauen. Ich sollte ins Bett gehen. Ich erwarte euch morgen Nachmittag.«

»Mach dir keine Sorgen, wenn wir nicht vor fünf oder so auftauchen. Ich weiß nicht, wie lange es bei der Immobilienverwaltung dauert, und dann habe ich noch versprochen, dass wir uns ein schönes, warmes Frühstück im Restaurant gönnen.«

»Ihr werdet trotzdem vor fünf hier sein. Da bin ich mir sicher. Außerdem wollt ihr sicher den Berufsverkehr vermeiden. Die Autobahn kann um diese Zeit sehr verstopft sein. Ruft mich doch an, wenn ihr die Stadt erreicht, okay? So können wir nach euch Ausschau halten.«

»Das klingt vernünftig«, stimmte Kathy zu. »Ich hab dich lieb, Tante Glynnis.«

»Und ich dich, Süße. Es wird so schön werden, dich in der Stadt zu haben. Ich kann's kaum erwarten.«

Kathy schloss die Augen und holte tief Luft. »Ich auch nicht.«

Kathy legte auf und schaute sich in der leeren Küche um. Für einen Moment glitten Bilder aus der Vergangenheit vor ihren Augen vorbei. Sie konnte beinahe ihre Mutter summen hören, während sie Apfelmus einweckte.

»Ich hoffe, du hebst auch ein paar Äpfel für den Kuchen auf«, hatte ihr Vater dann immer gesagt.

Kathy lächelte bei der Erinnerung und begann, von Zimmer zu Zimmer zu wandern. Im Familienzimmer hielt sie inne. Von Dads Krankenzimmer war nichts mehr übrig. Frische Farbe war an den Wänden und sie hatte es geschafft, die Holzböden am Tag vor der Auktion noch einmal schön zu bohnern. Alles sah so aus, als bettelte es geradezu darum, dass eine Familie einzog und es mit Liebe erfüllte. Vielleicht würden sie alle sich das Haus teilen. Vielleicht würde Sunnys Schwiegermutter die Farm für Familientreffen behalten wollen.

Mit einem Seufzen ging Kathy zur vorderen Veranda. Sie hatte die Hängematte bereits in den Hänger gepackt, den sie in Hays gemietet hatte. Noch nie zuvor hatte sie etwas an ihrem Auto hinterhergezogen, aber sie brauchte den zusätzlichen Platz, um alles mitnehmen zu können, das sie nicht verkauft hatte.

Die Nachtluft war nicht mehr so schwer wie noch ein paar Stunden zuvor. Eine angenehme südliche Brise hatte die meisten Insekten verjagt und spendete auch Erleichterung von der Hitze. Sie lehnte sich ans Verandageländer. Sehen konnte sie nur so viel, wie das Hoflicht es zuließ.

Sie dachte an ihre Schwester und fragte sich, ob sie in Verbindung bleiben würden. Es gab noch so viel von Sunny, das sie wissen wollte – verstehen lernen musste. Kathy hatte das Gefühl, dass sie, um die Vergangenheit wirklich hinter sich lassen zu können, eine Zukunft brauchten, auf die sie sich gemeinsam konzentrieren konnten. Aber Sunny musste sich jetzt auch auf ihre eigene Familie konzentrieren. Und das war auch gut.

»Das alles verändert die Zukunft«, murmelte Kathy. »Wie Sylvia sagte, nichts wird mehr so sein wie früher.« Dieser Gedanke war bittersüß. Einerseits war dies das Land ihrer Kindheit – ein Ort, der Trost und größtenteils angenehme Erinnerungen bot. Andererseits lag eine unbekannte Welt vor ihr, die auf noch größere Dinge hindeutete.

»Ich habe Angst, Herr. Ich will das nicht, aber es ist so. Es ist schwer, zu gehen und neu anzufangen. Ich kenne nichts anderes als dieses Leben.« Sofort fiel ihr der Vers aus Jesaja ein.

Denkt nicht mehr daran, was war und grübelt nicht mehr über das Vergangene. Seht hin; ich mache etwas Neues; schon keimt es auf. Seht ihr es nicht? Ich bahne einen Weg durch die Wüste und lasse Flüsse in der Einöde entstehen.

»Flüsse in der Einöde«, sagte Kathy und ein Lächeln überzog ihr Gesicht. Der Hinweis auf eine Quelle und ihr Reiseziel in Colorado Springs, der Stadt an einer uralten Quelle, blieb nicht unbemerkt.

»Ich sehe es, Herr. Du bahnst mir einen Weg – machst etwas Neues. Aber was noch wichtiger ist … du gehst mit mir.«

27

Kathy nahm den Scheck, den der Mitarbeiter von der Immobilienverwaltung ihr reichte, und bemerkte, dass es mehr war, als sie erwartet hatte. Sie schaute den jungen Mann an, der die Papiere bearbeitete. »Ich dachte, er würde niedriger ausfallen.«

Er lachte. »Normalerweise beschweren sich die Leute, weil sie weniger ausgezahlt bekommen als erwartet.«

»Ich beschwere mich nicht. Ich staune nur.«

»Tja, wie ich vor einigen Tagen erfahren habe, hatte Ihr Vater eine kleine Lebensversicherung über die Bank laufen. Mit diesem Geld wurde zuerst das Darlehen ausgelöst und dann haben Sie den Rest aus dem Verkauf der Versicherung bekommen.«

»Er hat mir nie erzählt, dass er eine Lebensversicherung hatte. Das muss er wohl vergessen haben.«

»Könnte sein«, sagte der Mann. »Er hat sie vor über zwanzig Jahren abgeschlossen. Als wir die Darlehenspapiere bearbeitet haben, tauchte sein Name auch unter einer Lebensversicherung bei uns auf.«

»Das ist eine wunderbare Überraschung.« Kathy schaute noch einmal auf den Scheck und schüttelte den Kopf. »Ich bin wirklich gesegnet.«

Sie verließ das Büro und ging zum Parkplatz, wo Sunny und Brian auf sie warteten.

»Wie ist es gelaufen?«, fragte Sunny. Sie sah besorgt aus, als ob die ganze Prozedur vielleicht zu viel für Kathy sein könnte.

»Es ist richtig gut gegangen. Ich habe mehr aus dem Verkauf erhalten als vermutet. Dad hatte wohl eine Lebensversicherung, von der ich nichts wusste. Also ist dieser Scheck viel höher ausgefallen, als ich erwartet hatte.«

»Wow, das ist eine schöne Überraschung.«

Brian legte einen Arm um Sunny. »Ich bin froh, dass du hast, was du brauchst, aber du weißt, dass wir jetzt eine Familie sind. Du musst nie ohne Geld dastehen. Sunny kann es dir bestätigen – wir leben ganz gut.«

Kathy lachte. »Und ich offensichtlich auch. Genauer gesagt: Das Frühstück geht auf mich.«

Sie gingen zu einer der Restaurantketten, die auf Frühstück spezialisiert waren. Nachdem sie ihre Bestellung abgegeben hatten, räusperte sich Brian und sprach ein Tischgebet.

»Wir würden dich gern etwas fragen«, sagte Brian direkt nachdem er das Gebet beendet hatte.

Kathy schaute Sunny an. Sie wirkte heute vollkommen hübsch und jugendlich. So viel von ihrem gramerfüllten Gesichtsausdruck war verschwunden. Es war erstaunlich, was es bewirken konnte, ein Herz wieder an den richtigen Ort zu setzen. »Tja, dann legt mal los«, sagte Kathy mit einem Schulterzucken. »Ich habe nichts zu verbergen.«

»O, es ist nicht diese Art von Frage«, warf Sunny ein. »Aber es ist eine Frage, zu der wir gern deine ehrliche Meinung hören würden.«

»Okay, aber langsam mache ich mir Sorgen.«

Brian lachte. »Es ist auch nicht diese Art von Frage. Schau mal, es ist ganz einfach: Wir würden gern wissen, was du davon halten würdest, wenn wir auch nach Colorado Springs ziehen.«

»Um dort zu wohnen?« Kathy hätte nie und nimmer solch ein Gespräch erwartet.

»Ja«, fuhr Brian fort, während Sunny an ihrer Kaffeetasse nippte. »Sunny und ich müssen auch einen Neuanfang machen. Ich habe ihr gesagt, dass wir überall neu anfangen könnten. Colorado Springs ist mir in den Sinn gekommen, weil Lucy dort mit ihrer Tante Kathy in der Nähe aufwachsen könnte. Wir drei könnten dort auch eine richtige Familie werden – oder vier, wenn du Kyle hinzunimmst. Ich … nun ja … ich hatte keine Geschwister.«

Seine Stimme wurde ein bisschen heiser und er drehte sich zu Sunny um. Kathy war berührt, dass er so viel Gefühl zeigte. »Ich finde, das wäre unglaublich«, sagte sie und hoffte, dass es wie eine Bestätigung klang. »Wie ich schon zu Sunny gesagt habe, ist unsere Beziehung, unser Weg zur Vergebung, eine Reise. Es wird einige Zeit dauern, unser Vertrauen und unsere Freundschaft wieder aufzubauen.«

»So wie bei Brian und mir«, gab Sunny zu. »Als Brian sagte, dass wir in deine Nähe ziehen könnten, hätte ich am liebsten einen Freudentanz aufgeführt. Ich weiß, dass du das verstehst, weil du auch mit Kyle neu anfangen willst. So sehr, wie du dir das mit ihm wünschst, wünsche ich mir das für uns.«

»Dann klingt es so, als wäre Colorado Springs dafür der Ausgangspunkt«, sagte Kathy. »Wie bald würdet ihr denn kommen?«

»Tja, wir müssen in Kalifornien erst alles abwickeln«, meinte Brian. »Ich muss noch einige meiner Patienten behandeln. Ich habe mehrere Operationen verschoben, als ich hergekommen bin, aber das wird nicht lange dauern. Nach dem, was ich Sunny angetan habe, habe ich immer weniger Patienten angenommen.« Er runzelte die Stirn. »Ich war wirklich keinem besonders viel nütze.«

Sunny drückte seine Hand. »Wir müssen außerdem das Haus verkaufen und seine Mutter überzeugen, dass sie sich auch überlegt, ob sie nicht umziehen will. Wenigstens über den Sommer. Sie ist so eine großartige Frau, Kathy. Ich glaube, es würde dir gefallen, sie kennenzulernen.«

»Sie würde euch beide bemuttern, da bin ich mir sicher«, sagte Brian und sein Gesicht hellte sich auf.

»Glaubst du, dass sie nach so langer Zeit in Kalifornien noch einmal ihre Wurzeln ausreißen würde?«

Brian griff nach seinem Saftglas. »Ich glaube, es wäre ihr unmöglich, so weit von ihrer Enkelin weg zu wohnen.«

»Und von allen anderen Enkeln, die Gott ihr vielleicht schenkt«, sagte Sunny mit einem Grinsen. »Außerdem besitzt sie eine Farm in Kansas. Sie kann sich ebenso gut anschauen, was sie gekauft hat.«

Kathy sah den Blickwechsel zwischen Sunny und ihrem Ehemann. Es war offensichtlich, dass alles gut lief. Die mühelose Wiederherstellung der Ehe ihrer Schwester zu beobachten, brachte in Kathy wieder ihre alte Frustration über Sunny und ihre Beziehung zueinander hoch.

Gott, hilf mir, dachte sie.

»Vertrau mir«, schien eine Stimme in ihrem Herzen zu flüstern.

Kathy wusste, das musste Gottes Erinnerung für sie sein. *Ja, ich vertraue dir, Herr. Ich vertraue darauf, dass du etwas Neues schaffst – einen Weg durch die Wüste – Flüsse in der Einöde.*

Mehrere Stunden später bahnte sich Kathy den Weg durch Colorado Springs zu dem Haus ihrer Tante und ihres Onkels in den Bergen. Es war eine neueres zweigeschossiges Gebäude, das aussah, als wäre es speziell für seine Eigentümer entworfen worden.

Kathy studierte die Fassade aus Gipsputz und Feldstein. Riesige Bogenfenster verliefen an der Hausfront vom Boden bis zum Dach. Zweifellos hatte man einen spektakulären Blick auf die Stadt.

»Das ist schon eine Residenz«, sagt Sunny, als sie sich ihrer Schwester von hinten näherte.

»Ja. Ich hatte ja keine Ahnung.«

»Wie lange wohnen sie schon hier?«, fragte Brian.

»Erst ungefähr fünf Jahre. Ich wusste, dass sie neu gebaut hatten – den Alterssitz ihrer Träume. Aber viel mehr wusste ich nicht. Ich glaube, ich war zu beschäftigt mit Dads Situation.«

»Kathy! Sunny!«, rief Tante Glynnis, als sie aus der Haustür kam. »O, ihr seid wohlbehalten angekommen. Ich bin ja so froh.«

Sie alle umarmten sich und Tante Glynnis machte ein Aufhebens um ihre beiden Nichten, bevor sie den Mann bemerkte, der auf der einen Seite stand. »Und wer ist das?«

Sunny nahm die Hand ihrer Tante. »Das ist mein Ehemann Brian. Brian, das ist meine Tante Glynnis – die Schwester meines Vaters.«

»Ich freue mich, Sie kennenzulernen«, sagte Brian und streckte die Hand aus.

Glynnis nahm sie, schaute aber Sunny mit großer Verwunderung an. »Er ist gekommen, um mich nach Hause zu holen«, erklärte Sunny.

Ein breites Lächeln zog sich über das Gesicht ihrer Tante. »Das sind gute Nachrichten.« Sie wandte sich an Brian. »Ich bin so froh, Sie kennenzulernen. Was für eine wunderbare Überraschung. Wir müssen uns einmal ausführlich unterhalten.«

»Wir können in einem Hotel übernachten, wenn dir das lieber ist«, sagte Sunny.

Glynnis schüttelte den Kopf. »Unsinn. Du siehst ja selbst, dass dieses Haus reichlich Platz hat. Kommt rein. Onkel Will hat keine Ahnung von dem allen. Er wird deinen Mann kennenlernen und alles über eure Versöhnung hören wollen.«

»Es gibt noch mehr«, sagte Sunny mit einem schüchternen Lachen. »Wir planen hierherzuziehen. Wir werden ein paar Ratschläge brauchen, wo man hier Immobilien findet.«

Der überraschte Ausdruck im Gesicht ihrer Tante wurde rasch zu unverhohlener Freude. »O, ich kann mir keine besseren Nachrichten vorstellen. Natürlich können wir euch beraten. Kommt rein. Ich kann es kaum erwarten, Will alles zu erzählen.« Sie hielt noch immer Brians Hand und zog ihn zur Tür.

Die kleine Gruppe trat ins Haus und in ein wunderschönes Foyer mit Marmorboden. Es öffnete sich nach oben zur zweiten Etage und verlieh das Gefühl von Weite. Der warme Apricot-Farbton der Wände und der wundervolle Stil, in dem ihre Tante den Raum eingerichtet hatte, ließ Kathy sich sofort willkommen fühlen.

»Onkel Will«, verkündete Sunny. »Ich habe hier jemanden, den du kennenlernen solltest.«

Die Vorstellung war rasch erledigt und Glynnis erzählte ihnen von dem Grillabend, den Will für sie vorbereitet hatte. »Deshalb solltet ihr anrufen, wenn ihr die Stadt erreicht. So wusste Will, wann er den Grill anzünden muss.« Glynnis zwinkerte Will zu. »Außerdem hatte ich noch einen anderen Grund. Noch eine Überraschung.« Sie ging zu Kathy und nahm ihre Hand. »Komm mal mit. Will, bring doch Sunny und Brian auf die Terrasse und hol ihnen etwas Kaltes zu trinken.«

Sie entließ die anderen in eine andere Richtung, während sie Kathy den Flur entlangzog, dorthin, wo das Haus sich in einen riesigen Raum öffnete. Kathys Blick ging auf der Stelle zu der kathedralenähnlichen Decke, senkte sich dann wieder und fiel auf den einzigen Mann, den sie je geliebt hatte.

»Kyle.«

Er grinste sie an und sah noch beinahe genauso aus wie damals, als sie sich verlobt hatten. Er war ein wenig gealtert, aber das hatte nur noch zu seinem guten Aussehen beigetragen.

»Ich lasse euch zwei allein, damit ihr reden könnt. Mit dem Abendessen dauert's noch ein Weilchen«, sagte Glynnis und lächelte Kathy an. »Ich gebe euch Bescheid, wenn es fertig ist.«

Kathy konnte kaum glauben, dass Kyle tatsächlich hier war. Sie legte eine Hand an den Kopf und seufzte. Warum hatte Tante Glynnis sie nicht vorgewarnt, damit sie sich hätte ein wenig hübscher machen können?

Kyle schien zu verstehen. Er trat vor und schüttelte den Kopf. »Du bist so schön.«

»Ich wünschte, ich hätte gewusst, dass du hier bist. Ich dachte, du wärst noch in England.«

»Ich bin erst vor ein paar Tagen zurückgekommen. Ich dachte, es wäre schön, dich zu überraschen.« Er streckte die Hand aus und berührte ihre Wange. »Ich habe dich so vermisst. Ich habe das Gefühl, dass es ein ganzes Leben her ist, seit wir zusammen waren.«

Kathy konnte nicht sprechen. Tränen traten ihr in die Augen. »Ich habe dir doch gesagt, du sollst nicht warten.«

»Und ich habe gesagt, ich würde warten, selbst wenn es eine Ewigkeit dauert. Aber ich kann dir sagen, ich bin froh, dass es nicht ganz so lange war.«

»Es tut mir so leid. Ich hatte unrecht. Ich hätte dir ... uns ... das niemals antun dürfen.« Die Worte sprudelten einfach nur so hervor und Kathy fragte sich, ob Sunny sich wohl so gefühlt hatte, als sie wieder auf der Farm aufgetaucht war.

»Ich vergebe dir«, flüsterte Kyle. »Ich habe dir schon damals vergeben.«

Kathy schlang die Arme um Kyles Hals und drückte ihn. Sie spürte, wie sich seine Arme um sie legten und er sie näher an sich zog. »Ich habe dich nicht verdient.«

Er lachte leise. »Nein; du verdienst etwas viel Besseres; aber jetzt hast du mich am Hals.«

Sie lachte durch ihre Tränen hindurch und lehnte sich zurück, um ihm in die Augen zu schauen. »Und du mich. Ich hoffe, du weißt, was du tust.«

Er grinste. »Wenn nicht, dann habe ich zumindest vor, Spaß dabei zu haben, es herauszufinden.« Er küsste sie lang und intensiv. Zwölf Jahre angestauter Gefühle ließen sie beide atemlos zurück, als sie sich voneinander lösten.

Kathy schloss die Augen nur für einen Moment. Sie spürte, wie Kyle etwas an ihren Finger steckte und öffnete die Augen wieder. Es war ihr alter Verlobungsring.

»Ich möchte keine einzige Minute mehr vergeuden. Willst du mich heiraten? Willst du mich auf der Stelle heiraten?«

Kathy begann wieder zu weinen. »Natürlich will ich. Du weißt, dass ich will.«

Er zog sie wieder in seine Arme und flüsterte ihr leise ins Ohr, »Ich liebe dich, Kathy. Ich werde dich immer lieben.«

Da verspürte Kathy einen Frieden, der ihr so viele Jahre lang gefehlt hatte. Die Verbitterung und Frustration der letzten zwölf Jahre lösten sich in Kyles Armen auf. Sie war an dem einen Ort angekommen, an den ihr Herz gehörte. Kathy konnte ein Lächeln nicht unterdrücken, als ihr ein Gedanke kam.

Die Verlorene war zurückgekommen. Lasst das Fest beginnen.